La guía de la dama para las enaguas y la piratería

MACKENZI LEE

Traducción: *Daniela Rocío Taboada*

T0272145

Por hacer:

- Comprar Anatomía quirúrgica.
- Recoger almendras caramelizadas para Callum.
- Enviarle a Percy el ensayo sobre homeopatía.
- Solicitarle a la junta de cirujanos un puesto de aprendiz.
- Gritar frustrada por la situación de las mujeres en la medicina.

Edimburgo

¡¿Por qué aquí el ciel siempre es gris?!

Londres

Kunstkammer= Gabinete de curiosidades

Zúrich

Gibraltar

Mar Mediterrán

Estamos fuera del mapa

Argel

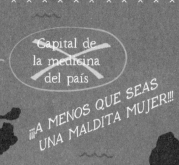

Capital de
la medicina
del país

¡¡¡A MENOS QUE SEAS
UNA MALDITA MUJER!!!

Stuttgart

La guía de la dama para las enaguas y la piratería

‣ **Título original:** *The Lady's Guide to Petticoats and Piracy*
‣ **Dirección editorial:** Marcela Luza
‣ **Edición:** Melisa Corbetto con Erika Wrede
‣ **Coordinación de diseño:** Marianela Acuña
‣ **Armado:** Tomás Caramella sobre maqueta de Julián Balangero
‣ **Diseño de tapa:** David Curtis
‣ **Fotografía de tapa:** Michael Frost Photography
‣ **Fotocomposición de tapa:** Travis Commeau

un sello de
V&R Editoras

Los derechos de traducción fueron gestionados por Taryn Fagerness Agency
y Sandra Bruna Agencia Literaria, SL.

México: Dakota 274, Colonia Nápoles
C. P. 03810 - Del. Benito Juárez, Ciudad de México
Tel./Fax: (52-55) 5220-6620/6621 • 01800-543-4995
e-mail: editoras@vergarariba.com.mx

Argentina: San Martín 969 piso 10 (C1004AAS) Buenos Aires
Tel./Fax: (54-11) 5352-9444 y rotativas • e-mail: editorial@vreditoras.com

Primera edición: marzo de 2019

ISBN: 978-607-8614-47-9

Impreso en México en Litográfica Ingramex, S. A. de C. V.
Centeno No. 162-1, Col. Granjas Esmeralda, C. P. 09810
Delegación Iztapalapa, Ciudad de México.

Para Janell, quien habría amado esto.

No me digan que las mujeres no están hechas de la misma esencia que los héroes.

–Qui Jin

Una joven muy dotada enfrentó una gran aventura, una gran cruzada. La vida ante ella era un océano inexplorado. Tuvo que encontrarse a sí misma, encontrar su camino, encontrar su trabajo.

–Dra. Margaret Todd, *The Life of Sophia Jex-Blake*

EDIMBURGO
17...

1

ACABO DE MORDER UN GRAN BOCADO
de bollo glaseado cuando Callum corta su dedo.

Estamos en medio de nuestra rutina nocturna después del cierre de la panadería y las lámparas sobre la calle Cowgate están encendidas, su resplandor ámbar crea halos de luz en el crepúsculo. Lavo los platos del día y Callum los seca. Dado que siempre termino primero, puedo probar cualquier panificado que haya sobrado del día mientras espero a que él cuente el dinero. Sobre el mostrador, aún hay tres bollos glaseados que he mirado todo el día, esos que Callum empapa con un glaseado pegajoso y translúcido para compensar por todos aquellos años en los que su padre, quien tenía la tienda antes que él, escatimaba en la cobertura. Los domos de los bollos se empiezan a desinflar después de un largo día sin que los compren, las cerezas sobre ellos se deslizan a un costado. Por suerte, nunca he sido una chica que se preocupa por la estética. Felizmente habría engullido bollos mucho más feos que esos.

Callum siempre abre y cierra las manos cuando está nervioso, y no disfruta del contacto visual, pero esta noche está más alterado de lo habitual. Pisó un molde para mantequilla esta mañana y lo partió al medio, y quemó dos bandejas de pan brioche. Sujeta con torpeza cada plato que le entrego y mira el techo mientras yo continúo con la conversación, sus mejillas rosadas se vuelven aún más rojizas.

No me molesta particularmente ser la más conversadora de los dos. Incluso en sus días más parlanchines, suelo serlo. O él permite que lo sea. Cuando termina de secar la vajilla, le estoy contando sobre el tiempo que ha pasado desde que envié la última carta a la Enfermería Real respecto a mi admisión en su hospital escuela y sobre el médico particular que la semana pasada respondió a mi pedido de presenciar una de sus disecciones con una carta que constaba de dos palabras: *No, gracias.*

–Tal vez necesito un enfoque distinto –digo, pellizcando la parte superior del bollo glaseado y llevándolo a mis labios, aunque sé muy bien que es demasiado grande para comer de un solo bocado.

Callum alza la vista del cuchillo que está lavando y grita:

–¡Espera, no lo comas! –lo dice con tal vehemencia que me sobresalto y él también, y el cuchillo cae del paño directo sobre la punta de su dedo. Se oye un *plop* leve cuando la falange dañada aterriza en el agua del fregadero.

La sangre aparece de inmediato, cae de su mano dentro del agua jabonosa donde florece como amapolas que brotan de sus pimpollos. Todo color abandona el rostro de Callum mientras mira su mano; luego dice:

–Oh, cielos.

Confieso que nunca he estado tan entusiasmada en presencia de Callum. No recuerdo la última vez que sentí tanto entusiasmo. Aquí estoy, con una emergencia médica real y sin médicos hombres que me aparten del camino para lidiar con la situación. Con una falange menos, Callum es más interesante para mí de lo que ha sido nunca.

Repaso el compendio de conocimiento médico que he recopilado a lo largo de años de estudio y caigo, como prácticamente siempre lo hago, en *Ensayos sobre la sangre humana y su movimiento en el cuerpo*, del Dr. Alexander Platt. En él, escribe que las manos son instrumentos complejos: cada una contiene veintisiete huesos, cuatro tendones, tres nervios principales, dos arterias, dos grupos musculares mayores y una red compleja de venas que aún intento memorizar, todo envuelto por tejido y piel, con uñas en la punta. Hay componentes sensoriales y funciones motrices –que afectan todo, desde la habilidad para tomar una pizca de sal hasta doblar el codo– que comienzan en la mano y suben hasta el brazo, y cualquiera de ellas puede quedar arruinada por un cuchillo en el lugar equivocado.

Callum mira su dedo con los ojos abiertos de par en par, quieto como un conejo atónito ante el ruido de una trampa, y no intenta detener la hemorragia. Tomo el paño en su mano y envuelvo la punta de su dedo en la tela, ya que la prioridad al lidiar con una herida que emana sangre en exceso es recordarle a la sangre que estará mucho mejor dentro del cuerpo que fuera de él. El fluido atraviesa la tela prácticamente de inmediato y deja las palmas de mis manos rojas y pegajosas.

Con una oleada de orgullo, noto que mis manos están firmes, incluso después del gran salto que mi corazón dio cuando ocurrió la herida. He leído los libros. He estudiado los dibujos anatómicos. Una vez, hice un corte en mi pie debido a un intento terriblemente erróneo de comprender cómo lucían de cerca las venas azules que veo a través de mi piel. Y aunque comparar libros de medicina con la práctica real es como comparar un charco del jardín con el océano, estoy lo más preparada que podría estar para esto.

No es así cómo imaginaba atender a mi primer paciente en Edimburgo: en la sala trasera de una panadería pequeña en la que he estado trabajando para mantenerme a flote entre admisión fallida tras admisión fallida por parte de la universidad y de muchos cirujanos privados, suplicándoles permiso para estudiar. Pero después del año que he tenido, aprovecharé cada oportunidad que aparezca para poner en práctica mis conocimientos. Caballos regalados, dientes y todo eso.

—Ven, siéntate —guío a Callum hasta el taburete detrás del mostrador, donde acepto las monedas de los clientes porque puedo calcular el cambio más rápido que el señor Brown, el otro empleado—. Pon la mano sobre la cabeza —digo, porque si lo demás no funciona, la gravedad servirá para mantener su sangre dentro del cuerpo. Él obedece. Luego, pesco la falange en el fregadero; primero encuentro varios trozos de masa blanda antes de por fin hallarla.

Regreso con Callum, quien aún tiene ambas manos sobre la cabeza por lo que luce como si estuviera rindiéndose. Está pálido como la harina, o quizás realmente tiene harina sobre las mejillas. No es alguien muy pulcro.

—¿Es malo? —gime.

—No es bueno, pero sin duda podría haber sido peor. Ven, déjame echar un vistazo —comienza a desenvolver el paño e indico—: No, baja los brazos. No puedo ver nada si los tienes alzados.

La hemorragia no se ha detenido, pero el sangrado ha reducido la velocidad así que puedo retirar el paño el tiempo suficiente para inspeccionar la herida. El dedo está mucho menos dañado de lo que esperaba. Si bien cortó una buena porción del dedo y parte de la medialuna de la uña, el hueso está intacto. Si uno debe perder parte de un dedo, esto es lo mejor que se puede esperar que ocurra.

Jalo la piel a cada lado de la herida sobre el corte. Tengo un kit de costura en mi bolso porque perdí tres veces el botón de mi capa este invierno y me cansé de caminar por ahí con el viento espantoso de Nor

Loch sacudiendo la parte trasera de la capa. Lo único que necesita son tres puntos –del estilo que no aprendí en *Sistema de cirugía general*, sino que aprendí de una funda de almohada horrible que mi madre me obligó a bordar con el boceto de un perro– para sujetar la piel en su lugar. Unas gotas de sangre brotan entre los puntos y las miro frunciendo el ceño. Si las puntadas hubieran estado sobre la funda, las habría arrancado para intentarlo de nuevo.

Pero considerando la poca práctica que he tenido para sellar una amputación (particularmente una tan pequeña y delicada) y cuánto más despacio brota la sangre, me permito un momento de orgullo antes de avanzar a la segunda prioridad en el ensayo del Dr. Platt sobre heridas en la piel: mantener a raya la infección.

–Quédate aquí –indico, como si él tuviera intenciones de moverse–. Regreso enseguida.

En la cocina, hiervo agua rápido sobre la estufa aún caliente y luego añado vino y vinagre antes de empapar un paño con la mezcla y regresar al lugar donde Callum aún está sentado con los ojos abiertos de par en par detrás del mostrador.

–No vas a… ¿Tienes que… cortarlo? –pregunta.

–No, tú ya lo hiciste –respondo–. No amputaremos nada, solo limpiaremos la herida.

–Ah –mira la botella de vino en mi mano y traga con dificultad–. Creí que intentabas anestesiarme.

–Pensé que tal vez querrías.

Le ofrezco la botella, pero no la acepta.

–Estaba reservándola.

–¿Para qué? Vamos, dame la mano –uso el paño húmedo para secar la costura, que está mucho más limpia de lo que había pensado; soy demasiado exigente conmigo misma. Callum tose inflando las mejillas cuando el olor punzante del vinagre invade el aire. Luego, coloco un retazo de tela limpia alrededor de su dedo, envuelto y ajustado.

Cosido, vendado y resuelto. Ni siquiera he sudado.

Un año de hombres diciéndome que soy incapaz de hacer este trabajo solo le da un matiz más salvaje a mi orgullo, y siento –por primera vez en muchos largos, fríos y desalentadores meses– que soy tan inteligente, capaz y apta para la profesión médica como cualquiera de los hombres que me han negado un lugar en ella.

Limpio mis manos sobre mi falda y enderezo la espalda mientras observo la panadería. Además de todas las tareas que es necesario hacer antes de cerrar por esta noche, tendremos que lavar los platos de nuevo. Hay un largo hilo de sangre sobre el suelo que habrá que limpiar antes de que seque, otra mancha en mi manga y otra sobre el delantal de Callum que tendremos que poner en remojo antes de mañana. También hay que deshacerse de la punta del dedo.

A mi lado, Callum realiza una inhalación larga y profunda y permite que el aire sisee al salir entre sus labios fruncidos mientras observa su mano.

–Bueno, esto arruina la noche.

–Solo estábamos lavando los platos.

–Bueno, yo tenía algo… más –empuja el mentón contra su pecho–. Para ti.

–¿Puede esperar? –pregunto. Ya estoy calculando cuánto tiempo quedará inutilizado Callum para usar los hornos a causa de la herida, si el señor Brown será capaz de ayudar, cuánto tiempo este accidente afectará mi tiempo libre de esta semana que había planeado usar para comenzar el borrador de un ensayo a favor de la igualdad educacional.

–No, no puede… Es decir, supongo que… podría, pero… –jala de los bordes del vendaje, pero se detiene antes de que pueda regañarlo.

Si bien aún está pálido, un poco de su rubor comienza a regresar a las manzanas en sus mejillas–. No es algo que durará.

–¿Es algo para comer? –pregunto.

–Es algo… Solo… quédate aquí –se pone de pie, tambaleante, a pesar de mis quejas y desaparece en la cocina. No había notado nada especial cuando mezclé el vino y el vinagre, pero tampoco había estado buscando nada en particular. Reviso mis dedos en busca de sangre, luego deslizo uno limpio sobre el bollo glaseado que había atacado antes.

–No hagas esfuerzo –le digo a Callum.

–No lo hago –responde, seguido inmediatamente por un ruido similar a una lata al caer–. Estoy bien. ¡No vengas!

Aparece de nuevo detrás del mostrador, más sonrojado que antes y con una manga goteando lo que debe haber sido la leche que volcó con aquel estruendo. También está sujetando un elegante plato de porcelana frente a él a modo de presentación y, sobre el plato, hay un solo profiterol perfecto.

Mi estómago da un vuelco, la vista de aquel dulce hace que un temblor recorra mi cuerpo, algo que una cascada de sangre no hizo.

–¿Qué estás comiendo? –pregunta él al mismo tiempo que digo:

–¿Qué es eso?

Apoya el plato sobre el mostrador, luego extiende su mano sana a modo de presentación.

–Es un profiterol.

–Lo veo.

–Es, más precisamente, porque sé que adoras la precisión…

–Sí, así es.

–… el profiterol exacto que te di el día que nos conocimos –su sonrisa vacila y añade–: Bueno, no *exactamente* ese. Dado que fue hace meses. Y comiste ese y varios más…

–¿Por qué cocinaste esto para mí? –bajo la vista hacia las mitades de masa choux con gruesos rizos de crema esculpidos sobre ellas: él nunca es tan cuidadoso con su destreza, sus hogazas de pan y sus pasteles son la clase rústica que uno esperaría que hiciera un panadero de manos grandes de buena crianza escocesa. Pero esto es tan preciso y decorativo y... Rayos, no puedo creer que sé exactamente qué tipo de dulce es y cuán importante es permitir que la mezcla de harina descanse antes de añadir batiendo el huevo. Todas estas tonterías de pastelería están ocupando espacio importante en mi cabeza que debería estar llena de anotaciones sobre cómo tratar aneurismas de la arteria poplítea y los distintos tipos de hernias especificados en *Ensayos sobre desgarros*, que me esforcé mucho por memorizar.

–Tal vez deberíamos tomar asiento –dice él–. Me siento un poco... mareado.

–Probablemente porque perdiste sangre.

–O... Sí. Debe ser por eso.

–¿De verdad esto no puede esperar? –pregunto mientras lo guío hasta una de las mesas al frente de la tienda. Él lleva el profiterol y el dulce se tambalea en el plato cuando su mano tiembla–. Deberías ir a casa y descansar. Al menos cierra la tienda mañana. O quizás el señor Brown pueda supervisar a los aprendices y mantenemos todo simple. No pueden arruinar demasiado un panecillo –él intenta apartar la silla para que yo tome asiento, pero le indico con la mano que no es necesario–. Si insistes en continuar con lo que sea que es esto, al menos siéntate antes de que caigas al suelo.

Ocupamos extremos opuestos de la mesa, presionados contra la ventana fría y húmeda. Al final de la calle, el reloj de Saint Giles marca la hora. Los edificios a lo largo de la calle Cowgate son grises bajo el crepúsculo; el cielo también es gris, y todos los que pasan por la panadería están envueltos en lana gris y juro que no he visto colores desde que llegué a este recóndito lugar.

Callum coloca el profiterol en la mesa entre nosotros, luego me mira, toqueteando su manga.

—Ah, el vino —mira hacia el mostrador, parece decidir que no vale la pena ir a buscarlo, luego me mira de nuevo y apoya las manos sobre la superficie de la mesa. Tiene los nudillos agrietados por el viento frío del invierno, las uñas cortas y mordisqueadas alrededor de los bordes—. ¿Recuerdas el día que nos conocimos? —pregunta.

Bajo la vista hacia el profiterol, el pánico comienza a extenderse en mi estómago como una gota de tinta en el agua.

—Recuerdo bastantes días.

—Pero ¿recuerdas ese en particular?

—Sí, claro —fue un día humillante; aún duele pensar en él. Después de haber escrito tres cartas para la universidad respecto a mi admisión y no haber recibido ni una palabra como respuesta durante más de dos meses, fui yo misma a la oficina para investigar si las cartas habían llegado. En cuanto le di mi nombre al secretario, me informó que mi correspondencia había sido recibida, pero no, no se la habían entregado a la junta de directores. Mi petición había sido rechazada sin que siquiera la oyeran porque era mujer, y las mujeres no tenían permitido inscribirse en las clases del hospital. Luego un soldado de patrulla me acompañó fuera del edificio, lo cual me pareció excesivo, aunque sería una mentira decir que no consideré correr hasta la secretaría e ingresar por la puerta del salón de los directivos sin permiso. Uso zapatos cómodos y puedo correr muy rápido.

Pero cuando me depositaron sin cortesía en la acera, busqué consuelo en la panadería del otro lado de la calle, donde ahogué mis penas en un profiterol de crema hecho por un panadero de rostro redondo con la silueta de un hombre que tiene demasiados pasteles a su disposición. Cuando intenté pagarle por el dulce, él me devolvió mis monedas. Y cuando estaba terminando de comerlo, en esta misma mesa junto a esta misma ventana (oh, Callum realmente hundía las garras en la sentimentalidad al sentarnos allí), él se acercó de modo tentativo con una taza de sidra caliente y, después de una buena charla, me hizo una oferta de empleo.

En ese entonces, parecía que él intentaba atraer a un perro irritable que estaba en el frío para que se echara junto a su fuego. Como si supiera lo que era mejor para mí si tan solo mi corazón testarudo pudiera ser persuadido hasta allí. Ahora luce del mismo modo, presentando ante mí la misma clase de profiterol con seriedad, con el mentón inclinado hacia abajo de modo que me mira a través de sus cejas pobladas.

–Felicity –dice, mi nombre tambalea en su garganta–. Ya nos conocemos hace tiempo.

–Así es –respondo y el pánico aumenta.

–Y te he tomado bastante cariño. Como sabes.

–Lo sé.

Y lo sabía. Después de meses contando monedas con el lateral de mi cuerpo presionado contra el suyo en el espacio reducido detrás del mostrador y nuestras manos rozándose cuando él me entregaba las bandejas con bollos recién horneados, había resultado evidente que yo le gustaba a Callum de un modo en que yo no podía obligarme a igualar. Y aunque sabía de la existencia de aquel cariño desde hacía un tiempo, no había sido un tema apremiante que requiriera tratamiento alguno.

Pero ahora, él me entrega un profiterol y rememora. Diciendo cuánto cariño me tiene.

Me sobresalto cuando toma mi mano sobre la mesa: un gesto impulsivo y repentino. La aparta con la misma velocidad y me siento terrible por asustarme, así que extiendo la mano a modo de invitación para permitir que él lo intente de nuevo. Sus palmas están sudorosas y mi amarre es tan poco auténtico que imagino que debe ser parecido a sujetar un filete de pescado.

—Felicity —dice, y luego repite—: Te he tomado mucho cariño.

—Sí —respondo.

—Mucho.

—Sí —intento concentrarme en lo que dice y no en cómo puedo apartar mi mano de la suya sin lastimar sus sentimientos y en si existe también un escenario posible en el que pueda salir de esto con aquel profiterol, pero sin tener que hacer nada más que tomar su mano.

—Felicity —repite, y cuando alzo la vista, está inclinando el cuerpo hacia mí desde el extremo opuesto de la mesa con los ojos cerrados y los labios hacia afuera.

Y allí está. El beso inevitable.

Cuando Callum y yo nos conocimos, me había sentido lo bastante sola para no solo aceptar su oferta de empleo, sino también la compañía que venía con ella, lo cual hizo que creyera lo que suelen creer los hombres cuando una mujer les presta un poco de atención: que era una señal de que yo quería aplastar su boca —y posiblemente otras partes corporales— contra la mía. Lo cual no es así.

Pero cierro los ojos y permito que me bese.

Hay más embestida en el acercamiento inicial de la que preferiría, y nuestros dientes chocan de un modo que hace que me pregunte si hay una tienda que venda los nuevos trasplantes de dientes naturales del doctor John Hunter para mujeres que han sido besadas por hombres con exceso de entusiasmo. No es ni por asomo tan placentero como mi única experiencia previa con el acto, aunque es un gesto húmedo y mecánico, el equivalente oral a un apretón de manos.

Es mejor quitármelo de encima, pienso, así que permanezco quieta y permito que él presione sus labios sobre los míos, sintiendo que me estampan como un libro de contabilidad. Lo cual aparentemente no es algo correcto porque él se detiene de modo muy abrupto y reclina la espalda en su silla, limpiando su boca con la manga.

—Lo siento, no debería haberlo hecho.

—No, está bien —digo rápido. Y era cierto. No había sido hostil y no me había obligado. Si yo hubiera apartado el rostro, sé que él no habría insistido. Porque Callum es un buen hombre. Camina del lado externo del pavimento para que las ruedas de las carretas sobre la nieve lo salpiquen a él y no a mí. Escucha cada historia que cuento, incluso cuando sé que he excedido mi tiempo en la conversación. Dejó de añadir almendras a los panes dulces cuando le dije que las almendras causaban picazón en mi garganta.

—Felicity —dice Callum—, me gustaría casarme contigo.

Luego cae de su silla y aterriza en el suelo con un golpe fuerte que hace que me preocupe por su rótula.

—Perdón por equivocarme con el orden —añade.

Por poco yo también caigo al suelo… aunque no por caballerosidad. Me siento mucho más mareada frente a la idea del matrimonio de lo que me sentí al ver medio dedo en el fregadero.

—¿Qué?

—¿Acaso no…? —él traga con tanta dificultad que veo a su garganta recorrer la extensión completa de su cuello—. ¿Acaso no sabías que te propondría matrimonio?

Para ser honesta, no había esperado nada más que un beso, pero de pronto me siento tonta por pensar que aquello era lo único que él quería de mí. Balbuceo en busca de una explicación por mi ignorancia obstinada y solo se me ocurre decir:

–¡Apenas nos conocemos!

–Nos conocemos hace prácticamente un año –responde él.

–¡Un año no es nada! –protesto–. He tenido vestidos que usé por un año y luego una mañana desperté y pensé: ¿por qué tengo puesto este vestido que me hace lucir como si un terrier se hubiera apareado con una langosta?

–Nunca luces como una langosta –dice.

–Claro que sí, cuando me visto de rojo –respondo–. Y cuando me ruborizo. Y mi cabello es demasiado rojizo. Y no tendría tiempo de planear una boda ahora mismo porque estoy ocupada. Y cansada. Y tengo mucho que leer. ¡Y viajaré a Londres!

–¿Lo harás? –pregunta él.

¿Lo harás?, me pregunto al mismo tiempo que me escucho decir:

–Sí. Parto mañana.

–¿Mañana?

–Sí, mañana –otra revelación para mí misma: no tengo planes de ir a Londres. Brotó de mí, una excusa espontánea y ficticia creada completamente desde el pánico. Pero él aún está con la rodilla en el suelo, así que continúo con la excusa–. Tengo que visitar a mi hermano allí; tiene… –hago una pausa demasiado larga para que mi próxima palabra no sea una mentira, pero luego digo–: Sífilis. –Es lo primero que aparece en mi mente cuando pienso en Monty.

–Oh. Oh, cielos –debo reconocer que Callum parece estar haciendo un esfuerzo real por comprender mis palabras inconexas y sin sentido.

–Bueno, no, no es sífilis –digo–. Pero sufre de… un aburrimiento terrible… y me pidió que fuera allí a… leerle. Y en primavera pediré de nuevo admisión en el hospital cuando ingresan los médicos nuevos y eso acaparará toda mi atención.

–Bueno, si estuviéramos casados no deberías preocuparte por eso.

–¿Preocuparme por qué? –pregunto–. ¿Por planear una boda?

–No –él se incorpora y toma asiento de nuevo en su silla con los hombros mucho más caídos que antes–. Por estudiar.

–Quiero preocuparme por eso –respondo, y siento un cosquilleo en la nuca–. Obtendré una licencia y seré médica.

–Pero… –él se detiene, muerde tan fuerte su labio inferior que aparecen motas blancas.

–Pero ¿qué? –pregunto, y cruzo los brazos.

–No hablas en serio, ¿verdad?

–Si no lo tomara en serio, no habría sido capaz de coserte recién.

–Lo sé…

–Aún estarías sangrando en el fregadero.

–Lo sé, y fue… Hiciste un trabajo maravilloso –extiende el brazo como si fuera a darme una palmadita en la mano, pero yo la aparto de la mesa, dado que no soy un perro y por lo tanto no necesito palmaditas–. Pero todos tenemos tonterías que… queremos… Sueños, ya sabes… Y luego un día… –mueve una mano en el aire, como si intentara conjurar la fraseología apropiada entre nosotros en vez de obligarse a decir lo que quiere decir–. Por ejemplo, cuando era niño, quería entrenar tigres para el zoológico de la Torre de Londres.

–Entonces, entrena tigres –respondo, inexpresiva.

Él ríe, un trino bajo y nervioso.

–Bueno, ya no quiero hacerlo porque tengo la tienda y tengo una casa aquí. A lo que me refiero es que todos tenemos tonterías en las que perdemos el interés porque queremos algo real, como una casa, un negocio, una esposa e hijos. No… no hoy –tartamudea, dado que debo lucir petrificada–, pero algún día.

Una clase de pavor diferente comienza a destilar en mi interior, fuerte y amargo como el whisky. Tonterías. Eso es todo lo que él pensaba que eran mis grandes ambiciones. Todo este tiempo, todas esas charlas con escones, toda su escucha atenta mientras yo explicaba cómo, si serruchaban una cabeza de un cadáver, era posible ver el recorrido de los doce nervios conectados con el cerebro por todo el cuerpo. Uno de los pocos que no había dicho que me rindiera, incluso cuando estuve a punto de habérmelo dicho yo misma, cuando le había escrito a cada cirujano de la ciudad suplicando aprender y solo había recibido rechazos. Ni siquiera me habían concedido una sola reunión cuando descubrían que era una mujer. Todo el tiempo que habíamos estado juntos él se había estado preguntando cuándo renunciaría a aquel antojo pasajero, como si fuera una moda que desaparecería de los escaparates a fines del verano.

–No entreno tigres –digo–. Es medicina. Quiero ser médica.

–Lo sé.

–¡Ni siquiera son comparables! Hay médicos en toda la ciudad. Nadie diría que es tonto o imposible si fuera un hombre. No podrías entrenar tigres porque solo eres un panadero de Escocia, pero yo tengo *habilidades reales* –su expresión cambia antes de que yo registre lo que he dicho, e intento retroceder–. No es que tú... Lo siento, no quise decir eso.

–Lo sé –responde–. Pero algún día, querrás algo real. Y me gustaría ser ese algo para ti.

Me mira con mucha intensidad y pienso que quiere que le diga algo para garantizarle que acepto lo que dice, que sí, tiene razón, soy un ser caprichoso con un interés pasajero en la medicina que puede desaparecer cuando coloquen un anillo en mi dedo. Pero lo único que se me ocurre decir es un irritable: *Y quizás un día las estrellas caerán del cielo.* Así que no respondo nada, solo lo miro con frialdad, la clase de mirada que, como dijo mi hermano una vez, podría apagar un cigarro.

Callum hunde el mentón en su pecho, luego emite un suspiro largo e intenso que hace ondear su flequillo.

—Y si tú no quieres lo mismo, entonces no quiero seguir haciendo esto.

—¿Haciendo qué?

—No quiero que trabajes aquí cada vez que necesitas dinero, que llegues a la hora que te plazca, comas todos los bollos y te aproveches de mí porque sabes el afecto que tengo por ti. Quiero casarme contigo o no quiero verte más.

No puedo discutir con nada de eso, aunque el hecho de que mi corazón se hunde más ante la idea de perder este empleo que de perder a Callum dice mucho acerca del carácter desacertado de una unión entre los dos. Estoy segura de que podría hallar algo más para mantenerme en esta ciudad lúgubre y castigadora, pero probablemente sería algo aún más doméstico y tedioso que contar monedas en una panadería, y sin duda no incluiría postres gratis. Arruinaría mis ojos haciendo botones en una fábrica llena de smog o terminaría hecha polvo como empleada doméstica, estaría ciega, encorvada y tuberculosa a los veinticinco años y la escuela de medicina quedaría a un lado antes de que hubiera tenido la oportunidad real de intentarlo.

Nos miramos… No estoy segura de si él quiere que me disculpe, que acceda, o admita que sí, eso es lo que he estado haciendo, y sí, sabía que me aprovechaba de él, y sí, accederé a su propuesta como castigo y todo habrá valido la pena. Pero permanezco en silencio.

—Deberíamos terminar de limpiar —dice por fin, mientras se pone de pie y limpia sus manos sobre el delantal con un gesto de dolor—. Puedes comer el profiterol. Aunque ahora no puedas decir que sí.

Desearía poder creer que el sí era inevitable, del mismo modo que él parece pensarlo. Sería mucho más fácil querer aceptar, querer una casa en la calle Cowgate y una nidada de niños con el rostro redondeando de los Doyle y las piernas rechonchas de los Montague y una vida sólida con este amable y sólido hombre. Una pequeña parte de mí –la parte que desliza el dedo sobre el azúcar tamizado en los bordes del profiterol y que estuvo a punto de pedirle que regrese– sabe que hay muchas cosas peores para una mujer que ser la esposa de un hombre amable. Sería mucho más fácil que ser una mujer decidida que tiene en el suelo del cuarto de su pensión un dibujo hecho con tiza que exhibe cada vena, nervio, arteria y órgano sobre el que lee, con anotaciones añadidas acerca del tamaño y las propiedades de cada uno. Sería mucho más fácil si no quisiera saber todo con tanto anhelo. Si no anhelara tanto no depender de nadie más que de mí.

Cuando Monty, Percy y yo regresamos a Inglaterra después de lo que puede llamarse generosamente un Tour, la idea de una vida en Edimburgo como mujer independiente fue entusiasmante. La universidad tenía una nueva escuela de medicina impecable; la Enfermería Real permitía que los estudiantes asistieran como oyentes; estaban construyendo un anfiteatro anatómico en College Garden. Era la ciudad donde Alexander Platt había llegado después de su despido deshonorable de la marina, sin referencias y sin prospectos, y había creado su propia reputación simplemente negándose a dejar de hablar sobre las nociones radicales que le habían costado su despido del servicio. Edimburgo le había dado a Alexander Platt ayuda sin nada a cambio, solo porque había visto en él una mente brillante, sin importar que provenía de un tipo de clase media sin experiencia y con un título básico. Estaba segura de que la ciudad haría lo mismo por mí.

En cambio, aquí estaba, en una panadería con un dulce de compromiso.

Callum es amable, me digo a mí misma mientras miro el profiterol. *Callum es dulce. Callum ama el pan, despierta temprano y limpia solo. No le importa que no use cosméticos y que no haga un gran esfuerzo por adornar mi cabello. Me escucha y no me hace sentir insegura.*

Podría tener algo mucho peor que un hombre amable.

El aroma a azúcar y madera encendida comienza a regresar a la sala mientras Callum apaga los hornos y ahoga el dejo débil a sangre que aún permanece intenso y metálico como una aguja de coser nueva. No quiero pasar el resto de mi vida oliendo azúcar. No quiero masa bajo mis uñas, un hombre conforme con las cartas que la vida le ha entregado y mi corazón convertido en una criatura hambrienta y salvaje que me destroza por dentro.

Huir a Londres realmente había sido una ficción, pero de pronto, comienza a tomar forma en mi cabeza. Londres no es uno de los centros médicos como Edimburgo, pero hay hospitales y muchos médicos que ofrecen clases privadas. Hay un sindicato. Ninguno de los hospitales o de las oficinas privadas o siquiera los salvajes barberos que oficiaban de cirujanos en Grassmarket me han permitido poner un pie en su puerta. Pero los hospitales de Londres no saben mi nombre. Ahora, después de un año de rechazos, soy más astuta: he aprendido a no acercarme con las pistolas en alto, sino a mantenerlas ocultas en mi falda con una mano discreta sobre la empuñadura. Esta vez, me acercaré sigilosamente. Hallaré un modo de que me acepten antes de siquiera tener que mostrar mis cartas.

Y ¿cuál es el punto de tener en la ciudad un caballero caído en desgracia como hermano si no puedo aprovecharme de su hospitalidad caballerosa?

LONDRES

2

MOORFIELDS ES UN VECINDARIO APESTOSO
y putrefacto que me da la bienvenida como un puñetazo en los dientes. El ruido es fantástico: sermones de predicadores que condenan a los pobres en las esquinas de las calles se disputan con los gritos de los burdeles. El ganado muge mientras lo conducen por la calle hacia el mercado. Los hojalateros piden que les entreguen cuencos para reparar. Los vendedores ofrecen ostras, nueces, manzanas, pescado, nabos: mercadería nueva cada pocos pasos, toda aceitosa y promocionada a gritos. Estoy cubierta de lodo hasta el tobillo todo el camino desde la parada de la diligencia, la clase de fango espeso y grasoso que atasca carretas y roba zapatos. Los gatos muertos y la fruta podrida flotan en el lodazal y la niebla espesa creada por el humo y las máquinas hace que el aire parezca una gasa. Es un milagro que no roben de mis bolsillos en el camino y ocurrirá otro milagro semejante si alguna vez logro retirar el lodo y las vísceras de las suelas de mis botas.

Mi hermano, siempre histriónico, ha hecho que su caída en la pobreza sea lo más dramática posible.

Incluso cuando subo la escalera de su edificio, no estoy segura de qué emoción está más asociada al reencuentro inminente con Monty. Nos despedimos en buenos términos (o si no fueron buenos, al menos fueron adyacentes a buenos), pero solo después de una vida atacándonos mutuamente como zorros salvajes. E intentar atacar los puntos débiles es un hábito difícil de abandonar. Ambos nos hemos dicho suficientes cosas desagradables que justificarían reticencia de su parte para recibirme con calidez.

Así que es inesperado que mi primera reacción al ver su rostro cuando abre la puerta sea quizás la prima cercana del cariño. Este miserable año separados me ha convertido en una blanda absoluta.

Lo que él me devuelve a cambio es una expresión perpleja.

–Felicity.

–¡Sorpresa! –digo débilmente. Luego, alzo las manos en el aire como si fuera una celebración e intento no arrepentirme por haber venido hasta aquí–. Lo siento, puedo irme.

–No, no… ¡Dios santo, Felicity! –sujeta mi brazo cuando volteo, jala mi cuerpo hacia él y luego me envuelve en un abrazo, con el que no sé qué hacer. Considero intentar librarme, pero es probable que termine rápido si no pongo resistencia, así que permanezco de pie, con los brazos rígidos, masticando el interior de mi mejilla–. ¿Qué haces aquí? –extiende los brazos sujetándome para verme mejor–. ¡Y estás tan alta! ¿Cuándo creciste tanto?

Nunca he aspirado a tener una estatura impresionante basándome principalmente en el ejemplo de Monty (ambos pertenecemos a un linaje sólido y difícil de derribar que sacrifica altura por amplitud de hombros), pero he tenido que soltar el dobladillo de mi falda desde el verano, y con mis zapatos de tacón y él en calcetines, podría colocar mi nariz en su frente. La mezquindad debe sufrir una muerte muy lenta sin dudas porque, a pesar de aquel instante momentáneo de cariño, me deleito en estar oficialmente más alta.

Su abrazo evitó que lo mirara bien hasta que retrocedió para contemplar mi altura y, a cambio yo lo observo con detenimiento. Monty está más delgado… eso es lo primero que noto. Delgado de un modo que ya no puede describirse como *esbelto*, sino más bien la clase de delgadez causada por no tener suficiente que comer. También está más pálido, aunque es menos alarmante: la última vez que nos vimos acabábamos de terminar un recorrido por el archipiélago de las Cícladas así que ambos estábamos bronceados como nueces. Los días breves y sombríos que abundan en Londres durante el invierno han hecho que sea imposible no notar las cicatrices en su rostro, mucho más intensas de lo que esperaba. Se extienden protuberantes y rojas, como una mancha de pintura sobre su frente y en parches por su cuello, que queda más expuesto porque ha cortado su cabello corto, aunque aún posee el alboroto natural, como si alguien lo hubiera esculpido para lucir despeinado en la medida justa.

—Vamos, entra —Monty me hace pasar a su apartamento, los tablones del suelo protestan más fuerte de lo que siento que deberían hacerlo mientras aún mantienen la estabilidad estructural. Me arrastro a través de la puerta junto con mi bolso.

El apartamento está lleno como una fiesta. Hay una palangana haciendo equilibrio sobre un grupo de maletas apiladas que parecen funcionar como lugar de almacenamiento y mesa a la vez, rozando las rodillas contra una estufa llena de hollín que parece hundirse en el suelo. Pienso en quitarme las botas, pero decido no arriesgarme a pisar esos tablones en calcetines por miedo a que una astilla me empale.

Monty ingresa a lo que podría llamarse generosamente la sala de estar, aunque solo hay un biombo delgado que marca sus límites.

—Sé que es una mierda —dice él antes de que yo tenga que pensar en un cumplido que, en verdad, es una mentira–. Pero es nuestra mierda. Siempre y cuando paguemos la renta. Lo cual hemos hecho. En su mayoría. Hasta ahora, hemos recibido una sola advertencia de pago. Y tenemos estufa, lo cual es grandioso. Y la cantidad de cucarachas disminuyó significativamente en comparación al verano. Ahora hay más ratones, pero menos cucarachas –hace un pequeño gesto victorioso con las manos juntas sobre la cabeza–. Ven, Percy está en la cama. Ven a saludar. Creo que aún está despierto.

–¿Por qué Percy está en la cama? –sigo a Monty del otro lado del biombo y Percy alza la cabeza desde donde está hundido en su colchón. No se ha vuelto tan esquelético como Monty, aunque su piel oscura oculta cualquier palidez. Además, él ha sido una criatura estilizada desde la niñez, cada traje le quedaba un poco corto de mangas y sus extremidades delgadas con músculos esbeltos sobresalían como mandarinas envueltas en arpillera.

De pronto, se me ocurre por qué los dos tal vez están holgazaneando en medio del día y me paralizo, sonrojándome antes de tener confirmación de mis sospechas.

–Oh, no. ¿Interrumpo algo marital y romántico?

–Felicity, por favor, son las seis de la tarde –dice Monty con gran indignación, luego añade–: Hemos estado fornicando todo el día.

Me resisto a poner los ojos en blanco por primera vez tan temprano en la visita.

–De verdad, Percy, ¿por qué estás en la cama?

–Porque no ha sido una semana muy buena –Monty se hunde junto a Percy y se acurruca sobre su hombro, su lado sordo lejos de mí.

Percy dibuja una sonrisa débil, apoyando la cabeza sobre la de Monty.

–Solo tuve una convulsión ayer –dice, y Monty arruga la nariz ante la palabra.

–Ah –sueno más aliviada de lo que era mi intención; estoy mucho más cómoda hablando sobre epilepsia que sobre fornicar. Percy es epiléptico y queda temporalmente incapacitado en intervalos periódicos por las convulsiones que los médicos desde Hipócrates han estado intentando (y fracasando en) comprender y tratar. Después de muchos años en los que su tía y su tío, sus tutores legales, habían traído un desfile de supuestos expertos para que lo examinaran, le hicieran sangrías y lo medicaran en un intento de aminorar la gravedad de su enfermedad, decidieron finalmente encerrarlo de modo permanente en la clase de asilo bárbaro donde confinan a las personas con enfermedades incurables. Y habría sucedido si él no se hubiera fugado con mi hermano; estaban tan comprometidos por mantener su enfermedad en secreto por miedo a la condena social, que ni Monty ni yo supimos al respecto hasta que estuvimos en el exterior.

Siento la tentación de preguntar sobre el ensayo que envié el mes anterior acerca de la homeopatía y el tratamiento de las convulsiones a través de la quinina. Pero Percy parece somnoliento y enfermo, y Monty dejará de escuchar en cuanto comience a hablar sobre algo médico, así que, en cambio, solo digo:

–La epilepsia es una mierda.

–Vaya, Escocia te ha convertido en alguien vulgar –dice Monty con satisfacción–. ¿Qué te trae de las Tierras Altas hasta nosotros? No es que no sea una sorpresa agradable. Pero es una sorpresa. ¿Escribiste? Porque llegaste antes que la carta.

–No, fue… imprevisto –bajo la vista hacia mis zapatos y un trozo de una sustancia desconocida se desmorona de la suela. Nunca he sido buena para hacerles preguntas a otros y siento el interrogante trabado en mi garganta–. Esperaba que me hospedaran por un tiempo.

–¿Estás bien? –pregunta Percy, lo cual debería haber sido la primera pregunta de mi hermano, aunque no me sorprende que no haya sido así.

–Ah, estoy bien –intento que suene sincero, dado que estoy bien en todos los sentidos que a él le preocupan. Me siento en realidad atrapada entre el pie de la cama y el biombo; cuando intento retroceder, por poco hago caer el biombo entero–. Puedo buscar otro lugar donde quedarme. Una casa de huéspedes o algo así.

Pero Monty aparta esa idea moviendo la mano.

–No seas ridícula. Podemos hacerte lugar.

¿Dónde?, estuve a punto de decir, pero ambos me miran con una capa tan gruesa de preocupación que me obligan a bajar la vista hacia mis zapatos de nuevo. De algún modo, el contacto visual como respuesta se siente demasiado vulnerable y demasiado invasivo, así que balbuceo:

–Lo lamento.

–¿Qué lamentas? –pregunta Monty.

Lamentaba que mi gran plan no hubiera funcionado. Lamentaba estar allí dependiendo de la caridad cristiana de mi hermano (la poca que tenga para dar) porque mi plan para el futuro había perdido sustento con cada paso. Porque nací mujer, pero también nací demasiado obstinada para aceptar la suerte que viene con mi sexo.

–Felicity –Monty se incorpora e inclina el cuerpo hacia adelante; rodea las rodillas con sus brazos y me mira con mucha intensidad–. No te disculpes por nada. Ha quedado claro en muchas cartas que siempre eres bienvenida a quedarte con nosotros. Suponía que si alguna vez aceptabas esa oferta, habría alguna clase de aviso, así que tendrás que soportar nuestro estado actual de invalidez y preocupación por dicha invalidez. Pero si hubieras escrito, juro por Dios que nuestra respuesta habría sido: "Sube al primer carruaje que venga hacia el sur".

Gracias a Dios, algo por lo que puedo ofenderme. Es mucho más cómodo que ser sentimental.

–*¿En muchas cartas? ¿De verdad?* –cuando Monty me mira confundido, le informo–: No me has escrito ni una sola vez.

–¡Claro que sí!

–No, Percy me escribe cartas largas y encantadoras con su caligrafía muy legible y luego tú garabateas al final algo ofensivo sobre los hombres escoceses y sus *kilts* –Monty sonríe con picardía, algo nada sorprendente, pero Percy también ríe por la nariz. Cuando lo fulmino con la mirada, cubre su nariz con el edredón–. No lo alientes.

Monty se acerca a él y le da un mordisco suave en la mandíbula, luego deposita un beso en el mismo lugar.

–Ah, le encanta cuando soy indecente.

Aparto la vista hacia los pantalones claramente descartados sobre el suelo y me resigno al hecho de que el afecto de los dos es inevitable. Particularmente si me quedo con ellos.

–¿Todavía están nauseabundamente obsesionados el uno con el otro? Creí que ya se habrían tranquilizado.

–Continuamos siendo completamente insoportables. Ven aquí, mi queridísimo amor de mis amores –Monty acerca el rostro de Percy hacia él y lo besa en la boca esta vez, con torpeza y exageración y, de alguna manera, logra mirarme todo el tiempo como si solo quisiera demostrar cuánto le enorgullece hacerme sentir incómoda. Aquel cariño inicial que sentí hacia él ya ha comenzado a pudrirse como un melón maduro.

Ya no resisto poner los ojos en blanco, aunque temo por mi visión en cuanto miro hacia el techo: parece caerse en trozos calcáreos. Si hay un sector de este apartamento que no esté jugando a saltar la cuerda con la línea entre lo habitable y las ruinas, aún no lo he visto.

—Me iré.

Cuando se separan, Percy al menos tiene el sentido común de lucir avergonzado por el espectáculo. Monty solo luce odiosamente satisfecho consigo mismo. De algún modo, sus hoyuelos son aún más alegres de lo que recordaba.

—Está alardeando —me asegura Percy—. Nunca nos tocamos.

—Bueno, por favor, no comiencen a hacerlo por mi bien —respondo.

—Ven, cariño, y te abrazaremos a ti también —Monty le da palmaditas a la cama entre ellos—. Un emparedado apropiado de Monty y Percy.

Le dedico a cambio una sonrisa dulce.

—Oh, *cariño*, preferiría prenderme fuego.

Debo admitir que me ha llevado tiempo aceptar la idea de que Percy y Monty parecen haber encontrado afecto sincero el uno hacia el otro en lo que me enseñaron que era el peor pecado de todos. Quizás, la distancia ayudó, o al menos me dio espacio para reflexionar y hacer las paces con ello y avanzar desde la tolerancia vergonzosa a algo más cercano a la comprensión de que su amor es probablemente más sincero que el de la mayoría de las parejas que vi al crecer. Alguien que soporte a mi hermano sin duda no lo haría a menos que lo amara verdadera y profundamente. Y Percy es la clase de muchacho decente que podría hacerlo. Sin contemplar las ilegalidades y la condena bíblica, la atracción entre ellos no me es más extraña que la atracción de cualquier persona hacia otra.

Percy empuja el lateral de la cabeza de Monty con la nariz.

—Deberías ir a trabajar.

—¿Debo hacerlo? —responde—. Felicity acaba de llegar.

Me animo de un modo que estoy segura de que me hace lucir más parecida a una ardilla en un sentido nada halagador, pero no puedo resistirme a la provocación. Se la debo después de aquel beso similar a destapar una cañería.

–Lo siento, Percy, no estoy segura de haber oído bien, porque sonó a que dijiste *trabajo*, lo cual implicaría que mi hermano ha engañado a alguien para que lo contrate.

–Gracias, he estado contratado consistentemente desde que llegamos a Londres –dice Monty.

Percy tose y añade:

–Algo consistente.

Sigo a Monty del otro lado de la división y me detengo en el borde para mantener a ambos en mi conversación mientras Monty comienza a hurgar en los baúles.

–¿Puedo adivinar a qué empleo te diriges? Eres jinete de carreras. No, espera, haces espectáculos en un club nocturno. Eres boxeador sin guantes. Matón en un burdel.

Desde la cama, Percy ríe.

–Sería más pequeño que la mayoría de las prostitutas.

–Ja, ja, ja. No permitiré que los dos se unan en mi contra mientras estés aquí –Monty surge de un baúl con un suéter que parece vomitado por un gato anciano e intenta ponérselo sobre la cabeza–. Te informo –dice mientras lucha por deslizar las manos por las mangas– que tengo un puesto respetable en Covent Garden.

–¿Respetable? –cruzo los brazos–. Suena falso.

–¡Claro que no! Es muy respetable, ¿verdad, Percy? –pregunta, pero Percy de pronto está muy ocupado con un hilo que sobresale de la manta.

–Entonces, dime cuál es el trabajo respetable que haces en *Covent Garden* –respondo alzando una ceja al pronunciar el distrito.

Como un hombre recientemente monógamo, finge no comprender mi énfasis en el terreno de caza que él solía frecuentar antes.

–Juego a las cartas para un casino.

–¿Juegas *para* el casino?

–Permanezco sobrio, pero pretendo estar ebrio para jugar contra los hombres que en verdad lo están, ganar su dinero y dárselo a la casa. Me pagan un porcentaje.

Emito una carcajada antes de poder contenerme.

–Sí. *Respetable* es la primera palabra en la que pienso cuando oigo eso.

–Es mejor que hacer pasteles de ciruela *con* tu pastelito de ciruela –responde con una sonrisa astuta.

Y de pronto ya nada de esto es divertido o gracioso; es el ataque salvaje de nuestra juventud, ambos pinchándonos despacio hasta que uno presiona apenas más fuerte y la sangre brota. Monty quizás no percibe el cambio en el ambiente, pero Percy lo hace, porque le dice con firmeza:

–Sé amable. Solo ha estado aquí veinte minutos.

–¿Han sido solo veinte minutos? –balbuceo y Percy me señala con la mano.

–Tú también debes ser amable. Es mutuo.

–Sí, madre –digo y Monty ríe, esta vez no se burla de mí, sino que ríe conmigo, e intercambiamos una mirada que, podríamos decir, no es hostil. Lo cual es suficiente.

A Monty le lleva una cantidad de tiempo excesivamente larga vestirse. Tiene puesto el suéter, que queda cubierto en su mayoría por una chaqueta y un abrigo muy grande, botas pesadas y guantes deshilachados; el atuendo queda completo con un gorro adorablemente deforme que me agrada pensar que Percy tejió para él. También hace media docena de intentos fallidos antes de lograr salir a la calle: primero, regresa en busca de su bufanda, luego para cambiar sus calcetines por unos más gruesos, pero la mayoría de las veces regresa por un beso más de Percy.

Cuando Monty por fin parte de una vez por todas (el edificio entero parece inclinarse un poco más hacia el oeste cuando cierra la puerta al salir), Percy me sonríe y le da palmaditas a la cama a su lado.

–Puedes sentarte, si quieres. Prometo que no intentaré abrazarte.

Tomo asiento al borde de la cama. Asumo que él se zambullirá de inmediato a un interrogatorio sobre por qué exactamente he aparecido desaliñada en su puerta pidiendo refugio. Pero, en cambio, dice:

–Gracias por el ensayo que enviaste.

Estaba tan preparada para protestar y decir que mi visita sorpresa a Londres no es una señal de crisis inminente, que comienzo a hablar sobre el tema algo acelerada.

–¿No fue fascinante? Es decir, es molesto que él la llame "el mal de San Valentín" en todo el maldito ensayo, pero es brillante cómo muchos médicos están divulgando alternativas a las sangrías y las cirugías. Particularmente para una enfermedad como la epilepsia sobre la que aún no tenemos una noción real de dónde se origina. Y su nota al pie acerca de la improbabilidad de que la epilepsia esté relacionada con deseos sexuales ilícitos fue gratificante; no suelen reconocerlo. Pero la idea de una dosis preventiva y consistente de fármacos en vez de tratar el momento de crisis, preventiva más que prescriptiva, para una enfermedad crónica que no se manifiesta cada… –hago silencio. Noto que Percy se esfuerza por seguir tantas palabras pronunciadas tan rápido y con tanto vigor–. Lo siento, estoy divagando.

–No te disculpes. Desearía tener algo inteligente que ofrecer a cambio. Quizás cuando esté un poco más… –sacude una mano vagamente para indicar su estado actual de invalidez.

–¿Has probado alguna de las sugerencias? Él habla muy bien de la quinina.

–Aún no. Ahora no tenemos el dinero. Pero la Academia Real de

Música aquí, en Londres, buscará violinistas en el otoño y uno de los chicos de mi cuarteto es estudiante de Bononcini y dijo que me lo presentaría… Espero que algo surja de ello –reclina la espalda contra la cabecera de la cama mientras me observa, con las piernas contra el pecho, de modo que sus pies ya no cuelgan fuera del final de la cama–. ¿Estás bien?

–¿Yo? Sí, claro.

–Porque estamos muy contentos de verte, pero tu llegada parece más bien… improvisada. Lo cual haría que personas preocupadas se pregunten si has partido de Edimburgo en medio de algún problema.

–Habría motivos para pensarlo, ¿verdad? –espero que mi tono casual lo detenga, pero él continúa mirándome y suspiro, encorvando la postura de un modo muy poco adecuado para una dama–. El señor Doyle, ya sabes, el panadero para el que trabajo –Percy asiente y yo continúo con gran reticencia–. Ha expresado interés en hacerme algún día una propuesta de matrimonio.

Espero una sorpresa fantástica, la misma clase de perplejidad que sentí yo cuando Callum hizo aquella pregunta, pero el rostro de Percy a duras penas cambia.

–Qué manera distante de decirlo.

–No pareces sorprendido.

–¿Debería estarlo? ¿Tú te sorprendiste?

–¡Sí! ¿Cómo sabías que ocurriría?

–¡Por todo lo que escribiste sobre él! Los caballeros solteros no les prestan esa clase de atención a las jóvenes a menos que tengan planes a largo plazo. Aunque supongo que ustedes, los Montague, son expertos en no notar cuando alguien está enamorado de ustedes –su intención debe ser hacerme reír, pero en cambio manifiesto un interés fuerte en quitar las pelusas de mi falda en el área rozada por mi bolso–. No suenas muy entusiasmada.

–Bueno, considerando que, después de que me propuso matrimonio, compré de inmediato un viaje en carruaje hasta aquí y le escribí al Hospital de San Bartolomé pidiendo una reunión con la junta directiva, no puedo decir que lo esté.

–Creí que te agradaba Callum.

Estas malditas pelusitas de lana están muy aferradas a la tela. El borde irregular de la uña de mi pulgar queda enganchado en la textura del material y levanta un hilo.

–Así es. Es amable y me hace reír… a veces, si la broma es inteligente… Y es muy trabajador. Pero me agradan muchas personas. Tú me agradas: eso no significa que quiera casarme contigo.

–Gracias a Dios, porque estoy comprometido.

Resisto la necesidad de caer de cara sobre la cama; habría estado más inclinada a darme el gusto de no haber estado preocupada por que el colchón no cediera y me rompiera la nariz.

–Callum es dulce. Y me ha ayudado. Pero él cree que está salvándome de mi ambición cuando en verdad yo no puedo ver ningún escenario futuro en el que esté tan interesada en Callum como lo estoy en la medicina. O interesada tanto en nadie más. O interesada en hacer algo que no fuera estudiar medicina –exhalo con un suspiro largo que mueve los cabellos delgados que escapan de mi trenza–. Aunque podría ser peor que tener un panadero amable dueño de una tienda que me adora.

–En mi experiencia, es menos gratificante para ambas partes si aquella adoración es unilateral –Percy desliza una mano sobre su rostro. Noto que comienza a sentir sueño y creo que me pedirá que parta, pero en cambio dice–: No es por abandonar este tema por completo, pero ¿podemos regresar a otro un instante? ¿A qué te referías con la junta del Hospital de San Bartolomé?

–Ah –el tema inspira en mí una clase completamente distinta de ansiedad a cuando hablo sobre Callum–. Solicité una reunión con los directivos del hospital.

–Para que te acepten como… ¿paciente?

–No. Para solicitar estudiar medicina allí. Aunque ellos no saben que quiero hablar de ello. Puede que haya dado a entender que la reunión sería para conversar sobre una donación financiera que quería hacer al hospital –muerdo mi labio inferior. Suena mucho peor cuando lo digo en voz alta. Particularmente para San Percy–. ¿No debería haberlo hecho?

–Podrías haber elegido una razón menos dramática –se encoge de hombros–. Todos darán vuelta el rostro con el cambio de tema.

–Fue el único modo en que podía garantizar que me recibieran. En ninguna parte de Edimburgo me aceptan como alumna, ninguno de los hospitales o médicos privados o profesores. Tendría que haberme ido en algún momento si quiero tener educación y una licencia –dejo caer la cabeza hacia adelante y queda apoyada contra la cabecera de la cama–. No pensé que sería tan difícil.

–¿Estudiar medicina?

Sí, pienso, pero también ser una mujer sola en el mundo. Mi carácter fue forjado por la independencia y la autosuficiencia frente a la soledad, así que asumí que las herramientas para sobrevivir ya estaban en mi equipo, solo era cuestión de aprender a usarlas. Pero no solo no poseo las herramientas: no tengo planes y no tengo provisiones, y parece que trabajo en un medio completamente distinto. Y, porque soy mujer, me veo obligada a hacerlo todo con las manos amarradas detrás de la espalda.

Percy mueve el cuerpo y se estremece, un temblor que sube por su brazo y retuerce su hombro. Me incorporo.

–¿Estás bien?

–Estoy dolorido. Siempre estoy muy dolorido después de una convulsión.

–¿Caíste al suelo?

–No, estaba dormido cuando ocurrió. En la cama. Quizás no estaba dormido –presiona la mano sobre su frente–. No lo recuerdo. Lo siento, me sentía despierto, pero ahora siento mareos de nuevo y no puedo recordar qué fue lo último que conversamos.

–Deberías dormir.

–¿Te molestaría?

–Claro que no –me pongo de pie, aplano la falda en el sector arrugado sobre mis rodillas–. Soy más que capaz de entretenerme sola. ¿Necesitas algo?

–Estoy bien –se hunde debajo de las sábanas, el marco de la cama emite un crujido ominoso. El peso del día cae sobre mí: expuesta al viento gélido mientras cabalgaba en la parte trasera del carro por Escocia, apestando a los caballos que defecaban y el hombre a mi lado preguntaba una y otra vez mi nombre, dónde vivía, ¿por qué no sonreía? Estoy exhausta, tengo frío y Percy es un lugar suave donde aterrizar.

–¿Puedo...?

Él abre los ojos. De pronto, me siento muy pequeña y mansa, una niña suplicando meterse en la cama con su madre al despertar de noche por un sueño atemorizante. Pero ni siquiera tengo que preguntar. Él aparta la manta y se mueve a un lado para hacer lugar para mí.

Quito mis botas y las empujo sobre el suelo; me quito el abrigo, pero dejo el suéter puesto; luego me recuesto a su lado y nos cubro con la manta. Ruedo sobre mi espalda y permito que el silencio recaiga sobre nosotros como una capa delgada de polvo antes de decir, con el rostro hacia el techo y sin tener la certeza de que Percy aún esté despierto:

–Los he extrañado. A los dos.

Oigo la sonrisa suave en su voz cuando responde:

–No se lo diré a Monty.

3

CONFIRMAN LA REUNIÓN EN EL HOSPITAL
de San Bartolomé una semana después de mi llegada a Londres; por
algún motivo, la dirección en Moorfields no les dio indicios del hecho
de que no poseo dinero extra para gastar en su establecimiento. Tengo
un hueco de media hora, justo antes de que ellos hagan el receso para
almorzar, así que todos estarán hambrientos, irritables y no predispues-
tos a votar en mi favor.

Duermo lo mejor que una chica puede esperar la noche anterior a
una reunión que podría cambiar el curso de su vida. Lo cual significa
que no duermo en absoluto, sino que permanezco recostada, despierta
durante horas, repasando mentalmente el proceso para punzar forúncu-
los (como si ellos fueran a interrogarme acerca de aquel tema muy específico que estudié) e intentando no permitir que mis pensamientos se
dirijan a situaciones hipotéticas como dónde viviría si me admitieran,
cómo pagaría la matrícula de cincuenta libras, o qué haría si mis tutores
no apoyan la filosofía anatómica. Cuando logro dormir, sueño que llego
tarde a la reunión, que mis pies se convierten en piedras mientras co-

rro hacia la sala asignada, o que la junta me pregunta por qué deberían permitirme estudiar medicina y no logro pensar ni en una sola razón coherente.

¿Por qué está aquí, señorita Montague?, preguntan, y no puedo responder porque mi garganta está cerrada y mi cabeza, vacía. *¿Por qué deberíamos aceptarla aquí cuando solo es una chica? ¿Cuando solo es una niña? ¿Cuando todo esto es solo un capricho pasajero y tonto?*

La tercera vez que despierto de este sueño particular, me levanto. Monty aún no ha regresado a casa y Percy está profundamente dormido a mi lado con la cabeza cubierta por completo bajo la manta, así que me atrevo a encender una vela con las cenizas ardientes de la estufa. Tomo de mi bolso el libro de los ensayos de Platt y arranco la última página en blanco. Luego, con un lápiz del atril de Percy, tomo asiento de piernas cruzadas en el suelo al pie de la cama y comienzo a hacer una lista.

Razones por las que deberían permitirme estudiar medicina en el Hospital de San Bartolomé

Primera: las mujeres constituyen la mitad de la población de esta ciudad y del país y poseen aflicciones únicas a su sexo que los médicos masculinos son incapaces de comprender o tratar efectivamente.

Segunda: la perspectiva de una mujer respecto a la medicina es un recurso sin explotar en un campo dedicado al progreso.

Tercera: las mujeres han estado ejerciendo la medicina durante cientos de años y solo han sido excluidas en este país en la historia reciente.

Cuarta: puedo leer y escribir en latín, francés y un poco de alemán, además de inglés. Estudié matemáticas y he leído mucho sobre temas relacionados a la medicina. Mi escritor favorito es el doctor Alexander Platt y, si me dieran ahora una pluma y papel, podría dibujarles un mapa del árbol bronquial de memoria. También, hace poco curé el dedo amputado de un caballero sin educación previa en el asunto y se espera una recuperación completa.

Quinta: no hay nada que desee más en el mundo que saber acerca del funcionamiento del cuerpo humano y mejorar nuestro conocimiento y estudio de él.

Frunzo el ceño ante la última razón. Es un poco sentimental y no servirá de nada para justificar el corazón tenaz de una mujer. Además, no es completamente cierto: no quiero saber cosas. Quiero *comprenderlas*. Quiero responder cada pregunta que me hagan. Quiero que no haya espacio para que nadie dude de mí. Cada vez que parpadeo, respiro, me estremezco o me estiro, cada vez que siento dolor, o que estoy despierta o viva, quiero saber por qué. Quiero comprender todo lo que pueda sobre mí misma en un mundo que suele no tener sentido, incluso si las únicas certezas que uno puede conocer son a nivel químico. Quiero que haya respuestas correctas y quiero conocerlas y, al hacerlo, conocerme a mí misma.

No sé quién soy sin esto. Eso es lo más sincero que podría decir. La mitad de mi corazón es este deseo. Mi ser está conformado por el anhelo de conocer las respuestas de cada misterio de los frágiles ligamentos que nos conectan a la vida y a la muerte. Siento que aquel deseo es parte de mí. Ha penetrado en mi piel como el mercurio inyectado en una vena para dibujar su forma a través del cuerpo. Una gota tiñó todo mi ser. Es el único modo en que me percibo.

Esto, me recuerdo, es un nuevo comienzo. Una nueva ciudad. Otro lugar para intentarlo otra vez y probar que merezco un lugar en este mundo.

Escribo eso en la parte superior: no para la junta directiva, sino como un recordatorio para mí misma. *Mereces estar aquí.*

Oigo un golpe y un insulto del otro lado del biombo. Me sobresalto tanto que atravieso sin querer el papel con la punta del lápiz y arruino la *i* final de *aquí.*

–Monty –siseo, asomándome detrás del biombo con la vela en alto. Distingo la silueta de mi hermano, plegada, masajeando su rodilla, la cual, a juzgar por el ruido, golpeó contra la estufa.

–Este apartamento es una maldita trampa mortal –dice él, las palabras salen entre sus dientes apretados–. ¿Qué estás haciendo? Son las cuatro de la mañana.

–Estoy… –miro el papel aplastado entre mis manos–. Pensando.

–¿Puedes pensar en la cama con la luz apagada para que pueda dormir?

–Sí, lo siento –doblo el papel y lo guardo en el bolsillo de mi falda colgada sobre el biombo.

Monty me observa, con una mano aún sobre su rodilla dolorida.

–¿Qué escribías?

–Nada importante –de pronto, la lista parece tonta e irrelevante, el sermón de un misionario idealista que aún no ha aceptado que a nadie le importa lo que predica–. Solo unas notas para mi reunión.

–¿Estás nerviosa?

–Claro que no –respondo–. Solo quería estar preparada –apago la vela de un soplido y regreso a la cama antes de que él pueda hacer más preguntas. Lo oigo moverse por el apartamento durante varios minutos más, preparándose para la cama. Se detiene del otro lado del biombo y oigo el ruido del papel al desplegarse. Hay un silencio, luego ruido a papel de nuevo cuando lo regresa a su lugar.

No me levanto y él no dice nada mientras encuentra a tientas en la oscuridad su lugar en la cama y se acurruca contra el lateral de Percy. Comienza a roncar en cuestión de minutos, pero yo permanezco despierta durante horas, contando los latidos de mi corazón y repitiéndome una y otra vez: *Mereces estar aquí.*

Cuando despierto de nuevo, la luz matutina que ingresa a través de las grietas en la pared es de un tono dorado cálido como un huevo pasado por agua. A mi lado, Percy está acurrucado con las rodillas contra el pecho y la cabeza de Monty (aún envuelta en aquel gorro ridículo) descansa sobre su pecho. Es el mismo modo en que a veces dormimos en nuestro Tour, las noches que los tres compartíamos camas duras en posadas sórdidas o nos recostábamos debajo de los álamos blancos en los campos cubiertos de lavanda.

Intento salir de la cama en silencio, aunque las tablas del suelo hacen que sea imposible. El apartamento entero parece conspirar en mi contra, dado que de inmediato me topo con el biombo y por poco cae al suelo. Aquello evidencia cuán agotados deben estar ambos, porque Monty continúa babeando sobre la camiseta de Percy, y Percy no se mueve.

No hay espacio para privacidad real en el apartamento diminuto y, aunque he compartido habitaciones más pequeñas con ambos muchachos, no me desnudaré en medio de la sala y fingiré que mi pudor es tan fácil de ignorar como lo era cuando viajamos como polizones en la bodega de un barco. Logro ponerme ropa interior limpia del otro lado del biombo sin desvestirme por completo, aunque golpeo mi codo fuerte al menos tres veces contra tres objetos distintos y estoy a punto de caer hacia adelante como un árbol cuando un dedo del pie se engancha en un agujero de mi enagua. Cuando amarro mis bolsillos alrededor de la cintura, compruebo que la lista aún esté allí. Lo está, pero en el bolsillo derecho, en vez del izquierdo que es donde la coloqué. Monty continúa siendo un ladrón terrible.

La estufa aún está caliente de la noche anterior, pero ni por asomo lo suficiente para hacer algo útil como hervir agua para el café o descongelarme debajo de mi suéter. Añado unos troncos y soplo hasta que se encienden, luego envuelvo mi cuerpo en el abrigo de mi hermano antes de acurrucarme de espaldas junto a la estufa, esperando que el calor sea demasiado para sentarme tan cerca y escuchando las campanadas en la calle, aunque sé por la luz que aún es temprano. Pero es más cómodo preocuparme por llegar tarde a la reunión que preocuparme por la reunión en sí misma.

Oigo un crujido detrás de mí, primero la cama, luego los tablones del suelo; Percy aparece rodeando el biombo, envuelto en una bata desgastada que luce como si la hubieran hecho en el siglo pasado para un hombre de la mitad de su estatura. Tiene el cabello alborotado a un lado y plano en el otro, y su rostro está pesado, como si aún estuviera despertando.

–Buenos días –dice. Llevo un dedo a mis labios con una mirada significativa hacia el lugar donde Monty aún duerme, ahora despatarrado en la totalidad de la cama, como si hubiera caído allí desde una gran altura.

Percy sacude la mano restándole importancia.

–Está recostado sobre su oído sano. Dormiría incluso en medio del apocalipsis.

–Ah. Bueno. Buenos días. ¿Estás mejor hoy?

–Mucho mejor –toma asiento cruzado de piernas frente a la estufa, sus hombros inclinados hacia el calor del fuego–. ¿Por qué estás despierta tan temprano? Creí que tu reunión no era hasta las once.

–Solo pongo en orden mis pensamientos –resisto la necesidad de buscar la lista en mi bolsillo de nuevo–. ¿Tú?

–Mi cuarteto tocará hoy en una inauguración y de hecho, creo que podré permanecer durante el concierto entero sin vomitar.

–Ah. Qué bien –no es mi intención sonar decepcionada, pero las palabras salen en un tono algo lánguido. No es que esperaba que él o Monty me acompañaran; lo máximo que podrían ofrecer es apoyo silencioso desde la parte posterior de la sala. Y siempre he sabido que haría esto sola. Todo lo que he hecho hasta ahora lo he hecho sola. Pero, de todos modos, la decepción golpea mi caja torácica–. Está bien.

Percy alza la vista.

–¿Mm?

He esperado demasiado tiempo para decirlo y además él no se había estado disculpando por nada. Trago aquella decepción molesta y le digo que no tiene motivos para aparecer.

–Nada –le sonrío, luego me pongo de pie–. Te haré un café antes de irme.

Calculo una hora para caminar hasta San Bartolomé, aunque está solo a un kilómetro y medio, más media hora de espera sentada ansiosa en el pasillo antes del tiempo estipulado de la reunión. Percy me despide en la puerta con más palabras alentadoras, pero sin abrazos o siquiera una palmadita en el hombro. Gracias a Dios por esos amigos que aprenden a hablar en tu propio idioma en vez de obligarte a aprender el de ellos.

Ya estoy en la calle, con la capucha puesta y las manos dentro de mi manguito intentando recordar que debo respirar, cuando escucho la puerta de su edificio cerrarse detrás de mí. Volteo y veo a Monty tambaleándose en la entrada, intentando amarrar los cordones de sus botas mientras avanza, sin lograr hacer ninguna de las dos cosas con efectividad.

—Lo siento —se tambalea hacia mí—. Lo juro, iba a despertarme a tiempo, pero no pensé que partirías tan jodidamente temprano.

—¿Qué haces? —pregunto.

Se rinde con su bota y corre para alcanzarme mientras arrastra los cordones por el lodo.

—Iré contigo. Alguien debe asegurarse de que no te arresten —aún tiene puesto aquel gorro que parece un cubre tetera y lo jala hacia abajo para cubrir sus cicatrices lo máximo posible sin que la tela le impida ver. Nota que lo observo y pregunta—: ¿Debería haberme puesto una peluca? Ahora parece que esta es una de esas reuniones en las que hay que vestir una peluca. Tengo una arriba; puedo ir a buscarla. Pero ha estado acumulando moho desde el otoño y supuse que esa no es la clase de impresión que quieres...

—Gracias —lo interrumpo. Él hace una pausa.

—¿Por no vestir mi peluca llena de moho?

—Sí. Por eso sin dudas. Pero gracias también por venir.

Monty frota sus manos y sopla en ellas para calentarlas.

—Percy también vendría si pudiera. Pero se ha perdido demasiados conciertos esta semana y la epilepsia es, en términos médicos profesionales, una mierda.

Estoy a punto de reír, pero él estará satisfecho si lo hago, y si veo sus hoyuelos tan temprano es probable que lo golpee.

Caminamos juntos a la par... o más bien, lo más a la par posible en aquellas calles destrozadas. Rodeo un charco de lo que creo con bastante certeza que es orina en el surco congelado de una rueda de carreta, luego rodeo a Monty para no quedar del lado de su oído sordo.

—¿De veras creías que permitiría que hicieras esto sola, tonta? —dice mientras caminamos—. Es mucho que enfrentar por tu propia cuenta.

—He enfrentado mucho por mi propia cuenta —respondo.

–No digo que no seas capaz de hacerlo. Pero a veces es agradable tener a alguien que te dé su apoyo. Metafóricamente –añade rápido–. Prometo que no gritaré como muestra de aliento. Aunque es tentador porque sé cuánto te avergonzaría.

Lo miro de reojo y él me mira al mismo tiempo. Las comisuras de su boca comienzan a subir ante el triunfo astuto de haberme atrapado en un momento de sentimentalismo, pero reclino la cabeza hacia atrás, para que mi capucha proteja mi rostro antes de que él diga nada.

–Ese gorro es ridículo.

–Lo sé –dice–. Percy lo hizo para mí.

–No sabía que Percy sabía tejer.

–No sabe –responde Monty y el borde del gorro cae sobre sus ojos como si quisiera enfatizar aquel hecho.

–Me alegra que tengas a Percy –digo.

–A mí también –cuando cruzamos la plaza, los edificios de apartamentos que forman una suerte de cueva se abren al cielo gris. La luz brilla aceitosa sobre las calles cubiertas de lodo, como las escamas de un pez–. Y no te enfades conmigo por decir esto, pero desearía que tú también tuvieras a alguien. Me preocupo por ti.

–Claro que no.

–Lo hago –evade un río de agua color café que cae de una ventana alta y nuestros hombros se chocan–. Pregúntale a Per. Despierto en medio de la noche en pánico por mi hermana que está sintiéndose sola en Escocia.

–No me siento sola.

–Yo tampoco creía sentirme así.

Me encojo de hombros y mi capa cae cerrada delante de mí.

–¿Quieres que me case con el señor Doyle porque tú piensas que necesito un hombre que me proteja? ¿O que me complete? Te agradezco, pero paso, gracias.

–No –dice–. Solo desearía que tuvieras a alguien que te apoye todo el tiempo, porque te lo mereces.

Nos detenemos en una esquina, esperando que una bandada de sillas de manos crucen la calle frente a nosotros, sus lacayos se saludan a los gritos y bromean al pasar.

–Sabes, el amor te ha convertido en alguien terriblemente blando –le digo sin mirarlo.

–Es cierto –responde–. ¿No es maravilloso?

4

A LAS ONCE DE LA MAÑANA, MONTY Y YO
ingresamos al gran salón del hospital San Bartolomé acompañados por
un empleado adolescente con granos y demasiado polvo agrietado sobre
el nacimiento de su cabello. Es una habitación de techo alto con detalles
en dorado a la hoja, dos niveles de ventanas enmarcadas por placas de
madera oscura y los nombres de los contribuyentes pintados en cuidado-
sas hileras largas. Hombres. Todos ellos son hombres. Un retrato de San
Bartolomé cuelga sobre la repisa de mármol de la chimenea, su atuendo
azul es uno de los pocos detalles coloridos en la sala oscura.

Sería más impresionante si, para llegar allí, no hubiéramos atravesado la guardia mugrienta del hospital, donde las enfermeras demacradas
sacudían los piojos de la ropa de cama gris, donde pacientes que debían
trabajar para ganarse un lugar allí llevaban cubetas llenas de desperdi-
cios y un hombre que supuse era un cirujano le gritaba a una mujer por
usar el nombre del Señor en vano. Los pasillos apestaban a enfermedad,
entremezclado con el olor intenso y metálico del mercado de carne con
el que linda. Toda esa majestuosidad parece un desperdicio espantoso.

Pero aquí estoy. Mi corazón tiene hipo. Estoy a punto de hablar con la junta directiva de un hospital. Nunca antes he llegado tan lejos.

Hay algunas hileras de sillas acomodadas delante de una mesa de madera, detrás de la cual están sentados los directivos. Ellos me resultan impresionantes, aunque dejando de lado sus pelucas y sus prendas elegantes, es probable que esté relacionado con el hecho de que son hombres en un grupo grande, lo cual siempre enciende cierto miedo instintivo en mí. Flanqueados como están por los bustos de los directivos predecesores a ellos y bajo todos esos nombres en los muros, siento que las generaciones de hombres que han mantenido a mujeres lejos de sus escuelas me miran, intimidantes. Hombres como esos nunca mueren: los esculpen en mármol y los exhiben en estos salones.

Monty ocupa una de las sillas y alza los pies sobre la que está frente a él. El empleado estuvo a punto de desmayarse. Pienso en regañarlo, pero preferiría que mi primera impresión con estos hombres no fuera la de una institutriz severa que corrige a un hombre infantil por sus modales. Si bien yo, vestida con tela escocesa, lana y botas de trabajo, no estoy en posición de juzgar a nadie por sus prendas, los pantalones de Monty tienen más agujeros de los que noté durante la caminata hasta aquí, hay uno en particular terriblemente cerca de un área sensible. Podría haberse esforzado un poco más por no lucir como un desamparado.

Dejo mis prendas de invierno en la silla a su lado, tomo mis notas del bolsillo y resisto la necesidad de exhibir toda la ansiedad que siento mientras ocupo mi lugar ante la junta; ninguno de los miembros me mira. En cambio, hablan entre sí, o revisan planillas delante de ellos. Uno está hablando sobre qué almorzará hoy. Otro ríe ante una broma de su compañero sobre sus apuestas en las carreras de caballos.

Ya me siento bastante insignificante sin necesidad de que me hagan esperar hasta que decidan estar listos para hablar conmigo, por lo que hablo primero.

—Buenos días, caballeros.

Quizás no es la mejor estrategia, pero llama su atención. Eso, y el hecho de que Monty sisea pidiendo silencio desde la parte trasera de la sala como si estuviéramos en la escuela. Estuve a punto de voltear para fulminarlo con la mirada (menos mal que había prometido no avergonzarme), pero los hombres comienzan a mirar en mi dirección. Son todos ancianos, todos robustos y de piel clara. En el centro de la mesa, el caballero con la peluca más grande junta las manos y me observa.

—Señorita Montague. Buenos días.

Respiro, y el aliento se pega en mi garganta como avena fría.

—Buenos días, caballeros —repito, y luego noto que ya he dicho eso y por poco volteo y salgo corriendo de la habitación en pánico.

Eres Felicity Montague, me recuerdo mientras respiro de nuevo con la misma sensación de avena en mi garganta. *Has navegado con piratas, saqueado tumbas, sostenido un corazón humano en las manos y cosido el rostro de tu hermano después de que le dispararan por culpa de aquel corazón humano. Has leído* De Humani Corporis Fabrica *tres veces, dos en latín; también puedes nombrar todos los huesos del cuerpo, y mereces estar aquí.*

Mereces estar aquí. Bajo la vista hacia el lugar donde las palabras están escritas en la parte superior de mi lista. *Mereces estar aquí. Mereces existir. Mereces ocupar espacio en este mundo de hombres.* Mi corazón comienza a calmarse. Respiro, el aliento no se pega. Empujo mis gafas hacia arriba y miro a la junta directiva.

Y luego, por supuesto, digo "buenos días" una vez más.

Uno de los directores resopla (el mismo hombre con cara de cordero que estaba alardeando sobre las chuletas que comería en cuanto terminaran con esto), y el gesto enciende una llama en mí. Enderezo los hombros, alzo el mentón y digo con la mayor confianza que logro reunir:

–He venido hoy para solicitarle a la junta directiva que me otorgue permiso para estudiar medicina en el Hospital de San Bartolomé.

Miro de nuevo mis notas, lista para decir mi primer argumento apenas recordando cuál es, pero el director de la peluca grande que parece hablar en nombre del grupo me interrumpe.

–Lo siento. Debo estar en la reunión equivocada –cuando alzo la vista, está hojeando sus papeles–, me dijeron que esta era para hablar sobre una donación. ¡Higgins!

–No, señor, está en lo cierto –digo, prácticamente paralizando a Higgins, el empleado, cuando alzo un brazo para detener su carrera hacia la mesa desde la parte trasera de la sala. El presidente me mira y explico–: Es decir, no es así.

–¿Es usted la señorita Felicity Montague?

–Sí, señor.

–¿Y pautó una reunión para hablar sobre una donación financiera que deseaba hacer con la herencia de un familiar fallecido?

–Sí, señor, pero eso fue una excusa para que la junta me recibiera.

–Entonces, ¿no hay dinero? –le susurra el hombre de las chuletas a su vecino.

El presidente junta las manos e inclina el cuerpo sobre ellas, entrecerrando los ojos.

–¿Sintió la necesidad de buscar refugio en una farsa?

–Solo porque he realizado varias peticiones a muchas juntas diferentes de muchos hospitales distintos y no me han dado permiso para hacer mi solicitud.

–¿Y cuál sería la solicitud?

Resisto la necesidad de mirar mi papel solo por mirar a un lugar que no sea esos ojos negros de halcón de un hombre al que nunca le han negado nada en su vida.

–Pedirle permiso a la junta directiva para que me otorguen la oportunidad de estudiar medicina en el hospital, con la intención de obtener un puesto y una licencia para poder ejercer.

Había esperado risas por parte de la junta. Pero intercambian miradas entre sí, como si estuvieran preguntándose si los demás también ven a esa chica parecida a un terrier que se atreve a pedirles la luna, o si ella simplemente es un producto de su imaginación por el hambre que sienten antes del almuerzo.

–Puedo mostrarle la salida, señor –dice Higgins y me pongo de pie; de algún modo, él apareció junto a mi hombro sin que lo notara y ya está extendiendo la mano para tomar mi brazo.

–Todavía no –responde el presidente. Cierro el puño involuntariamente sobre mis notas y las aplasto. Aquel *todavía* me eriza la piel, como si fuera solo cuestión de tiempo para que me echen de la sala–. Señorita Montague –dice el hombre, su tono es el equivalente auditivo a inclinar la cabeza hacia abajo con desaprobación. Lo cual también hace, dado que está sentado más alto que yo–. ¿Por qué cree que le han negado anteriormente la oportunidad de presentar esta solicitud ante la junta directiva de un hospital?

Es una pregunta engañosa, una en la que sé que me he metido sola o a la que él me ha llevado en círculos hasta tropezar con ella y preferiría que no me llevaran a ninguna parte. Alzo el mentón (si alzo más la cabeza, estarán mirando mi nariz) y digo:

–Porque soy mujer.

–Precisamente –él baja la vista hacia la mesa y dice–: Entonces, comienza nuestro receso, caballeros. Nos reuniremos de nuevo a las dos.

Los hombres comienzan a ponerse de pie, a buscar sus abrigos y a reunir sus maletines, papeles y todo lo que ocupe espacio. Siento a Higgins a mis espaldas, acercándose para cumplir con aquel *todavía*. De hecho, esta vez rodea con sus dedos huesudos mi brazo, pero lo aparto antes de que pueda sujetarme bien. Doy unos pasos al frente y digo lo más fuerte que puedo sin gritar:

–No han oído mis argumentos.

El presidente coloca su abrigo sobre los hombros y me sonríe de un modo que es probable que él crea que es amable, pero de hecho, es la sonrisa burlona de un hombre a punto de explicarle a una mujer algo que ella ya sabe.

–No hay nada más que oír. Sus argumentos concluyen en aquella única afirmación. Es mujer, señorita Montague, y las mujeres no tienen permitido estudiar en el hospital. Es nuestra política.

Doy otro paso hacia la mesa.

–Esa política es anticuada y tonta, señor.

–*Anticuada* es una palabra bastante seria, señorita –dice.

También lo es *condescendiente*, pienso, pero muerdo mi lengua.

Ahora la mayoría de la junta escucha de nuevo. Percibo que, más que nada, esperan obtener una buena anécdota que compartir en el pub, pero aceptaré cualquier atención que me ofrezcan.

–¿Ha estudiado previamente medicina en un hospital o en una institución académica? –pregunta el presidente.

–No, señor.

–¿Ha tenido alguna clase de educación formal?

Está lanzando el anzuelo otra vez, y lo mejor que puedo hacer es esquivarlo.

–Me educaron en casa. Y he leído muchos libros.

–Eso no es saludable para usted –interrumpe otro de los hombres–. Leer en exceso hace que el cerebro femenino se encoja.

–Ah, por todos los cielos –exclamo, mi temperamento toma las riendas–. No pueden creer eso realmente.

El hombre retrocede como si yo lo hubiera asustado, pero otro se acerca y añade:

–Si ha leído tantos libros, ¿por qué necesita educación de un hospital?

–Porque la educación en un hospital es un requisito para obtener la licencia y poder ejercer –digo–. Y porque leer los ensayos de Alexander Platt sobre los huesos humanos no es preparación adecuada para reparar una pierna rota cuando la herida está ensangrentada y el hueso se ha astillado bajo la piel y comienza a infectarse con gangrena.

Había esperado que la mención del doctor Platt generara algo cercano a la admiración entre los hombres, pero, en cambio, un murmullo bajo recorre el grupo. En un extremo, un hombre de mentón puntiagudo y mechones de cabello grueso y rubio que sobresalen debajo de su peluca alza las cejas.

–Entonces, que un hombre cure el hueso y que la mujer se asegure de que el herido reciba una buena comida y una cama –susurra el hombre de las chuletas, lo bastante fuerte para que todos lo escuchen. Hay una risa sofocada entre los hombres con uñas limpias que probablemente no conocen el color de la sangre.

El presidente lanza una mirada en dirección a ellos, pero no hace nada para callarlos.

–Señorita Montague –dice, posando de nuevo los ojos en mí–. No tengo dudas de que es una jovencita muy inteligente. Pero incluso aunque considaráramos admitir a una mujer entre nuestro alumnado, el costo que implicarían los ajustes necesarios para que ella…

–¿Qué ajustes, señor? –pregunto.

–Bueno, para empezar, no sería capaz de asistir a disecciones anatómicas.

—¿Por qué? ¿Cree que mis nervios son tan débiles y frágiles que no podría lidiar con la vista? Las mujeres en las calles de Londres ven más muerte y cuerpos en un solo día de lo que usted probablemente ha visto en su vida.

—Aún no he conocido mujer que tenga el estómago para tolerar la clase de disecciones que nosotros realizamos —dice—; sin mencionar la desnudez de la anatomía masculina, que sería inapropiada de ver para usted fuera de los lazos del matrimonio.

Él mira sobre mi hombro a Monty, quien alza la mano y dice "hermano", como si eso fuera el asunto más importante que aclarar.

Resisto la necesidad de lanzar algo sobre mi cabeza con la esperanza de golpearlo en la nariz y, en cambio, permanezco enfocada en el presidente.

—Le aseguro, señor, que no me pondré histérica.

—Ahora parece histérica.

—No lo estoy —replico, molesta porque mi voz se agudiza en la última palabra—. Estoy hablando con pasión.

—Por no mencionar las concesiones que habría que hacer para que los estudiantes masculinos no se distraigan con la presencia de una mujer —añade otro de los hombres y el resto de la junta asiente como indicador del punto excelente y sinsentido que ha hecho.

Utilizo cada gramo de voluntad para no poner los ojos en blanco.

—Bueno, entonces, podrían considerar cubrir las patas de las mesas en caso de que el mero recordatorio de la existencia del cuerpo femenino haga que sus estudiantes entren en un frenesí erótico.

—Señorita —comienza a decir el presidente, y siento de nuevo a Higgins sobre mi hombro derecho, pero insisto, usando ahora mi argumento como una maza.

—Las mujeres conforman más de la mitad de la población de la ciudad, del país y del mundo. Su inteligencia e ideas son una fuente inexplorada, particularmente en un campo que afirma estar comprometido con el progreso. No hay evidencia de que las mujeres no estén preparadas para estudiar medicina: más bien lo contrario, las mujeres han estado ejerciendo la medicina durante cientos de años y las han excluido solo en la historia reciente, cuando la cirugía comenzó a estar controlada por instituciones lideradas por hombres. Instituciones que ahora están tan hundidas en la burocracia que han dejado de cumplir incluso con sus funciones más básicas para los necesitados –no planeaba decir eso, pero el hedor de la guardia del hospital aún está en la parte posterior de mi garganta. El presidente ha alzado tanto las cejas que están a punto de desaparecer debajo de su peluca, pero prosigo–. Hacen dinero con los pobres y los enfermos. Les cobran por ocupar espacio en las salas de su hospital. Los hacen trabajar para ganar su lugar y así se requiere menos personal pago. Cobran cantidades absurdas por tratamientos que saben que no funcionan para poder invertir en investigaciones que se niegan a compartir con aquellos que las necesitan.

Tal vez no es lo más inteligente insultar la institución en la que estoy, pero he tenido tanta ira reprimida en mi interior sobre tantas cosas que brota de mí de pronto, como una champaña sacudida que descorchan con violencia.

–Además –prosigo–, hay aspectos de la salud femenina que los médicos hombres no están preparados para tratar; aspectos que no han intentado comprender o mejorar los tratamientos para ellos. ¿Les negarían a sus madres, hermanas e hijas la atención médica más efectiva?

–No hay tratamientos que se les nieguen a las mujeres por su sexo –interrumpe el presidente–. Aquí tratamos pacientes femeninos del mismo modo en que tratamos masculinos.

–No me refiero a eso. Me refiero a la falta de investigación para proveer alivio del dolor debilitante que restringe regularmente las tareas más básicas en la vida cotidiana de las mujeres.

—No sé a qué se refiere, señorita —dice el presidente, alzando la voz sobre la mía.

—¡Hablo de la menstruación, señor! —grito como respuesta.

Es como si hubiera prendido fuego el salón, como si hubiera hecho aparecer una serpiente venenosa de la nada y luego también la hubiera incendiado y la hubiera lanzado hacia la junta. Los hombres comienzan a protestar y a emitir gritos ahogados horrorizados. Juro que uno de ellos por poco se desmaya ante la mención del sangrado femenino. Higgins intenta colocar de nuevo la mano sobre mi hombro.

El presidente se ha vuelto de un rojo intenso. Golpea un libro sobre la mesa, intentando cerrar la caja de Pandora que yo he abierto.

—Señorita Montague, no oiremos más quejas suyas. En base a los argumentos insustanciales y, francamente, histéricos que ha exhibido ante nosotros hoy, no podría permitirle con buen juicio que se inscriba como alumna aquí. Puede retirarse o haré que Higgins la acompañe.

Quiero quedarme, quiero continuar luchando contra ellos. Quiero que me permitan terminar con los puntos de mi lista. Quiero decirles que robé los ensayos de medicina de una librería en Chester porque el vendedor no me permitía comprarlos, que corté las páginas con mucho cuidado y las reconstruí dentro de la cubierta de la ficción romántica de Eliza Haywood para ocultar lo que realmente leía después de que mi madre hallara una copia de *Ejercicios anatómicos sobre el movimiento del corazón y la sangre en animales* en mi cuarto y la lanzara al fuego sin decirme ni una palabra. Que a veces el único motivo por el que siento que me pertenezco a mí misma y no al mundo es porque comprendo el modo en que la sangre se mueve a través de mi cuerpo.

También quiero llorar o gritar que espero que le crezcan alas a todos sus genitales y que vuelen lejos, o viajar en el tiempo al comienzo de esta reunión y abordar todo de un modo distinto. Quiero callar la voz ínfima y desagradable en mi cabeza que susurra que quizás ellos tienen razón y que tal vez no sirvo para esto y que quizás estoy histérica porque, si bien creo que no lo estoy, es difícil crecer en un mundo donde te enseñan a creer siempre en lo que los hombres dicen sin dudar de ti misma a cada momento.

Antes de que Higgins pueda por fin sujetar mi brazo, lo empujo y avanzo, sin esperar a Monty y sin mirar atrás a los directivos o al gran salón. Nunca antes he querido tanto estar lejos de un lugar en toda mi vida.

Afuera, el aire invernal es una bofeteada bienvenida sobre mi rostro ardiente. Avanzo por el patio del hospital, paso la cola de la despensa y a las enfermeras que vacían cubetas desagradables en la zanja, hasta que atravieso las puertas y salgo a la calle. El frío ha extraído las lágrimas de mis ojos, aunque es más fácil culpar al invierno que a la humillación. Me detengo en el pavimento de modo tan repentino que obligo a una silla de manos a cambiar de dirección. Un perro que camina delante de un vagabundo me gruñe.

Jalo las mangas sobre mis manos y las presiono contra mi rostro, mis uñas se hunden con fuerza en mi frente. Una ráfaga de viento transporta restos de nieve del muro del hospital y la deposita en mi nuca. Se siente grasosa y cargada de hollín, pero permito que se derrita lentamente y que caiga por mi columna, imaginando cada vértebra mientras se desliza sobre ella, contando los huesos con cada aliento.

Pasos rápidos golpean las piedras a mis espaldas. Aparto las manos de mi rostro y veo a Monty corriendo lejos de las puertas; se detiene en seco cuando nota que no he avanzado más. Mi capa y mi manguito, abandonados en el Gran Salón, cuelgan de su brazo. Los extiende hacia mí y, cuando no me muevo para tomarlos, lanza de modo extraño la capa sobre mis hombros. Comienza a introducir el manguito entre mis codos, reflexiona cuando nota cuán cerca está de accidentalmente tocar mi seno así que, en cambio, deja caer la mano y el manguito cuelga inerte a su lado.

Nos miramos. La ciudad hierve a nuestro alrededor. Quiero encender una chispa e incendiar todo. Quemar todo bajo el cielo y comenzar el mundo de nuevo.

–Bueno –dice Monty por fin y luego repite–: Bueno. No salió como lo planeamos.

–Salió exactamente como lo planeaba –digo, mi voz suena como una costilla al romperse.

–¿Sí? ¿Ese era tu escenario ideal?

–Dije lo que quería decir –le quito mi manguito y coloco las manos dentro–. Cada argumento que di es irrefutable. Sus políticas elitistas dependen completamente de la fragilidad de su propia masculinidad, pero no importa, porque son hombres y yo soy mujer así que nunca iba a haber una discusión y no la hubo. Ellos siempre me pisotearían y fui estúpida al pensar que podría ocurrir algo más que eso, y no te atrevas a intentar darme un abrazo.

Sus brazos, que había comenzado a alzar, se paralizan en el aire y él los deja flotar allí, como si estuviera cargando algo grande e invisible.

–No pensaba hacerlo.

Deslizo el dorso de la mano sobre mis ojos y tuerzo mis gafas. Tengo tantas ganas de marcharme, pero no tengo a dónde huir. No puedo regresar a su apartamento, es demasiado pequeño para que pueda llorar mucho en privado. Incluso el hecho de que es *su* departamento (de él y de Percy) me recuerda lo resuelta que mi hermano tiene la vida en comparación a la mía. No puedo regresar a Edimburgo, a los brazos de un hombre que huele a pan y anís y que dice que le gusto por mi espíritu, pero que quiere doblegarlo lo suficiente para poder mostrarme en público. No puedo regresar a la casa de mis padres, donde crecí sin que nadie me diera reconocimientos a menos que fuera para expresar disgusto por mi modo de vestir y de hablar y por llevar libros conmigo a las fiestas. A pesar de todo mi esfuerzo, ni siquiera poseo una cama propia donde lanzarme y llorar.

—Señorita Montague —dice alguien detrás de mí, y volteo tan rápido que una lágrima cae de mi ojo y se desliza sobre mi mejilla.

Uno de los directivos de la junta está de pie a mis espaldas: el hombre con la peluca que no era del tamaño adecuado, quien alzó las cejas cuando mencioné al doctor Platt. Tiene su capa sobre el brazo y está agitado, hay cierto silbido de sus pulmones que suena como un resfriado invernal del que aún no se recuperó.

Siento la lágrima contra la comisura de mi boca y no sé si limpiarla hará que su presencia sea más o menos notoria, así que la dejo donde está.

—Buen día, señor.

Él frota las manos juntas, un gesto incierto que parece un intento de generar calor y a su vez solo algo que hacer.

—Vaya escena dentro —dice, y mi corazón da un vuelco.

—No tienes que decirlo así, hombre —interrumpe Monty. Se extiende hacia mí de nuevo, como si quisiera colocar un brazo protector y fraternal sobre mis hombros. Lo fulmino con la mirada y él cambia el gesto y comienza a limpiar polvo invisible en mi brazo.

—Disculpe —me extiende la mano—. Soy el doctor William Cheselden.

—Ah —a pesar de mis sentimientos amargados hacia todos los hombres en el campo de la medicina, siento un mareo leve al escuchar el nombre—. He leído su ensayo sobre la litotomía.

—¿Lo ha hecho? —luce sorprendido, como si toda mi presentación en el Gran Salón fuera un invento—. ¿Qué le pareció?

–Creo que es innegable que su método para extraer cálculos de la vejiga es mejor –respondo, y luego añado–: Pero me pregunto por qué no dedica más energía a estudiar cómo reducir la aparición de los cálculos en vez de extraerlos una vez que ya han causado dolor.

Me mira con la boca levemente abierta y la cabeza inclinada a un lado. Estoy lista para voltear y partir, alimentando la satisfacción de que fui capaz de regañar al menos a uno de los directivos de San Bartolomé. Pero luego, él sonríe.

–¿Es adepta a la escuela de medicina preventiva de Alexander Platt?

–Fervientemente –respondo–. Aunque no he tenido muchas oportunidades de aplicar los conocimientos de modo práctico.

–Claro –golpea su guante sobre la palma de la mano y luego dice–: Quería ofrecerle mis disculpas por el modo poco caballeroso con que acaban de tratarla. Algunos hombres parecen creer que si una dama se comporta de un modo que ellos consideran impropio para el sexo femenino, están justificados para hablarle de un modo impropio para el sexo masculino. Así que primero, le ofrezco mis disculpas.

Asiento, sin estar segura de qué más decir aparte de:

–Gracias.

–Segundo, quisiera darle algunas sugerencias.

–¿Sugerencias? –repito.

–Si su corazón está decidido a estudiar medicina, podría recurrir para su formación a una herbolaria o una partera.

–No me interesan ninguno de esos temas.

–Pero son… –contempla su pensamiento con un zumbido a través de los labios fruncidos y luego concluye–: Adyacentes a la medicina.

–También lo es robar cadáveres y, sin embargo, no sugiere que me dedique a saquear tumbas.

La punta de su nariz comienza a enrojecerse por el frío.

—Entonces, quizás pueda conseguir empleo como enfermera en un hospital. Aquí siempre buscan mujeres jóvenes y también en Bethlem. Me encantaría recomendarla.

Cruzo los brazos.

—¿Se refiere a alimentar con una cuchara de sopa las bocas de los inválidos y limpiar las salas después de que los cirujanos las usen? —no había despertado esa mañana pensando que tendría una discusión con un médico famoso, pero si hubiera querido cocinar para hombres, me habría quedado en Edimburgo para casarme con Callum—. No quiero ser partera. O enfermera.

—Entonces está completamente decidida a convertirse en una mujer médico —dice.

—No, señor —respondo—. Estoy decidida a convertirme en médica. Preferiría que la cuestión de mi sexo fuera trivial en vez de un acondicionamiento.

Él suspira, aunque el sonido sale acompañado de una risita.

—Es una pena que no haya venido unas semanas atrás, señorita Montague. La habría enviado con Alexander Platt. Los dos se habrían llevado estupendamente.

Incluso sabiendo que es anatómicamente imposible en relación con mi estado vivo actual, juro que mi corazón se detiene.

—Alexander Platt... ¿como el autor de *Ensayos sobre la anatomía de los huesos humanos*? —Alexander Platt, mi ídolo, el cirujano de clase media entre esos presumidos con peluca que manejan los hospitales. Alexander Platt, quien perdió su puesto como cirujano de la marina debido a su campaña incansable en pos de las disecciones anatómicas para comprender mejor qué mataba a los hombres en el mar. Alexander Platt, quien comenzó su carrera ensuciándose las manos en las guardias de los hospitales en las Antillas francesas antes de que siquiera le permitieran poner un pie en un hospital de Edimburgo. Alexander Platt, cuyo trabajo sobre la intoxicación por arsénico hizo que ganara un puesto como profesor invitado en Padua cuando solo tenía veintidós años.

Cheselden sonríe ampliamente.

–El mismo. Estuvo aquí el mes pasado.

–¿Dando conferencias? –pregunto.

–No, fue una situación bastante desafortunada. Suspendieron su licencia varios años atrás y… Bueno, es un asunto muy complicado –ríe, demasiado agudo y aparta sus ojos de los míos antes de concluir–: Pero estuvo aquí en busca de asistentes para una expedición que emprenderá.

–¿Partió en una expedición? –pregunto, y mi voz sale teñida de decepción.

–Aún no; ha ido al Continente para contraer matrimonio. Partirá hacia los Estados de Berbería el primer día del mes para completar una investigación. Debería escribirle y decirle que yo la recomendé: es más probable que a él no le interese su sexo, contrario a los hombres de Londres. Ya ha trabajado antes con mujeres.

¡Por supuesto que lo ha hecho!, quiero gritar. *¡Es el doctor Alexander Platt y mi gusto en ídolos es excelente!*

–¿Sabe a dónde podría escribirle?

–Está hospedado con su prometida y su familia en Stuttgart; el apellido del tío es Hoffman y la novia es… Deme un minuto, ya lo recordaré… ¿Josephine? No, no se llama así. ¿Joan? –desliza una mano sobre el mentón–. Empieza con J y sigue con O.

Mi alegría se inflama y enferma. Cuando mencionan inesperadamente el nombre de tu única amiga de la infancia, años de recuerdos que juraste haberte quitado de encima resurgen en la superficie. En particular cuando esa amistad finalizó en términos tan malos como la nuestra.

—¿Johanna? —chillo, esperando que él diga otro nombre. Pero chasquea los dedos.

—Sí, exacto. Johanna Hoffman. Muy astuto de su parte.

Por supuesto. Por supuesto, otro árbol caído se interpone en mi camino. Por supuesto que la mujer que contraerá matrimonio con el doctor Platt es la última persona que querría darme la bienvenida en su hogar.

Sin percibir mi conflicto, Cheselden prosigue:

—Debe escribirle al doctor Platt a través de la señorita Hoffman. Sé que él tiene intenciones de partir en cuanto termine la boda, así que tal vez sea demasiado tarde, pero no pierde nada escribiéndole unas líneas.

—¿Cuándo es la boda? —pregunto.

—En tres semanas a partir del domingo. Quizás es un poco optimista creer que una carta llegará a tiempo.

Es prácticamente imposible que, en un período de tiempo tan corto, mi carta llegue al doctor Platt *y* que él encuentre tiempo entre la boda y el planeamiento de la expedición para leerla y que mi súplica escrita sea suficiente para conmoverlo al punto de ofrecerme un puesto y que yo tenga el tiempo suficiente de viajar adonde sea que fuera su punto de partida para conocerlo. Hay una posibilidad incluso menor de que cualquier carta con mi nombre no sea de inmediato destrozada por Johanna Hoffman, una chica con la que tengo un pasado escabroso tan extenso como la lista de nombres en los muros del Gran Salón.

Pero... si en lugar de recibir una carta en su puerta fuera yo en persona, apasionada e inteligente, quizás podría tener una oportunidad mejor.

El doctor Cheselden hurga en el bolsillo de su abrigo, extrae una tarjeta personal y me la entrega.

–Dígale a Alex que le aconsejé que le escribiera.

–Lo haré, señor. Gracias.

–Y, señorita Montague… Le deseo la mejor de las suertes –toca su frente con dos dedos y luego voltea hacia la calle, con el cuello de su abrigo levantado contra el viento.

Espero hasta que sale de vista antes de voltear para mirar a Monty y sujetar su brazo, aunque él está tan envuelto de prendas que sujeto más que nada su suéter.

–¡Mira eso! Te dije que todo salió como lo planeé.

Monty parece mucho menos entusiasmado de lo que había esperado: incluso había estado dispuesta a permitir que me abrazara si se hubiese ofrecido, pero, en cambio, frota su nuca con el ceño fruncido.

–Eso fue… algo.

–Intenta contener el entusiasmo.

–Maldita sea, estaba subestimándote.

–Mucho menos que cualquier otro. ¡Y me dio una tarjeta! –agito frente a sus ojos el papel color crema grabado con el nombre de Cheselden y la dirección de su oficina–. Y me dijo que le escribiera al doctor Platt; *el* doctor Alexander Platt. Ya sabes, te conté sobre él ayer en el desayuno.

–¿El que perdió su licencia para practicar cirugía? –pregunta él.

–Porque es un radical –respondo–. Él no piensa como los otros médicos. Estoy segura de que esa es la razón –Monty presiona los dedos del pie contra el pavimento, con la mirada baja. Presiono la tarjeta entre mis manos como si estuviera rezando con ella–. Iré a Stuttgart. Tengo que conocerlo.

–¿Qué dijiste? –Monty alza la cabeza–. ¿Qué ocurrió con el plan de escribirle?

–Una carta no captará su atención del modo en que necesito

–respondo–. Iré a presentarme y él quedará encantado conmigo y me ofrecerá un puesto.

–¿Crees que simplemente aparecerás en su puerta y que él te contratará?

–No, iré a la boda y lo deslumbraré con mi excepcional potencial y mi ética laboral, y luego me contratará. Y –añado, aunque sé que aquel camino es más traicionero– conozco a Johanna Hoffman... La recuerdas, ¿verdad?

–Claro que sí –responde–, pero creí que no se separaron en buenos términos.

–Tuvimos un pequeño desencuentro –digo moviendo la mano con frivolidad para disimular que aquella afirmación se quedó corta–. No significa que no parecerá completamente inocente que aparezca en su boda. ¡Somos amigas! ¡Estoy celebrando con ella!

–¿Y cómo pagarás el viaje hasta allí? –pregunta él–. Viajar es costoso. Londres es costosa. ¿El doctor Platt te pagará por este trabajo? Porque por mucho que Percy y yo te adoremos, compartir nuestra cama no es un acuerdo de convivencia a largo plazo que me entusiasme. Si él tuviera un trabajo para ti que fuera estudiar medicina o intentar conseguir un título o una licencia, sería una cosa, pero suena a que se aprovecharán de ti.

–Bueno, quizás permitiré que él se aproveche de mí. No en ese sentido... –exhalo fuerte y el aire sale delgado y blanco en contraste con el frío–. Ya sabes a lo que me refiero.

–Vamos, Feli –Monty intenta tomar mi mano, pero la aparto–. Eres demasiado inteligente para eso.

–Entonces, ¿qué se supone que haga? –grito y mi voz suena feroz–. No puedo renunciar a la medicina, no puedo regresar a Edimburgo y no puedo casarme con Callum... ¡Simplemente no puedo! –la única razón por la cual no estoy llorando es porque estoy demasiado irritada por el hecho de que me encuentro al borde del llanto de nuevo. No he llorado en años (incluso en aquellas primeras semanas grises y solitarias en Edimburgo he sido valiente y decidida), pero en el transcurso de una sola hora, he estado al borde de las lágrimas tres veces–. No pasaré el resto de mi vida ocultando las cosas que amo detrás de las cubiertas de los libros que se consideran apropiados para mi sexo. Quiero esto demasiado para no probar cada maldito recurso posible para que ocurra. Bueno, ahora puedes abrazarme.

Lo hace. No es mi abrazo favorito. Pero si él no puede comprender el dolor, yo puedo al menos permitirle aplicar un bálsamo familiar. Permanezco de pie en sus brazos, mi mejilla presionada contra la lana áspera de su abrigo y permito que me sostenga.

–Todos quieren cosas –dice Monty–. Todos tienen un anhelo semejante. Desaparece. O se hace más fácil vivir con ello. Deja de consumirte desde adentro.

Arrugo la nariz y sollozo. Quizás todos tienen un anhelo como este: imposible, insaciable, pero a pesar de todo, completamente consumidor. Quizás el desierto sueña con tener ríos desbordantes y los valles sueñan con otro paisaje. Quizás el anhelo desaparecerá algún día.

Pero si desaparece, quedaré vacía, a medias, hueca, y ¿quién puede vivir de ese modo?

5

LA NOCHE SIGUIENTE, MONTY Y YO hemos pasado de hablar de modo civilizado sobre ventajas y desventajas de mi viaje a Stuttgart a debatir intensamente sobre el asunto.

Es nuestro único tema de conversación mientras los tres caminamos hacia el pub en la calle Shadwell llamado Nancy, la afeminada, cuyo nombre indica que es un lugar donde los muchachos como mi hermano y su novio pueden estar juntos abiertamente. Cenaremos con Scipio y sus marinos, con quienes Monty y Percy han estado planificando reunirse desde que su tripulación llegó al puerto varias semanas atrás. La acera es angosta y caminamos juntos: yo aplastada entre Monty y Percy, unos tropezando con otros al intentar agruparnos para protegernos del frío y también para evitar que las carretas nos atropellen. El aire apesta a la basura quemada a orillas del río, es tan intenso que tragaré aquel olor toda la noche. El hollín cae en aglomeraciones grandes mientras Londres incendia todo lo que es inflamable para mantener el calor. Al no poseer monedas de sobra para gastar en un farolero, nuestra única iluminación proviene de las chispas que brotan de las ruedas de los afiladores para cuchillos y de los herreros que extinguen las brasas al concluir la jornada cuando pasamos junto a sus tiendas. Cuando hallamos la dirección, estoy tan cansada de tener frío, estar húmeda y escuchar los argumentos exasperantemente lógicos de por qué no debería ir a Stuttgart debido a un capricho, que estoy lista para voltear y regresar al apartamento en cuanto llegamos.

Espero que el lugar esté atestado de personas ruidosas y que apeste a alcohol, pero parece más bien una cafetería, oscura y cálida, con conchas de ostras cubriendo el suelo de modo que las tablas brillan y crujen bajo nuestras botas. Un revestimiento delgado de humo flota en el aire, pero es tabaco dulce que propicia un alivio esperado de la noche fangosa en el exterior. El ruido es más que nada conversaciones a un volumen parejo, combinadas con el ruido suave de los cubiertos sobre los platos. Hay un hombre con una tiorba sentado en la barra, con los pies en alto mientras afina las cuerdas del instrumento.

–¿Tú elegiste este lugar? –le pregunto a Monty mientras miro a mi alrededor–. Tu gusto se ha vuelto mucho más civilizado desde la última vez que te vi. Nadie tiene el torso desnudo.

–Por favor, no me felicites por mi decencia; me hace sentir muy obsoleto –se ha puesto su mejor abrigo para la ocasión, uno que aparentemente no podía darse el lujo de vestir cuando me acompañó al hospital, y tiene el rostro limpio. Es una aproximación a un aspecto presentable, aunque todavía luce menos como un caballero y más parecido al material en bruto utilizado para crear uno–. Es solo que no escucho ni una maldita palabra si hay más ruido que este.

–Allí está Scipio –Percy saluda con la mano y sigo su mirada hacia el grupo familiar en una esquina. Monty busca la mano de Percy y yo los sigo cruzando la habitación.

Ser corsarios le sienta bien a la tripulación del *Eleftheria*. Todos están mejor vestidos y menos delgados que la última vez que los vi. La mayoría aún lucen barbas de marinero, pero sus mejillas ya no se hunden debajo del vello facial. Los rangos han cambiado: reconozco a Scipio, a Ebrahim y a rey George, que ahora mide treinta centímetros más (aunque continúa igual de loco por Percy, como demuestra al correr por la habitación y derribarlo con un abrazo). Pero junto a ellos hay dos hombres de piel oscura que no reconozco, uno con un bigote rizado y un arete de oro; al otro le faltan tres dedos de la mano izquierda. Hay un tercera persona, mucho más pequeña y de rostro delicado, vestida con una túnica sin forma y una pañoleta en la cabeza; está tan inclinada sobre una taza que no noto de inmediato si es un hombre o una mujer.

Scipio les da unas palmaditas cálidas en la espalda a Monty y a Percy y despeina con afecto el nuevo cabello corto de Monty antes de tomar mi mano con las suyas y besarla.

—Felicity Montague, ¿qué haces aquí? ¿Has venido desde Escocia solo para vernos? —antes de que yo pueda responder, él pregunta—: ¿Y estás más alta o yo estoy más bajo que la última vez que nos vimos?

—Claro que no; son esas malditas botas que usa —Monty toma asiento en la mesa junto a Ebrahim—. Tienen las suelas más gruesas que he visto.

—Le molesta que esté más alta que él —digo.

—Perdió varios centímetros al cortarse el cabello —dice Scipio riendo por la nariz.

—Ni lo menciones —Monty lleva una mano sobre su corazón con solemnidad—. Aún estoy de duelo.

—Tienes una nueva tripulación —Percy se inclina para estrecharles la mano a los dos hombres que no reconozco y luego toma asiento junto a Monty; despliega sus piernas largas bajo la mesa mientras yo ocupo una silla frente a ellos.

—Necesitamos más ayuda antes de lo esperado —dice Scipio—. Ellos son Zaire y Tumelo, comerciaban con tabaco en Portugal. Y ella —señala a la persona joven inclinada sobre el extremo de la mesa– es Sim, de Argel, quien adoptó una vida decente para unirse a nosotros.

Sim alza la vista de su cerveza. Su rostro tiene forma de corazón y es pequeño, el marco de su pañoleta hace que sus facciones luzcan incluso más puntiagudas. Sus facciones parecen demasiado grandes para aquel lienzo pequeño. Los dos hombres se ponen de pie para estrechar las manos de todos, pero ella no se mueve.

–¿Cómo les resulta navegar como mercaderes bajo el mando de la corona británica? –pregunta Percy mientras todos nos acomodamos en la mesa. Scipio ríe.

–Tengo un carácter mucho más calmo que cuando navegábamos sin patrocinador. Aún nos cuestionan más que a la mayoría de las tripulaciones británicas cuando estamos en suelo europeo, pero al menos ahora tenemos documentación.

–¿Dónde han viajado? –pregunto.

–Todavía más que nada en la zona del Mediterráneo –responde–. Portugal, Argel, Túnez y Alejandría. Es lo que tenemos, pero tu tío nos ha mantenido lejos de la Real Compañía Africana –le dice a Percy–. Lo vimos en Liverpool el mes pasado y parecía estar muy bien.

Percy sonríe. Sus tíos, aunque estaban listos para confinarlo en un asilo, no eran ni por asomo tiranos. Su tío había sido generoso al usar su puesto para ayudar a la tripulación del *Eleftheria* como agradecimiento por el rol que habían cumplido en nuestra seguridad mientras estábamos en el exterior. En cambio, Monty y yo le habíamos escrito una carta cada uno a nuestro padre, para hacerle saber únicamente que no habíamos fallecido y que no regresaríamos a casa, y no recibimos nada a cambio. Si bien mi padre había sido hostil con Monty e indiferente conmigo, era la clase de hombre que sería capaz de cortar su propia mano si eso implicaba evitar un escándalo. Y la noticia de dos hijos desaparecidos misteriosamente en el mismo viaje al Continente sacudiría el avispero en Cheshire.

–Ah, cuéntale a Felicity la historia sobre las cabras en Túnez –pide Monty, aunque me salva la distracción que genera Georgie al regresar con la cerveza.

–¿Han intercambiado cartas? –le pregunto a Scipio. Sabía que Percy organizó esta reunión, pero no que había habido más comunicación entre ellos.

–Cada tanto –responde Scipio.

–Oiga, señorita Montague, Sim y usted tal vez tienen algo en común –interrumpe Ebrahim y habla hacia el extremo de la mesa–. Sim, ¿qué opinas de Londres?

Ella alza la cabeza. Su rostro no cambia, pero siento la naturaleza ensayada de aquel gesto, como si la hubieran llamado para hacerlo más de una vez y aquello comenzara a cansarla.

–La odio.

–¿Por qué la odias? –provoca él.

–Demasiados hombres blancos –responde ella. Ebrahim ríe. Sim, no. Desde el extremo de la mesa, ella me mira a los ojos y un hilo invisible parece tensarse entre las dos. Inclina la cabeza a un lado mientras me observa. Me hace sentir como un espécimen abierto al medio y clavado en una tabla de corcho para que los alumnos inspeccionen.

Tengo una excusa para apartar la vista cuando Scipio me dice:

–¿Qué te ha parecido el norte? Percy mencionó que habías estado en Escocia.

–Ya está cansada de Escocia –responde Monty. Para compensar por su sordera, se ha acostumbrado a mirar con una intensidad repelente a quien fuera que hablara o a voltear su oreja sana hacia el hablante. Sé que es necesario para su audición, pero hace que parezca que no está prestando atención y magnifica el aire desdeñoso que es propenso a emitir. No debería molestarme, pero esta noche soy un fuego fácil de avivar. Monty empuja mis costillas con su codo–. Quizás Scipio te lleve al continente.

Cuando no sonrío, Scipio nos mira.

–¿Viajarás de nuevo?

–No. Monty está siendo cruel –digo.

–¡No estoy siendo cruel! –protesta–. ¡Fue una sugerencia sincera! No tienes otro modo de viajar.

Lo fulmino con la mirada.

–Y sabes que Stuttgart está completamente rodeada de tierra, ¿cierto?

–Ahora lo sé –dice, hablando dentro de su vaso de cerveza.

Frente a mí, Sim alza la cabeza. Tiene ambos puños apoyados sobre la mesa, los nudillos entrelazados y los pulgares juntos.

–¿Qué asunto te lleva a Stuttgart? –pregunta Ebrahim.

Emito un suspiro más intenso del que era mi intención producir y mis gafas se empañan.

–Mi amiga, Johanna Hoffman, contraerá matrimonio.

Parece la explicación más simple, pero confío en que Monty exhibirá el costado sucio de todo.

–Quiere ir a Stuttgart porque su amiga contraerá matrimonio con un médico famoso con el que Felicity está obsesionada y con quien quiere trabajar.

–No estoy obsesionada con Alexander Platt –replico.

–Todos los cirujanos y hospitales de Edimburgo la han rechazado y no tiene dinero o modo de viajar, pero de todas maneras está lista para ir a callejear por ahí porque el doctor Cheese Den le dijo que el tal Platt teóricamente estaría quizás remotamente dispuesto a contratar una secretaria –Monty mira a Scipio–. Dile que es una idea terrible.

Quiero patearlo bajo la mesa, pero hay tantas piernas enredadas que tengo miedo de calcular mal y hundir injustificadamente un pie en un espectador inocente.

–No es una idea terrible –replico antes de que Scipio pueda responder–. Y se llama Cheselden. No Cheese Den.

–¿Tienen alguna objeción de cenar ostras y huevos? –Scipio le habla a la mesa, nos interrumpe a Monty y a mí antes de que podamos sacar apropiadamente nuestras garras–. Georgie, ven a ayudarme a cargar los platos.

En cuanto se han ido y Ebrahim ha volteado para conversar con los otros dos hombres, miro a mi hermano con severidad. Habría lanzado el jarro de cerveza caliente en su rostro si no hubiera sospechado que necesitaría pronto el líquido ya que no soy gran amante de las ostras.

A cambio, él adopta una expresión de inocencia con los ojos muy abiertos.

–¿Por qué me miras así?

Me inclino hacia delante, mi tono es filoso como una uña.

–Primero, no es necesario que seas un imbécil altanero respecto al hecho de que no tengo dinero ni medio de transporte, o que me rechazaron en el hospital. Porque, a pesar de lo que parecen querer tú, Callum y todos los demás, yo no me rendiré y sentaré cabeza. Segundo, no tienes control de mis acciones simplemente porque eres el hombre más cercano a mí. Lo que hago no depende de ti o de nadie y mucho menos en particular alguien que ignora tanto las dificultades de mi situación actual. Y tercero, Monty, esa es *mi* pierna.

El ascenso que su pie ha estado haciendo sobre mi muslo se detiene. Percy mira debajo de la mesa, donde sus piernas están extendidas paralelas a las mías y luego le da una palmadita a su propia rodilla.

–¿Esto es lo que buscas?

Monty apoya de nuevo la espalda en la silla y al hacerlo alza una nube de polvo del tapizado.

–No puedes hablar en serio sobre ese viaje, Feli. Es una locura.

–No más que renunciar a tu herencia para vivir como un idiota ignorante en Londres –replico–. Recuerda que eres un jugador de naipes profesional; no estás curando el cólera.

–Ya deténganse los dos –interrumpe Percy, coloca una mano entre la mesa en medio de los dos, como si fuera el referí de un encuentro de boxeo–. Se supone que esta sería una noche agradable y la están arruinando –hay una pausa; luego le dice a Monty, frunciendo el ceño–: Mis piernas no son más delgadas que las de Felicity, ¿cierto?

–Ah, basta, Per, ya sabes que tienes unas pantorrillas magníficas –dice Monty, luego añade–: Y Felicity tiene calcetines muy peludos.

–Pantorrillas magníficas –resoplo–. ¿Podrías haber elegido una parte del cuerpo menos erógena?

No fue sabio abrir esa puerta, dado que Percy responde:

–Monty tiene lindos hombros.

Él apoya su mejilla sobre el puño, embelesado.

–¿De verdad lo crees, cariño?

–Crees que tiene hoyuelos profundos en las mejillas –me dice Percy–; pero deberías ver sus hombros.

Y yo que creía que nada podía inflar más el ego de mi hermano. Juro que el pecho de Monty realmente se hincha. No soy gran amante de esta cerveza espesa, pero bebo un sorbo solo para ser dramática antes de responder:

–Rezo todas las noches para nunca más tener la oportunidad de ver los hombros desnudos de mi hermano.

–Vamos –Monty golpea mi pie con el suyo… luego espía bajo la mesa para asegurarse de que ha apuntado correctamente esta vez–. Si serás médica, no deberías sentir vergüenza de la anatomía humana.

–La anatomía humana no me avergüenza, *tu* anatomía sí.

–Mi anatomía es excelente –responde.

–Sí, lo es –añade Percy, presionando los labios sobre la mandíbula de Monty, debajo del lóbulo de la oreja.

–Dios Santo, deténganse –resisto la necesidad de cubrir mis ojos–. Aún están en público, saben.

Monty se arrastra lejos de Percy y me dedica una sonrisa empalagosa.

–Felicity, querida, sabes que te queremos profundamente y que estamos encantados de que estés quedándote con nosotros por ahora, pero aquello limita en cierto modo la clase de, digamos, *actividades* en las que estamos acostumbrados a participar con frecuencia y en privado…

–Deja de hablar ya mismo –lo interrumpo–, y vayan a buscar un cuarto en algún lugar donde puedan succionarse las caras.

Monty sonríe travieso, sus manos están sospechosamente fuera de vista bajo la mesa.

–No es eso lo que planeo succionar.

–Eres la criatura más desagradable en la tierra de Dios –le digo.

Percy envuelve un brazo sobre el hombro de Monty y lo acerca a su pecho. Su gran diferencia de altura solo es levemente menos cómica cuando están sentados.

–¿No es adorable?

Aquella sonrisa pícara se expande más.

–Te dije que era una persona adorable.

Se escabullen juntos, aunque *escabullirse* es una palabra demasiado vergonzosa para ello, dado que no hay nada vergonzoso en su modo de andar. Se pavonean, de la mano, tropezando entre sí con placer. Irritablemente orgullosos de estar enamorados.

Scipio y George regresan con comida (ninguno de los dos pregunta a dónde fueron los caballeros, gracias al cielo). No como mucho y tampoco hablo demasiado; Scipio hace algunas preguntas amables sobre cómo estoy, pero mis respuestas deben ser bruscas y bastante sencillas porque él comprende que no estoy de humor. Al final de la comida, estoy sentada sola al límite del grupo, arrancando la pintura blanca resquebrajada en la superficie de la mesa y deseando que Monty no tuviera tanta razón. Es una locura ir sola a Stuttgart. Más que una locura, es imposible. Prácticamente no tengo dinero. Sin duda no tengo suficiente para llegar al Continente. ¿Y qué haría cuando llegara allí? ¿Qué se le dice a una amiga que rompió tu corazón? *Hola, ¿me recuerdas?* *Crecimos juntas y solíamos coleccionar insectos en frascos y rompíamos huesos de pollo de la cena para practicar cómo acomodarlos, pero luego me llamaste cerda cuando tenía puesto un vestido de fiesta frente a todos tus amigos nuevos y yo dije que eras superficial y nada interesante. Felicitaciones por tu matrimonio; ¿podría hablar con tu esposo respecto a un trabajo?* Me hundo en el asiento sin intención, deslizo una mano en mi bolsillo y toqueteo el borde de mi lista.

Alguien toma asiento en la mesa frente a mí y yo alzo la vista, esperando ver a Monty y Percy de regreso después de su jugueteo en la sala de atrás.

Es Sim. A pesar de los pantalones y la camisa suelta, tiene un aspecto mucho más femenino vista de cerca. Los huesos de su rostro son delicados y elegantes bajo la luz de la lámpara. No dice nada y no estoy segura de qué quiere de mí. Nos miramos un momento, ambas esperando que la otra hable.

–¿Interrumpo tu mal humor o solo estás encorvada en el asiento? –dice por fin.

–No estoy encorvada en mi asiento –respondo, aunque claramente lo estaba.

–Entonces, ¿tu postura siempre es tan terrible? –su inglés tiene el mismo acento que el de Ebrahim; él creció hablando dariya en Marruecos antes de que lo secuestraran y lo vendieran como esclavo en las Américas. Antes de que pueda responder, ella prosigue–: Quieres ir a Stuttgart.

Alzo las manos al aire, un gesto que estuvo a punto de volcar mi jarro.

–Bien, entonces todos lo escucharon por accidente.

–Nadie lo escuchó por accidente –dice–. Solo lo *escuchamos*. Tu hermano habla muy fuerte.

–Es sordo –respondo, y luego añado–: Y molesto.

La expresión de Sim no cambia.

–Quiero llevarte.

–¿A dónde?

–Al Continente.

–¿Al Continente?

–A Stuttgart –hace una pausa y luego añade–: ¿Quieres también repetir eso? –su tono está lleno de impaciencia porque no puedo seguirle el ritmo, como si estuviera proponiendo algo tan casual como salir de visita juntas. Aunque habría estado desconcertada incluso si su elección de tema de conversación hubiera sido más convencional, dado que sus ojos son muy oscuros y muy intensos y me dejan titubeando en busca de una respuesta–. Quieres ir allí –dice lento, golpeando un dedo sobre la mesa entre las dos–. Quiero llevarte.

–¿Quieres…? ¿Por qué?

–Conoces a Johanna Hoffman y te invitaron a su boda.

Nada de eso responde mi pregunta. Además, sin duda no estoy en absoluto invitada a la boda, pero una corrección sería un giro complicado, así que pregunto:

–Lo siento, ¿quién eres?

–Ah, ¿necesitamos hacer presentaciones? –extiende una mano sobre la mesa; no la acepto–. Soy Sim. Trabajo para Scipio.

Estoy a punto de poner los ojos en blanco.

–Bueno, ahora que hemos quitado de en medio las formalidades...

–Puedo hacer más –dice–. Hace frío. A Ebrahim le parece gracioso escucharme decir que hay demasiados hombres blancos en Londres. Deberías lavar más seguido tu cabello.

–¿Disculpa?

–Tu trenza cayó dentro de tu cerveza cuando estabas hundida en tu asiento –cruza las manos sobre la mesa señalando con la cabeza, satisfecha con la conversación superficial–. Soy Sim; tú eres Felicity; quiero llevarte a Alemania.

Si está bromeando, no me doy cuenta. Su rostro es imposible de leer, aquellos ojos enormes no ofrecen ninguna pista. Estoy más acostumbrada a Monty, quien no puede hacer una broma sin felicitarse a sí mismo.

–¿Por qué quieres llevarme a Alemania? –pregunto de nuevo.

Su bota golpea mi pantorrilla debajo de la mesa y me molesta que yo soy quien se mueve para dejarle lugar.

–Porque necesito ir a la casa de Hoffman y será más fácil si tengo tu ayuda.

–¿Por qué necesitas ir a la casa de los Hoffman?

–No tiene importancia.

–No, de hecho, tiene bastante importancia para mí –enderezo más la espalda y cruzo las manos como ella sobre la mesa–. Si irás allí a, digamos, matar a alguien, lo cual espero que sea un ejemplo extremo, o a incendiar la casa, preferiría no ser tu cómplice. Cuando el capitán te presentó incluyó la mención de navegación legal, lo cual implica que una vez no la hiciste.

Un destello de irritación recorre su rostro, solo un instante, pero lo suficiente para que yo piense que tal vez eso solo es una fachada estoica. Está esforzándose mucho por aparentar ser más tranquila y ruda de lo que en verdad es, como si esperara que hacerlo fuera a balancear el hecho de que está completamente expuesta y vulnerable al pedirme esto.

–No mataré a nadie.

–Pero no dijiste nada sobre el incendio.

–Te pagaré tu parte. Todos los gastos hasta llegar a Stuttgart. La paga del *Eleftheria* es buena. Puedo demostrarlo, si quieres. Lo único que pido es que me permitas fingir que soy tu criada para que los Hoffman nos hospeden en la casa. Puedes hacer lo que quieras allí: ir a la boda o acosar al hombre que te obsesiona…

–No estoy obsesionada…

–Y te prometo que nadie estará en peligro ni saldrá herido –succiona sus mejillas y su rostro se vuelve rígido y poco atractivo. La lámpara en la mesa convierte su piel en un color ámbar intenso, como las alas de una mariposa monarca–. Puedes confiar en mí. Soy parte de la tripulación de Scipio.

–Eres marinera –replico–. ¿Qué asuntos tendría una marinera con una familia inglesa en el exterior? –intento recordar si la familia de Johanna tiene alguna conexión con el comercio o la navegación, pero cuando su padre murió y ella partió de Inglaterra para vivir con su tío, nos veíamos lo mínimo posible.

Sim convierte su boca en una línea rígida y luego, con mucho cuidado, dice:

–Para recuperar algo que le quitaron a mi familia.

–Entonces, ¿eres una ladrona?

–No fue lo que dije.

–*Recuperar* es *robar* dicho con elegancia.

–No es un robo –replica–. Hay un objeto que pertenecía a mi familia y creo que ahora está en manos de los Hoffman. Lo único que deseo es su ubicación.

–Los Hoffman son una familia respetable. El padre de Johanna era un aristócrata y su tío es un hombre de negocios. ¿Qué clase de trato tendrían con...?

Dejo de hablar, pero Sim termina la oración por mí.

–¿Con alguien como yo?

–Con marinos comunes –digo–. ¿Qué es aquel objeto de ubicación desconocida? ¿Es un tesoro?

Mira la mesa, hunde el pulgar en un trozo de pintura blanca hasta que la quita.

–Más bien un derecho de nacimiento.

–Ese es un concepto muy abstracto de robar.

–Bueno. No estás interesada; terminé –se pone de pie, pero prácticamente antes de notar que he hablado, una palabra sale de mi boca.

–¡Espera!

Ella se detiene, con el mentón sobre el hombro de modo que su pañuelo cubre la mayor parte de su rostro.

Esta es una mala idea y lo sé. Los humanos tenemos instintos específicamente preparados para situaciones como esta. Todo en mí dice que hay peligro acechando en este bosque, ojos brillantes y hambrientos en la oscuridad.

Pero, de todos modos, quiero entrar allí.

Porque es Alexander Platt. Es una educación médica. Es una oportunidad de dar un paso firme en una dirección lejos de Callum, el matrimonio y la familia. ¿Qué me importa qué misión clandestina la lleva a la misma casa que a mí? Ella es solo un banco con crédito para viajar. No hago nada malo mientras ella no lo haga.

–Si vamos –digo–, irás allí solo en busca de la ubicación. Promete que no habrá robos y que ninguna persona u objeto sufrirá daño alguno. No te permitiré entrar a su casa solo para robar. Esa es mi condición.

–Dije que no robaría nada.

–Prométemelo.

–¿Por qué estás tan segura de que soy malvada?

–Porque la alternativa es que simplemente estás haciendo una buena acción por una extraña, y tu acercamiento inicial me haría creer lo contrario.

He reprimido suficientes veces en mi vida la necesidad de poner los ojos en blanco como para notar que ella está haciendo un gran esfuerzo por hacerlo.

–Lo prometo.

–Tendremos que partir pronto –le digo–. La boda es en tres semanas –incluso cuando lo digo, a duras penas siento que es tiempo suficiente, en especial si viajamos con financiamiento limitado. Existe la posibilidad de que lleguemos y descubramos que el doctor Platt y Johanna ya han intercambiado sus votos y que ahora están acurrucados en alguna suite por su luna de miel a kilómetros de distancia. Llegar sin invitación a una boda es una cosa: interrumpir una luna de miel es otra muy distinta.

–Estoy lista para partir cuando tú quieras –responde.

–¿No te necesitarán? –ella niega con la cabeza–. ¿Y no se lo dirás a mi hermano?

–¿Eso significa que aceptas? –extiende la mano de nuevo y esta vez la tomo. Espero un apretón firme, pero, en cambio, jala de mí y quedamos nariz con nariz. Ella es unos centímetros más alta que yo, delgada pero poderosa. Quizás son esos ojos hambrientos que tiene. Quizás no me importa.

–Sí –digo y siento que doy un paso en un acantilado. Mi pulso se acelera con la caída libre–. Acepto.

6

ESPERO HASTA LA MAÑANA SIGUIENTE
para decirle a Monty que partiré.

Esperaba encontrarlos a él y a Percy al mismo tiempo para que Percy pudiera funcionar como amortiguador entre mi hermano y yo, pero él partió a un concierto y Monty despertó tarde a causa de la noche en su casino, así que está desayunando mientras yo almuerzo, aunque ambas comidas constan del mismo pan duro y café. Recibe la noticia con indiferencia… Lo más probable es que sea así porque lo único que digo es que me iré, sin detalles adicionales sobre a dónde o con quién partiré.

Desde su lugar sobre la estufa, mientras mueve la superficie de su café humeante con su aliento, Monty pregunta:

–Entonces, ¿qué le dirás al señor Doyle? ¿Debería estar atento al correo por si llega una invitación de boda?

Coloco un trozo de pan en mi café para ablandarlo.

–De hecho, no iré a Edimburgo. Iré a la boda de Johanna.

–¿Qué? –alza la vista–. ¿Cómo?

–No es importante.

–Creo que es información más bien clave.

Tomo el pan en mi taza con la cuchara.

–La mujer con la que cenamos… de la tripulación de Scipio. Me ayudará.

–¿Por qué? –siento que me observa, pero me niego a mirarlo.

–Porque quiero ir a Stuttgart.

–No me refería a eso. ¿Por qué te ayudará?

Puede que él no sea el bisturí más filoso del equipo, pero mencionaría preocupaciones que yo me he obligado a ignorar ante la mención de *recuperar un derecho de nacimiento*, así que, en cambio, lo evado con una pregunta.

–¿Por qué me miras así?

–Irás a ver a ese médico, ¿cierto?

–Iré porque Johanna es mi amiga y me gustaría verla el día de su boda –digo. Monty resopla.

–¿Lo es? Creo recordar que las dos intercambiaron gritos en la fiesta de cumpleaños de Caroline Peele y que tú decretaste muy apasionadamente que no tenías más interés en su compañía.

Apoyo mi taza sobre los baúles que funcionan como mesa con un poco más de fuerza de la que era mi intención. Algunas gotas caen sobre mi mano.

–¿Por qué estás siendo tan idiota con esto?

–Porque suena como una idea terrible y me preocupo por ti.

–Bueno, ese no es motivo suficiente para que no vaya –replico–. Me preocupo constantemente por Percy y por ti: que sean ridiculizados, que los encierren en una celda en Marshalsea o que tú incendies el apartamento porque no sabes cómo hervir agua, pero no te detengo.

–No intento evitar que estudies medicina, pero no fingiré creer que esta es la manera correcta de hacerlo.

–¿Qué otra manera hay? –pregunto. Me molesta que mi tono suba de volumen mientras que el suyo permanece insoportablemente constante. Yo no suelo ser la primera de los dos en perder la calma–. Tal vez nunca tendré otra oportunidad como esta.

–Pero eres inteligente. Y trabajadora. Y no te rindes. No es cuestión de si podrás hacerlo, sino de cuándo lo harás.

Él no lo comprenderá. En un instante, aquello se materializa ante mis ojos. Crecimos en la misma casa, dos niños inquietos con corazones obstinados, pero nuestros padres buscaron suavizar nuestras asperezas de modos distintos. Monty sufrió bajo la mano de un padre que prestaba demasiada atención a cada movimiento de su hijo, mientras que yo tuve una juventud de abandonos. Ignorada. Insignificante. Mientras que Monty quizás algún día tendría el control de la propiedad, lo mejor que podían esperar para mí era que dejara los bienes en los brazos de un hombre adinerado. Si Monty se hubiera quedado, habría sido aquel hombre adinerado para alguna chica. Aquello era lo mejor que cualquiera de los dos podía aspirar a lograr.

Ambos abandonamos nuestro hogar. Desafiamos a nuestros padres y nuestra crianza por nuestras pasiones. Pero hay piedras en mi camino que Monty no puede comprender cómo evadir o siquiera concebir que estén allí en primer lugar.

Bebe todo su café, limpia su boca sobre la manga de la camisa y luego dice:

–Quédate unas semanas con nosotros. O podemos encontrar un cuarto para ti y ayudarte con el alquiler. Escríbele a tu doctor Platt y espera a ver qué dice. Visita algunos hospitales más aquí –muerde su labio y sé que no me agradará lo que dirá a continuación–. Pero no vayas a Stuttgart con esa mujer, ¿sí? Es una mala idea.

Él no comprenderá. Será mejor fingir que yo lo hago.

–De acuerdo –digo.

Él alza la vista y me pregunto si mi tono fue lo bastante cortante para alzar sospechas: había intentado sonar sincera, pero no lo había hecho muy bien.

–¿De veras? ¿Estás de acuerdo conmigo?

–Claro que sí. Es mucho más prudente permanecer en Londres.

–¡Sí! –le da una palmada a su rodilla–. Exacto, sí. Recuerda este día, Felicity: el día en que aceptaste que yo soy el más prudente de los dos.

–Lo anotaré en mi diario –digo cortante y luego me pongo de pie para rellenar mi taza. Con suerte, el movimiento interrumpirá lo suficiente la conversación para que él realmente crea que soy una mujer nueva y podremos cambiar de tema.

No obtendré el permiso de Monty para ir a Stuttgart. Por suerte, no lo necesito.

CONTINÚO CON LA FARSA DE PLANEAR MI ESTADÍA en Londres durante los próximos dos días antes de que Sim y yo partamos. Permito que Percy sugiera vecindarios en los que podría buscar un apartamento y Monty hace propuestas ridículas para que pruebe suerte en el campo de la medicina, todo mientras guardo mis escasas posesiones en mi bolso bajo el pretexto de ordenar el apartamento. Es una actividad lo bastante tradicionalmente femenina, por lo que ni Monty ni Percy parecen sospechar.

Luego, en la madrugada del último día de la semana, me levanto sin dormir, me visto en silencio en la oscuridad y salgo del apartamento, mi bolso golpea la parte trasera de mis rodillas.

Serán dos semanas de viaje a Stuttgart y luego el festejo de la boda, si es que logramos escabullirnos dentro de la casa. Si el puesto de trabajo con el doctor Platt da frutos, no tengo intenciones de regresar a Moorfields, particularmente no como un huésped dependiente. Tampoco tengo intenciones de regresar a Edimburgo. De camino al puerto, dejo una nota de tres líneas en el correo para Callum, diciendo que me quedaré en Londres más tiempo del previsto porque la sífilis/el aburrimiento de mi hermano es más grave de lo que esperaba, y no menciono el hecho de que iré al Continente con una extraña para crear un futuro para mí misma en el que él no está incluido.

He desafiado al destino a una partida de ajedrez y ahora intento evitar que mi confianza se desmorone a mis pies. ¿Y si soy la única que apuesta por mí porque todos, excepto yo, pueden ver que no estoy hecha en absoluto para jugar?

Eres Felicity Montague, me digo a mí misma y toco el papel en mi bolsillo con la lista de mis argumentos que, si todo sale según este plan imposible, serán expuestos con alguna variación ante Alexander Platt. La tarjeta del doctor Cheselden está guardada entre sus pliegues. *Has viajado de polizonte en un barco durante cuarenta y ocho días con una sola prenda. No eres tonta, eres una luchadora y mereces estar aquí. Mereces ocupar espacio en este mundo.*

Los puertos son quizás la parte más infame de una ciudad infame. El suelo está pegajoso por una combinación desagradable de intestinos de pescado, saliva amarilla, excrementos de gaviotas, vómito y otros fluidos en los que preferiría no pensar demasiado. Incluso tan temprano como ahora, los angostos muelles están atestados, cada persona segura de que sus asuntos son más importantes que los de los demás, y por lo tanto, creen que se justifica gritarles a los otros para que se aparten del camino. El viento sobre el agua alza gotas del fétido Támesis y las lanza en mi rostro mientras busco a Sim entre la multitud. La encuentro de pie cerca del final de una fila de pasajeros esperando abordar el barco, y cuando ve que me acerco, se coloca en la fila de verdad. Ha cambiado sus trapos de marinero por un vestido de muselina y un chal sin bordar sujeto dentro de la pechera, y por encima lleva una capa de lana pesada.

Cuando me uno a ella, omite el saludo y, en cambio, dice:

—Pareces molesta.

—Y tu pañuelo tiene un agujero —replico—. Ah, mira, todos hacemos observaciones —no responde y quizás imagino que pasa el peso de un pie al otro para mirar al frente, lejos de mí, pero presiono las manos sobre mi rostro y sacudo la cabeza para despejarla—. Lo siento. Estoy ansiosa, eso es todo.

—¿Por partir?

—No, más bien por el hecho de que… —no parece sabio decirle que nadie sabe dónde estoy, así que, en cambio, digo—: Mi hermano es un idiota. Eso es todo.

—Los míos también.

—¿Tus qué?

—Mis hermanos. Son todos idiotas.

—¿Hermanos en plural? —si me hubieran obligado a crecer en una casa con múltiples Montys, me habría ido a un convento para tener algo de paz—. ¿Cuántos tienes?

—Cuatro.

—¿Cuatro? —por poco me desmayo—. ¿Mayores o menores?

—Todos menores —hace una mueca—. Todos muy ruidosos.

—¿Ellos también son marineros?

Ella asiente y sujeta más fuerte su bolso.

—O lo serán. El más pequeño tiene solo ocho años, pero irá al mar pronto. Todos en mi familia son marineros.

–¿Qué clase de marineros? –pregunto.

Pero Sim ya ha volteado la cabeza lejos de mí y mira hacia delante, al frente de la fila, donde comprueban las tarjetas de embarque antes de que nos permitan subir a cubierta, y aunque sé que me ha escuchado, no responde.

–Está bien –digo. Me molesta más su silencio de lo que debería, pero en mi defensa, han sido unas semanas excesivamente estresantes y todas mis emociones parecen funcionar a una intensidad mayor de la habitual–. No necesitamos intercambiar información personal; solo estaremos juntas de modo constante durante varias semanas; preferiría que continuemos siendo extrañas cercanas –me pongo de puntillas para intentar ver por encima de las cabezas de los otros pasajeros–. Está tardando demasiado.

–Quizás eres impaciente –responde Sim, aún insoportablemente tranquila.

–No soy impaciente. Solo sé cuánto tiempo deberían tardar las cosas. Ella sopla dentro de sus manos.

–Entonces, quizás eres obstinada.

–Bueno, mi opinión es que no deberías juzgarme –cruzo los brazos, volteo para darle la espalda a ella y a la fila y miro los alrededores del puerto. Las velas de los barcos atracados ondean en el viento, los botes más pequeños se balancean entre ellos con sus pasajeros hundiendo las cañas de pescar en las profundidades del Támesis. Las cuerdas de una grúa cercana se han roto y un comerciante vestido con un traje elegante salpicado de sal le grita a un grupo de chicos sobre el daño que le causaron a sus pertenencias. Varios tablones lejos de nosotras hay un derrame desastroso de pescado crudo pisoteado en el suelo. Un maletero se resbala sobre las tripas y suelta el baúl que carga; se sujeta a un extraño a su lado para buscar equilibrio. Un extraño con un sombrero ridículo.

Es Monty.

—Ay, no.

Sim alza la vista de sus manos.

—¿Qué?

Giro bruscamente, le doy la espalda a Monty, aunque aquello a duras penas será un escondite duradero.

—Mi hermano está aquí.

—¿Eso es un problema?

—No le… No le dije que me iría. Es decir, lo hice, pero no estaba encantado con la idea, así que mentí y dije que no partiría, pero en el proceso le di la cantidad suficiente de detalles para que si desaparecía en medio de la noche, él supiera a dónde iba.

—¿Y desapareciste en medio de la noche?

—No en medio de la noche —protesto—. En las primeras horas de la mañana.

Ella también debe ver a Monty, dado que se agazapa a mi lado.

—Viene hacia aquí.

Por supuesto que viene hacia aquí: estamos de pie en la fila para subir al ferri hacia Calais, el primer lugar donde buscarías a tu hermana que huye hacia el Continente.

—Vamos —quito a Sim de la fila, subimos por el muelle y luego desaparecemos de vista detrás del cargamento que cayó de la grúa. Volteo hacia ella, mi bolso me golpea con fuerza en la cintura—. ¿Qué hacemos?

—No lo sé; es tu hermano —responde ella.

—También es un hombre humano; asumo que has tratado antes con ellos —presiono mi rostro contra el cuello de mi capa, intentando analizar la situación como si fuera mucho más científica de lo que es.

El problema: evitar a Monty, quien está prestándole mucha atención a cada persona que aborda el barco hacia Calais. Los recursos a nuestra disposición: prácticamente nada. Sim, yo, mi bolso, que contiene más que nada mitones, libros y ropa interior. Aunque supongo que lanzarle un libro en el rostro y luego correr a bordo no sería una mala distracción. Eso o gritar algo sobre la menstruación y observar cómo la cubierta entera se convierte en un caos: funcionó de modo muy efectivo con la junta del hospital.

No tenemos tiempo de esperar otro barco. El cielo está despejado hoy y el clima de invierno es un caballo impredecible por el que no se puede apostar. Mañana tal vez haya tormenta y el agua del canal esté tan agitada que ningún barco podrá atravesarlo. El viento puede estar demasiado fuerte, el aire demasiado frío, el agua demasiado traicionera con trozos de hielo. Nuestra oportunidad de ir a Stuttgart es tan mínima que hay una posibilidad de que nos perdamos la boda incluso haciendo todo a tiempo. Debemos subir a ese barco, con o sin Monty interponiéndose en el camino.

—Tenemos que distraerlo —digo—. No tiene una tarjeta de embarque, así que no puede seguirnos a bordo; solo necesitamos mantenerlo ocupado lo suficiente para correr hasta el barco. Y probablemente esperar que la fila desaparezca. Tendremos una mejor oportunidad en cuanto estén por zarpar.

—¿Cómo lo distraerás sin que él te vea? —pregunta Sim.

—Conseguiremos a alguien más —intento sonar más confiada y no como si estuviera improvisando esto mientras hablo—. Le pagaremos a alguien.

—No tenemos dinero para pagarle a nadie.

—¿Cuánto dinero tienes exactamente?

Frunce los labios y luego responde con mucha cautela:

—Lo suficiente para llegar a Stuttgart.

—Maravilloso —gruño.

–Si quieres pagarle a alguien para que golpee a tu hermano en el rostro, puedes usar la parte de tu cena de esta noche.

–No quiero que lo golpeen –protesto, y luego añado–: Es decir, sí quiero. Pero no ahora mismo. Necesitamos alguna clase de distracción…

Si hubiera tenido más tiempo para analizarlo, podría haber pensado en un plan más elegante. Pero el tiempo no está de nuestro lado. Salgo de nuestro escondite, Sim me persigue con un grito de sorpresa ante mi movimiento repentino. Lejos del agua y los barcos, el puerto está plagado de marineros y ayudantes, algunos trabajan, otros están reunidos alrededor de braseros humeantes, calentando sus manos sobre las llamas. En el escaparate de una panadería venden pasteles y vino especiado, la clase de negocio donde te sirves y dejas unas monedas a voluntad en la caja. Más que voluntad, tengo una crisis, así que tomo una taza sin pagar y comienzo a caminar hacia uno de los grupos de hombres, pero Sim me detiene.

–Dime qué estás haciendo.

–Pidiéndole a un hombre que distraiga a mi hermano el tiempo suficiente para que podamos abordar el barco.

Espero que ella discuta: no solo es una idea imprecisa, sino que la mayoría de mis planes suelen recibir resistencia de las partes involucradas. Pero ella solo asiente y luego observa los grupos de marineros más cerca de nosotras.

–¿Crees que funcionará? –pregunto, mi voz se agudiza en la última palabra. No estoy acostumbrada a que confíen tan plenamente en mí y Sim no es alguien que hubiera esperado que ofreciera esa confianza con tanta facilidad.

–Sin duda servirá de algo. Pregúntale a ese –señala a un hombre solo acurrucado contra la pared de una oficina portuaria. Puedo oler desde aquí que está ebrio, o quizás recuperándose de un atracón de anoche.

Su piel está marcada por el sol; las rayas que sobresalen de las mangas demasiado cortas de su abrigo están cubiertas de tinta azul. Varios dibujos más suben por su cuello y sobre su nuca. No luce como la clase de hombre a la que quiero confiarle mi escape.

Pero Sim depositó su fe en mí. Lo menos que puedo hacer es devolverle el gesto.

Avanzo hacia el hombre, con cuidado de no volcar mi taza de vino caliente. Alza la vista de su pipa cuando me acerco, nos observa con los ojos entrecerrados aunque el sol a duras penas ha salido.

–Buenos días, señor –digo–. Me gustaría ofrecerle esta bebida.

–Bueno –extiende la mano hacia ella antes de que termine mi oración y debo apartarla de él y por poco la vuelco sobre Sim.

–Espere; primero, debe hacer algo por mí.

–No quiero hacer nada por ti –responde y se ocupa de nuevo de rellenar su pipa.

–Es muy simple –digo–. ¿Ve a ese hombre de pie junto a la draga? Es bajo, tiene el cabello corto y cicatrices en el rostro.

El marinero alza la vista.

–¿El del sombrero adorable?

Maldita sea, Monty; ahora desearía que nuestra distracción fuera darle un puñetazo en el rostro.

–Exactamente. Necesito que vaya hacia él y vierta esta bebida sobre él, pero haga que luzca como un accidente y luego tómese mucho tiempo para disculparse y ayudarlo a limpiarse.

–Entonces, no me darás la bebida –dice el hombre despacio.

–Buena observación –respondo–. Pero no debe verterla toda.

Nos mira, su cabeza se mueve, aunque no puedo discernir si es porque está considerando la oferta o porque está a punto de caerse. Luego, lanza una bola de saliva sobre los tablones y coloca su pipa en la boca.

–No, gracias.

Estoy lista para partir y probar suerte con otro marinero más tonto, pero Sim da un paso al frente.

–Ven aquí –dice, llamándolo con el dedo–. Quiero decirte algo.

El hombre desliza la lengua sobre su boca, sus ojos brillan mientras se inclina hacia ella. Sim lo sujeta del cuello y lo jala hacia ella, extrae un cuchillo largo y negro de su bota y lo presiona sobre la piel suave de su garganta. Si piensa cortar su garganta, no es técnicamente el mejor lugar para hacerlo: tendría más suerte desde el lateral, apuñalando la arteria carótida y luego avanzando hacia abajo, hacia las cuerdas vocales, para asegurarse de que haga silencio y cortar la fuente más importante de sangre al cerebro simultáneamente.

Pero me preocupa menos eso y mucho más el hecho de que, primero, Sim tiene en su bota un cuchillo que trajo por motivos desconocidos pero probablemente desagradables; y segundo, está a punto de usar ese cuchillo para *cortar la garganta de un hombre.*

El marinero balbucea con miedo, sus ojos sobresalen de su cabeza. Sim desliza hacia arriba su manga y observo cómo los ojos del hombre van desde el cuchillo al antebrazo de la chica, y de algún modo, luce incluso más asustado.

–¿Ves esto? –le dice ella y él asiente.

–Navegas bajo la bandera de la corona sangrante y la cuchilla –responde él, su voz es más aguda que unos instantes atrás.

Sim presiona más fuerte el cuchillo, aunque no lo suficiente para hacerlo sangrar. El hombre emite un gemido.

–Sabes lo que eso significa, ¿verdad? –ella mira intensamente la tinta en el cuello del hombre y él no asiente esta vez: el cuchillo está demasiado presionado contra su piel para arriesgarse a hacer movimientos bruscos–. Haz lo que ella dice –prosigue Sim, luego lo empuja contra la pared. Guarda de nuevo el cuchillo en su bota, endereza la espalda, me mira y señala al hombre con la cabeza. No sé si espera que demuestre mi gratitud por su ayuda, pero tengo la garganta seca. El instinto de alejarme de ella, de separarme, correr y deshacer nuestra alianza crece en mí, primitivo y animal, la brújula de mi corazón señala directo hacia la palabra *huye*. Aquel cuchillo y aquella amenaza han confirmado la verdad muy probable que he evitado mirar a los ojos desde que Sim me hizo su propuesta en Nancy, la delicada: es probable que esté asociándome con una persona peligrosa que podría herirme a mí o a las personas ante quienes la expongo. Si le cortará la garganta en la cama a alguien en la Haus Hoffman, tal vez también me mate a mí, solo para garantizar mi silencio.

Debajo de nosotras, el marinero pregunta:

–¿Puedo conservar la bebida?

Respiro hondo y volteo hacia él, intentando lucir menos alterada de lo que estoy.

–Puedes conservarla, pero no la bebas. Y no te muevas hasta que lo indique –la campana del puerto comienza a sonar marcando la hora y uno de los marineros a bordo de nuestro barco le grita al hombre que está en el muelle revisando la lista de embarque–. La señal –digo, ayudando a nuestro hombre a ponerse de pie y empujándolo hacia delante–. Ve a causar molestias.

Sim y yo observamos cómo él se detiene y tambalea vacilante entre la multitud, comprobando su avance con nuestro propio camino por el muelle y de regreso al barco, escondiéndonos detrás de cada caja, carreta y barril que nos oculte. El caballero se mueve mucho más lento de lo que había esperado. Las campanas del puerto están terminando de sonar y los marineros de nuestra embarcación están retirando la rampa de desembarco, y Monty comienza a avanzar hacia el hombre que está a un extremo de la rampa, como si fuera a preguntar qué nombres hay en la lista de embarque para comprobar si estoy allí. Nuestro amigo ebrio gira abruptamente, alza su vaso con un gesto muy teatral…

… y lo vierte sobre un completo extraño.

Lo cual sin dudas causa una conmoción, pero entre las personas equivocadas. Maldigo en voz baja, lista para correr hacia el barco, pero Sim sujeta mi brazo. Me estremezco sin quererlo, aún pensando en aquel cuchillo, pero ella solo guía mi mirada. La conmoción está bastante cerca de Monty; él debe apartarse del camino para evitar el alboroto y mira a nuestro marinero, justo cuando el marinero nota su error y nos mira como si tuviéramos alguna clase de cartel con indicaciones impresas sobre qué hacer ahora. Monty sigue su mirada y, desde el extremo opuesto del puerto, nuestros ojos se encuentran. Mi estómago da un vuelco.

Él comienza a caminar hacia mí y estoy lista para correr, pero entonces nuestro marinero, claramente asustado por la ira de Sim en caso de que fallara, se lanza sobre Monty y lo taclea. El marinero es un poco más robusto que mi hermano, y la fuerza del golpe lo desestabiliza hacia un lateral más de lo que imagino que era la intención, porque ambos, Monty y el marinero, caen por el borde del muelle dentro del rancio y gélido Támesis.

−Eso sirve −dice Sim, y siento su mano en mi espalda, empujándome hacia delante−. Vamos.

Estuve a punto de no hacerlo. En parte porque existe la posibilidad de que mi hermano haya sufrido algún daño real… exactamente lo que había esperado evitar con el plan de verter la bebida sobre él en vez de golpearlo a modo de distracción. Y más que nada por el cuchillo gélido y brillante de Sim y el miedo en los ojos del hombre cuando la reconoció.

Si vas a huir, este es el momento. Hazlo antes de partir de Londres, antes de que estés lo bastante lejos de casa para no poder regresar sola.

Miro el muelle, hacia donde algunas almas amables ayudan a mi hermano y nuestro marinero a salir del río. Ambos lucen ilesos. No hay sangre visible o extremidades apuntando en la dirección errónea. Están empapados y temblorosos, pero Monty será como un sabueso detrás de mi aroma en cuanto sus pies estén de nuevo sobre tierra firme.

Última oportunidad, pienso, mirando la rampa de embarque delante de mí. *Última oportunidad para correr. Para cambiar de opinión. Para hallar otra lucha, o rendirte por completo e intercambiar cualquier peligro que sin dudas espera por una panadería confortable y un panadero amable en Edimburgo.*

Pero no renunciaré a obtener un puesto con Alexander Platt. Si voy a apostar, apostaré por mí y mi habilidad para superar en astucia y velocidad a Sim, en caso de que surja la necesidad de hacerlo.

Eres Felicity Montague, me digo a mí misma. *Y no le temes a nada.*

Y cuando Sim corre por el muelle y sube la rampa del barco, la sigo.

ES UN DÍA DE VIAJE HASTA LLEGAR A CALAIS. SI el cielo permanece despejado y el canal coopera, llegaremos a Francia para el atardecer. No ocupamos un camarote y bajo cubierta está frío y húmedo y huele horrible, así que tomamos asiento en las bancas apoyadas contra las barandillas, donde el aire es frío, pero limpio. La capucha de mi capa se niega a permanecer puesta y el viento hace lo que quiere con mi cabello, retorciéndolo y sacudiéndolo fuera de las hebillas, formando nudos que intento deshacer con los dedos aunque sé que es inútil.

A mi lado, Sim observa cómo lucho con una maraña en la parte posterior de mi cabeza, mientras mantiene sus propias manos sobre el pañuelo que cubre la suya para que permanezca en su lugar.

–¿Quieres ayuda? –pregunta.

–Estoy bien –digo, luego jalo fuerte y siento el dolor hasta mis ojos. El nudo permanece insoportablemente enredado.

–Arrancarás el cabello del cuero.

–Creo que casi logro desarmarlo.

–No es así. A ver, detente –se pone de pie, limpia sus manos en su falda antes de pasar sobre la banca para quedar a mis espaldas–. Permíteme.

No me agrada esto. No me agrada darle la espalda, permitir que coloque las manos en mi cabello, que su muñeca roce mi cuello. Pienso en aquel cuchillo contra la garganta del marinero y en cuán fácilmente podría estar contra el mío en cualquier momento, pero en particular en este, con mis ojos hacia el frente y la piel expuesta.

Ella es más delicada de lo que esperaba. En cuanto lo pienso, siento culpa por imaginar que sería brusca y jalaría de mi cuero cabelludo. Siento sus manos peinando mi cabello hasta las puntas, trabajando con precisión cuidadosa como si estuviera desenredando hilo quirúrgico.

–Creo que tendré que cortarlo.

–¿Qué? –me pongo de pie de un salto y volteo para mirarla. Aún tiene las manos en mi cabeza y siento el jalón brusco por haber saltado sin previo aviso; mis nervios aumentan.

–Es solo un poco de cabello –dice–. Ni siquiera lo notarás.

Extiendo la mano hacia atrás y toco el nudo para asegurarme de que no esté mintiendo. Siento la maraña imposible.

–¿Lo cortarás con tu cuchillo? –pregunto antes de poder evitarlo.

–¿Mi...? Oh –se inclina hacia su bota, despacio, con los ojos en mí, como si quisiera asegurarse de que no me asustaré–. No es un cuchillo. Es un pasador –lo alza para que lo inspeccione y, en efecto, no es un cuchillo en el sentido tradicional. Es una púa larga y estrecha con la punta cincelada, hecha de acero negro y con bordes ásperos–. Es una herramienta de marineros –explica–. Para las cuerdas de navegación.

A duras penas importa cómo se llama: la confianza es la mitad de cualquier mentira y ella la había manipulado con la seguridad y la amenaza de un cuchillo.

–Igualmente podrías haber asesinado a aquel hombre en el puerto.

Ella me mira de soslayo. Alzo el mentón. Quiero que sepa que sé que ella es peligrosa y que de todos modos estoy aquí. Quiero que piense que soy más valiente de lo que soy e igual de peligrosa que ella.

–¿Podría haberlo hecho?

No estoy segura de si es una pregunta sincera o de si está poniéndome a prueba. Tampoco estoy segura de si debería decírselo.

–Si lo hubieras presionado y enganchado debajo del hueso de la clavícula, justo aquí –toco mi propio hueco por encima de mi capa– habrías afectado sus pulmones. Quizás su corazón, en el ángulo adecuado. Un pulmón perforado no lo habría matado de inmediato, pero no parecía la clase de hombre que acudiría corriendo a un médico. Así que probablemente hubiera sido una muerte larga y lenta con muchos silbidos y falta de aire. Y luego también habría sangre y fácilmente podría perder la suficiente para que sea letal. ¿Por qué me miras así?

–¿Cómo sabes todo eso? –pregunta.

–Leí muchos libros.

–¿Escritos por ese hombre? ¿El que iremos a ver?

–Entre otros.

Hace rodar el pasador entre sus manos, y unos destellos plateados resplandecen entre sus dedos.

–Quieres ser cirujana.

–Médica, de hecho. Es una licencia distinta y requiere más… No importa –tomo asiento de nuevo y le doy la espalda, lanzo mi cabello sobre el hombro, aunque el viento inmediatamente lo empuja sobre mi rostro–. Hazlo.

Detrás de mí, ella emite una risa breve y aireada.

–Eres tan temperamental.

–No soy temperamental –replico, con más brusquedad de la que era mi intención.

Su mano, la cual siento flotando cerca de mi cuello, se aparta ante la chispa en mi voz.

–Está bien, tranquila. No lo decía como un insulto.

Cruzo los brazos y permito que mis hombros se encorven.

–Nadie le dice a una chica temperamental, vehemente, intimidante o cualquiera de esas palabras que puedes fingir que son un halago, y lo hace con esa intención. Son solo distintas maneras de decirle perra.

Sus dedos jalan las puntas de mi cabello.

–Has oído muchas veces esas palabras, ¿verdad?

–Las chicas como yo lo hacen. Es un atajo para decirles indeseables.

–*Las chicas como tú* –ríe sin disimulo esta vez–. Y yo que pensaba que las gafas eran decorativas.

Volteo para mirarla.

–¿Qué quieres decir con eso?

–Las únicas chicas que hablan así son las que asumen que no hay otras mujeres como ellas en el mundo.

–No digo que soy una raza extraña –respondo–. Solo quiero decir que… no conoces muchas chicas como yo.

–Tal vez no –responde Sim, toqueteando el pasador de nuevo–. O tal vez simplemente no las buscas.

Volteo con aire más petulante del que es mi intención.

–Solo desenreda mi cabello.

Hay una pausa, luego siento sus dedos sobre mi cuello, colocando mi cabello sobre mi hombro para sujetar el nudo solo.

–Tienes razón –dice en voz baja.

–¿Sobre qué?

–Nunca he conocido a una mujer como tú –siento un pellizco fuerte y un sonido similar al rasgado de una tela y luego ella toca mi hombro–. Toma –extiendo la mano y ella suelta el nudo sobre ella–. Sin derramar sangre.

–Gracias –deslizo los dedos sobre mi cabello, intentando encontrar los mechones más cortos–. Debería cubrir mi cabello como el tuyo. Sería más práctico.

–Soy musulmana –responde–. Por eso lo cubro. No porque sea práctico.

–Oh –me siento tonta por no haberlo notado. Luego, me pregunto si tengo permitido hacer preguntas sobre el tema o si eso solo comprobará cuán ignorante soy en prácticamente todos los aspectos religiosos, en particular aquellas religiones fuera de Europa–. He oído que los musulmanes rezan bastante. ¿Necesitas...? –dejo de hablar encogiéndome de hombros. Cuando ella continúa mirándome, concluyo–: ¿Un lugar privado, incienso o algo?

Quita algunos cabellos perdidos de la punta de su pasador y luego abre la palma para que el viento los lleve.

–¿Has conocido a un musulmán antes?

–Ebrahim también lo es, ¿verdad? –pregunto–. El del *Eleftheria*.

–La mayoría de su tripulación lo es –dice–. O nacieron en familias que lo son. No los hombres portugueses, pero sí los muchachos de la costa berberisca.

La costa berberisca toca una vena en mi mente. No soy tan tonta para creer que solo una clase de marinero surge de la costa berberisca en África, pero hay una clase de barcos en particular que atracan allí, y la mayoría se dedica al negocio de la piratería. Y la mayoría no son la clase de piratas adorables que aspiran a una carrera como es el caso de Scipio y sus hombres. Recuerdo el miedo en los ojos del marinero cuando Sim le mostró su brazo, demasiado intenso para haber sido causado por un rasguño o una cicatriz.

–¿Qué tienes en el brazo? –pregunto antes de poder evitarlo. No estoy segura de si ella puede seguir los pasos complejos que me llevaron a este giro en la conversación, pero digo–: No soy estúpida. Le mostraste algo a ese hombre y, de pronto, estuvo dispuesto a ayudarnos.

Ella no voltea, solo me lanza otra mirada de soslayo; estuve a punto de no verla entre los pliegues de su pañuelo.

–Es una marca.

–¿Como un lunar?

Oigo el rechinar de sus dientes.

–No, no es como un lunar.

–¿Es una corona y una cuchilla?

Emite un suspiro tenso, frunce tan fuerte los labios que su piel se vuelve rosada.

–Creí que no habías escuchado eso.

–¿Cómo sabías que lo asustaría?

–Él tenía un tatuaje que significa que ha navegado a un lugar donde cosas aterradoras les suceden a los marineros honestos que enfurecen a esa bandera.

–¿Eres una de los marineros honestos? –pregunto.

–No –responde, y guarda con fuerza el pasador en su bota.

–Oh –volteo hacia el frente. Ella endereza la espalda. Ambas miramos el agua gris, observamos a Inglaterra desaparecer en la niebla, y en lo único que puedo pensar es en que si ella no es parte de los marineros honestos, eso significa que tal vez es parte de las cosas aterradoras.

STUTTGART

7

NUESTRO VIAJE DE CALAIS A STUTTGART
ocurre en diligencias atestadas que van de ciudad en ciudad por calles
con pozos; los cuartos pequeños son nuestra única barrera contra el
frío. Es probable que tenga agujeros en mi capa por haber frotado mis
brazos de arriba abajo sin parar, y temo por mi postura ya deteriora-
da, porque con cada kilómetro que avanzamos me siento más y más
cóncava, mis hombros se pliegan sobre mis rodillas, mi espalda es una
medialuna y mi capa cubre mi cuerpo.

Dormimos más que nada en las carretas, solo pasamos dos noches
en posadas a lo largo del camino, donde Sim y yo nos vemos obligadas
a separarnos debido a nuestros colores de piel, y si bien me opongo a
la desigualdad en todas sus formas, ese es el único momento separadas
durante todo el camino y no es un momento poco grato. Sim es una
compañera silenciosa. No parece necesitar la compañía de los libros o
de una conversación para que los viajes en diligencia sean tolerables.
No llena los silencios con charlas a menos que yo las empiece. Deja que
yo hable con la mayoría de los taquilleros, posaderos y conductores

de diligencias, dado que ambas sabemos que la mayoría sería incluso menos comunicativo con una mujer africana que lo que son con una de piel clara; y debo enfrentar bastantes preguntas acerca de con quién viajo, dónde está mi acompañante y por qué estoy viajando solo con una criada que apenas es mayor que yo. Veo cómo la línea rígida de su mandíbula se tensa cada vez que intercedo por ella, pero ninguna de las dos comenta nada al respecto.

Cuando llegamos a Stuttgart, una pintoresca ciudad alemana de casas con entramados de madera apiñadas alrededor de las plazas, todas cubiertas de una capa suave de nieve fresca, obtengo la dirección de los Hoffman en la oficina de registros mientras Sim busca una modista que pueda hacerme algo apropiado para los festejos de bodas, pero de un color lo bastante olvidable para que nadie note la repetición de atuendos.

Comenzamos a caminar hacia la dirección, dado que está a varios kilómetros fuera de la ciudad. Las afueras poseen un bosque espeso, pero la austeridad del invierno ha reducido los árboles a no más que siluetas raquíticas, sus copas están envueltas en muérdago espinoso. Pasamos por una casa que tiene un hilo delgado de humo saliendo de su chimenea y una cigüeña anidando sobre las tejas. La capa delgada de nieve que cubre la tierra ha sido pisoteada y convertida en lodo y hielo, así que el suelo parece magullado y gastado. Todo parece un paisaje dibujado con carbonilla.

–¿Cómo la conoces? –pregunta Sim mientras caminamos. Su respiración sale en nubes breves y blancas que flotan en el aire–. A la señorita Hoffman –aclara cuando no respondo de inmediato–. Porque hasta ahora solo has hablado del médico con el que ella se casará.

–Crecimos juntas –respondo, porque parece la respuesta más sencilla. Sim no está satisfecha.

–¿Eran cercanas?

Cercanas parece una palabra demasiado pequeña para mi única amiga de la infancia; Johanna, una hija única con una madre ausente y un padre que solía viajar al exterior, y yo, con padres que estaba segura de que a veces olvidaban mi nombre, hallamos un mundo entero la una en la otra. Corríamos por el bosque entre nuestras casas, inventábamos historias en las que éramos exploradoras en rincones lejanos del mundo, buscando plantas medicinales y descubriendo especies nuevas que bautizaríamos con nuestros nombres. Ella era la famosa naturalista Sybille Glass y yo la igualmente famosa doctora Elizabeth Brilliant: incluso de niña, mi imaginación era muy literal. Luego, imaginaba que era la doctora Bess Hipócrates, cuando comencé a leer sola. Luego, la doctora Helen von Humboldt. Me resultaba difícil comprometerme con un personaje inventado, pero Johanna siempre fue la señorita Glass, la intrépida aventurera que solía necesitar que la salve (generalmente debido a sus heridas graves causadas por su valentía y su afecto hacia el riesgo) mi doctora racional, quien luego le aconsejaba que actuara con más prudencia antes de partir hacia su próxima aventura salvaje.

–Me recordará –le digo a Sim.

Solo no estoy segura de si Johanna recordará cualquiera de esos juegos infantiles. Ahora están manchados por la sombra larga y delgada de nuestra separación amarga. Los tres años que separan el pasado del presente ahora parecen extremadamente vastos mientras viramos en el sendero que lleva a la entrada de su casa.

La Haus Hoffman está pintada del tono rosado brillante de la pulpa del pomelo, con molduras doradas y blancas y tejas del mismo tono en la cima, como una corona. Parece hecha de pastel y glaseado, un dulce de cumpleaños extravagante que hará doler tus dientes por la dulzura. La entrada está separada por una fuente, congelada en reposo, los setos despojados de hojas como los árboles, pero aún imponentes.

Ha sido tan fácil separar a Johanna de aquel plan. Tenía suficiente en qué pensar más allá de ella: Alexander Platt, qué significaba la Corona y la Cuchilla en el brazo de Sim y por qué estaba tan desesperada por ingresar a esta casa. Pero mientras avanzamos por la entrada, con los bolsos golpeando nuestra espalda, pienso por primera vez en las próximas semanas completas, sin avanzar a la parte donde debo ver a Johanna de nuevo.

No sé qué diré. No sé si quiero disculparme, o si quiero que ella lo haga.

Somos un dúo desaliñado que jala de la cuerda de la campana: un aspecto más que imperfecto que probablemente creará una imagen verosímil de una chica inglesa rica que vino de la escuela pupila para asistir a la boda de su mejor amiga con la compañía de su criada.

—¿Cuál era tu apellido? —pregunta Sim, ambas miramos la puerta.

—Montague. ¿Por qué?

—Te presentaré.

—No, deja que hable yo.

—Tiene más sentido si...

Hace silencio cuando abren la puerta. Un mayordomo nos recibe, un caballero alto y anciano con más cabello en sus orejas que sobre su cabeza. Parece exhausto, apagado y que caerá al suelo por nada.

He aprendido que los hombres responden mejor ante mujeres no amenazantes cuya presencia y espacio en el mundo no ponen en riesgo de algún modo su hombría, así que, por mucho que me duela, dibujo una sonrisa tan grande que mi rostro duele, e intento pensar como Monty, lo cual es exasperante.

Sé encantadora, pienso. *No frunzas el ceño.*

Pero cuando los ojos del mayordomo encuentran los míos, siento un nudo en el estómago por el miedo repentino de que nos descubran incluso antes de que permitan que atravesemos la puerta. Nunca conoceré a Alexander Platt. Nunca escaparé de Edimburgo, de Callum y de un futuro lleno de pan, bollos y bebés. Siempre tendré que apartarme a un lado para hacer espacio para otros en mi propia vida.

Pero entonces, tampoco tendré que enfrentar a Johanna Hoffman. La balanza se inclina.

–Buenos días –digo, justo al mismo tiempo que Sim lo hace. Nos fulminamos con la mirada. El mayordomo parece listo para cerrar la puerta en nuestras caras debido a la falta de comunicación y decoro, así que añado rápido–: Soy la señorita Felicity Montague. Vine a la boda.

–No me indicaron que llegarían más invitados –responde él.

Trago (mi boca se ha vuelto muy seca, como si toda la humedad de mi cuerpo hubiera sido drenada por la larga caminata), dibujo de nuevo mi mejor expresión dulce, inocente y relajada, que requiere usar músculos que han estado rígidos por la falta de práctica y, Dios santo, la frase *¿qué haría Monty?* aparece como un invitado indeseable en mi mente.

–¿Acaso mi carta no llegó? Johanna... la señorita Hoffman y yo somos buenas amigas de la infancia. Crecí en Cheshire con ella. He asistido a la escuela no lejos de aquí y escuché que ella contraería matrimonio y simplemente tuve que venir. Es la mejor amiga que he tenido y no podía perderme su boda.

Quizás no era la jugada más inteligente mostrar todas mis cartas inmediatamente al llegar: acabo de exhibir en una sola bocanada toda la historia de la que dependo para que obtengamos un lugar en esta casa y no estoy segura de si él nos cree, así que añado, de modo bien patético:

–¿De verdad no llegó la carta?

En lugar de responder, el mayordomo simplemente repite:

–La señorita no me indicó que llegarían más invitados.

–Oh –mi corazón trastabilla, pero esta pelea aún no ha terminado. Elijo mi próxima arma en mi arsenal femenino: la damisela en apuros–. Bueno, supongo que podría… regresar a la ciudad y esperar a ver si recibe la carta –emito el suspiro más exhausto que logro generar–. Caracoles, fue un viaje tan largo. Y mi criada ha estado renqueando por una torcedura de tobillo desde Stuttgart –empujo con el codo a Sim y ella comienza a frotar su tobillo obedientemente. Es una actuación mucho menos convincente que la mía, pero volteo de nuevo hacia el mayordomo e intento sacudir las pestañas.

El gesto debe parecer más bien como si intentara quitar alguna molestia de mis ojos porque él pregunta:

–¿Necesita un pañuelo, señorita?

Esperaba generar lástima, pero este hombre maligno parece no tener ni una gota de caridad que sacarle. Sonreír como una tonta parecía el mejor método (sonreír como una tonta y mostrarme ignorante, mis dos cosas menos favoritas para que una mujer haga, pero dos cosas que a los hombres más les gustan) para tratar con caballeros como este cabrón de orejas peludas, pero él está tan evidentemente impasible que siento que me desmayaré por el esfuerzo si me obligan a permanecer tan reprimida. Así que, en cambio, modifico el curso drásticamente y en vez de actuar como mi hermano, actúo como yo misma.

Enderezo la espalda con las manos sobre la cadera, borro la sonrisa con hoyuelos y adopto el tono que me resultó más efectivo para darle órdenes a Monty durante nuestro Tour cuando él arrastraba los pies y gimoteaba por sus pobres dedos como si tuviéramos alguna otra opción de modo de transporte y simplemente no quisiéramos compartirla con él.

–Señor –le digo al mayordomo–, hemos recorrido una larga distancia, lo cual es evidente si se tomara la molestia de prestar atención a nuestro estado actual. Estoy exhausta, al igual que mi criada, y aquí estoy diciéndole que mi más querida amiga en todo el mundo –sin querer incremento la importancia de mi relación con Johanna con cada recuento, pero prosigo– está por contraer matrimonio y usted ni siquiera me permite cruzar la puerta. Exijo primero una audiencia con la señorita Hoffman para que ella pueda juzgar en persona nuestra relación y, en caso de que ella se niegue a permitirnos asistir a su boda, al menos podría tener la decencia de hospedarnos una noche.

Aquello rompe su coraza por primera vez: el guardián de la casa color pomelo queda atónito y en silencio por el modo firme y confiado en el que le hablé. Sim, en cambio, luce bastante impresionada.

Luego, el mayordomo dice:

–Creo que la señorita Hoffman está vistiéndose para la cena.

–Rayos, ¿en serio? –digo antes de poder evitarlo. Apenas estamos a mitad de la tarde.

El mayordomo elige no hacer comentarios o sus orejas están tan cubiertas de cabello que no escucha de mi lado, porque continúa:

–Veré si está disponible para una audiencia.

–Gracias –sujeto mi falda con los puños y paso a su lado al atravesar la entrada, pensando que me hará lucir tan impresionante y autoritaria como mi tono le hizo creer que soy, solo para luego tener que detenerme en seco y esperar a que él muestre el camino dado que no tengo idea de hacia dónde voy. No se ofrece a cargar mis cosas de invierno. No parece creer que me quedaré mucho tiempo en la casa.

Sim aparece a mi lado y exagera al inclinarse para desabrochar mi capa mientras utiliza el gesto como una excusa para susurrar en mi oído:

–No le arranques la cabeza, cocodrilo. Son amigas, ¿recuerdas?

–No me enfadaré con Johanna a menos que ella me trate como el imbécil de su mayordomo –respondo y luego añado–: Y no soy un cocodrilo. Si fuera un animal, me gustaría ser un zorro.

–De acuerdo, zorrita –quita la capa de mis hombros, luego alisa el cuello de mi vestido, sus manos flotan sobre mi esternón–. Solo tienes una oportunidad, haz que valga la pena.

–Haría que valga la pena incluso si tuviera veinte, gracias.

–Y te preguntas por qué me preocupa que logres que te inviten a una boda con tu encanto –susurra y realmente no sé si está a punto de sonreír o de hacer una mueca.

El mayordomo regresa antes de que pueda responder, lo cual deja a Sim fastidiosamente con la última palabra. Me acompañan a una sala de estar lejos de la puerta principal y me indican que tome asiento en un sofá. Intento no reclinarme demasiado contra el respaldo y tampoco sentarme demasiado cerca del borde, deseando quizás por primera vez haber asistido a una lección en la escuela de señoritas a la que mi padre estaba decidido a enviarme, solo para crear una mejor ilusión de señorita. Hay tantas capas invisibles de decoro en las que uno no piensa hasta estar observándolas en un salón elegante. Nunca en la vida he tomado asiento en un sillón de un modo que sintiera que importara tanto como esto.

Hay pasos en el corredor y me pongo de pie, esperando ver al mayordomo, pero, en cambio, un perro del tamaño del sofá aparece saltando. Tiene extremidades desgarbadas, mejillas que se balancean y un peinado en la cola que se tambalea sobre él como una pluma en un sombrero llamativo. Su piel brilla como un perro bien cuidado, manchado solo por las burbujas de saliva que se juntan en los pliegues de sus labios.

El perro se acerca a mí y presiona su cabeza contra mis rodillas con tanto entusiasmo que de inmediato tomo asiento en el sofá otra vez, lo cual solo lo satisface más, dado que hace que mi rostro quede más accesible a su boca. Salta sobre mí con alegría (supongo, en base a su cola y sus orejas atentas) ante el prospecto de una nueva amiga, pero es excesivamente entusiasta y se acerca hacia mí con su enorme boca abierta de par en par. Grito sin querer aunque, en mi defensa, ¿qué ser racional no lo haría ante la proximidad de una boca abierta en la que encajaría toda su cabeza?

–Maximus, ¡abajo! ¡Fuera, déjala en paz! Max, ¡ven aquí!

Me quitan al perro de encima, la única conexión entre nosotros son los hilos largos de saliva que hay desde su boca a mis hombros.

–Lo siento, perdón, es inofensivo. Es puro corazón; solo quiere ser amigo de todos y no parece comprender que es más grande que los demás.

Alzo la vista y ella alza la vista al mismo tiempo desde su lugar, agazapada en el suelo con los brazos rodeando el cuello de su perro, y allí está Johanna Hoffman.

No ha pasado tanto tiempo desde que hemos estado separadas, pero en este instante, nuestros dos años de distancia parecen más inmensos que todos los años que pasamos juntas. La diferencia entre los catorce y los dieciséis parecen siglos, la mayor cantidad de distancia que puede separar a dos personas. Es imposible que no la reconociera, pero en cierto modo es una persona distinta a la de mis recuerdos. Su cabello es del mismo tono castaño, tan oscuro que parece casi negro, los ojos hundidos y color verde intenso, pero parece estar más cómoda en su propia piel. Era una niña regordeta, sus mejillas con granos maltratadas por la adolescencia, pero el tiempo, o los baños de leche costosos, o un corsé de seda muy bien amarrado la han convertido en una musa renacentista, torneada y curvilínea de un modo en que mi contextura fornida y geométrica nunca será. Incluso debajo de los miriñaques amplios en su cintura, su cadera se balancea. Tiene el rostro empolvado con el dejo más sutil de rubor, como si la hubieran descubierto sonrojada como una doncella.

O quizás está honestamente sonrojada al verme. Tal vez yo también lo estoy, dado que, incluso cuando la miro, con un vestido de día soñado azul brillante, con el corsé bordado, la falda escalonada y dos filas de perlas alrededor de su cuello, en lo único que puedo pensar es en la niña que solía caminar descalza conmigo por los arroyos, sin preocuparse jamás por manchar el dobladillo de su atuendo con lodo; quien sujetó una serpiente del cuello y la apartó del camino para salvarla y evitar que una carreta la aplastara al medio. Quien me acompañó a la carnicería para observar cómo vaciaban las entrañas de los cerdos y las vacas y me ayudó a comprender cómo todo lo que contenían se entrelazaba entre sí. A Johanna Hoffman nunca le había importado tener suciedad bajo las uñas, hasta que de pronto, comenzó a importarle, y allí fue cuando me cambió por compañía que ella había decidido era más apropiada para su nueva identidad.

Mientras ella se incorpora con una mano apoyada sobre la cabeza inmensa de su perro (el único sonido es el jadeo del animal como un vendaval), comprendo que una parte de mí había esperado encontrarla con las rodillas sucias por correr por el campo, los zapatos desgastados en el área de los dedos, el cabello lleno de ramitas y los bolsillos llenos de pichones que había rescatado cuando cayeron de sus nidos.

Pero, en cambio, con su cabello rizado y su busto levantado, es el profiterol de crema con el que corté todos los vínculos.

—Felicity —dice y, rayos, había olvidado cuán aguda es su voz: era soprano incluso cuando éramos niñas, pero con aquel vestido excesivo, parece forzado, como si estuviera actuando el rol femenino de tonta. Frunzo la frente sin querer, luego recuerdo que intento ganarme su cariño. Intento recordarle que éramos amigas.

Dios santo, ¿lo fuimos?

–Johanna –respondo y me obligo a sonreír, porque contraerá matrimonio con el doctor Platt y yo quiero trabajar con él y de ningún modo arruinaré eso por causar una mala impresión con la persona que probablemente tiene más influencia sobre él. O más bien, intentaré no arruinar las cosas más de lo que ya lo hice hace dos años–. Qué alegría verte.

No devuelve la sonrisa.

–¿Qué haces aquí?

–Yo… Qué hago aquí… De hecho, es una buena historia. Desde la última vez que nos vimos… o más bien, desde que te fuiste… tu padre murió, lo cual… Yo… Lo siento, ¿tu perro está bien? –intento no mirar la saliva que forma espuma en su boca, pero es imposible no hacerlo–. Está jadeando mucho.

Johanna no aparta la vista de mí y tampoco suelta al animalito.

–Está bien. Él suena así.

–¿Está enfermo?

–Los mastines de los Alpes tienen mucho exceso de piel a través de los que respirar –se inclina y limpia un puñado de hilos de saliva debajo de la boca del perro, y por un instante, allí está: mi mejor amiga, quien amaba a los animales y no le temía al desorden. Pero luego, busca con la mirada algo en que limpiar su mano y, al no hallar nada, la sacude con los dedos extendidos hasta que el mayordomo aparece con un pañuelo.

Después quedamos solas de nuevo, mirándonos. Cada una es un fantasma para la otra.

–¿Puedo tomar asiento? –pregunto.

Se encoge de hombros de manera indiferente, así que retomo mi postura en el sofá. Max avanza rápido, mi rostro de nuevo está en el ángulo perfecto para que lo examine con su lengua, pero Johana lo sujeta de un rollo de grasa en la espalda (tiene tantos pliegues y cabello que por un instante pierdo de vista la mano de Johanna) y lo hace retroceder con ella hacia una silla, donde rodea el cuello del perro con los brazos y apoya su mentón sobre la cabeza del animal, para que permanezca en su lugar.

–¿Qué haces aquí? –repite, con la vista clavada en mí.

–Vine por tu boda.

–Creí que tal vez escribirías.

–Lo intenté, pero tu mayordomo dijo que no llegó, así que supongo que una semana después de la boda recibirás mi carta diciendo que vendré a tu boda…

–No me refiero a la boda –interrumpe–. Creí que algún día tal vez me escribirías. Como amiga.

Una vena se abre en mi interior, la culpa y el dolor brotan de ella en igual medida.

–Lo hice –respondo–. Sobre la boda.

Aparta la vista, la punta de su lengua sobresale entre sus dientes.

–¿Cómo supiste que contraería matrimonio?

–Ah, ya sabes, las noticias circulan. Rumores y… –me detengo. Johanna lame sus labios. Max también lame los suyos, recorriendo toda el área alrededor de su hocico–. He ido a la escuela –digo, lo cual es la mentira que elijo, dado que es la que se acerca más a lo que se supone que estoy haciendo actualmente: es poco probable que Johanna, tan lejos de casa, haya oído acerca de mi desaparición durante mi Tour, y es aún menos probable que, de haberlo sabido, hubiera acudido corriendo a mi padre para colocar una *X* en el mapa para que él pudiera saber mi ubicación. Lo más improbable de todo era que a mi padre le importe. Pero las mentiras son más fáciles de creer (y de recordar) cuando se topan con la verdad. Y la escuela es una buena excusa para mi guardarropas limitado.

–¿La escuela? –sonríe y es la primera vez que parece ella misma–. Por fin lograste ir.

–Es decir, no es tan… Sí –no vale la pena hurgar en la injusticia del hecho de que la escuela a la que debería asistir actualmente es una de modales y no de medicina–. Sí, logré ir a la escuela. ¡Y tú… tienes un perro gigante! ¡Y te casarás! Eso… es algo que está por pasar y es maravilloso para ti, tan maravilloso. Simplemente… maravilloso. Que las dos pudiéramos…

–Obtener lo que queríamos –concluye por mí.

¿Lo hicimos?, quiero gritarle. *Porque antes queríamos ir juntas de expedición y recolectar plantas medicinales y especies desconocidas y traerlas a Londres para cultivarlas y estudiarlas.* Creí que hacía tiempo había extirpado a Johanna de mí como un cáncer, pero uno no puede cortarse con la esperanza de curar más rápido.

Es mejor no tener ningún amigo, me recuerdo a mí misma. *Es mejor explorar sola las selvas.*

Me estoy desarmando y Johanna aún me mira como si yo fuera una araña que se arrastra por el suelo cada vez más cerca de ella. Lo que quisiera decir es que recuerdo cuando ella aspiraba a algo más que tener un esposo rico y la dicha doméstica. Recuerdo que decía con audacia que ella sería la primera mujer en presentarse ante la Real Sociedad de Londres para el Avance de la Ciencia Natural. Que haría expediciones. Que traería especies nuevas a casa en Inglaterra para estudiarlas.

–¡No puedo esperar a conocer a tu prometido! –exclamo–. El doctor…

Finjo buscar el nombre, como si él no hubiera sido un santo para mí durante años y como si no fuera en absoluto el motivo por el que estoy aquí.

–Platt –dice Johanna por mí–. Alexander Platt. No tienes que fingir.

–¿Fingir qué?

–Que no sabes quién es. Amas sus libros.

–¿Recuerdas eso?

–Querías que le pusiera Alexander Platt a la gatita que encontré debajo de nuestra casa aunque fuera hembra.

–Alexander podría ser… un nombre de género neutral –rasco mi nuca. Siento que el cuello de mi vestido está muy apretado. Esperaba que ella hubiera olvidado mi obsesión con Alexander Platt para así no tener ventaja sobre mí. Que sepa cuánto quiero conocerlo y cuánto lo admiro significa que sabe dónde herirme. Sabe cuán brutal sería para mí que ahora me rechace–. ¿Cómo se conocieron?

–Él y mi tío trabajan juntos –mueve los pulgares detrás de las orejas del perro y él cierra los ojos, feliz–. El doctor Platt está organizando una expedición científica y mi tío provee el barco para el viaje. Vino una noche a cenar para hablar sobre finanzas y simplemente… ¡me enamoré! –lanza las manos en el aire como si lanzara confeti.

Me pregunto si es apropiado preguntar cuándo partirán y en qué investigación está trabajando él. Lo único que quiero preguntar es sobre Platt.

Pero luego, Johanna succiona muy fuerte sus mejillas y las muerde de modo que luce como un pez. Es un hábito nervioso de la infancia, uno que solía hacer con tanta frecuencia en presencia de su padre que el interior de sus mejillas sangraba. Y por un instante, tengo diez años de nuevo y la conozco tan bien como conozco el sonido de mi voz. Por mucho que me había dicho una y otra vez que no vine aquí por Johanna, que ella no importaba, que vine solo por Platt y que ya no me importa lo que ella piense de mí, de pronto, digo:

–Debería haberte escrito.

Su rostro se relaja, los labios se extienden de nuevo exhibiendo su color. Trago con dificultad.

–Es decir, no debería haber escrito porque debería haberme disculpado después de la muerte de tu padre. Antes de tu partida. Debería haberme disculpado y deberíamos habernos escrito todo este tiempo porque éramos amigas. Y lamento no haber hecho nada de eso.

–Desearía que lo hubieras hecho –el perro apoya la cabeza sobre su regazo y ella acaricia el hocico sin pensar, con los ojos aún en mí.

–Lamento haber venido –digo–. Puedo irme, si quieres.

Desde el pasillo, juro que escucho a Sim ahogarse de risa.

–No –responde rápidamente–. No, no te vayas. Quiero que te quedes.

Respiro profundo tal vez por primera vez desde que partimos de Inglaterra, tan fuerte que compito con el jadeo tuberculoso de Max.

–¿De verdad?

–Suenas sorprendida.

–Lo estoy. Es decir, si fuera tú, no querría saber nada conmigo.

Ella se pone de pie, su mano desaparece de nuevo entre los pliegues del perro. Su falda ondea a su alrededor, una cascada de brocado y demasiadas enaguas, los bordes decorados con encaje y moños. Cuando me mira, me desarma.

–Muy bien –dice y no sé cómo sobreviviré los próximos días sin ahogarme en ella–. Por suerte no eres yo.

8

EN LA CENA, ESPERO PODER VER EL
primer atisbo de Alexander Platt.

El comedor está atestado de personas y me relegan a un lugar de deshonor lo más lejano posible de la cabecera de la mesa, donde está sentado el tío de Johanna, Herr Hoffman. Prácticamente necesito un telescopio para verlo y Johanna está sentada a su lado, junto a otra silla vacía. Irritantemente vacía y sin dudas reservada para su prometido.

Aún está vacía cuando sirven el primer plato. Aún está vacía cuando el hombre a mi lado, quien no deja de apoyar el cuchillo para alzar su trompetilla, me pregunta:

–¿Dónde conoció a la señorita Hoffman?

–Éramos amigas de la infancia –digo, clavando un cuchillo frustrado en mi cordero.

–¿Disculpe?

–Crecimos juntas –repito más fuerte.

Él coloca la mano en cuenco en el extremo de su trompetilla.

–¿Qué?

–Amigas.

–¿Qué? –repite. Por poco lanzo mi cuchillo.

–Fuimos cómplices en un gran robo de diamantes donde le quitamos las joyas del cuello a la reina de Prusia y ahora he venido a reclamar lo que me deben por cualquier medio necesario.

–¿Disculpe? –la mujer a mi lado inclina el torso hacia adelante alarmada, pero el hombre solo sonríe.

–Ah, qué bonito.

Para empeorar el hecho de que Alexander Platt ni siquiera está aquí, el vestido que Sim compró en la ciudad fue hecho con una cintura que solo puedo describir como deseable. Sim tuvo que quitarme del atuendo y ajustar mi faja tres veces antes de que pudiera alcanzar el diámetro pequeño y considerado apropiado para que una dama dé una buena impresión en un evento social. Siento que mis hombros protuberantes romperán la tela para liberarse en cualquier momento.

Es difícil enfocar mi atención en la comida cuando pienso en el doctor Platt y cuando no puedo respirar adecuadamente, y también cada vez que Johanna ríe, mi corazón trastabilla. Me pregunto: ¿cómo es posible que el cerebro y el corazón estén tan en desacuerdo y sin embargo tengan un efecto tan profundo en las funciones el uno del otro?

El doctor Platt aún no ha llegado al final de la cena. Los hombres van a la sala de estar formal mientras las damas suben las escaleras. Yo permanezco de pie en el pasillo más tiempo de lo natural, considerando mis opciones pero más bien luciendo como si fuera una criatura de cuentos de hadas capaz de cambiar de forma y de elegir qué sexo preferiría ser durante la velada. Si el doctor Platt aparece, sin dudas no estará en la recámara de Johanna con las damas. Y no he venido para perder el tiempo hablando sobre cintas, música y cualquier otra tontería sin importancia que se discuta en salones llenos de mujeres.

Comienzo a caminar hacia el salón, esperando que si ingreso con la confianza suficiente no me detendrán, pero el mayordomo peludo me descubre antes de que pueda cruzar la puerta.

–Las damas están arriba, señorita Montague.

–Ah –sonrío, pero no intento agitar las pestañas de nuevo–. Solo tengo que decirle algo rápido al señor Hoffman y luego subiré.

Él permanece apacible.

–Puedo entregarle el mensaje.

–Ah, gracias, pero en realidad perdí un arete aquí antes y quería buscarlo.

–Lo buscaré por usted.

Finjo ver a alguien en la sala por encima del hombro del mayordomo y saludo con la mano.

–¡Enseguida voy! –le digo a la persona imaginaria. El mayordomo no se mueve. Considero fingir un desmayo como excusa para llamar a un médico con la esperanza de que sea Platt, pero eso a duras penas parece una situación apropiada para comenzar luego una discusión intelectual–. Por favor –le ruego al mayordomo, y odio cuán suplicante suena mi voz. No me agrada rogar: depender del capricho de otro hace que esté demasiado vulnerable para sentirme cómoda.

–Disculpe –dice alguien detrás de mí, y el mayordomo se aparta del camino para que el hombre pueda pasar e ingresar a la sala.

Miro de costado y lo reconozco de inmediato por el grabado de su retrato en la página del título *Ensayos sobre la sangre humana y su movimiento en el cuerpo.*

–Alexander Platt –exclamo.

Él se detiene. Voltea hacia mí.

–¿Puedo ayudarla? –no es una pregunta cortés: es brusca y fastidiosa. Luce exactamente como él, pero más desaliñado de lo que esperaba.

No está afeitado, la barba incipiente oscura contrasta mucho con su peluca rubia con cola raída. Su bata no es la clase de prenda que uno vestiría para una fiesta antes de su boda en la que intentas crear una buena impresión en el hogar de tu futura esposa. Tiene una mirada intensa, pequeños ojos oscuros que parecen incluso más pequeños bajo las cejas pobladas, y cuando me mira frunciendo el ceño, olvido todas las palabras que sé.

Lo único que logro balbucear es:

—Usted es Alexander Platt.

Abre la tapa de la tabaquera en su mano, mirando sobre el hombro la sala llena de caballeros que lo esperan.

—¿Nos conocemos?

—Soy Johanna Hoffman. Es decir, soy amiga de Johanna. Vine por la boda. Estoy aquí por la boda —¿acaso estoy sufriendo un derrame cerebral? No solo las palabras que deseo decir se ordenan de modo aleatorio en mi cerebro, sino que estoy casi segura de que mi voz es demasiado fuerte y mis movimientos, demasiado exagerados. He quedado completamente en blanco, toda mi brillantez planificada con la que ganaría su afecto desapareció al ver a Alexander Platt en persona.

Él me mira y solo puedo pensar en decir "¡Hola!" y la palabra sale mucho más aguda que el tono habitual de mi voz. Quizás así se sienten las personas cuando hablan con alguien que les agrada: coquetas, tontas y con todo exacerbado al máximo. Sin duda he oído la voz de Monty agudizarse cuando Percy ingresaba a una sala.

De pronto, recuerdo que tengo la tarjeta del doctor Cheselden en mi bolsillo, guardada allí exactamente para esta reunión, y comienzo a hurgar en mi falda en exceso frondosa para hallarla.

—Doctor Platt, ¡por fin nos acompaña! —dice el tío de Johanna desde el salón, y Platt alza una mano. Antes de que siquiera haya tenido la oportunidad de encontrar mi maldito bolsillo, él asiente y dice:

–Que tenga una buena noche.

–¡Espere, no! –intento perseguirlo pero el mayordomo me atrapa de nuevo. Extiendo el brazo cuando él me hace retroceder y hago caer un retrato de la pared. El vidrio se rompe cuando golpea el suelo de azulejos. El doctor Platt mira por encima del hombro y no estoy segura de si lo imagino o si de hecho hace una mueca. El mayordomo mira el marco roto y luego a mí–. Iré a la recámara de la señorita Hoffman –digo y desaparezco.

HAY UNA CLASE ÚNICA DE AGONÍA AL INGRESAR sola a una fiesta.

Es el merodear en la multitud, observando, intentando encontrar aliados y grietas en la fortaleza de invitados donde poder formar parte de una conversación con tanta facilidad que ellos pensarán que has estado allí todo el tiempo. Es el pinchazo cortante de esperar en la puerta sabiendo que las personas te han visto ingresar, pero nadie está incorporándote a su conversación o saludándote. Preguntándote si puedes avanzar por la periferia de una conversación y reír en el momento adecuado para que hagan lugar para ti.

Es un dolor incluso más dañino cuando ocurre inmediatamente después del equivalente social a vomitar entrañas parcialmente digeridas sobre mi ídolo.

Los aposentos de Johanna están plagados de mujeres de la cena, todas con cinturas más diminutas que la mía y peinados más altos también. El aroma a bolsas aromáticas y un jardín de fragancias invaden el aire. No estoy maquillada con polvo –nunca lo usé en casa de mis padres a menos

que una criada lograra atraparme con la guardia baja y soplara un puñado de polvo en mi rostro– y siento que mi piel parece estridentemen-
te rojiza y llena de pecas en presencia de estas chicas con polvo pálido
como azúcar impalpable con parches de belleza diminutos en el área de
las mejillas. Sus criadas las siguen y reacomodan las colas de sus vestidos
cuando ellas toman asiento en los sillones de seda; les alcanzan copas de
champaña y utilizan un solo dedo mojado con la lengua para reparar una
mancha de labial.

Hay mesas de naipes, donde juegan al *whist* y *faro*. Otra mesa está
cubierta de bombones, bocadillos cubiertos con virutas de chocolate
esculpidas como gorriones, pan de jengibre y caramelos de toffee sa-
lados envueltos con hilos de caramelo tan frágiles y translúcidos como
las alas de una libélula, junto a botellas de champaña y un cuenco de
vino especiado.

Johanna está literal y figurativamente en el centro de todo, hablando
con un grupo pequeño de chicas mientras otras esperan su turno para
besar sus mejillas y felicitarla. Bebe champaña y habla con las manos
como si cantara un aria. Sacude los hombros, extiende sus pies diminutos y perfectos, succiona sus mejillas para que su rostro luzca más
delgado.

Me irrita del mismo modo en que ocurrió en Cheshire, pero no porque está creando un personaje para la fiesta. Es porque es jodidamente
buena en ello.

Desde su lugar en la mesa del buffet, Max galopa hacia mí, tiene una
enorme cinta rosada de seda en el cuello. Aplasta su frente contra mis
rodillas hasta que accedo a masajear sus orejas y luego camina hacia
la mesa de postres de nuevo y toma asiento con expresión expectante,
como si saludarme hubiera hecho que sea merecedor de un dulce.

Por poco huyo. No hay nada que quiera más que regresar corriendo a mi cuarto y ocultarme en un libro del mismo modo en que he hecho siempre ante estos eventos.

Pero intento crear una buena impresión. Intento fingir que soy un gato de interiores. Intento llegar al doctor Platt y, dado que mi primera impresión fue muy desastrosa, el mejor modo de hacerlo será a través de Johanna.

Eres Felicity Montague, me recuerdo. *Hiciste que derribaran a tu hermano en el puerto de Londres, encontraste a Alexander Platt y sin dudas lo compensarás por aquel incidente vergonzoso.*

Dado que el nudo de mujeres alrededor de Johanna es demasiado intimidante para ingresar a través de él todavía, tomo asiento tentativamente en un sillón cerca de la puerta, junto a una mujer que parece apenas mayor que yo. Captura mi mirada y me dedica la sonrisa obligatoria sobre su champaña. Aparto la vista, luego me avergüenzo porque esa fue mi reacción ante una sonrisa y digo demasiado fuerte y sin presentación:

–Me agradan tus cejas.

Hice girar la rueda mental y elegí el aspecto menos halagador para darle un cumplido a una mujer. Ella parece sorprendida. Como lo haría cualquier persona ante aquel comentario extraño dicho en voz tan fuerte.

–Oh. Gracias –frunce los labios, me mira de arriba abajo y luego dice–: Las tuyas también son bonitas.

–Sí –la miro un instante más. Luego asiento con demasiada energía. Después, pregunto–: ¿Cuántos huesos del cuerpo humano puedes nombrar? –y Dios mío, ¿qué me sucede? ¿Por qué no sé cómo hablar amablemente con otras mujeres?–. Disculpa.

Huyo hacia la comida, tomo un vaso de vino especiado y pienso en comer una masa pero decido mejor no hacerlo por el riesgo de volcar algo sobre mi pecho. Hay un nudo de mujeres de pie junto al vestidor mirándome, y cuando también las miro, todas se disipan y ríen, y odio a esas chicas. Las odio profundamente. Odio el modo en que ríen y me miran cuando yo no lo hago y luego siento que se burlan de mí y que todos ríen menos yo. Es mi infancia entera: chicas mirándome con desdén, deseosas de hacer una broma que no comprendía porque leía libros que ellas nunca podrían comprender.

Para ser una mujer que alardea diciendo que no le importa en absoluto lo que piensen de ella, sin dudas tengo mucha ansiedad relacionada a fiestas así.

Max toma asiento sobre mi dobladillo y me mira con ojos caídos. Las manchas blancas sobre ellos los hacen lucir increíblemente expresivos.

–Tienes cejas bonitas –le digo y le doy una palmada en la cabeza. Él lame sus labios, luego continúa mirando mi vaso. Claro, en cuanto estoy cerca de otras mujeres de mi edad, termino socializando con el perro.

–Vaya, luces ferozmente miserable –comenta alguien y volteo. Johanna ha abandonado a su harén y ha venido a ponerse de pie junto a mí, cerca de la ventana. Max se apoya en ella, sacude la cola con alegría entre el trasero de ella y el mío.

–Es una linda fiesta –digo.

–Lo es –responde, inclinándose para acariciar la cabeza de Max–. Entonces, ¿por qué parece que están arrancándote los dientes? ¿Qué sucede?

–Solo… –considero mentir. Decir que estoy cansada por el viaje o que comí algo en la cena que no me sentó bien. Pero una clase de instinto extraño aparece cuando la miro a los ojos. Solía contarle todo a Johanna–. Soy tan mala en esto.

–¿En qué?

–Esto –muevo una mano en general hacia la sala llena de mujeres–. Hablar con chicas, socializar y ser normal.

–Eres normal.

–No lo soy –siento que soy un animal salvaje en un zoológico, andrajoso y feroz e inadaptado entre todas esas mujeres que no tropiezan en tacones o no se quitan el polvo del rostro al rascarse. Como Sim dijo, un cocodrilo en una jaula llena de cisnes–. Soy quisquillosa, repelente y no siempre agradable.

Johanna toma un macaron de la mesa y lame su dedo manchado de relleno.

–Nadie es bueno en estos eventos.

–Todas las presentes lo son.

–Todas fingen –dice–. La mayoría de estas mujeres no se conocen: es probable que se sientan tan desubicadas e incómodas como tú.

–Tú no.

–Bueno, es mi fiesta.

–Pero eres buena en esto –insisto–. Siempre lo has sido. Por ese motivo todos te querían en casa y a mí no. Las chicas como yo estamos destinadas a tener libros en vez de amigos.

–¿Por qué no puedes tener los dos? –le da un mordisco a su macaron, luego le lanza el resto a Max, quien a pesar de cubrir una gran superficie con su boca, no atrapa en absoluto el dulce y debe buscarlo bajo la mesa–. Creo que necesitas darles una oportunidad a las personas. Incluso a ti misma –extiende la mano y la apoya suavemente en mi codo–. Prométeme que te quedarás esta noche y al menos intentarás pasarla bien.

Deslizo la lengua sobre mis dientes, luego exhalo con un suspiro a través de la nariz. Siento que se lo debo. Y también me molesta muchísimo eso. No disfruto que me obliguen a hacer cosas, así que quizás lo mejor será que pague esta deuda lo más rápido posible.

–¿Debo hacerlo?

–Y debes hablar al menos con tres personas.

–Bueno, tú eres una.

–Tres personas que no conozcas. Max no cuenta –dice, leyendo mi mente.

–Si hablo con tres personas, ¿puedo irme luego?

Inclina la cabeza a un lado y no sé si su sonrisa se hace más triste o si es el efecto causado por el ángulo.

–¿De verdad estás tan desesperada por alejarte de mí?

Aparto la vista hacia nuestros reflejos en el vidrio, negros por la oscuridad. Siento que miro a través de una ventana dentro de la versión sombría de nosotras, las chicas que podrían haber existido si Johanna y yo no hubiéramos discutido. Quizás, si las cosas hubieran sido diferentes, estaría aquí como invitada a su boda, convocada y deseada y no moviendo los pies en un rincón. O quizás ninguna de las dos estaría aquí. Quizás habríamos huido juntas hace tiempo, en busca de su madre que la había abandonado a ella y a su padre cuando Johanna era pequeña, o para hallar un mundo nuestro, lejos de todo esto.

–¡Señorita Johanna! –dice alguien y volteamos mientras una chica rubia muy bonita con cintura muy angosta se acerca a nosotras. Rodea el estómago de Johanna con un brazo desde atrás y la abraza contra su cuello. Max se apoya en ambas. La chica me mira con sus ojos azules enormes–. ¿Quién es ella?

–Es mi amiga, Felicity Montague –responde Johanna–. Crecimos juntas.

–Ah, ¿en Inglaterra? ¡Has venido desde tan lejos! –la chica extiende la mano para estrechar la mía por encima del hombro de Johanna–. Christina Gottschalk.

Con la mano frente a su propio estómago y fuera de la vista de Christina, Johanna extiende un solo dedo y pronuncia sin emitir sonido: *Esa es una.* Estoy a punto de reír.

Christina me sonríe de un modo que no sé si creo que es genuino, luego voltea el rostro hacia Johanna de nuevo.

–Tengo que darte una reprimenda.

–¿A mí? –Johanna presiona la mano sobre sus pechos–. ¿Por qué?

–Tu doctor Platt mató de un susto a mi pobre chica anoche.

Una conversación que estaba a punto de ser obligada a tolerar se acaba de convertir en algo honestamente interesante para mí, dado que involucra a Platt. Quizás, después de todo, seré bastante buena para socializar.

–¿Qué ocurrió? –pregunto.

–Mi criada fue a buscar leche para mí anoche y ¡él le dio un susto terrible! –dice Christina–. Estaba despierto en la biblioteca a Dios sabe qué hora, caminando de un lado a otro y hablando solo. Dijo que él comenzó a gritarle por andar a hurtadillas.

Johanna desliza un dedo sobre el borde de su copa. No luce en absoluto entusiasmada ante este tema de conversación.

–Sí, es un poco maníaco cuando consume una dosis.

–Ese es el riesgo de casarse con un genio, ¿no? –dice Christina–. Son depresivamente sombríos o están terriblemente locos. A veces ambas cosas a la vez.

–¿Suele frecuentar la biblioteca? –pregunto.

Johanna me mira con sospecha: sabe con exactitud a qué estoy jugando, pero no nombrará el juego delante de su amiga.

–Trabaja hasta tarde y duerme hasta tarde; es su modo. No lo vemos hasta la cena la mayoría de los días.

–Y ni siquiera en la cena, hoy –comenta Christina, lo cual quizás tiene la intención de hacer sentir mejor a Johanna, pero, en cambio, hace que ella succione sus mejillas de nuevo.

Si el doctor Platt merodea en la biblioteca de los Hoffman solo cada noche, eso me dará la oportunidad perfecta para conversar con él, sin la intromisión de mayordomos, caballeros o de mi incapacidad de tener conversaciones articuladas sin previo aviso.

Pero Johanna me tiene atrapada en esta conversación (que se ha convertido en una discusión sobre el agua de melón en comparación con el pepino para una piel más suave) y con mi promesa de hablar con tres personas nuevas. Debe haber un modo de crear un buen motivo para escapar e ir a esperar al doctor Platt sin perder tiempo y cumpliendo esa promesa.

Así que la próxima vez que Max me golpea, lo uso como excusa para vaciar mi copa de vino sobre mi vestido.

Mi intención es que solo sea una gota, una mancha pequeña que me dé el motivo suficiente para decir que debo regresar a mi cuarto y cambiar mi prenda, para en verdad ir a la biblioteca y esperar a Platt. Sin embargo, la maniobra es más efectiva de lo que planeaba. Primero, no había bebido tanto como creía, así que en vez de verter algunas gotas discretas, vierto prácticamente el vaso de vino entero sobre el frente de mi vestido. Es un lanzamiento tan directo que siento cómo empapa hasta mis pantaletas. Johanna y Christina gritan sorprendidas. Abro la boca para inventar una excusa y fingir que acabo de volcar sobre mi vestido una cantidad normal de bebida en vez de un vaso entero, pero antes de que pueda pronunciar palabra alguna, Max salta sobre mí, intentando lamer la mancha. Su peso me hace caer hacia atrás. Extiendo una mano para recuperar el equilibrio, no logro sujetar el borde de la mesa del bufet y caigo directo sobre el centro cremoso de un plato de bocadillos.

Max, ahora con una mejor oportunidad de cacería, salta hacia adelante, con las patas sobre la mesa, y hunde la nariz en la comida después de mi caída; me salpica con gotas gordas de crema.

Aquello silencia efectivamente la fiesta. También es un poco más vergonzoso de lo que había esperado que fuera, en particular considerando que yo fui la arquitecta del desastre. Bueno, al menos de la primera parte.

Johanna se disculpa una y otra vez mientras intenta arrastrar a Max lejos de la comida, largos hilos de saliva caen de sus labios sobre los dulces mientras intenta con desesperación engullir unos bocados más antes de que Johanna sujete su garganta y quite una cuchara de metal entera que él inhaló en su prisa. Johanna está cubierta hasta el codo en saliva. Yo tengo vino en el frente de mi vestido, crema pastelera desparramada en un lateral y pelo de perro pegado en ambas partes. Christina tiene una pequeña mancha de vino en su falda y parece decidida a fingir que está tan victimizada como yo.

–Lo siento mucho –digo y Johanna alza la vista de Max. Veo en sus ojos que sabe exactamente cuán intencional fue esto, sin importar si mi intención era arruinar la fiesta o no.

–Solo ve –replica, su voz es tan baja que nadie más que yo la escucha–. Es lo que querías, ¿no?

Y sí, es exactamente lo que quería. Pero mientras salgo con la cabeza baja y el rabo entre las piernas, desearía que no hubiera sido así.

SIM NO ESTÁ EN NUESTRA HABITACIÓN, LO CUAL es una desgracia, dado que debo emprender sola la tarea de quitarme este vestido. Las reglas de la moda indican que cualquier cosa que un hombre vista, una dama debe superarla; debe ser más incómodo para ella; y debe requerir al menos dos personas para ponerse la prenda y sacársela, para que sea incapaz de tener una existencia independiente. Ni siquiera puedo alcanzar los malditos botones que recorren la espalda, y ni hablar de desabrocharlos. Continúo girando en círculos como un perro que persigue su rabo, intentando cada vez extender un poco más el brazo mientras me aferro a la esperanza demente de que quizás, si tomo los botones por sorpresa, no huirán de mí. Y cada segundo que desperdicio girando es un segundo que podría estar compartiendo con el doctor Platt en la biblioteca. Finalmente, me rindo, decido vestir el vino con confianza, aunque comienza a cambiar de pegajoso a crujiente, y me dirijo al piso de abajo.

La fiesta de caballeros en el salón aún transcurre ruidosa, así que ingreso en silencio a la biblioteca, en caso de que el mayordomo peludo esté merodeando, listo para enviarme de regreso a los aposentos de Johanna. La habitación es cálida y huele a polvo, y la mera presencia de tantos libros hace que sea más fácil respirar. Es impresionante cómo estar cerca de los libros, incluso de esos que nunca he leído, puede tener un efecto tranquilizador, como ingresar a una fiesta atestada y descubrir que está llena de personas que conoces.

–¿Qué haces aquí?

Volteo con un chillido. Sim está de pie detrás de mí, oculta entre dos pilas de libros; no nota o no le importa el susto que acaba de darme.

–Rayos, no hagas eso.

–¿Qué cosa? ¿Hablarte?

–¡Escabullirte detrás de mí! O escabullirte, punto. Creerán que tramas algo.

–¿Quiénes? ¿Tu gente?

–Sí, mi gente. ¿Qué haces *tú* aquí? Se supone que eres una criada, ¿recuerdas? Estoy bastante segura de que esta habitación está prohibida.

–Estoy limpiándola –desliza una manga sobre un estante cercano sin mirarlo–. Listo. Todo limpio.

–¿Ya has encontrado tu derecho de nacimiento? –pregunto.

Está demasiado oscuro para ver con claridad, pero juro que escucho cómo entrecierra los ojos.

–¿Ya has hablado con tu doctor Platt?

–¿Es eso? –señalo el gran libro de cuero que sostiene debajo de su brazo y ella lo oculta de inmediato detrás de su falda.

–¿Qué cosa?

–Ese libro que estás ocultando sin éxito. No puedes llevártelo: nada de robar, ¿recuerdas? Ese fue nuestro trato. ¿Es ese libro lo que buscas? –no dice nada, así que extiendo las manos–. ¿Puedo?

A regañadientes, se rinde. Noto que no es un libro cuando lo llevo a uno de los atriles sobre los que hay un farol encendido, sino que es más bien una carpeta. La cubierta tiene un monograma con las iniciales *SG* y una fecha de hace veinte años aproximadamente. Dentro, hay intrincadas ilustraciones botánicas: muestrarios de bulbos de tulipán y moreras, las venas delicadas de las hojas extendidas como ríos y una página entera dedicada a los diversos modos de mirar una seta. Todo tiene la clase de detalles minuciosos que hacen temblar mi mano solo al pensar en intentar reproducirlo.

Miro a Sim, de pie del otro lado del atril, observándome pasar las páginas del portfolio mientras sus dientes mastican la uña de su pulgar.

–¿Viniste hasta aquí para mirar un libro sobre naturaleza? –pregunto.

Ella mantiene la uña en su boca y habla mientras presiona los dientes contra ella.

–¿Qué importancia tiene?

–No la tiene –digo–. Es solo algo que yo sin duda haría.

Deja de rechinar los dientes y luego una sonrisa lenta se extiende sobre sus labios.

–Y eso que pensabas que no tendríamos nada en común.

Volteo otra página y miro la ilustración de una serpiente larga moviéndose por el agua, sus fosas nasales aparecen sobre la superficie. No puedo imaginar qué tiene este libro para que ella viaje desde otro continente solo para verlo. Deslizo el pulgar sobre los bordes y noto que, más que nada, es un alivio. Sin importar que las protestas de Sim dijeran lo contrario y que llegó a mí a través de Scipio, una pequeña parte de mí había estado masticando sus uñas con la certeza de que ella había venido a cortar la garganta de alguien o robar un diamante y que yo sería cómplice por proveer el acceso.

–¿Por qué es tan especial este libro? –pregunto.

–No es un libro, es un portfolio –responde–. Y es la única copia que existe.

–Bueno, sí, asumí que si existiera en otra parte, lo habrías conseguido en cualquier imprenta de Londres.

–Por supuesto que asumiste eso.

Alzo la vista y, a través del resplandor cetrino del farol, nuestros ojos se encuentran. Bajo esta luz, su piel parece de bronce, algo pulido y desgastado en la batalla por guerreros ancestrales.

–Te habrías ahorrado muchos problemas.

–Quizás quería problemas.

Oímos un chasquido cuando el pestillo de la puerta de la biblioteca se abre.

–Buenas noches –dice alguien y luego oímos el crujir de las bisagras cuando se cierra de nuevo. Estamos fuera de vista, escondidas entre los estantes, pero oigo los pasos que avanzan por el pasillo contiguo, en dirección hacia la chimenea. Por poco tropiezo conmigo misma en mi prisa por sujetar a Sim y empujarla fuera de la habitación. Ella intenta llevarse el portfolio, pero lo cierro y muevo la cabeza de lado a lado.

–Nada de robar.

–No estoy robando. Estoy mirando –sisea como respuesta–. No es robar tomar algo del lugar donde pertenece.

–De hecho, es la definición de robar –respondo, mi voz es más fuerte de lo que era mi intención, dado que entre las pilas de libros, un hombre dice:

–¿Hay alguien allí?

Apresuro a Sim para que salga por la puerta, pero ella ya está en marcha, sus pasos son suaves sobre la alfombra. Enderezo la espalda lo mejor que puedo con aquel vestido que es más que nada un postre, lanzo mi cabello sobre los hombros para no sentir la tentación de toquetearlo por los nervios y luego camino en dirección opuesta, hacia el fuego.

El doctor Platt se ha quitado su peluca y su chaqueta y se ha desplomado en un sillón junto a la chimenea. Alza los pies mientras busca algo en su chaqueta; un instante después extrae la misma caja de tabaco rapé con la que jugueteaba cuando intenté detenerlo para hablar con él. Vierte un poco del polvo en el cuenco de su mano, lo aplasta con el pulgar y lo aspira.

He estado merodeando demasiado tiempo y ahora mi entrada será como mínimo invasiva. Considero voltear lo más silenciosamente posible y luego ingresar de nuevo a la biblioteca haciendo ruido para no alarmarlo.

Pero luego él se pone de pie y yo estoy de pie allí y él se sorprende y vuelca el rapé sobre su camisa y yo me sorprendo y de pronto recuerdo que hay vino especiado sobre todo mi vestido y por algún motivo, mi cerebro decide que aclarar aquel punto es la prioridad número uno y exclamo:

–Esto no es sangre.

–Maldición –limpia el rapé de su frente, intentando recolectarlo en su mano y colocarlo de nuevo dentro de la caja–. ¿Qué diablos cree que hace?

–¡Lo siento mucho! –doy un paso al frente, como si pudiera hacer algo para ayudar, pero en cuanto estoy bajo la luz del fuego, él ve mi vestido y da un grito ahogado–. ¡Solo es vino! –grito–. Volqué vino. Y caí sobre un pastel.

Aparto mi falda hacia atrás, como si pudiera ocultar la mancha de su vista, pero no hay mucho que hacer sobre el hecho de que acabo de sorprenderlo en una habitación oscura y lo primero que hice fue asegurarle que no estoy cubierta de sangre. Y yo que pensaba que nada podría ser peor que nuestro encuentro después de la cena.

–¿Necesita algo? –pregunta, su voz es cortante. Aún intenta recolectar los restos de rapé volcado que pueda recuperar.

–Sí, em, le grité antes. En el pasillo. Después de la cena.

–¿Y ahora ha venido a gritarme de nuevo? –abandona el rapé y se desploma de nuevo en su asiento, deslizando una mano sobre su cabello corto y mirando a su alrededor en busca de algo que hacer para obligarme a marchar. Siento la tentación de preguntarle si puedo disculparme, respirar hondo y luego entrar de nuevo e intentar tener este encuentro, pero esta vez con la cabeza en alto. Y preferentemente sin vino sobre mi vestido.

–Lamento lo del rapé –digo, sintiéndome como un cachorro golpeado que solo quería una caricia en la cabeza–. Puedo reemplazarlo –él suspira, mueve una de sus piernas de arriba abajo y la sombra en la luz del fuego rebota. Aún hay una mancha en su solapa y en contraste con el material oscuro, hay motas azul incandescente ocultas en ella–. Es rapé, ¿verdad?

–Es *madak* –pronuncia la palabra en un tono indicando que espera que los demás no la reconocerán.

Pero yo la reconozco.

–Es opio y tabaco.

Me mira adecuadamente por primera vez desde que llegué. No diría que luce impresionado, pero sin dudas no está indiferente.

–De Java, sí.

–Hay maneras más eficientes de consumir opio –digo–. En términos médicos, si lo disuelve en alcohol y lo bebe, avanzará por su cuerpo mucho más rápido y con más eficiencia, dado que es la ruta más directa al sistema digestivo.

Me mira entrecerrando los ojos y de inmediato me siento tonta por explicarle qué es el láudano a Alexander Platt. Pero, en cambio, él dice:

–¿Quién es usted exactamente?

–Soy una gran admiradora suya. Académicamente –añado rápido–. No en… Sé que contraerá matrimonio. No me refiero a ese modo. He leído todos sus libros. La mayoría de ellos. Los que pude obtener. Algunos los leí dos veces así que tal vez eso compensa los que no leí. Pero he leído la mayoría. Soy Felicity Montague –extiendo la mano, como si él fuera a estrecharla. Cuando no hace movimiento alguno, finjo que mi intención todo el tiempo fue sacudir algo en mi falda. Una costra grande de crema pastelera seca cae sobre la alfombra. Ambos la miramos. Pienso en recogerla, pero al no tener nada que hacer con ella después, decido, en cambio, mirarlo a él de nuevo con una sonrisa avergonzada.

Para mi gran alivio, me devuelve el gesto.

–¿Una admiradora? –se sirve un vaso del licor ámbar que está en la botella sobre la repisa de la chimenea y luego dice–: Mis admiradores suelen ser mucho más viejos, más canosos y… bueno, hombres. Suelen ser hombres.

–Sí, señor, eso es precisamente de lo que quiero hablarle. No sobre los hombres. Sino sobre el hecho de que soy mujer. No, esto está saliendo completamente mal –presiono las manos sobre mi estómago y me obligo a respirar tan hondo que juro que mi corsé ridículo estalla–. He intentado obtener una admisión en una escuela médica en Edimburgo, pero no me aceptan por mi sexo. Cuando averigüé en Londres, el doctor William

Cheselden lo mencionó a usted –busco en mi bolsillo, despliego la tarjeta de contacto dentro de mi lista y se la entrego–. Él dijo que usted estuvo en Londres buscando un compañero. O un asistente. O algo así, para una expedición. Y pensó que tal vez me aceptaría.

Platt escucha sin interrupciones, lo cual valoro, pero también mantiene una expresión completamente ilegible, lo cual valoro menos, dado que no estoy segura de qué efecto tiene mi discurso en él y no sé si debería insistir hasta que él dice:

–No sé dónde obtuvo Cheselden la impresión de que buscaba un compañero, pero no es así.

–Oh –todo mi aliento abandona mis pulmones en aquella única exhalación y, sin embargo, sale muy pequeño. Debo bajar la vista hacia mis zapatos para cerciorarme de que aún estoy de pie y no de rodillas, ya que el mundo parece haber desaparecido de modo tan repentino que es como caer. Nunca me he sentido tan tonta en toda mi vida, ni cuando me rechazaron de la universidad de Escocia ni cuando estuve de pie frente a los directores en Londres ni cuando mi madre me entregó el formulario de inscripción de la escuela de señoritas como si estuviera haciendo realidad todos mis sueños educativos. He llegado hasta aquí. He negociado, suplicado y arriesgado tanto. No noté cuánta esperanza había tenido en este momento y cuán poco me había permitido en verdad considerar la posibilidad de la derrota, hasta que se apaga como una vela. Todo mi mundo cambia en un segundo con la ínfima esperanza con la que no solo he vivido, sino en la que he vivido.

Mi colapso debe ser más evidente de lo que esperaba, porque Platt voltea la tarjeta de Cheselden entre los dedos y luego dice:

–¿De verdad vino hasta aquí para pedirme un puesto?

–Sí –respondo, mi voz es igual de pequeña y cargada de decepción como antes. Deslizo mi mano contra mi mejilla y luego añado–: Y conozco a Johanna. No estoy aquí bajo una excusa completamente inventada.

El vaso de Platt se detiene ante sus labios.

–¿La conoce?

–Éramos amigas cuando éramos niñas –explico–. Crecimos juntas.

–¿En Inglaterra? ¿Cuál dijo que era su nombre?

–Felicity Montague.

Bebe un sorbo de whisky, mirándome por encima del vaso; luego, engancha su pie en un taburete y lo acerca frente a él.

–Venga, siéntese –tomo asiento, vacilante, y él inclina su vaso hacia mí–. ¿Quiere un trago? –cuando niego con la cabeza, él bebe otro sorbo y dice–: ¿Por qué quiere estudiar medicina, señorita Montague? No es una pasión que uno vea en muchas damas jóvenes.

Quizás no he podido usar mis argumentos ante la junta directiva de San Bartolomé, pero los tengo preparados. Introduzco la mano en el bolsillo antes de poder evitarlo y extraigo la lista desgastada, ahora plegada y desplegada tantas veces en distintos estados de humedad que a duras penas puedo leer las palabras superpuestas en los pliegues.

–Primero –comienzo a decir, pero Platt me interrumpe.

–¿Qué es eso? ¿Tiene que leer un papel para recordar sus ideas?

Alzo la cabeza.

–Oh, no, señor, solo tenía esto preparado para…

–Démelo; permítame ver –extiende una mano y entrego mi lista, reprimiendo la tentación de quitársela por vergüenza ante mi caligrafía y mi franqueza. Platt observa la lista mientras le da un sorbo ruidoso a su vaso. Luego, apoya el vaso y la lista sobre la mesa auxiliar y comienza a hurgar en el bolsillo de su abrigo–. Nada de esto hará que los médicos en Londres la tomen en serio.

–¿Señor?

–¿Todas esas tonterías sobre mujeres contribuyendo en el campo? Nadie escuchará ese argumento. Ni siquiera mencione que es mujer. Nadie quiere oír sobre las mujeres. Actúe como si no fuera una limitación y como si usted, como dice tan apropiadamente, mereciera estar aquí –encuentra un lápiz corto en su chaqueta y tacha mi primer punto. Siento un vuelco real en el estómago cuando su lápiz hace contacto violento con el papel, como si estuviera borrando parte de mi alma–. Y si bien aprecio la mención aquí, ¿qué importa que pueda leer y escribir en latín, francés y alemán? Cualquier idiota educado en Eton puede hacer más. No quieren oír eso, quieren ver cómo se desenvuelve. Cómo habla –hace una anotación, luego sus ojos recorren la lista, con una ceja en alto–. ¿De verdad curó un dedo amputado?

–Sí, señor. Mi amigo…

–Comience con eso –interrumpe, garabateando el punto en la parte superior de mi papel–. La experiencia lo es todo. Diga que es una de muchas instancias, aunque no sea cierto. Y dígales que trabajará gratis y que se esforzará más que cualquiera, aunque no sea cierto. Nada de estas tonterías sobre cirujanas en la historia. No puede nombrar una cirujana de la historia porque no hay ninguna que le importe a estos hombres. Necesita hablar sobre Paracelso, Antonio Benivieni y Galeno…

–¿Galeno? –río antes de poder evitarlo, y luego inmediatamente coloco las manos sobre mi boca, horrorizada de haber reído en el rostro del doctor Alexander Platt. Pero él alza la vista de mi papel con expresión curiosa y yo prosigo–. Es un hombre que escribió sobre el cuerpo sin jamás haber hecho un estudio real de uno. La mitad de sus teorías fueron desacreditadas por Vesalio y nadie siquiera se tomó la molestia de probar que el resto eran erróneas porque es evidente que son muy idiotas. Paracelso quemó sus libros. ¿Quién continúa leyendo a Galeno?

–Claramente usted no –Platt presiona los dedos entre sí, con mi papel entre ellos–. Entonces, ¿apoya la disección humana?

–Fervientemente –respondo–. Aunque en particular cuando dicha disección se utiliza en conjunción con su escuela de descubrir la causa en vez de la cura.

–Ja. No creí que nadie pensara en ello como una escuela –hace otra anotación en mi papel–. Si hubiera recibido educación en un hospital, habría descubierto que desacreditaron mis teorías como las de Galeno.

–La prevención disminuiría el negocio de los hospitales y haría que fuera más difícil para ellos explotar a los pobres, así que comprendo por qué no invertirán en ella. Con todo respeto hacia las juntas directivas de los hospitales de Londres –hago una pausa y luego añado–: De hecho, no. Sin respeto hacia ellos porque son todos unos imbéciles.

Me mira y temo haber hablado con demasiada audacia, pero luego él ríe, una explosión como una bala a través del vidrio.

–Con razón no les agradó a esos ricachones de Londres. ¿Dónde encontró todas estas opiniones?

–No las encontré, las formulé –digo–. Al leer sus libros. Y otros.

Inclina el torso hacia adelante, con los codos sobre las rodillas, y de pronto soy muy consciente del hecho de que estamos los dos solos, hablando en una biblioteca por la noche. Lo cual suena mucho más parecido a una escena de una de esas novelas románticas que fingía leer que a uno de los textos médicos que en verdad estudiaba.

Platt limpia la comisura de su boca con su pulgar.

–Tiene suerte de que los hospitales no la aceptaron. Estará mejor si contrae una enfermedad venérea en vez de tener una educación práctica. Ambas opciones harán que sea inapropiada para trabajar e indeseable para los hombres –me mira como si esperara que riera ante su comentario, pero lo mejor que puedo ofrecer es un ceño fruncido.

Quizás he depositado demasiada esperanza en que el doctor Platt estaría completamente divorciado de la noción que el valor principal de una mujer es cuánto la desean.

»Las escuelas de los hospitales de Londres están pobladas de hijos de hombres ricos cuyos padres pagan para que ellos duerman durante las lecciones y falten a las rondas en el hospital –prosigue–. Y luego compran su lugar en el gremio. Hubiera sido un desperdicio que fuera allí.

–Entonces, ¿qué sugiere que haga? –pregunto.

Él vacía su vaso, luego lo apoya fuerte sobre el escritorio, como si concluyera un brindis.

–Tomar en cuenta mis sugerencias, mejorar sus argumentos y presentar su petición ante alguien que realmente tenga algo que enseñarle. Vaya a Padua, a Ginebra o a Ámsterdam. Tienen un pensamiento más avanzado que nosotros los ingleses.

Me devuelve la lista y miro sus anotaciones garabateadas en los márgenes, su caligrafía solo es apenas peor que la mía. Platt ya está reclinando la espalda contra la silla, colocando un pie debajo del cuerpo y buscando de nuevo la botella. Y esta quizás es la única oportunidad que tendré en la vida, así que carraspeo (un gesto algo teatral) y comienzo a hablar.

–Bueno, entonces, señor, me gustaría hacerle una petición para que me otorgue un puesto –él alza la vista, pero prosigo antes de que pueda decirme que no se refería a eso–. Tal vez no busca un asistente, pero no sabrá cuánto deseaba uno hasta que comience a hablar. Se preguntará cómo siquiera se las arregló sin mí. Me esforzaré más que cualquier otro alumno que haya tenido, porque esta oportunidad sería demasiado valiosa para mí como para desperdiciarla. Ya tengo cierto conocimiento práctico, he completado con éxito procedimientos quirúrgicos en múltiples ocasiones bajo situaciones de presión, además del conocimiento que he ganado leyendo libros como *De Abditis Morborum Causis* de Antonio Benivieni, ambas cosas proveerán una base fuerte sobre la que construir. Apoyo la disección humana y los estudios anatómicos, lo cual se alinean bien con la escuela que usted practica, y creo que mis contribuciones a su trabajo, al igual que el conocimiento que podría inculcarme, nos mejorarán a los dos como resultado de nuestra asociación.

Respiro hondo. Mi respiración tiembla un poco más de lo que me gustaría. Platt no ha dicho ni una palabra mientras yo hablaba y tampoco intentó interrumpir. Mantuvo la cabeza inclinada a un lado, girando su vaso vacío entre el pulgar y el índice, pero cuando hago una pausa para respirar, dice:

–¿Terminó?

No estoy segura de si es una invitación a continuar o un pedido para que me detenga, así que solo respondo:

–Por ahora.

–Muy bien –asiente una vez–. Bravo.

–¿De verdad?

–No es el mejor argumento que he oído, pero sin dudas es temeraria, es decir, Dios mío, viajó hasta aquí solo para verme. Y está dispuesta a aprender: eso es lo más importante –frota sus palmas como si intentara calentarlas o como si estuviera planeando algo. Es difícil saberlo. Luego pregunta–: ¿Asistirá al *Polterabend*?

–¿Al qué?

–Es otra de las desquiciadas costumbres nupciales de aquí. Los amigos asisten vestidos elegantes como peces y aves de caza la noche previa a la boda y rompen porcelana. *Scherben bringen Glück*: los fragmentos traen suerte, eso dicen. Es un desperdicio de tiempo y de buena vajilla, pero hay que apaciguar a la novia.

No me encanta el modo en el que habla de Johanna. Tampoco digo que sí, en caso de que su próxima oración fuera la propuesta de faltar a la fiesta social con él y hundirnos hasta la coronilla en textos médicos.

–Si me invitan.

–Yo la invito –se estira de un modo lujoso, los brazos sobre la cabeza y la espalda arqueada antes de buscar de nuevo su caja de rapé–. Deberíamos reunirnos allí y conversar: iré a Heidelberg mañana a buscar una receta y no regresaré hasta la fiesta, pero pensaré durante mi ausencia dónde será más útil una mente como la suya.

No quiero decir que no, pero tampoco quiero esperar. No quiero hablar con él la noche antes de su boda: su atención estará dividida entre demasiadas cosas y no es tiempo suficiente para garantizar ningún puesto antes de su partida. Y no existe algo semejante a una conversación sustancial en una fiesta.

–El doctor Cheselden mencionó que irá a los Estados de Berbería –me arriesgo, y él asiente–. ¿Partirá pronto?

–Después de la boda. La señorita Hoffman y yo iremos de luna de miel a Zúrich por una semana y luego partiré desde Niza.

–Zúrich. Qué... –balbuceo en busca de una palabra. No es la locación ideal para un retiro romántico y post nupcial–. Frío.

–No es tan frío. Y no es por mucho tiempo. Estaré en el Mediterráneo el primer día del mes y la señorita Hoffman estará camino a mi hogar en Londres.

–¿Cree que quizás habrá un lugar...? –me atrevo a decir, pero él me interrumpe.

–Mi tripulación ya está lista. El trabajo que haremos es bastante sensible, así que las filas deben ser monitoreadas con bastante precisión.

–Por supuesto.

Él abre y cierra la caja de rapé algunas veces, mirándola como si estuviera pensando mucho.

–Pero búsqueme en el Polterabend. Hablaremos más, lo prometo –no sé bien qué significa eso, más que ahora necesito asegurarme de tener un vestido para la noche que no esté decorado con el postre de hoy. Como si leyera mis pensamientos, Platt me mira de arriba abajo y ríe–. Estoy un poco decepcionado porque su vestido no está cubierto de sangre. Me gustaría bastante ver una mujer cirujana haciendo su trabajo.

Y ese reconocimiento, a pesar del modificador irritante, aquel orgullo y fe en su voz donde en general solo encuentro desprecio, me hace sentir vista, tal vez por primera vez en mi vida.

9

ESCUCHO EL POLTERABEND DESDE LA
escalera y a través de la puerta de mi habitación, tan inmenso y vivaz
que me asusta antes de que haya visto la fuente. Habría colocado un
libro dentro de mi falda (y de verdad aún considero hacerlo) o elegido
no asistir en absoluto de no haber sido por la invitación del doctor Platt
para hablar más en la fiesta. Desde nuestro encuentro en la biblioteca,
él ha estado ausente en la casa, regresó apenas hace unas horas y de inmediato se lo llevó Herr Hoffman para ayudarle a estar listo. Y con la
ceremonia mañana. Esta es una valiosa última oportunidad de hablar
con él.

Sim trajo otro vestido de la modista de Stuttgart, este posee una cintura mucho más apropiada para mi torso cuadrado, pero está hecho en
crepe negro brillante que genera fuertemente la impresión de que fue
hecho para un funeral. Eso y su naturaleza de prefabricado. La muerte
es aún más impredecible que sentarse sobre un pastel en una fiesta.

No es un atuendo que encaje en la temática asignada de peces y
aves de caza, pero podría dar un buen argumento para la naturaleza

entomológica de mi atuendo, dado que me siento como un escarabajo con esta falda, el material está rígido y amplio por los miriñaques y unas cintas delgadas cuelgan de la cintura como antenas.

"Creo que lo amarraste mal", le dije al menos cinco veces a Sim mientras me ayudaba a vestirme, y cada vez ella respondió: "No lo amarré mal".

Aún estoy contemplándome mientras me encuentro de pie sola en mi habitación, tambaleándome ante el espejo, intentando no avergonzarme por el hecho de que mi cabello está recogido lejos de mi cuello y tengo varias manchas grandes en mi mentón y también me enfurece completamente el hecho de que me importen estas cosas cuando el doctor Platt me espera abajo. *Tu belleza no es un impuesto que debes pagar para ocupar espacio en el mundo*, me recuerdo a mí misma, y mi mano se dirige de modo inconsciente a mi bolsillo, donde mi lista aún está guardada. *Mereces estar aquí.*

Alguien llama a la puerta de mi habitación, un golpeteo frenético que sin dudas no es el llamado de advertencia de Sim antes de ingresar cada vez que lo hace.

–¿Felicity? –sisean sobre el golpeteo–. Felicity, ¿estás allí?

–¿Johanna?

Abre la puerta e ingresa de prisa al cuarto sin invitación, Max corriendo tras sus talones como si estuvieran a punto de jugar. Está vestida para la fiesta: polvo blanco, perfectas mejillas rosadas y una marca en forma de corazón colocada con precisión quirúrgica en su mejilla izquierda. Unas perlas diminutas caen sobre su cuello, vertiéndose sobre la curvatura elegante de sus hombros y entre sus pechos.

Cierra la puerta de un golpe detrás de ella, Max se acomoda a sus pies con la cola golpeando el suelo con la fuerza suficiente para hacer temblar los cristales de la ventana.

–Necesito tu ayuda –dice sin aire, y me doy cuenta de que el color en sus mejillas no se debe al rubor.

–¿Mi ayuda? –aún estoy impactada porque no me echó de su hogar después de mi escena en la fiesta–. ¿Con qué necesitas mi ayuda?

–Arruiné mi vestido –voltea, intentando ver su propia espalda como un perro que persigue su cola, y Max la imita con alegría babosa–. Mira.

Hay una cantidad de tela equivalente a una carpa y está tan adornada que no veo nada fuera de lugar al principio. Miro a Johanna, intentando hallar la rotura o la gran mancha de saliva del perro.

–En la espalda –dice, e intento rodear su falda mientras ella continúa girando y allí está: una mancha de sangre pequeña, pero muy notoria en contraste con el azul–. No noté que tenía el período hasta que comencé a ponerme el vestido –protesta Johanna. Max emite un aullido bajo como muestra de solidaridad.

Es imposible tener interés por la medicina sin aprender en el proceso varios métodos para quitar manchas de sangre. También es imposible ser mujer y no tener ese conocimiento, aunque Johanna está limitada por la ubicación de la mancha.

–Creo que puedo quitarla –digo.

–¿De verdad?

–Quédate aquí –corro a mi vestidor y tomo un poco de talco, luego lo mezclo con unas gotas de agua del fregadero antes de regresar. Presiono la mezcla con cuidado sobre la mancha y luego la abanico con la mano–. Tiene que secar –explico cuando me mira confundida por encima del hombro. Y ¿quién puede culparla? Estoy abanicando su trasero mientras Max baila feliz entre las dos como si esto fuera una clase de juego fantástico, los hilos de saliva se balancean.

–¿Y si no funciona? –pregunta Johanna, con las manos presionadas a cada lado del cuello.

–Entonces lanzaré un vaso de vino sobre ti para cubrirla y podrás decirle a todos que la mancha fue mi culpa. Tuve bastante práctica la otra noche.

Creí haber hecho un buen trabajo minimizando el incidente, pero Johanna no ríe. Coloca su mentón sobre el hombro, con la vista baja.

–Simplemente podrías haberme dicho que te sentías horrible en vez de destruir la mesa de postres.

Dejo de abanicar la mancha.

–En mi defensa, no era mi intención hacerlo. Y también en mi defensa… No tengo otra defensa. Lamento haber arruinado tu fiesta.

–Ah, a duras penas la arruinaste. Es posible tener una fiesta maravillosa sin postres. Aunque sin duda ayudan.

Es extremadamente extraño conversar con alguien mientras uno está de pie detrás de esa persona, pero enfrentar a Johanna y mirarla a los ojos todavía parece demasiado intimidante. Es demasiado fácil ver el modo en que se ha acomodado en sí misma como una impresión en la arena, mientras que yo me he vuelto más extraña. Miro el broche de su collar y los cabellos delgados que se rizan sobre su nuca.

–No sabría decirte.

–¿Por qué? ¿Porque nunca has ido a una fiesta?

–No, he ido a fiestas.

–Lo sé.

–Es decir…

–¿Preocuparse por cosas como fiestas no es digno de una mujer como tú?

–No dije eso.

–No, no ahora –voltea. Me obliga a mirarla–. Pero lo dijiste. Antes.

Habla con amabilidad: ni una espina podría crecer de aquella voz alegre. Pero algo en ella hace que quiera responderle de mal modo.

–Y tú dijiste que yo era una arpía fea y que moriría sola.

Ella da un paso atrás.

–No es cierto.

–Tal vez no usaste exactamente esas palabras –digo–. Pero dejaste muy en claro que pensabas que yo era una mujer menos valiosa porque no me importaban los bailes, las fiestas de cartas, los chicos y los ridículos vestidos azules.

Ella cruza los brazos.

–Bueno, parecías creer que yo era una persona menos valiosa porque a mí sí me importaban esas cosas.

–Bueno, sin duda ahora eres una persona menos interesante de lo que eras antes.

Quiero retirar lo dicho en cuanto hablo. O mejor aún, quiero regresar y empezar la conversación de nuevo y no decir nada en absoluto. O quizás viajar incluso más atrás en el pasado y nunca pelear con ella. Porque solía conocer a Johanna como si fuera otra versión de mí misma: había olvidado cuán íntima era nuestra amistad hasta que la vi de nuevo. Los espacios vacíos en mi sombra, el segundo par de pasos junto a los míos. Podría haber hecho una lista de sus comidas, animales, plantas y libros favoritos en orden de preferencia como si los hubiera memorizado de una enciclopedia. Inventamos una canción acerca de los cuatro humores antes de que dejara de tomar a Galeno en serio como escritor médico. Tuvimos una erupción por roble venenoso cuando caminamos junto al río Dee en busca de monstruos marinos y no le dijimos a nadie por miedo a que nos separaran. Pero al estar de pie junto a ella ahora, no parece lo mismo. Es como si nunca fuera a ser igual. Regresar a un lugar que solías conocer tan bien como tu sombra no es lo mismo que nunca haber partido de él.

–Lo siento –digo–. No debería haber dicho…

–No es un vestido azul; es índigo –me interrumpe–. Lo elegí porque proviene de la *Persicaria tinctoria*, una flor similar al trigo sarraceno que mi madre recolectó cuando estuvo en Japón y trajo de vuelta a Ámsterdam para su cultivo.

Nos miramos, el silencio entre las dos es espeso y frágil. Escuchar de sus labios la clasificación científica en latín es como una melodía de la infancia, recordada a medias, que de pronto suena completa. Cosas que no sabía que estaban fuera de lugar en mi interior se acomodan de nuevo.

Te extraño, quiero decir.

–Creo que el talco está seco –digo, en cambio.

El talco se ha vuelto café suave y cae como yeso cuando lo raspo con la uña. Max empuja su hocico sobre los restos descartados hasta que Johanna le indica en siseos que es una criatura asquerosa y que no debería en absoluto comer eso. Él no parece particularmente disuadido.

–¿Funcionó? –pregunta ella, con las manos sobre los ojos. Recojo la cantidad nada insignificante de tela entre los brazos y extiendo la zona afectada entre las manos para examinarla.

–No ha desaparecido por completo, pero si no sabes que está ahí apenas puedes notarla.

–¿Lo prometes? Confiaré en ti porque no puedo verla.

–Puedes confiar en mí –me tambaleo. La tela de su vestido de pronto parece resbaladiza como vidrio enmantecado entre mis manos–. No sabía que tu madre estaba en Japón.

Johanna jala de su collar y coloca el broche de nuevo en su lugar.

–Estuvo en varios lugares. Cuando murió…

–¿Murió? –la interrumpo, la palabra sale acompañada de una exhalación abrupta–. ¿Cuándo?

–El año pasado. Cerca de Argel.

–Johanna, lo siento mucho.

Se encoge de hombros.

–Nunca la conocí realmente.

La mentira de aquella afirmación zumba detrás de las palabras como una colmena. No sabía mucho sobre la madre de Johanna (nunca la conocí) excepto que había abandonado un matrimonio fatal y que estaba lejos (aparentemente, en Japón) y cuando el padre de Johanna murió, su madre no quería o no podía regresar a casa por su hija. Esa había sido la historia que había circulado por los púlpitos de la iglesia, en las fiestas de té y en los juegos de cartas hasta que por fin llegó a mí, porque para ese entonces, ella ya no era parte de mi vida; la habían enviado con un pariente en Baviera porque su madre no la quería.

–¿Quieres un abrazo? –pregunto. Ella me mira con el ceño fruncido.

–Odias los abrazos.

–Es verdad, pero podría hacer una excepción. Si es que te ayudaría.

–Por qué no mejor... –me ofrece una mano y cuando la tomo, la presiona suavemente, del mismo modo que solíamos hacer cuando nos ayudábamos a subir rocas y árboles caídos, para saber que nos sujetábamos bien la una a la otra. Sabíamos que estábamos bien agarradas. Podíamos pisar con más audacia de lo que lo haríamos sin el amarre.

Luego Max, siempre el amante celoso, coloca su hocico entre nuestras manos hasta que las usamos para rascar su cabeza.

Johanna y yo salimos juntas de la habitación, Max salta detrás de nosotras como un pony de exhibición. El moño alrededor de su cuello parece hacerlo sentir muy bonito. En la cima de las escaleras, por poco colisionamos con el tío de Johanna, quien está haciendo un ascenso muy dramático, resoplando mucho y susurrando insultos.

–Johanna –dice al vernos–. ¿Dónde has estado?

Ella se detiene y toca la cabeza de Max.

–Estaba...

–Todas estas desquiciadas celebraciones son para ti –al decirlo, sacude las manos en la dirección general de la fiesta aún invisible– y no puedes siquiera molestarte en llegar puntual. ¿Sabes cuánto dinero desperdicié solo en flores? Estamos a mitad del invierno y tú insististe en tener lirios...

–Tuve un problema con mi vestido –interrumpo, porque Johanna parece a punto de llorar y no quiero añadir un maquillaje arruinado a la lista de las catástrofes relacionadas a la moda de esta noche–. La señorita Hoffman estaba ayudándome.

–Tiene una criada para esas cosas –el tío de Johanna toma el brazo de su sobrina de una manera que parece doler y comienza a arrastrarla lejos, pero luego voltea hacia mí para una última palabra–. Señorita Montague, ¿verdad? Ya que estamos en el tema, será mejor que vigile de cerca a su criada. La eché de mi estudio esta mañana.

–¿Qué? –el cabello en mi nuca se eriza. No vi a Sim mucho esta mañana, pero también he estado muy preocupada por repasar los ensayos de Alexander Platt para poder estar lo mejor preparada posible para nuestra conversación de esta noche–. ¿Qué hacía ella allí?

–Dios sabe. Le di una bofeteada y una reprimenda para que permanezca donde tiene permitido –Sim no había mencionado eso. No había mostrado indicio alguno de haber recibido un golpe. Pero pienso que Monty tampoco lo había hecho nunca y nuestro padre lo golpeó durante años. O quizás es fácil no ver si miras sin poner atención. Herr Hoffman acomoda su peluca, la parte media es una línea pálida que parece un hilo quirúrgico tenso–. Sugiero que no contrate negros, señorita. Son traicioneros y nada confiables.

–Esa es una afirmación muy severa –respondo.

–Si hubiera trabajado con tantos marineros africanos como yo, también sospecharía de ellos –me asusto, pensando por un momento que él sabe que Sim es marinera antes de comprender que está hablando sobre su compañía de envíos–. Vamos, Johanna.

Ella me dedica una mirada de disculpas por encima del hombro mientras su tío la arrastra lejos.

–¿Qué hay de Max?

–Lo llevaré a tu cuarto –digo rápido ya que su tío parece listo para golpearla de no haber estado a punto de toparse con compañía cortés. Engancho dos dedos en el moño que rodea el cuello de Max, luego noto que a duras penas basta y, en cambio, empleo ambas manos para jalarlo a mi lado. Él gimotea, las garras se hunden en la alfombra mientras Johanna y su tío desaparecen por la escalera.

–Ve con Felicity –exclama Johanna. Max solo gimotea más fuerte.

–Anda, arruga inmensa –jalo tan fuerte que escucho cómo suena la articulación de mi hombro. Max responde recostándose en el suelo, un peso muerto posible de arrastrar solo porque su piel es muy resbaladiza sobre el suelo de madera pulido. Pero no arrastraré a este coloso reticente a ninguna parte, particularmente porque en el proceso pierde tanto pelaje que sería posible vestir dos perros más con él–. Max –suelto el moño y, en cambio, cierro el puño y lo extiendo hacia él–. ¿Y si en cambio dijera que tengo una golosina para ti?

De inmediato, se sienta, moviendo la cola y olvidando todo el abandono; luego, se pone de pie y me sigue mientras retrocedo por el pasillo. Lo llevo hasta el cuarto de Johanna, luego abro la mano y permito que su hocico, del tamaño de mi palma, explore en detalle para cerciorarse de que no hay nada allí. Pensar en comida lo hizo salivar y cuando resopla y aparta el hocico, mis manos están cubiertas de saliva pegajosa. Todo el asunto es como ser acariciada con afecto por un pescado.

Estoy a punto de partir cuando Max ladra por lo bajo, con un tono más amenazante que no le he oído emitir antes.

Sim está de pie junto al escritorio de Johanna, las gavetas están abiertas y su contenido, desparramado sobre la superficie. Tiene un anillo de arandelas delgadas en un pulgar, el metal choca entre sí como monedas. Está remangada hasta los codos y veo un atisbo de tinta pirata en la unión del codo, una daga paralela a sus venas, con una corona encima.

He interrumpido un robo.

Sim debe haber quedado paralizada cuando abrí la puerta, porque nos miramos desde extremos opuestos de la habitación. Me pregunto si está armada, aquel pasador o algo peor a su alcance. Me pregunto si debo correr. Pero la he visto y ella me ha visto y sabe dónde duermo. Correr no cambiará nada de eso.

Max emite otro ladrido ominoso desde lo profundo de su pecho. Si habrá una pelea, al menos tengo la cosa más pesada del cuarto a mi lado.

—Sim. ¿Qué haces? —pregunto, intentando mantener mi voz lo más baja y calma posible, aunque busco a tientas el picaporte detrás de mi espalda.

Ella no responde. La línea rígida de su mandíbula sobresale cuando rechina los dientes.

—¿Estás robándoles a los Hoffman? ¿Por eso viniste aquí? ¿Me dijiste tonterías sobre ese libro para que no notara que eras una ladrona?

—Permíteme explicar —dice, pero no le doy la oportunidad. Detrás de mi espalda, mi mano encuentra el pestillo de la puerta y volteo, intentando abrirla y huir, solo para hallar las nalgas nada insignificantes de Max obstruyendo por completo mi camino. La puerta rebota en él y se cierra de nuevo.

Sim atraviesa a toda velocidad el cuarto y me sujeta, intentando mantenerme en la habitación, lejos de la puerta. No tengo idea de qué intentará hacer cuando me tenga donde quiere, así que sigo el ejemplo de Max y dejo caer mi peso muerto para poner resistencia. En lugar de intentar levantarme, me taclea y me lanza hacia atrás de modo que ambas colisionamos contra el armario con la fuerza suficiente para hacerlo tambalear contra la pared. Dentro, escucho que algo cae de un estante y se rompe, y el aroma desagradable a agua de rosas florece a nuestro alrededor, tan intenso que ambas tosemos.

Sim se tambalea detrás de mí, intentando mantenerme sujeta mientras también intenta alcanzar el escritorio, y estoy prácticamente segura de que está buscando alguna clase de arma. Si bien no sé mucho sobre peleas, sé cuán repulsiva es la saliva así que alzo las manos aún cubiertas de la saliva espesa de Max y sujeto su rostro.

Ella se aparta de mí.

–Dios, ¿qué es eso? Es asqueroso.

Inhalo profundo, lista para gritar, pero Sim se abalanza de nuevo, esta vez sobre el escritorio. Toma una sola carta de él, el sello está partido al medio y los pliegues del papel están ondulados, y corre hacia la puerta.

Sujeto la parte trasera de su vestido y jalo con fuerza. Oigo la tela rasgándose cuando la falda se separa de la cintura. Parece dispuesta a dejar atrás la modestia si eso implica escapar (todavía intenta llegar a la puerta), así que la sujeto mejor y coloco los brazos alrededor de su cintura y ambas caemos de nuevo al suelo. Vuelvo a escuchar algo rasgándose al caer, esta vez proviene de mi vestido y siento mis hombros masculinos rompiendo la costura en la parte de las mangas que conectan con el torso.

Max ladra. También baila a nuestro alrededor con sus saltos en el aire y las patas delanteras sobre el suelo como si fuera un juego, estableciendo su estado de perro guardián menos efectivo de todos.

—Teníamos un trato —le digo a Sim, mis palabras salen entre jadeos cortos e intensos—. No... robar... nada.

—Suéltame —Sim intenta avanzar sobre su estómago hacia la puerta pero aún estoy aferrada a su cintura y hago mi mejor esfuerzo por quitarle la carta. Logro colocar la mano en un extremo del papel y jalo, esperando quitársela, pero, en cambio, la rompo. Caigo hacia atrás, la mitad de la carta, incluyendo el sello, está arrugada y babosa en mi mano. La mejilla de Sim golpea fuerte el suelo, pero se incorpora tan rápido que parece haber rebotado. Aún estoy aturdida por la caída mientras ella abre la puerta del cuarto y sale.

Me incorporo y de inmediato me saludan en la frente las nalgas duras de Max, quien aún cree que este alboroto es para su entretenimiento. Lo aparto, me pongo de pie con dificultad y aplano el trozo de carta sobre mi vestido. Entre mis manos húmedas, el amarre violento y el hecho de que poseo solo la mitad de ella, la carta es completamente ilegible, pero el sello ha resistido lo suficiente para que pueda distinguir las palabras *Kunstkammer Staub, Zúrich*.

No sé qué más se habría llevado si no la hubiera interrumpido. Pero estaba llevándose cosas. Es una ladrona. Permití que una ladrona ingresara a la casa de Johanna. No importa qué busca o qué quiere; la traje aquí. Desde el instante en que extrajo el pasador ante el marinero en Londres —quizás antes, incluso— una parte de mí lo sospechaba. Pero la mayor parte de mí lo ignoró por completo. Podría haberme dicho desde la primera palabra que vino aquí para cortarle la garganta a alguien en medio de la noche y probablemente se habría salido con la suya porque yo habría hecho la vista gorda ante lo que fuera por la oportunidad de conocer a Alexander Platt. *Primum non nocere. Primero, no hacer daño*, ese es el juramento. No puedo comenzar a recorrer un camino con esas palabras a mano sabiendo que pisoteé a Johanna para llegar allí.

Necesito advertirle. Fui una tonta por haber traído a Sim aquí. Una tonta por haber creído que ella cumpliría con su parte de la promesa. Pero la ambición puede infectar tus sentimientos y envenenarlos también. Hay una razón por la cual la mayoría de los genios tienen matrimonios fallidos y no tienen ningún amigo.

Dejo a Max en la habitación y corro al piso inferior. El Polterabend se extiende del gran salón hasta la parte trasera de la casa. Hay mesas llenas de pilas de porcelana para romper de modo ceremonial, los invitados toman sus platos para romperlos sobre las rocas afuera. Hay un exceso de faroles para iluminar los juegos de naipes y dados que ocurren por toda la sala, aunque comienzan a bajar las manos y los grupos empiezan a ir afuera, hacia el rompimiento de platos tradicional, ahora que la novia ha llegado. Hay un cuarteto tocando en una esquina. El violinista tiene piernas demasiado largas para el taburete en el que lo han sentado y están dobladas debajo de él en una posición incómoda, un pie retorcido de una manera prácticamente imposible para mantener el equilibrio, como una marioneta sin hilos que ha aterrizado enmarañada. Pienso en Percy, y de pronto, deseo tanto estar en casa que duele. O no tanto en casa, sino en... No sé qué extraño. Es algo extraño tener un espacio vacío en tu interior sin saber qué generó la ausencia.

Oigo el ruido de platos rotos con antelación en la galería y algunas personas comienzan a aullar de risa. Sigo el sonido hacia la noche, sintiendo tanto calor que una capa habría sido redundante hasta que el aire invernal hunde sus dientes en mí y tiemblo. Sobre mí, el cielo está cubierto de nubes, las estrellas desparramadas entre ellas como caracoles en una playa.

En la galería, todos están cubiertos con pieles y terciopelo, algunos llevan máscaras con plumas y escamas pintadas o pegadas sobre ellas. Otros tienen las mismas plumas y escamas presionadas directo sobre sus rostros como los parches de belleza. Las mujeres tienen pájaros enteros en su cabello, alas pegadas en las mangas de sus vestidos o en los dobladillos de sus capas. Los sirvientes que llevan faroles visten plumas negras para que parezca que las luces flotan. La luz rebota en la porcelana que todos sujetan y brilla resplandeciente como luciérnagas atrapadas entre sus manos. Todo parece recargado y costoso, demasiado brillante, demasiado ruidoso y demasiado desorientador. Nadie parece sí mismo, o siquiera realmente humano.

Debería estar buscando a Platt. Me pidió que asistiera, me dijo que quería hablar sobre mi trabajo y mis estudios. Debería pensar en mí misma, en mi futuro y en mi carrera.

Pero lo único que quiero hacer es hallar a Johanna.

La veo hablando con un hombre que tiene tentáculos de pulpo entrelazados en su peluca y un vaso de vino en cada mano. Bajo la luz plateada de las lámparas sobre la nieve, ella parece una sirena, o el mascarón de un barco, la clase de sirena curvilínea y celestial que haría que los marineros se lanzaran al mar solo con mover un dedo. Las plumas cosidas en su vestido se mueven despacio en la brisa, como algas bajo el agua, y cuando voltea hacia la luz tenue que brota de la casa y pelea con las estrellas, el polvo en su piel hace brillar sus mejillas.

Grita de alegría cuando me ve llegar, como si fuera la primera vez que nos vemos en la noche –o quizás simplemente como excusa para abandonar al hombre que intenta obligarla a tomar uno de sus vasos– y extiende una mano para que yo la tome.

–¡Felicity! ¡He estado buscándote! Lamento haberte dejado con el perro; no causó problemas, ¿verdad? Ay no, ¿qué ocurrió con tu vestido?

Jalo la manga rota sobre mi hombro. Cae de nuevo inmediatamente.

–Necesito hablar contigo. A solas.

–De acuerdo. Ya regreso, milord; no se mueva hasta que vuelva –toca la nariz del kraken geriátrico con su abanico y luego permite que la arrastre hasta el porche y fuera del círculo de los faroles luminosos–. ¿Crees que luce bien? –pregunta mientras caminamos, intentando voltear para ver la espalda de su vestido–. Creo que nadie lo nota, pero no puedo dejar de preocuparme por ello –me detengo en seco sobre los talones de mis zapatos que por poco se me salen–. ¿Qué ocurre? ¿Qué pasa?

Si le digo, probablemente no habrá oportunidad de trabajar con Platt. ¿Qué médico respetable contrataría a una desconocida que usó medios retorcidos para obtener acceso a él, mintió para entrar a su casa y permitió que su prometida quedara expuesta a un robo?

Pero Johanna me sonríe y lo único que digo es:

–Lo lamento –mi voz sale delgada como humo.

Una pequeña arruga aparece entre sus cejas, la única imperfección en su rostro.

–¿Qué lamentas? Hiciste algo tan bueno por mí antes…

–No, debo decirte algo.

–¿Puede esperar? Debo…

–No, detente. Solo deja de hablar, por favor, y escúchame –tomo sus manos y ella permanece quieta, frunciendo la boca–. La chica que vino conmigo, Sim, no es mi criada. Es… no lo sé. Una marinera. Quizás trabaja con personas malas. Estaba inspeccionando un libro en tu biblioteca y tu tío la encontró en su estudio y yo la descubrí recién en tu recámara robándote y ella intentó llevarse esto –coloco la carta entre sus palmas.

Johanna me mira y luego mira la carta. Su pulgar recorre la silueta del sello de cera.

–¿Eres una ladrona?

–No, mi criada lo es. No es mi criada, pagó para que viniera aquí a cambio de que la ayudara a ingresar a tu casa. Solo vine porque quería hablar con el doctor Platt sobre un trabajo. No asisto a la escuela de señoritas. No estoy en contacto con mi familia. He estado en Edimburgo un año intentando obtener educación médica y nadie me acepta, y si no encuentro trabajo pronto, no sé qué haré. Creí que el doctor Platt podría ayudarme.

–Me mentiste.

–Sí. Sí, lo hice –estoy presionando sus manos, como si eso fuera a evitar que ella me dejara sin perdonarme. El fragmento de la carta robada se arruga entre nosotras–, pero estoy diciéndote la verdad ahora.

–¿Crees que eso importa? –replica, el trino de su voz es un tono más agudo–. Me lo dices *después* de que me han robado. *Después* de que permitiste que esta persona ingresara a mi hogar. *Después* de que le permitiste ingresar a mi recámara.

–Me dijo que no venía a robar nada.

–¿Y le creíste? –pregunta–. O aún mejor, ¿por qué colaboraste con alguien que tuvo que aclarar que no era una ladrona? ¿Qué pensabas que haría aquí? ¿Qué pensabas que ella quería de mí?

Ni siquiera puedo mirarla. Repaso las interacciones con Sim, cada momento desde la primera vez que nos sentamos en el pub, y sé que Johanna tiene razón. Asumí lo mejor, incluso cuando me dije a mí misma que estaba siendo lo suficientemente desconfiada y cuidadosa, porque más que en la seguridad de Johanna, más que cualquier preocupación real por lo que Sim haría, estaba pensando en mí misma.

–Tengo que hablar con el doctor Platt –le digo–. No comprendes lo que es estar tan estancada que harías lo que fuera para salir de eso.

Frunce los labios. Muerde sus mejillas. Presiona mi mano.

–¿No lo comprendo?

Es en ese instante que el doctor Platt en persona, como si lo hubiera invocado, aparece a su lado y coloca una mano sobre su codo.

–Johanna. ¿Dónde has estado? Tu tío está buscándote –ve que sujeto las muñecas de su prometida y sonríe–. Señorita Montague, buenas noches. Comenzaba a pensar que se había olvidado de mí –su sonrisa cambia cuando mira mi hombro y noto que una de mis mangas ha caído hasta la articulación del codo–. ¿Su vestido está roto o es la moda actual?

Miro a Johana y a Platt, muda. Pienso sin dudas que ella le contará lo que he hecho, me expondrá como el monstruo ambicioso que soy. Pero, en cambio, presiona el fragmento de la carta en mi mano y pliega mis dedos sobre él antes de mirar al doctor Platt.

–Estoy lista si el tío y tú lo están –dice y, de pronto, es ella misma de nuevo, una actriz recobrando la compostura antes de salir al escenario y convertirse en otra persona.

–Hagámoslo, entonces. ¿Puedo? –pregunta y noto que aún estoy sujetando las manos de Johana. O quizás ella sujeta las mías. Cuando me suelta, deja un rastro de medialunas pequeñas en mis nudillos, en el lugar donde clavó sus uñas y aquel fragmento de papel desgastado y húmedo; el sello de cera comienza a ablandarse por tanto manoseo.

La furia brota en mí mientras los observo partir, bloqueando la culpa y el pánico como arena sobre la tinta. No estoy segura de si ella no me cree o si simplemente no quiere creerme, y no sé por qué no le contó a Platt ni le mostró la correspondencia que robaron o al menos le dijo a alguien que todos los presentes en la casa estén listos para detener a Sim si la ven.

Veo cómo Johanna y Platt bajan las escaleras y se reúnen con el tío a mitad de camino. Él les entrega a cada uno un plato, luego alza la mano hacia el patio y pide silencio. Los músicos se detienen. La multitud calla.

Hoffman mira a Platt, quien tose y avanza al frente, y al hacerlo permite que el brazo de Johanna caiga del suyo.

—Estamos tan felices —dice él, aunque su voz suena llana y ensayada— de que estén todos aquí para celebrar con nosotros. Tengo mucha suerte de haberme asociado con los Hoffman —asiente hacia el tío, luego parece recordar que esto en verdad se trata de Johanna, y añade—: Y tengo suerte también por haber hallado a una mujer que tolerará a un médico loco como esposo —hay algunas risas. Juro que Johanna mira hacia atrás, hacia donde estoy de pie. Y parece como si quisiera huir—. Por favor, acompáñenme... —Platt mira al tío de Johanna, quien tiene una sonrisa fija mientras su rostro lentamente se vuelve rojizo. Lo que se supone que sería el gran discurso del novio fueron apenas dos líneas, pero Platt alza su plato en el aire, luego extiende la mano hacia atrás y sujeta la de Johanna para acercarla a su lado—. *Scherben bringen Glück!*

Johanna alza su plato, los invitados alzan los suyos y luego los lanzan al suelo, donde estallan, los fragmentos vuelan por el aire como cometas capturando la luz de los faroles. El aire se vuelve polvoriento por el yeso de la porcelana, una niebla delgada que flota sobre la noche y hace que la luz quede nublada, cubierta de motas de polvo. Hay gritos de alegría y risas, y la música comienza a sonar mientras lanzan los platos, los arrojan y los pisan.

Cada uno de ellos se hace trizas.

10

JOHANNA DESAPARECE PRÁCTICAMENTE
en cuanto rompen la porcelana, y no me atrevo a acercarme al doctor
Platt. Si le contó sobre Sim (¿y quién podría culparla de que quisiera
asegurarse de que no hubiera posibilidad alguna de que yo ingresara a
sus vidas después de que le contara sin parar cómo la había puesto en
peligro solo para conocer a Platt?) cualquier esperanza que tuviera de
trabajar con él o cualquier contacto que él podría haber dado desaparecería. Quizás él era un rebelde en el quirófano, pero imagino que entregarle su nueva esposa a una ladrona dejará una mancha imborrable
en una relación.

Regreso a mi cuarto y veo que el bolso de Sim no está. Lo cual es en
parte un alivio y en parte espeluznante, porque junto con ella se marcha mi viaje de regreso a Inglaterra. Lucho por quitarme el vestido, más
bien me lo arranco, porque ya no tiene salvación alguna, y me visto con
la falda escocesa desgastada y el corsé que tenía puesto al llegar. Ahora
no tiene sentido quedarme para la boda. Johanna no querrá saber nada
conmigo. Probablemente pondrá a Platt en mi contra. No sé con certeza cómo viajaré de regreso a Inglaterra: quizás a crédito y luego apare-
ceré en la puerta de Callum y aceptaré su propuesta siempre y cuando
él acepte pagar la deuda inmensa que he generado para regresar con

él. Quizás regresaré a Londres y lo intentaré de nuevo. Quizás, debería aceptar un trabajo en una fábrica y esperar que el pie de alguien se atasque en una máquina en algún momento para tener la oportunidad de practicar lo que he pasado tanto tiempo estudiando. Quizás debería regresar con mis padres, con el rabo entre las piernas y renunciar a todo.

Pero es como vivir sin un corazón. Hasta ahora, perseguía algo, sin importar cuán lejos estaba en la distancia. Pero ahora, mi única opción es regresar, y hacerlo significa resignarme a una vida sin trabajo. Sin estudio ni propósito. Y ¿qué clase de vida es esa?

Quizás, es como caminar con una lámpara en la oscuridad: debo avanzar antes de ser capaz de ver la próxima curva en el camino, pero por ahora, empaco mis cosas, tomo asiento en la cama y espero a que el sol brille sobre el horizonte, sintiéndome atrapada en una caja que se encoge en un universo diferente.

El primer ruido que escucho no proviene de la casa despertando con los preparativos para la boda, sino que surge del terreno exterior. Alguien silba y luego la voz de una niña grita en alemán:

–¡Vamos, perrito! ¡Corre!

Me pongo de pie y camino hacia la ventana. El cielo es color durazno del otro lado del vidrio, veo la silueta de los pinos oscuros sobre él. En el jardín, cubierto con una capa de nieve que aún está manchada con fragmentos de porcelana rota, una niña diminuta con impactante cabello rubio y orejas enormes corre en círculos alrededor de Max, quien parece haberse desinflado; está completamente aplastado contra el suelo. De pronto, me pregunto si es mi culpa que él haya salido: quizás anoche no cerré adecuadamente la puerta de Johanna y el pobre Max ha estado andando por el jardín en la oscuridad.

Salgo de mi cuarto, luego corro por las escaleras en mis pantuflas y salgo a la galería, deteniéndome solo en el último escalón para no mojar mis pies.

—¡Max! —exclamo. Él alza la cabeza, y la nieve sobre sus orejas cae.

La niña deja de correr y me mira; luego, señala con las manos el animalito como si lo presentara.

—Yo he traído al perro —dice en alemán—. Dinero, por favor.

—¿Se escapó? —pregunto, e intento cruzar el jardín nevado hacia ella. Mi calzado, hecho para pisar alfombras delicadas, está empapado cuando llego a ella, pero es imposible que esta niña delicada como un copo de nieve mueva al perro.

La niña coloca su mano sobre la cabeza inmensa de Max, acariciándolo con dos dedos entre los ojos.

—No, la dama en la parada de carruajes de Stuttgart me dio una *kreuzer* y dijo que si traía al perro hasta la casa rosada, alguien me daría otra. Pero él lucía tan triste que creí que tal vez querría jugar.

No sé cómo esta criatura pequeña trasladó a Max, particularmente cuando coloca una mano sobre el moño del perro e intenta acercarlo a mí. Ella parece utilizar todo su peso en el acto y él apenas cede. Stuttgart está al menos a más de tres kilómetros en los que debe haber jugado con el perro para moverlo.

De pronto, noto que he pasado por alto completamente la palabra clave de su explicación.

—Lo siento, ¿qué dama?

—La dama de la casa rosada del campo. No le permitían traer al perro en la diligencia así que dijo que tú me darías una *kreuzer*…

—No tengo una moneda para darte —la interrumpo—. Puedes ir por la puerta de servicio si quieres tu paga.

Mientras la niña se aleja brincando pro el patio, me agazapo y acaricio la cabeza de Max.

–¿Qué hacías en Stuttgart? Deberías estar arriba con Johanna, preparándote para el gran día –él resopla y gimotea a la vez, una nube de saliva congelada cubre sus mejillas y empuja su cabeza sobre mi falda. Sus labios negros se desparraman sobre mi rodilla–. Vamos, encontrémosla –jalo de su piel suelta alrededor del cuello para que se ponga de pie (juro que pierdo de vista mi mano entre todo su pelaje y sus pliegues) y lo arrastro de regreso al interior de la casa y luego por las escaleras hacia el cuarto de Johanna. Es un compañero reticente, gimotea y arrastra sus patas inmensas y ofrece tal resistencia pasiva que estoy agotada cuando llegamos a la puerta de los aposentos de Johanna. Max se sacude y quedo empapada de una combinación de la nieve que cae de su pelaje e hilos largos de saliva. Juro que algunos vuelan y se adhieren al techo, donde quedan pegados como una formación rocosa dentro de una cueva.

Agazapada con el perro debajo de un brazo, el cabello sobre mi rostro y la mayor parte de mí empapada en nieve lodosa, soy definitivamente una vagabunda cuando llamo a la puerta de la habitación.

–¿Johanna? –siento cómo la manga de mi vestido se empapa despacio mientras cae la saliva de Max sobre ella–. Johanna, tengo a Max; creo que escapó afuera –no hay respuesta. Llamo de nuevo, con más fuerza esta vez–. ¿Johanna?

Empujo tentativamente la puerta y se abre. Max presiona su frente inmensa sobre la parte posterior de mis rodillas como si intentara ocultarse, pero, en cambio, termina empujándome dentro de la habitación. Está vacía. El vestido de boda cuelga sin estrenar, la cama está hecha, la chimenea fría, sin que aticen el fuego desde la noche anterior.

Max corre con torpeza delante de mí, sube despacio su circunferencia a la cama y gira tres veces en círculo antes de desplomarse. Doy unos pasos más adentro.

–¿Johanna? –llamo, aunque es evidente que no está allí. El cuarto de baño está oscuro, los artículos esenciales de su toilette no están y las sábanas están frías excepto donde Max ha comenzado a hundirse.

Johanna no está.

No solo no está, sino que aparentemente no estuvo aquí en absoluto anoche.

Debo decírselo a alguien: atrasará mi propia partida, pero hay una fiesta de boda a punto de ser organizada en su honor, un jardín lleno de flores acomodadas en el piso inferior de la casa, una capilla llena de invitados que quedarán mirando un pasillo vacío. Por no mencionar la humillación de que el novio quede solo en el altar, esperando, esperando y esperando, solo para descubrir que su novia ha desaparecido.

Debo decírselo al doctor Platt.

Estoy bastante segura de que sé cuál es su habitación, aunque quien responde en la primera puerta a la que llamo es el pariente sordo junto al que tomé asiento en mi primera cena. Me disculpo y avanzo a la siguiente; llamo tan fuerte que mis nudillos arden. El doctor Platt responde vestido con una túnica y un gorro, con los ojos inyectados en sangre.

–Señorita Montague –desliza una mano sobre su rostro–. Es… temprano.

–Johanna no está –digo sin pensar.

Él parpadea varias veces, como si intentara traducir lo que dije en un lenguaje del que solo conoce algunas palabras.

–¿Qué?

–Su habitación está vacía y había una niña en el jardín que trajo a Max y dijo que una mujer que subía a una diligencia le dio una moneda para traerlo hasta la casa.

–Entre –me hace pasar a su habitación rápidamente y cierra la puerta detrás de nosotros. La limpieza evidentemente no es la fuente de agua predominante en el jardín de su vida, dado que parece no tener nada dentro de su armario y todo sobre el suelo. Hay varios platos con sobras de comida secas sobre una mesa junto a la chimenea, de donde él toma una silla y me la ofrece. Busca su caja de rapé que estaba en su mesita de noche antes de encontrar un taburete para tomar asiento–. ¿Necesita un trago? –pregunta y niego con la cabeza, aunque a pesar de estar sentada, soy incapaz de permanecer quieta, mi rodilla rebota de arriba abajo–. Ahora, cuénteme todo despacio, desde el inicio.

Cuando termino de explicar, pregunta:

–¿Está segura de que se ha ido? Quizás está en otra parte de la casa. ¿Revisó…?

–No durmió en su cama anoche –lo interrumpo–. Todavía estaba hecha. La chimenea estaba fría. Faltaban cosas de su tocador.

–¿Dijo la niña hacia dónde se dirigía la diligencia? –niego con la cabeza–. ¿Sabe a dónde puede haber ido? ¿O por qué?

Mi mente va brevemente a la noche anterior, la carta aplastada entre nosotras, y Johanna furiosa y seria y completamente distinta a sí misma. Pero no hay evidencia de que haya sido debido a otra cosa que no fuera enterarse de que la había expuesto para que le robaran.

–No, señor.

Él asiente, ajustando más la faja de su túnica.

–Haré que el personal busque en la casa y en el terreno para estar seguros y le avisaré a su tío. Permítame vestirme y luego usted y yo podemos ir a Stuttgart y ver si logramos descubrir a dónde ha ido.

PLATT ENVÍA AL MAYORDOMO A LA CAPILLA PARA que el sacerdote sepa que la misa quizás se retrase, mientras yo hago mi mayor esfuerzo por quitarme de encima a los asistentes a la boda que comienzan a reunirse en el salón. Cuando Platt y yo partimos hacia Stuttgart, el tío de Johanna y el encargado tienen listos a los perros de caza, preparados para comenzar una búsqueda en el bosque que rodea la casa.

Platt y yo tomamos un carruaje desde la casa hasta la parada de diligencias en la ciudad, donde el empleado confirma que una joven y su perro gigante llegaron temprano esta mañana en busca de un viaje. Sin embargo, si bien enviaron al perro de regreso a la casa con la niña porque no entraba cómodo en el carruaje, Johanna subió esta mañana al primer vehículo en dirección al sur de Frankfurt a Génova. El empleado cuenta las próximas paradas con los dedos delante de nosotros:

–Rotemburgo, Albstadt, Memmingen, Ravensberg, Schaffhausen, Zúrich.

Zúrich. La veo en el sello de la carta que le quité a Sim. ¿Johanna le contó a Platt sobre Sim? ¿Siquiera le importó a ella? ¿Dejó de lado el tema cuando él nos interrumpió porque no tenía importancia o porque no quería que él supiera? ¿Tengo participación en su partida repentina o es solo una manifestación grave de nervios antes de una boda y mi traición solo fue una enorme coincidencia?

¿En qué pensabas, Johanna?

Fuera de la oficina de viajes, Platt golpea sus guantes sobre sus manos con la mente ausente, emitiendo un suspiro largo y neblinoso en el aire antes de declarar:

–Enviaré un mensaje a la capilla diciendo que pospondremos la ceremonia y luego seguiré el camino. Veré si puedo alcanzar la diligencia o encontrarla en alguna de las paradas. No puede haber ido lejos; extrañará las comodidades a las que está habituada antes del final del día.

No estoy segura de que él tenga razón respecto a eso. Johanna Hoffman tal vez parece una chica que estará fuera de su zona de confort en un charco de lodo, pero no creo que huiría sin un plan. O al menos, sin una muy buena razón, aunque no puedo suponer cuál podría ser.

–Creo… –comienzo a decir, pero vacilo cuando él me mira. Su mirada es filosa como un halcón y la posibilidad de que la carta que intercepté esté ligada de algún modo a su huida es tan ínfima que parece a punto de fallar en cuanto la ponga a prueba–. Quizás se dirige a Zúrich.

–¿Qué la hace pensar eso? –pregunta.

–Anoche, descubrí a mi criada robándole. Intentó llevarse una carta y el sello era de Zúrich.

–¿Una carta? ¿La tiene encima? –muevo la cabeza de lado a lado–. ¿Recuerda algo sobre ella?

–*Kunstkammer Staub*. Eso estaba impreso en el sello –tropiezo tanto con la pronunciación que me sonrojo, y de pronto me siento tonta no solo por mi nivel pobre de alemán sino también por pensar que valía la pena mencionar ese detalle–. Quizás no significa nada.

–O quizás sí –él desliza una mano sobre su mentón. No se ha afeitado y sus mejillas están cubiertas de barba incipiente–. Debemos ir a Zúrich. Tengo una casa alquilada allí para nuestra luna de miel así que al menos tendremos un lugar donde quedarnos.

–¿Tendremos? –repito.

–Ah, sí –coloca las manos dentro de los bolsillos de su abrigo con una sonrisa–. Pensaba hablar esto con usted anoche, pero nunca nos encontramos. Pensé mucho en cómo sería más útil, y sin duda puedo conseguir un puesto para usted en el equipo de mi expedición.

Es como si todo el mundo cambiara. Las luces brillan más. La nieve es más blanca, el cielo azul es más glacial. El viento feroz que hace chocar los carteles de las tiendas contra sus cadenas se tranquiliza. Por un calmo segundo, el mundo se paraliza y es mío. Siento las piernas firmemente plantadas debajo de mí por primera vez en años. Quizás por primera vez en toda mi vida. Nada ha sido arruinado, no apareció ninguna grieta en la tierra entre mi persona y el mejor médico vivo de todos. Omití los detalles incriminatorios sobre cómo Sim ingresó a la casa, pero él tampoco lo notó o no le importó. Todavía quiere que trabaje con él.

Platt sube su bufanda por encima de la nariz, entrecerrando los ojos con la mirada baja hacia la calle, aparentemente inconsciente del hecho de que en una oración me ha dado una oportunidad por la que habría cortado mis propios pies y me los hubiera comido para obtenerla.

–Aunque esta maldita expedición nunca se realizará si no podemos hallar a la señorita Hoffman –dice Platt.

El viento se alza de nuevo y una salpicadura de nieve y lodo mancha el dobladillo de mi vestido cuando un carruaje pasajero atraviesa un surco.

–¿Por qué no? –pregunto.

Él ha extraído su caja de rapé y vierte una pizca de él en el dorso de su mano, protegiéndolo del viento con la palma, pero se detiene y alza la vista hacia mí. Luego dice:

–¿Qué clase de hombre saldría del país mientras su prometida está desaparecida? –aspira el rapé y sacude la cabeza un par de veces–. Por favor, venga. Es su amiga; ella confía en usted. Sin importar lo que sea que haya generado esta histeria, quizás puede persuadirla para que regrese. Señorita Montague, necesito su ayuda.

No fue el contexto en el que había imaginado que Alexander Platt me pediría ayuda. En mis fantasías, era desde el extremo opuesto de una mesa de operaciones, en un momento de crisis, con todos en pánico por un intestino enredado que nadie pudo desenredar hasta que yo llegué. Pero aceptaré cualquier sobra que me lancen. Sin importar cuán cansada estoy de no tener un asiento en la mesa.

—Encontremos a Johanna —digo.

PLATT NO PIERDE TIEMPO EN EL TRANSPORTE público. Contrata un carruaje y un cochero para nosotros y paga todos los alojamientos. Lo cual es una gran mejoría de mi plan original de regresar renqueando a Inglaterra a través de carruajes públicos, durmiendo en las paradas techadas en el camino. Y aunque no soy particularmente quisquillosa y he dormido varias veces al aire libre con solo mis propios brazos como almohada, prefiero las camas, los techos y calentadores de pies en un carruaje cerrado cuando están disponibles para mi uso.

Platt es un caballero. No se acomoda del mismo lado del asiento que yo y permite que viaje mirando al frente mientras que él lo hace de espaldas al cochero. Consume bastante más rapé del que he visto a un hombre ingerir, y yo vivía con Monty: a pesar de todos sus vicios, él nunca usó rapé. Platt aspira como un reloj suizo, una inhalación profunda por la nariz cada quince minutos, y cuando nos detenemos a pasar la noche, sale de nuestra posada y se aventura en medio del invierno crudo para comprar más. A la mañana siguiente, en el desayuno, añade láudano a su café y se queja de la mala calidad de tabaco que ha encontrado en esa ciudad.

Me recuerda a mi hermano, quien antes de nuestro Tour bebía brandy por la mañana después de una noche bebiendo hasta enfermar en los clubes, oliendo más seguido a whisky que a loción y quien, de haberse retado a duelo, probablemente habría sido salvado de un disparo fatal por la petaca guardada en el bolsillo de su chaqueta. Ahora sé por qué: después de años de abuso en manos de nuestro padre, él había sentido que era incapaz de experimentar el mundo sobrio. Hace que me pregunte qué demonios mantiene Alexander Platt encerrados lejos con aquella caja pequeña de polvo resplandeciente.

No sé con certeza cómo hablar con él, así que al principio no conversamos mucho. Quiero preguntarle todo: sobre su trabajo, su investigación, las guardias que ha hecho y los barcos en los que ha navegado, lo que piensa sobre la presentación que hizo Robert Hook acerca de la respiración artificial ante la Real Sociedad, si concuerda con Archibald Pitcairne en que es mejor curar la fiebre con medicamentos de evacuación porque siempre me había parecido demasiado simplista... Pero nada de esto parece apropiado para preguntarle a un hombre cuya novia ha huido del altar. Incluso aunque sea tu héroe.

Aunque solo es posible pasar un tiempo limitado sin libros en compañía de otro humano antes de sentirse obligado a entablar conversación. Particularmente cuando uno de esos humanos acaba de ofrecerle al otro una oportunidad que lo ha dejado vivaz como un fuego recién alimentado.

—Respecto al puesto...

Lo digo tan rápido y con tan poca gracia que él alza la vista con el ceño fruncido de las anotaciones que ha estado haciendo en un libro pequeño.

—¿Disculpe?

Trago con dificultad.

—Esperaba que... Tal vez. Pudiera decirme más sobre la clase de trabajo que haré para usted.

—¿Trabajo? —repite.

–El puesto en su expedición.

–Ah, claro –cierra su libro sobre el lápiz para marcar la ubicación–. Mientras esté en los Estados de Berbería, sería útil tener a alguien en mi oficina de Londres para hacer un seguimiento de mi correspondencia y mis finanzas y transcribir anotaciones que envíe desde el exterior. No puedo pagarle mucho, por desgracia: pero ya sabe cómo son estas cosas, siempre hay tan pocos fondos –de hecho, no lo sé. No sé a qué cosas se refiere: si a la medicina, a las expediciones o cualquier puesto ocupado por una mujer.

–Entonces, sería su secretaria –digo.

–Asistente –corrige. Cuando no respondo, añade–: Parece decepcionada.

–No es muy parecido a lo que tenía en mente –es la respuesta con más tacto que logro emitir–. Esperaba algo más práctico.

Hurga en su chaqueta de nuevo y espero ver la caja de rapé, pero extrae un pañuelo. Suena su nariz y luego, cuando ve que aún estoy en silencio, ríe.

–¿Qué más querría?

–Querría estudiar –respondo–. Y trabajar. No solo tomar notas para alguien que lo hace.

Desliza un pulgar sobre su mentón, luego pliega el pañuelo con tal precisión que me dan ganas de alejarme de él, aunque no hay a dónde ir en este carruaje.

–Señorita Montague –dice–, permítame ser claro sobre algo. No le darán muchas oportunidades de trabajo en este campo, debido a la inferioridad de su sexo. Tengo la amabilidad suficiente de ofrecerle esto cuando la mayoría de los médicos no considerarían la idea de tener a una mujer en su oficina manejando sus investigaciones. Esta no es una oportunidad que le darán de nuevo, nadie lo hará.

Su tono sincero es un golpe despiadado. La clase que hace que de pronto sea consciente de que solo estamos los dos en aquel espacio reducido en medio de una calle vacía del campo. Reclina la espalda hacia atrás, coloca un pie sobre la rodilla opuesta con tanta amplitud que su pie choca con mi pantorrilla.

–¿Puedo sugerirle un poco de gratitud? Es mucho más favorecedor.

–Lo siento –digo y odio disculparme con él cuando él fue quien me pateó, él fue quien me hizo sentir que estoy equivocada al atreverme a pedir algo. Ni siquiera algo: cualquier cosa. Me hace disculparme por pedir lo mínimo que se le otorga a la mayoría de los hombres.

–No necesita disculparse por su ambición –responde, abriendo su libro y tomando su lápiz–. Solo sepa que a la mayoría de los hombres le parecerá inapropiada para una mujer.

Aparto la vista de él y miro por la ventana, observando el paisaje blanco pasar a nuestro lado e intentando resistir la necesidad de abrir la puerta, salir a la calle y hacer mi propio camino en vez de pasar un minuto más en aquel carruaje.

–Cuando lleguemos a Zúrich –dice y su voz parece flotar lejana–, me ayudará a encontrar a Johanna. ¿Verdad, Felicity?

–Sí, señor –respondo, y la conversación con mi héroe (*tu héroe, tu ídolo, tu médico favorito*, recuerdo una y otra vez al ritmo del traqueteo de las ruedas del carruaje) se reduce a la nada.

ZÚRICH

11

LA CASA DE ZÚRICH ESTÁ LISTA PARA nosotros cuando llegamos. Bueno, no para nosotros. Para Johanna y Platt. Es una casa modesta cercana a la orilla del lago: no tan cerca para oír el puerto, pero no tan lejana para ser excesivamente moderna. El personal consta solo de un cocinero, una ama de llaves y un ayudante de cámara, y todos hacen un trabajo admirable al ocultar su sorpresa cuando el doctor Platt me presenta como la señorita Montague en vez de la señora Platt.

Llegamos al final de la tarde, las lámparas de la calle ya brillan y el lago es un reflejo vidrioso del cielo. El ama de llaves me lleva a mi habitación, me trae la cena en una bandeja y calienta carbón para el calentador de cama antes de dejarme sola para que duerma. Estoy exhausta por el viaje, pero la casa me mantiene despierta: quizás es solo porque no estoy acostumbrada a los sonidos extraños de un lugar extraño y de una ciudad también extraña. Quizás es porque escucho al doctor Platt en la sala de estar debajo de mí, sus pasos sobre los tablones de madera, el tintineo de un decantador contra el borde del vaso más veces de las que parece prudente.

Me quedo dormida sin notarlo, pero despierto de modo abrupto con el sonido de mi puerta abriéndose y el resplandor débil de un farol sin cubrir que desaparece prácticamente de inmediato. Oigo unos pasos bruscos, luego cierran la puerta de mi cuarto con fuerza y una voz masculina desconocida pregunta en inglés:

–¿Quién es esa?

–Baja la voz –sisea Platt–. Dios, no tenías que irrumpir así.

–Sabía que mentías. Lo sabía.

–No mentí…

–Esa no es tu esposa, Alex.

No hago movimiento alguno, preguntándome si regresarán, si es mejor que continúe fingiendo dormir o si es mejor incorporarme como si me hubieran despertado repentinamente. La intensidad de sus voces (y el hecho de que son dos hombres y yo una mujer sola) penetra en mis huesos como una fiebre grave.

–Entonces, ¿dónde está la señora Platt? –pregunta la voz del extraño, ahora más lejana. La escalera cruje bajo sus pies.

Sus voces se apagan a medida que se alejan más por las escaleras. Me incorporo, haciendo un esfuerzo por escuchar. Sé que no está bien husmear a escondidas, pero parece lo mejor para mi bien y el de Johanna saber qué dicen sobre nosotras a puertas cerradas. O, más bien, en los pasillos fuera de esas puertas.

Salgo de la cama y avanzo hacia la puerta, luego salgo lo más silenciosamente posible y me deslizo en calcetines hasta la cima de la escalera. Desde aquel punto de observación ventajoso, veo toda la entrada y un poco de la sala de estar donde se han instalado. Desde su lugar en el sillón, el hombro de Platt y la parte posterior de su cabeza son apenas visibles.

–… en alguna parte de la ciudad –está diciendo–. Además, aún tampoco es la señora Platt.

–Dios santo, Alex, creí que podías manejar esto.

–Puedo… Lo hago. Estoy manejándolo.

–¿Por qué no la llevaste a Polonia? –pregunta el extraño. Su acento es inglés, con una precisión nítida que apesta a partidas de caza y aulas de Cambridge.

–Ella habría sospechado si proponía fugarnos para contraer matrimonio… –comienza a decir Platt, pero el hombre lo interrumpe.

–¿Qué harás si ella llega allí antes que tú?

–No importa. Nunca le permitirán acercarse al archivo. Me necesita…

El segundo caballero interrumpe a Platt con un suspiro gruñón. Está de pie, demasiado lejos para que pueda verlo, pero distingo un atisbo breve de su tronco inferior cuando pasa frente a la chimenea: un abrigo de gruesa lana gris y botas altas con manchas de sal. Botas de marinero, pero demasiado elegantes para un hombre de mar. Las prendas parecen parte de un uniforme.

Hay un silencio tenso, Platt mira el suelo, con los codos sobre las rodillas.

–Lo solucionaré –dice por fin.

–Más te vale –el decantador suena de nuevo. Platt extiende el brazo para aceptar el vaso que le ofrecen–. Entonces, si no es la señorita Hoffman –pregunta el segundo hombre–, ¿quién es la chica que está en tu habitación?

Mi pulso se acelera e inclino el cuerpo hacia adelante mientras Platt reclina la espalda en su asiento, con los codos sobre el apoyabrazos en un ángulo tan abrupto que un poco del licor sale del vaso.

–No me creerías si te lo dijera. ¿Conoces a Lord Henri Montague?

Cierro la mano sobre la barandilla, la rugosidad dura de la madera se clava en mi palma.

–¿El conde inglés? –pregunta el segundo hombre.

–El mismo –Platt inclina un dedo sobre su hombro hacia el piso superior, donde cree que estoy durmiendo–. Es su hija.

–¿Qué?

–Su hija secuestrada en persona. El conde les ha dicho a todos los nobles que sus hijos fueron secuestrados por esclavistas en el Mediterráneo, pero resulta que huyeron –bebe un ruidoso sorbo, luego deja su vaso suspendido entre el pulgar y el índice–. ¿Imaginas el escándalo si la verdad saliera a la luz?

Mis palmas comienzan a sudar sobre la barandilla. Monty y yo les escribimos a nuestros padres cuando decidimos no regresar a casa después de nuestro Tour hacia una existencia sofocante y un matrimonio sin amor en mi caso, y probablemente lo mismo para Monty, pero con mucho más daño causado por nuestro padre en el camino. Y si bien no enviamos una dirección de destino, la falta de respuesta de nuestro padre nos había hecho creer con todo optimismo que él había decidido quitar en silencio nuestros nombres del árbol familiar, entregarle su propiedad al nuevo hijo bebé y permitirnos seguir nuestro propio camino. Aparentemente, padre ha tomado una ruta mucho más dramática, diciéndoles a todos que unos corsarios nos secuestraron, y ahora Platt tiene la evidencia para demostrar lo contrario.

En el salón, escucho que el otro hombre dice:

–¿Secuestrarás a la hija de un lord y lo chantajearás?

–No hay secuestro –responde Platt–. Vino por voluntad propia. La señorita Montague me ayudará a encontrar a Johanna y asistirá a la boda. Luego, buscaremos el trabajo de Sybille Glass y enviaremos a las damas a Inglaterra, y la ayuda de Montague nos mantendrá a flote y pagará los barcos de Herr Hoffman. ¿Ves? Todo está bajo mi control, Fitz.

Debería tener miedo: sin duda estoy temblando. Platt sabe quién soy y me usará para encontrar a Johanna, y luego planea enviarme de nuevo con mi padre. Todo el tiempo había creído que éramos aliados, cuando en verdad no había sido más que un peón. Y eso nubla de furia mi visión. Furia porque me usaron. Porque pensaron que era una tonta. Por saber que él probablemente nunca pensó que yo fuera capaz de hacer trabajo médico; solo había reconocido mi nombre.

Necesito salir de esta casa de inmediato, encontrar a Johanna y advertirle que el amor que Platt profesó hacia ella es falso y que la boda es una farsa. Si ella escapó de Platt, lo he llevado directo a su puerta. Quizás ella creerá que está a salvo hasta el instante en el que las fauces de Platt se cierren sobre ella, y todo por mi culpa.

La conversación en el salón ha cambiado a la navegación, y si no parto ahora, quizás no tendré otra oportunidad de hacerlo. Regreso en silencio a mi habitación, me quito el camisón y me visto con mi falda escocesa y el corsé. Apestan por el viaje, el dobladillo está cubierto de lodo hasta las rodillas y la tela está rígida por el sudor que se ha secado y mojado una y otra vez cuando pasamos de carruajes sofocantes a paradas gélidas. Mi capa está en el armario del piso de abajo y no me atrevo a ir a buscarla, aunque tampoco me atrevo a correr por el frío sin ella. En cambio, tomo la manta de la cama y la envuelvo sobre mis hombros.

Luego, comienza la tarea mucho más compleja: escapar. El hielo en la ventana se quiebra cuando la abro, y una ráfaga de viento me empuja tan fuerte que estoy a punto de perder la estabilidad. El viento succiona la cortina hacia afuera y los postigos golpean el lateral de la casa. Abajo, hay una caída poco cooperadora hasta la calle: no hay puntos de apoyo, salientes o ladrillos flojos como me prometieron todos los libros de ficción que he leído. Ni siquiera hay un arbusto sobre el que caer.

Nunca he poseído habilidades acrobáticas en particular porque tengo las proporciones de un perro Corgi, así que no espero que aparezca repentinamente una manifestación de atletismo natural justo a tiempo para escalar por el lateral de un edificio.

Cierro con dificultad las ventanas, luego respiro hondo y hago un inventario. Recursos a mi disposición: muy pocos. Los escasos muebles de este cuarto, que solo serían valiosos si pudiera empujarlos sutilmente por la ventana para crear una suerte de torre precaria. Mi bolso lleno de nada útil: calcetines, ropa interior y algunos libros. Abro el armario de la esquina y encuentro ropa de cama adicional y toallas.

Parece que la única idea es ocupar el rol de princesa encerrada en una torre que se cansa de esperar a un caballero: una cuerda hecha con telas de la habitación.

Las sábanas no hacen ruido cuando las rasgo y son fáciles de trenzar: años de llevar mi cabello sujeto en una trenza larga por fin han servido para algo más que generar ira en pares más quisquillosos que yo. Rasgo, trenzo y trenzo de nuevo, luego amarro un nudo firme alrededor de la vara clavada en la pared para sujetar la cortina sobre la ventana. Cuelgo mi bolso sobre el hombro, pruebo mi peso en la cuerda para asegurarme de que no caeré directo hacia mi muerte si arranco el yeso de la pared (bueno, la muerte sería una exageración: más precisamente, quizás caeré y quebraré mis dos talones), luego, preparo mis pies sobre el marco de la ventana y me rescato a mí misma.

BAJO EL REFUGIO DE LAS CALLES SINUOSAS, LA ciudad es más cálida que las afueras y, a pesar de la nieve, he sudado mi bufanda cuando llego a la parada de diligencias donde el carruaje desde Stuttgart se detiene diariamente. Le pago al niño farolero que enciende farolas para mí con las monedas que sobraron de la cena de anoche y luego permanezco de pie sola en un costado de la calle, los copos de nieve espesos que caen entre las nubes crean adornos de encaje sobre mis pestañas, e intento pensar a dónde iría si fuera una chica sola en una ciudad que viene de la oscuridad y el frío.

Me doy cuenta de que yo soy una chica en esa situación. Pero intento no pensar demasiado en ello para que el miedo que siento no me devore por completo.

Pienso en Johanna. En todo lo que sé sobre ella. A dónde iría si fuera ella.

Iría a casa en Stuttgart con mi perro gigante y mis vestidos con volados es lo primero que pienso, pero la Johanna que conocí en Cheshire una vez había dormido tres noches en el establo de su padre en invierno con la esperanza de ver un búho nevado que sospechaba que había hecho su nido en las vigas. Había caído a través del hielo en un lago y había salido antes de que cualquiera pudiera ayudarla. Era una niña que había sobrevivido sin un padre y que tenía una madre que no regresó a casa cuando ella lo perdió. Quizás aún está hecha de la misma base sólida que la vi construir durante la infancia. Quizás esos cimientos no se han erosionado con el tiempo, sino que se han fortalecido. Y han sido cubiertos en seda y saliva de perro.

Si fuera Johanna, pienso, querría ir a un lugar donde Platt no me encontraría. No a un sitio donde él esperaría que fuera, como una posada junto al río con suelo pulido y sábanas de seda. Querría esconderme. Querría ir a un sitio donde las bocas se mantuvieran cerradas, donde las chicas en fuga no llamaran la atención y donde estuviera prohibido el ingreso de hombres. Un lugar como la posada que había llamado hogar en Edimburgo. Y, si tuviera un baúl que arrastrar, sería un lugar cercano.

Las calles de la ciudad vieja son empinadas y sinuosas, una combinación de adoquines tan resbaladizos por la nieve que por poco es necesario avanzar en cuatro patas; también hay escalinatas ásperas igual de traicioneras, pero con más bordes filosos sobre los que caer. La parada de diligencias comparte esquina con una tienda de baratijas cerrada que anuncia lecturas de tarot y parece como si no hubiera abierto en semanas, con la tienda de un zapatero con calzado de terciopelo en el escaparate y con un café del cual brota música de un violín y el tintineo suave de una noche concurrida, pero no atestada.

Me abro camino dentro, avanzando entre las mesas llenas de artistas ebrios que miran el fondo de botellas de ginebra y damas pintadas que coquetean alrededor de ellos. El hombre detrás del bar es desgarbado y delgado, tiene un bigote poblado y una pañoleta desgastada amarrada alrededor del cuello. Le faltan dos dientes de abajo y me da la bienvenida con una tos rasposa y húmeda antes de preguntar con voz ronca:

–¿Quiere algo de beber?

–No, señor, de hecho… –exagero al tragar, obligándome a llenar mis ojos de lágrimas, solo para un mejor efecto–. Es mi hermana.

–¿Su hermana? –repite.

–Ha huido de casa porque nuestro padre es un tirano que quiere enviarla a un asilo solo por ser una chica que lee libros –incluyo un poco de la vida personal de todos para esta mentira, pero prosigo–. Ha venido a Zúrich y sé que acaba de llegar y estoy tratando de hallarla… creo que vino aquí hace pocos días, por favor, señor… –las malditas lágrimas no aparecen: he pasado tantos años entrenándome para no mostrar ninguna clase de debilidad que mi rostro parece completamente confundido y no sabe lo que le pido que haga. Frunzo la nariz y aspiro y creo que parece más bien que estoy por estornudar en vez de intentar llorar, porque el cantinero luce confundido–. Por favor, señor –chillo, tratando de colocar un temblor lastimero en mi voz y exagerando, por lo que, en cambio, suena a que acabo de inhalar una bocanada de pimienta–. Si sabe algo... acerca de su paradero... solo quiero hallarla.

Me mira con los párpados caídos, todavía limpiando en círculos eternos el vaso que sostiene. Podría haberle dicho a este cantinero que buscaba a Johanna para poder asesinarla a sangre fría y a él no le habría importado: parece no interesarle en absoluto mi historia trágica y falsa o mis lágrimas similarmente trágicas aunque solo por su falsedad.

–¿Por qué sabría algo?

–Sin duda ve personas desafortunadas que vienen aquí a suplicar su ayuda.

–La única clase de personas que vemos aquí son las desafortunadas, señorita –tose de nuevo, esta vez alza el pañuelo del cuello para cubrir su boca. El material está húmedo y gastado, el algodón con diseño a rayas está deshilachado en los bordes, como si él lo jalara hacia arriba con frecuencia. Pero no hay manchas de sangre, así que si tose frecuentemente contra la tela, no es debido a la tuberculosis. Al estar cerca de él, escucho que sus pulmones emiten un sonido cada vez que respira, parecido al sonido que hace el lomo de un libro abierto por primera vez.

–¿Tiene asma, señor? –pregunto antes de poder contenerme.

Él deja de limpiar vasos y, por primera vez, parece prestarme atención.

–¿Qué?

–Asma –repito, y espero estar pronunciándola bien: es una palabra que aprendí leyendo los ensayos del doctor John Floyer y nunca la he dicho en voz alta–. Una condición respiratoria que causa dificultad al respirar y contracciones del pecho.

–No lo sé –responde.

–¿Suele tener dificultades para respirar hondo?

—Prácticamente todos los días. Tomo láudano para tratarlo.

—¿Ha probado reemplazarlo por agua de alquitrán y jugo de ortiga? Son mucho mejores para una garganta cerrada y hay menos riesgo de generar dependencia. También es más barato. Algunos médicos dirán que las zanahorias hervidas ayudan a los pulmones, pero el agua de alquitrán ha demostrado ser el tratamiento más efectivo. Cualquier farmacia debería tener, o podría preparársela.

Me mira, intentando decidir si estoy bromeando, y luego tose de nuevo, esta vez con la boca cerrada, por lo que infla sus mejillas.

—Es increíble la diferencia que una inhalación profunda puede hacer —digo.

Resopla, presiona el puño sobre el pecho y luego responde:

—De verdad es su hermana, ¿cierto? —cuando asiento, añade—: Vemos muchas personas despreciables que vienen en busca de chicas que no quieren que las encuentren.

—¿Luzco despreciable?

—No tiene capa puesta.

—Creería que eso me haría desafortunada.

Resopla de nuevo, limpia la nariz en el dorso de la mano.

—Cuando llegan chicas deambulando, las envío a lo de Frau Engel, cerca de la capilla. Es una posada para rebeldes. La única a la que es posible llegar caminando desde aquí. Su hermana quizás está allí.

—¿Recuerda haber visto una chica con…?

—Vienen muchas chicas —interrumpe—. Y las envío a todas con Frau Engel.

—Gracias, señor.

Comienzo a partir, pero él exclama:

—¿Qué era? ¿Jugo de alquitrán?

Volteo en la puerta.

–Agua de alquitrán y jugo de ortiga. Espero que ayude.

–Espero que encuentre a su hermana –dice, asintiendo.

Frau Engel se muestra indiferente de un modo similar ante mi historia trágica, aunque ella no tiene una enfermedad que pueda diagnosticar para ablandar su corazón. Esta vez, no intento llorar.

–Podría ser cualquiera –responde ella. Tiene puesto el camisón y su gorra, pero la pipa de arcilla encendida entre sus dientes garantiza que no la desperté. Su gran contextura ocupa la mayor parte de la puerta–. Cientos de chicas van y vienen de aquí cada día. No las conozco a todas.

Parece que está a punto de cerrar la puerta en mi rostro, así que alzo un brazo preventivo sobre el marco, con la esperanza de que al menos tendrá la compasión suficiente en su corazón para no aplastar mis dedos, y digo:

–Por favor, debe recordar.

Ella se encoge de hombros, su pipa de arcilla rebota entre sus dientes.

–Todas las chicas son iguales. Si quieres pagarme por una cama, puedes ingresar e intentar encontrarla tú misma, pero decide rápido para que pueda regresar a la cama.

Le doy todas las monedas que me quedan sin saber ni por asomo cuánto cobra. Estoy bastante segura de que es demasiado para una sola noche, pero no me devuelve nada. Gruñe, luego me entrega un plato de lata, un par de cubiertos y una manta hecha de una tela áspera que huele como si la hubieran usado por última vez para limpiar un caballo.

–Dos chicas por cama, tres si no puedes hallar lugar. El baño está en el segundo piso.

–No me quedaré, solo quiero hallar a mi hermana.

–Igual son dos por cama –responde, retrocediendo para que pueda pasar, y luego añade–: Y no huyas con mi manta –lo dice como si la carcasa de material gastado tuviera valor alguno. Hay tantos agujeros en ella que parece que ni siquiera cumpliría con el propósito más básico de una manta–. Y no me despiertes de nuevo –añade antes de regresar a su cuarto dejando atrás un hilo delgado de humo que brota de la pipa.

La posada está repleta en el piso superior y huele a moho y cera. Grandes porciones del empapelado caen al suelo y exhiben parches despojados de madera húmeda que se astilla cuando la rozo. Ingreso a las habitaciones del segundo y el tercer piso, sintiéndome invasiva y absolutamente criminal mientras miro a todas esas chicas dormidas, forzando la vista en la oscuridad para ver si una de ellas es Johanna. No sé qué haré si la encuentro: despertarla, sentarme junto a su cama y vigilarla hasta la mañana o quizás recostarme a su lado y dormir, aunque la pregunta resulta irrelevante cuando termino la inspección y no la encuentro.

La mayoría de las camas están llenas y la mayoría tiene más de dos chicas. Veo a cuatro entrelazadas juntas sobre un colchón pequeño y rígido, la niña más pequeña no tiene más de doce años y todas están ovilladas entre sí como gatitos. Todas son delgadas y pálidas. Una no deja de toser en su puño, intentando ahogar el sonido. La mayoría duerme. Algunas están reunidas en una esquina, susurrando alrededor de una lámpara y de un mazo de naipes que usan para hacer predicciones. Otra está sentada desnuda y temblando mientras cose el dobladillo de lo que debe ser su único vestido. Estoy a punto de darle mi manta con olor a caballo para que se cubra, aunque siento que hará menos bien de lo que mis intenciones merecerían.

En el tercer piso encuentro a dos chicas apiñadas en el alféizar, mirando la nevada y riendo mientras comparten un beso. Cuando me ven en la puerta, una comienza a susurrar en un francés que no entiendo simplemente debido a todo el aire extra que hay en sus palabras. Cuando no respondo o reacciono, se separa de su amiga y comienza a caminar hacia mí. Corro, tropiezo con el pie de una cama y dejo caer mi manta que contiene el plato y los cubiertos, lo que genera un ruido que despierta de un salto a la mitad del cuarto, y luego hay más que unas pocas chicas que parecen dispuestas a despellejarme viva. Corro hacia el pasillo, bajo las ruidosas escaleras y colisiono de cabeza con la chica que está saliendo del baño; el choque es tan fuerte que prácticamente tiro la lámpara que tiene en su mano.

–Felicity.

Tardo un minuto en reconocerla.

–Johanna.

Sin polvo, pomada o maquillaje, parece una persona diferente. Su piel está cubierta de cicatrices (había olvidado que tuvo sarampión cuando teníamos diez años) y rojiza por el viento invernal cortante. Tiene el cabello suelto, que cae hasta su cintura, marcado por las trenzas y aplastado con el sudor del largo viaje.

Nos miramos en la oscuridad, el haz de luz delgado que proviene de la lámpara de Johanna nos cubre de un resplandor rosado.

–¿Qué haces aquí? –susurra.

Hay pasos en las escaleras, probablemente son las dos chicas que se besaban liderando a su piso en la revolución contra mí por haberlas despertado. Los ojos de Johanna miran sobre mi hombro y me preocupa que intente huir antes de que tenga la oportunidad de explicar, pero, en cambio, sujeta mi cintura, me arrastra al baño y cierra la puerta detrás de nosotras. La lámpara en su mano se balancea como un ebrio.

Entro a trompicones en el baño, la parte posterior de mis piernas hace un contacto doloroso con el lavabo. Johanna está de pie con la espalda contra la puerta, mirándome. El baño a duras penas es lo bastante grande para las dos, y mis zapatos se pegan al suelo.

–¿Cómo me encontraste? –pregunta, su voz aún es absurdamente aguda, incluso cuando sisea con los dientes apretados.

–¿Creíste que sería difícil? –replico.

–Sí, creí que fue una fuga bastante buena.

–Ah, por favor. Intentaste llevar a tu perro elefante en una diligencia contigo.

Frunce el ceño hacia ella, decepcionada consigo misma más que conmigo.

–Sí, eso no fue tan sigiloso como quería. Pero ¡no podía abandonar a Max! No lo trajiste, ¿verdad? –añade, su voz se ilumina un instante antes de recordar que está enfadada conmigo–. Espera, no, dime por qué estás aquí.

–Vine a advertirte.

–¿Advertirme? ¿Sobre qué?

–Tengo motivos para creer que las intenciones del doctor Platt contigo no son nobles –digo tras respirar hondo.

Esperaba que ella diera un grito ahogado, retrocediera y presionara una mano contra el pecho con la clase de perplejidad teatral que las damas suelen permitirse con frecuencia. Como mínimo, un *¡No!* susurrado. En cambio, cruza los brazos y lanza una mirada fulminante.

–¿En serio? ¿Hiciste todo ese viaje para darme esta información reveladora?

Estuve a punto de llevar a cabo el gesto de perplejidad con el retroceso y la mano en el pecho por el que estaba dispuesta a juzgarla.

–¿Lo sabías?

–¿Qué cosa? ¿Que él es un delincuente adicto y degenerado? Por supuesto que lo sabía. Está desmayado con mucha más frecuencia de la que está sobrio y todo este negocio con mi tío se hace a crédito porque él ha gastado una fortuna en opio.

–Creí que estabas enamorada de él.

Ríe, un sonido frágil como una pisada sobre hielo delgado.

—¿Crees que soy tan estúpida para quedar embelesada por un extraño que llega a mi puerta pidiendo mi mano y decir que acepto? —no digo nada, lo cual solo confirma que es cierto que pienso que ella es lo bastante superficial para enamorarse tan rápida e intensamente del primer hombre que conociera que pudiera llenar unos pantalones.

—Entonces, ¿por qué ibas a casarte con él? —pregunto.

—Porque no tenía opción —responde, deslizándose hacia abajo de modo que toma asiento sobre el borde de la tina, y luego inmediatamente se incorpora de nuevo y limpia algo de su camisón—. Mi tío me obligaba, y no sabía cómo escapar de él. Tenía miedo.

—Entonces, ¿huiste hacia tu luna de miel sola?

—No, vine a Zúrich porque la carta que tu criada robó... es del gabinete de curiosidades para el que mi madre trabajaba cuando murió y ellos tienen todas sus pertenencias.

—¿Sus pertenencias? —repito.

—Todo lo que ella tenía consigo —explica Johanna—. El idiota del curador solo se las entregará a un miembro masculino de mi familia. Cuando me dijiste que tu criada, amiga, benefactora o lo que sea había intentado robar la carta, eso fue empujón suficiente para por fin hacer lo que había tenido miedo de hacer y venir aquí yo misma, para obtener las cosas antes que ella.

—¿Crees que Sim busca las pertenencias de tu madre? —había estado tan centrada en Platt, intentando usar la historia de Johanna para llenar los espacios vacíos en lo que había escuchado a escondidas, que había olvidado a Sim.

—¿Por qué otro motivo le interesaría la carta? Creo que probablemente te convenció de venir a mi casa porque asumía que ya habíamos recolectado los objetos y esperaba robarlos, pero luego supo a través de esa carta que están aquí, en Zúrich, en el Kunstkammer Staub.

–Creo que Platt también está tras los objetos –digo–. Lo escuché a escondidas hablando sobre su viaje y mencionó algo sobre el archivo y un gabinete. ¿Alguna vez te lo mencionó?

Ella niega con la cabeza, frunciendo la frente.

–No, nunca. Preguntó por mi madre y mi padre cuando nos conocimos, pero yo pregunté sobre los de él. Para conocernos mejor.

–¿Qué trabajo estaba haciendo tu madre que pueda ser tan importante para él y para Sim? –no se me ocurre nada que una sus dos mundos.

–No lo sé bien –responde Johanna–. Trabajaba como artista asistente de un naturalista que estaba en una expedición en la Costa de Berbería. Uno de varios viajes.

–No sabía eso.

–Mi padre dijo que me enviaría a una plantación en Barbados si se lo contaba a alguien. Él sentía mucha vergüenza de ella. ¿Tener una esposa que literalmente huyó de su hogar en medio de la noche para navegar con innombrables? –desliza los dedos hasta las puntas de su cabello para desarmar los nudos–. Pero ella me escribía en todos sus viajes. Me envió cosas muy extrañas.

–Todas tus historias –digo; de pronto lo comprendo. Ella alza la vista–. Cuando éramos niñas, siempre mencionabas aventuras grandiosas que fingíamos tener. Provenían de sus cartas.

–¿Recuerdas eso?

–¡Por supuesto que lo recuerdo! Eran… –la luz de la lámpara rebota contra la pared, y dibuja esqueletos con nuestras sombras–. Eran los mejores días.

–Lo eran, ¿verdad? –arruga la nariz en una sonrisa pícara–. Doctora Brilliant.

Pongo los ojos en blanco.

—Ja, ja. Tenía solo seis años. Aún no había alcanzado mi auge creativo.

—No, es tierno —ríe—. Todos deberían crear para sí mismos un nombre falso ambicioso.

—Pues, ¿qué hay de ti, la famosa naturalista…? —si la revelación hubiera sido más repentina, habría caído al suelo. De hecho, tengo que extender la mano hacia atrás y apoyarme contra el lavabo para no perder el equilibrio; estoy muy mareada.

Johanna, aún distraída, continúa con aquella sonrisa provocadora que arruga su nariz.

—Vamos, ¿lo recuerdas?

—Sybille Glass —digo y lo oigo en mi cabeza con la voz de Platt—. ¿Era el nombre de tu madre?

Ella asiente con un suspiro nostálgico.

—Quería ser igual a…

—Johanna, acabo de oír a Platt a escondidas —digo—, hablando con un inglés sobre ir a buscar el trabajo de Sybille Glass.

Ella por poco deja caer la lámpara.

—¿Platt está en Zúrich? ¿Lo trajiste aquí?

—No, él me trajo —explico—. El gabinete solo le entregará sus cosas a un miembro masculino de tu familia, ¿no? ¿Crees que por esa razón él quería casarse contigo? ¿Para poder reclamar legalmente lo que fuera en lo que ella trabajaba?

Johanna succiona sus mejillas, sus labios sobresalen. Luego, emite un suspiro mezclado con un:

—Hijo de perra.

No es una situación para reír, pero de todos modos lo hago… Con su voz rítmica de soprano es como oír un insulto en un sermón.

—No puede obtenerlo mientras no estén casados.

—Eso no significa que no lo intentará —presiona el puño contra su mentón, moviendo el pulgar al ritmo de sus pensamientos–. Iré a Kunstkammer mañana para ver si me dan las pertenencias de mi madre.

–No, tienes que salir de aquí antes de que Platt te obligue a llevar puesto un anillo –digo–. Las pertenencias son legalmente tuyas mientras no contraigas matrimonio con él: no tiene derecho de reclamo alguno. Vuelve a Inglaterra conmigo. Podemos descifrar qué hacer allí… respecto a él y a Sim, si es que crees que ella también está tras los objetos.

–¿Estás alentándome a huir de una pelea? –pregunta, y suena prácticamente a un desafío. Está demasiado oscuro para discernir con propiedad qué clase de sonrisa coquetea con sus labios–. Creí que tú eras la valiente de las dos.

–¿Qué? No… nada de pelear –digo y luego añado–: Y tú eras la exploradora intrépida en nuestros juegos, ¿recuerdas? Yo era la acompañante sensata.

–Sí, porque la fantasía es más divertida cuando puedes fingir ser algo que no eres. Tardé hasta la noche anterior a mi boda para partir porque he tenido tanto miedo de estar sola –desliza una mano sobre su cabello para empujarlo lejos de su rostro–. Quizás no debería haber huido. Quizás había otra manera, o debería haber pedido ayuda o no debería haber actuado con tanta espontaneidad. Pero aquí estoy, y estoy decidida: iré al museo mañana y…

–No tienes que justificarte –digo rápidamente–. No conmigo.

–Oh. Bien. Bueno, tal vez aún estoy pensando en argumentos en mi cabeza –aplana su camisón entre los dedos y luego me mira–. ¿Necesitas dinero?

–¿Dinero? –repito.

–Para regresar a Inglaterra. No tengo mucho y no puedo decir que me siento particularmente obligada a darte un viaje cómodo de regreso a casa si yo pago.

Casa. No tengo a dónde ir. Sin Platt, sin Sim, sin familia. Sin cuerdas salvavidas. Corto mis lazos y navego a la deriva sola, un bote en medio del mar sin viento.

—¿Puedo ir contigo? —pregunto. Johanna alza la vista abruptamente y añado—: Ya pagué por la noche y no puedo regresar con Platt, así que será mejor que me quede aquí. Y no estoy... Es decir, no hay prisa... —me encojo de hombros y deslizo un dedo del pie sobre el suelo. O mejor dicho, intento deslizarlo, porque el suelo está tan pegajoso que es más bien un chapoteo. No me atrevo a mirarla por miedo a que se niegue, así que antes de que ella pueda hacerlo, retiro mis piezas del tablero—. Lo siento, no importa. Es probable que no quieras saber nada conmigo. Es decir, si quieres que vaya, puedo hacerlo. Pero probablemente no quieres así que me iré enseguida.

—¿Estás conversando sola?

—No, estoy conversando contigo.

—Entonces dame la oportunidad de responder, ¿sí? Puedes venir. Si quieres. Aunque imagino que el doctor Platt no verá con buenos ojos que sus futuras protegidas conspiren en su contra.

Si me uno a Johanna, renunciaré a cualquier posibilidad de trabajar para el doctor Platt. Incluso después de escuchar a escondidas su conversación en la casa y saber que él me utilizaría, es una oportunidad inmensa para rechazarla. Quedarme con Johanna significa no apostar a nada.

Excepto por ella. Y su madre. Y yo misma.

—Bueno —respondo—, qué bueno que prefiero no ser la protegida de ningún hombre.

12

EL KUNSTKAMMER ESTÁ UBICADO EN LA
calle Limmatquai, su espalda inclinada hacia el río. El agua se llena de
espuma rápida y oscura en aquel clima miserable. El cielo está gris y
nieva con intensidad intermitente mientras atravesamos la ciudad, y
cuando Johanna y yo llegamos al gabinete de curiosidades, ambas estamos empapadas bajo nuestras capas; Johanna me prestó una para que
no dañe nuestra credibilidad ya inestable con prendas sospechosas. Un
manto de copos de nieve cubre nuestros hombros como azúcar sobre
un dulce. Johanna hizo un intento valiente de arreglar su cabello antes
de partir esa mañana, y ante su insistencia yo hice un intento valiente
por ayudarla, aunque me libraron de la responsabilidad cuando la apu-
ñalé en la nuca con un broche, tan fuerte que sangró. En la huida de la
casa de su padre, aunque no pudo traer a su perro, pudo traer un baúl
lleno de vestidos extravagantes, y una falda rosada con volados color
menta en el dobladillo se asoma debajo de su capa. En mi sencillo vestido Brunswick, es mucho más probable que los hombres que corren
detrás de las exhibiciones de insectos me tomen más en serio a mí.

–Desearía tener a Max –comenta cuando cruzamos la entrada del lugar y caminamos hacia el escritorio donde venden las entradas, mirando la silueta rellena de una clase de lince con aspecto diabólico que gruñe sobre nosotras desde un pedestal en el centro.

–No creo que él pudiera ganar contra eso –digo, y señalo con la cabeza el lince.

–Nunca lo has visto atacar una pantufla –responde.

Nos ubicamos detrás de una mujer que paga la entrada para ella y un niño diminuto con hermosos rizos rubios que de algún modo han evadido la nieve y permanecieron perfectamente rizados. Johanna respira hondo, tensa, con una mano presionada sobre el estómago.

–Siempre me siento mejor con mi perro.

–No estés nerviosa –digo–. Tú tienes la razón.

–¿Cuándo ha importado eso? –susurra. La mujer y el niño rubio se alejan del escritorio y Johanna y yo enfrentamos al empleado.

»Buenos días –pía Johanna, y de inmediato sufro por lo aguda que es su voz, cuán chillona y risueña suena, y cuán tonto luce ese vestido–. Quisiera hablar con el curador, Herr Wagner.

El empleado, quien había estado preparado solo para aceptar nuestro dinero y escribir la fecha sobre nuestros boletos de admisión, alza la vista muy despacio, con el ceño fruncido.

–¿Ha sido invitada?

–Herr Wagner y yo hemos estado intercambiando correspondencia –Johanna extrae la carta del bolso que trajo… un poco con la esperanza optimista de que saldría del Kunstkammer con el bolso lleno de las pertenencias de su madre. Al bolso no le fue mejor que a nosotras con la nieve y la carta sale empapada como el resto de Johanna. La tinta está manchada y borrosa. Cuando se inclina para entregársela al empleado, una aglomeración de nieve se desliza de su capucha y aterriza sobre el escritorio.

El empleado frunce el ceño mientras lee la carta, luego la alza para que la veamos, como si no hubiéramos podido hacerlo antes. La sujeta como un ratón muerto entre el pulgar y el índice.

–Aquí dice que es necesaria la presencia de su esposo o de su padre.

–Mi padre ha muerto –responde Johanna.

Si esperaba generar lástima, su esfuerzo es completamente ineficaz.

–Entonces, ¿dónde está su esposo?

–Él tiene... –Johanna y yo nos miramos y luego ella dice–... sífilis –al mismo tiempo que yo digo:

–Negocios.

El empleado alza las cejas.

–Entonces Herr Wagner la recibirá con su esposo cuando él esté disponible.

–Pero estoy aquí ahora –dice Johanna, presionando el cuerpo contra el escritorio para que sus pechos tomen asiento sobre la superficie–. Solo será un minuto, lo juro. Si tan solo pudiera decirle que Johanna Hoffman...

–Muchachas –interrumpe el empleado, y la palabra hace que apriete los dientes–. Herr Wagner es un hombre muy ocupado. No tiene tiempo de reunirse bajo una excusa.

–No es una excusa –replica Johanna–. Tengo asuntos con él.

–Entonces, busque a su esposo y podrá concluir el asunto.

Intercedo.

–Señor, creo que no comprende.

–Jovencita –dice y no logra agregar nada más antes de que yo replique:

–¿En serio? ¿Primero *muchachas* y ahora *jovencita*? ¿Cree que es apropiado dirigirse a nosotras de ese modo? ¿Como si fuéramos niñas?

–Su comportamiento actual es excesivamente infantil –responde.

–Y su comportamiento actual no me da motivos suficientes para creer que su cerebro es su mejor recurso –replico–. ¿Podría por favor decirle a Herr Wagner que ha dejado a la hija de uno de los mejores naturalistas de este siglo de pie en su lobby lidiando con un bufón de la boletería que no reconoce una leyenda cuando ella deja caer nieve en su escritorio?

Espero que al menos eso lo haga temblar ante la amenaza de faltarle el respeto a un legado. Sin importar cuán agotado esté ese legado. Hubiera mencionado el nombre de la madre de Johanna, pero no creo que mencionar que el naturalista es mujer ayude a nuestro caso contra la pila de moho en forma de hombre que tenemos en frente.

Él parpadea una vez, despacio, y luego dice con odio deliberado:

–*Damas*, debo pedirles que se retiren. Están haciendo una escena.

Estoy lista para voltear y salir hecha una furia para hacer de verdad la escena de la que nos han acusado, pero Johanna dice con alegría impactante:

–No, gracias, señor. Si no nos permiten ver a Herr Wagner, nos gustaría ver el Kunstkammer –luego golpea sus monedas sobre la mesa y le dedica al empelado aquella sonrisa devastadora típica de ella.

Él mira con mucho detenimiento las monedas, como si esperara que fueran galletas, botones o algo que le diera un motivo legítimo para rechazarnos. Por fin, coloca su palma sobre ellas y las desliza por el escritorio hacia él, el borde de las monedas araña la madera con un chirrido que eriza el vello, haciendo una escena mucho más grande de la que causamos nosotras. Los hombres son tan dramáticos. Nos entrega dos boletos de admisión y luego Johanna sujeta mi brazo e ingresamos, empapadas e indignadas, en la galería.

–Bueno, eso salió cómo esperábamos –comenta al mismo tiempo que yo digo:

–Qué desastre.

Ingresamos a la primera sala de la exhibición, una colección de artículos de los Mares del Sur. Las paredes están cubiertas de gabinetes con puertas de vidrio y hay un esqueleto inmenso de una clase de pájaro de cuello largo articulado en el centro de la sala. Nos detenemos lado a lado frente al primer muro, donde unas gemas pulidas color turquesa y verde iridiscente están expuestas sobre un terciopelo oscuro. Siento el bolso de Johanna golpeando mis rodillas, vacío pero pesado como un libro de historia.

–¿Eso esperabas que ocurriera? –pregunto.

Ella se encoge de hombros y acomoda el bolso en el hueco de su codo.

–Esperaba que fuera diferente. Creí que tal vez podría embelesar al empleado.

–Creo que yo lo arruiné.

–Sí, sin duda –me mira de soslayo sin intentar ocultar su frustración–. El encanto nunca ha sido una flor que florezca en tu jardín, ¿verdad?

Encantadora no es una palabra que yo usaría –o que alguna vez querría usar– para describirme, pero el modo en el que lo dice me irrita. Es la clase de cosa desdeñosa que yo tengo permitido decir sobre mí misma, pero cuando proviene de alguien más, siento que es brusco y cruel.

–Bueno, es difícil tomarte en serio con ese vestido –replico y luego avanzo hacia la siguiente vitrina, para observar un conjunto de flechas con punta envenenada.

Johanna me sigue, sus tacones (rayos, ¡trajo *tacones* a su fuga!) resuenan sobre la cerámica del suelo.

–¿Qué tiene de malo este vestido? Me hace sentir linda.

–Es muy femenino –digo.

–¿Es ridículo ser femenina?

–Para los hombres, sí.

Continúo caminando. Ella me sigue. Ni siquiera me detengo ante la próxima vitrina, solo sigo avanzando hacia la segunda galería, esperando que ella se canse de perseguirme con esos zapatos ridículos y ceda.

–Pero fuiste tú la que me lo dijo, y no eres un hombre –dice, de algún modo aún está junto a mi codo–. ¿Te pondrías este vestido?

–Ese no es el punto.

–Responde de todos modos.

–¿Por qué tiene importancia?

Se coloca frente a mí y me encierra con la espalda hacia un gabinete de mariposas clavadas con alfileres, una exhibición bastante metafórica ante la que quedar arrinconada. Algunas personas ya nos miran. La mujer frente a nosotras en la fila ha tomado la mano del hermoso niño rubio y lo ha llevado fuera de la sala con paso rápido. Siento que esto está demasiado cercano al argumento que nos separó en casa. Yo arrinconada y ella exigiendo explicaciones. Ambas agresivas.

Johanna coloca las manos en la cadera e inclina el mentón hacia mí.

–Crees que este vestido es ridículo y tienes miedo de lucir ridícula.

–No dije eso.

–¿Piensas que es ridículo?

–Estás gritando.

–Dímelo.

–Está bien, sí –replico–. Creo que es un vestido estúpido y creo que si continúas vistiéndote así y hablando con esa voz y sonriendo todo el tiempo como una tonta, nadie jamás te tomará en serio. ¿Crees que podrías presentarte frente a la Real Sociedad vestida así y que te escucharían? Los hombres no toman en serio a las mujeres a menos que les demos motivos para hacerlo, y ese vestido no es motivo para hacerlo. Nos hace lucir a todas patéticas. Ahora, ¿podemos irnos por favor?

Me mira un instante y luego habla, su voz ya no es alta, pero corta como las espinas de una rosa:

–Ahora lo recuerdo.

–¿Qué recuerdas?

–Desde que llegaste, he pensado: Felicity es tan graciosa, amable e inteligente, ¿por qué dejé de ser su amiga? Pero gracias. Acabo de recordarlo –inclina la cabeza a un lado, mirándome. Quiero apartar la vista–. Es porque cuando dejé de correr por ahí con mi vestido alzado hasta la cintura y comencé a disfrutar la escena social y a preocuparme por lo que vestía, tú nunca dejaste de atacarme por ello.

–Nunca te ataqué –protesto–. Tú decidiste que no podías tolerar que te vieran conmigo porque era tan poco femenina que te avergonzaba. *Tú* me abandonaste. Tú me cambiaste por amigas más bonitas.

–Felicity, nunca te abandoné. Opté por apartarme de nuestra relación porque pensabas que el hecho de que me gustaran las perlas y el maquillaje significaba que eras superior a mí.

–Claro que no.

–¡Claro que sí! Cada vez que ponías los ojos en blanco y cada comentario desdeñoso que hacías sobre cuán tonto era que las chicas se preocuparan por su aspecto. Te negabas a permitir que a mí –¡o a cualquiera!– nos gustaran los libros *y* las sedas. La naturaleza *y* los cosméticos. Dejaste de tomarme en serio cuando dejé de ser la clase de mujer que pensabas que debía ser para que me consideraran inteligente y fuerte. Todo eso que dices que hace que los hombres no tomen tan en serio a las mujeres… No creo que sean los hombres; eres tú. No eres mejor que cualquier otra mujer porque te gusta más la filosofía que las fiestas y porque no te importa en absoluto la compañía de los caballeros, o porque usas botas en vez de tacones y no rizas tu cabello.

No estoy segura de qué siento. Algo semejante a la furia, pero con mucha más vergüenza incorporada. La furia como un mecanismo de defensa, la furia que sé que está absolutamente en el lugar incorrecto. Pero igual, me desquito con ella:

—No me digas cómo debo sentirme.

—No digo cómo debes sentirte: te estoy diciendo cómo me haces sentir. Me sentí tan tonta durante tanto tiempo por tu culpa. Pero me agrada vestirme así —extiende los brazos—. Me agrada rizar mi cabello y girar con faldas llenas de volados y me agrada cómo luce Max con aquel moño rosado gigante. Y eso no significa que no sea también inteligente, capaz y fuerte.

Estoy hurgando entre mis recuerdos, aquellas últimas semanas antes de que Johanna y yo nos separáramos, intentado recordar lo que había olvidado. Pero no había olvidado nada. Simplemente siempre me había puesto en el rol de la heroína incomprendida y compasiva, y Johanna era la traidora que había enterrado su cuchillo en mi costado y me había abandonado por pasturas más femeninas. Pero Johanna y yo nos habíamos separado por mi culpa, y porque yo pensaba que sobrevivir significaba pisar a otros.

Quiero disculparme. Quiero explicarle que en ese entonces había sentido que perdía a la única persona que me conocía y a quien aún le agradaba, que había intentado mantenerla inmutable porque mientras que todas las otras chicas crecían y abandonaban sus gustos de la infancia, los míos comenzaban a echar raíces en mi alma, dejándome extraña y revoltosa, pero Johanna me hacía sentir natural. Quiero decirle que he pasado toda la vida aprendiendo a contar solo conmigo misma porque tuve padres que me olvidaron, un hermano que nunca alzó su vista de su bebida, un desfile de criadas e institutrices que nunca intentaron comprenderme. He pasado mucho tiempo construyendo mi fortaleza y aprendiendo a cuidarla sola porque si no sentía que necesitaba a alguien, entonces no los extrañaría si no estaban allí. No podían abandonarme si yo estaba conmigo misma. Pero ahora, esa fortaleza de pronto parecen los muros de una prisión, altos, con alambre de púas e imposibles de cruzar.

Johanna comienza a voltear, pero luego emite un grito ahogado leve y, en cambio, toma mi mano. Entro en pánico, pensando que ha visto a Platt o a Sim o alguna otra amenaza para nuestro bienestar que había logrado escabullirse mientras revivíamos nuestros traumas de la infancia, pero ella mira las páginas enmarcadas que cuelgan de la galería superior.

–Esos dibujos.

–¿Qué tienen?

–Son de mi madre.

Están tan altos que es difícil verlos, pero Johanna se acerca lo máximo posible y cuando me uno a ella, estamos de pie debajo de los dibujos con el cuello hacia arriba.

–Este debe ser el trabajo que estaba haciendo para el Kunstkammer cuando murió –dice Johanna.

–Vamos –tomo su mano, la arrastro hacia la escalera estrecha que lleva a los estantes con libros en las galerías superiores, pasamos sobre la cuerda que mantiene al público lejos de ellos y subimos aplastadas. Es evidente que la escalera fue diseñada para hombres, porque la espiral angosta no es compatible con tantas enaguas. Johanna debe avanzar lateralmente para que sus caderas amplias puedan pasar.

Avanzamos rápido por la galería hasta quedar encima de los cuadros; luego tomamos el cable juntas y subimos el primero para verlo mejor. Hay una capa de polvo generosa sobre él y está pegada como cobertura dulce sobre mis dedos. Los dibujos son delfines y aves marinas, aunque lucen más bien como bocetos rápidos, no como ilustraciones terminadas para entregarle a un jefe. El estilo artístico y las anotaciones a mano me recuerdan al portfolio que Sim examinaba en la biblioteca Hoffman.

—Mira eso —dirijo el ojo de Johanna hacia la placa en la base del cuadro:

Vida acuática de la Costa de Berbería
Doctor A. Platt
HMS *Quisquilloso*
17...

—¡Es mentira! —grita Johanna, su voz es tan fuerte y tan cercana a mi oído que por poco suelto el cuadro—. Pertenecen a mi madre; ¡lo sé! He visto su arte toda mi vida. Esa es su caligrafía y su estilo de bocetos. La Costa de Berbería fue su último viaje. Es el mismo barco y el mismo año en que murió.

—Ten —le entrego el peso del cuadro, y mientras busca en él algún rastro del nombre de su madre, yo busco en mi bolsillo la lista de razones para que me admitieran en una escuela de medicina en la que Alexander Platt había escrito sus opiniones por todo el papel. La alzo junto a los dibujos para comparar—. No es la caligrafía de Platt.

—Claro que no lo es, ¡es la de mi madre! —responde ella—. ¿Por qué está el nombre de él en los dibujos? ¿Qué tiene que ver él con todo esto?

—¿El doctor Platt conocía a tu madre? —pregunto.

—Sin duda nunca lo mencionó de haber sido así. Sé que él ha ido a la Costa de Berbería, pero nunca mencionó que fue en la misma expedición que ella. Lo cual parece algo que le dirías a tu prometida —miramos juntas el dibujo. En la parte superior, dos aves marinas se persiguen entre sí, una con las alas cerradas y la otra con las alas extendidas; algunos huesos delicados están delineados bajo sus plumas—. ¿No son hermosos? –dice Johanna, el filo presente en su voz un instante atrás, de pronto desaparece.

–¿Los dibujos? –me habían parecido bastante apresurados, como el mapa del cuerpo humano que había hecho en el suelo de la posada en Edimburgo. No algo que querría colgar en una galería y presentar como mi mejor trabajo.

–No, los animales. Mira, son andarríos. *Tringa ochropus*. Hacen nidos en las marismas y se alimentan del pantano. Y cada variedad tiene un pico distinto que les permite hurgar en el lodo a distintas profundidades, así que no compiten por nutrientes. Todos viven juntos en armonía –Johanna extiende la mano y presiona un dedo sobre el borde del ala del pájaro, y deja una marca sobre el vidrio–. Y los delfines. Creí ver delfines cuando crucé el Canal después de la muerte de mi padre. Probablemente eran algas muy puntiagudas, pero acababa de recibir una carta de mi madre sobre delfines, justo después de que decidiera no regresar a casa a buscarme –su dedo se desliza sobre el boceto y se detiene debajo de la esquina inferior–. ¿Qué es eso? –señala uno de los dibujos y debo inclinar el marco para poder ver a través del reflejo.

–No lo sé –es una forma serpentina, larga y curva, tiene cola con púas y algo que luce como volados en su estómago–. Parece una serpiente.

–*Vida acuática* –toca la placa que está en la parte inferior del cuadro.

–Los pájaros no son acuáticos.

–Sí, pero sin duda no hay serpientes en el océano. Y mira, tiene pequeñas aletas –señala con una uña contra el vidrio el estómago emplumado de la serpiente, y luego inclina el cuerpo hacia adelante, como si presionar la nariz contra el vidrio fuera a darle una idea mejor–. ¿Qué es esto? No parece una serpiente; parece un dragón.

–Es… –algo en esa esquina esquina capta mi atención al mismo tiempo que, debajo de nosotras, alguien exclama:

–¡Damas!

Johanna y yo nos sobresaltamos. Abajo está el empleado de la boletería, con las manos a los costados de su boca mientras grita, como si estuviéramos a una gran distancia de él. Hay otro hombre de pie a su lado, un tipo que luce ansioso y cuya frente brilla mucho. Cuando inclina la cabeza hacia atrás para vernos, su peluca está a punto de deslizarse y caer.

–No tienen permitido estar allí arriba –exclama el empleado, con las manos aún alrededor de su boca.

–Tampoco pueden tocar la colección –dice el hombre a su lado.

–¡Tampoco pueden tocar la colección! –grita el empleado, aunque ambas lo oímos la primera vez–. ¡Bajen de inmediato!

–¡Denle crédito a mi madre por su arte y lo haré! –grita Johanna.

–Ese trabajo fue una comisión pedida por la colección y es nuestra propiedad –grita el otro hombre, secando su frente brillante con la manga–. ¡Bajen ahora mismo o llamaremos a la policía!

Johana parece a punto de arrancar el cuadro del muro y reclamarlo, así que se lo quito a la fuerza de modo preventivo y lo dejo caer en su lugar; el cuadro rebota en sus cables. El empleado y su compañero sudoroso dan un grito ahogado. Mientras cae, echo un rápido vistazo debajo de la serpiente con aletas al boceto que no es más grande que mi uña del pulgar: una corona flotante sobre una daga delgada.

La Corona y la Cuchilla.

–¡Esta es su última advertencia! –grita el empleado.

Arrastro a Johanna por las escaleras y juntas pasamos a toda velocidad junto al empleado y el curador, quien sospecho que es el Herr Wagner, con quien no nos permitieron tener una reunión. Pedir las pertenencias de Sybille ahora que hemos roto cada regla del Kunstkammer parece inútil, particularmente cuando Johanna dice "¡Vergüenza!" muy fuerte en la cara de ambos hombres al pasar. El empleado nos sigue todo el camino a través del lobby para garantizar nuestra partida, mientras que el curador se retira por una puerta que dice *Prohibido pasar* detrás del escritorio de la boletería. La abre con un ademán tan exagerado que logro ver un atisbo breve pero impactante de lo que hay detrás de ella: un conjunto de salas llenas de escaparates con vidrio. Sin duda este lugar debe tener un sitio donde guardan sus tesoros fuera de la vista del público, pero apenas veo un atisbo de ellos antes de que cierre la puerta con fuerza en nuestro rostro.

Afuera, la nevada se ha convertido en una tormenta de nieve. Alzo mi bufanda sobre mi rostro: apesta después de haber pasado días respirando con mi aliento húmedo sobre la tela para mantener la boca cálida.

Johanna tiembla de furia. Juro que la nieve se evapora y derrite cuando toca su piel.

—¿Cómo se atreven?

—Johanna.

—Me niegan lo que es legalmente mío.

—Johanna.

—Se negaron a reconocer el trabajo de mi madre.

—Johanna…

—Cuelgan su obra sin darle ningún crédito…

—¡Johanna! —me acerco a ella: la idea inicial era llamar su atención, pero es tanto más cálido acurrucarnos que presiono el cuerpo sobre el lateral del suyo. La piel que delinea la capucha de su capa roza mi mejilla—. Tu madre y Platt deben haber estado en la misma expedición, y él debe saber en qué trabajaba ella cuando murió. Si él colocó su propio nombre en esos dibujos, quizás intenta llevarse el crédito por lo que sea que ella estuviera investigando. Necesitamos asegurarnos de que tú obtengas lo que tu madre dejó, no él.

—¿Y cuál es tu plan para que eso ocurra exactamente? —hunde el rostro dentro de su capucha, como una tortuga que esconde la cabeza en su caparazón–. No me darán sus pertenencias.

De algún modo, Sybille Glass y el doctor Platt están relacionados en este trabajo, y si queremos desentrañar el misterio en vez de jugar con él como gatos con un ovillo de lana, necesitamos las pertenencias de Sybille.

–Si ellos no las entregarán, entonces las robaremos.

Johanna alza la vista hacia mí.

–¿Qué?

–Las robaremos –digo–. Si no lo hacemos, Platt lo hará. O convencerá a Herr Wagner de que están casados o hallará otro modo de obtenerlas. Debemos llegar a ellas antes que él.

Johanna me observa, y no sé si piensa que soy imprudente o inspiradora hasta que dice:

–¿No era la doctora Brilliant quien siempre le decía a la señorita Glass que reprimiera su espíritu temerario a menos que quisiera encontrar la muerte?

–Bueno, la doctora Brilliant no está aquí –respondo–. Solo estamos tú y yo. Y yo digo que si alguna vez hubo un momento de ser temerarias, es este.

Presiona un dedo sobre sus labios, observándome mientras una sonrisa lenta aparece en su rostro.

–Me agrada mucho más la doctora Montague que la doctora Brilliant –cuando río, ella añade–: Hablo en serio. Y era una buena lista.

–Oh –toco mi bolsillo, donde mi pedido de admisión a la escuela de medicina está de nuevo guardado. No había notado que ella había leído la lista mientras yo comparaba la caligrafía de Platt–. Gracias. Ha sido completamente inútil hasta ahora. La doctora Montague permanece en el reino de la fantasía junto a la doctora Brilliant.

–Es cuestión de tiempo –responde–. No será una ficción para siempre.

13

EL GABINETE ESTÁ ABIERTO AL PÚBLICO
dos tardes por semana, y si bien estamos preparadas para el robo, no
estoy segura de que estemos equipadas para entrar a lo grande en medio de la noche a través de puertas cerradas y ventanas con barrotes, así
que tenemos solo una oportunidad para entrar el día siguiente antes de
tener que esperar seis días más para intentarlo de nuevo. Decidimos
que yo haré el robo en sí y que Johanna causará un alboroto distractor
dado que, en sus palabras, ella tiene una silueta que no está hecha para
escabullirse.

–Si tuviera que subir una de esas escaleras angostas de nuevo, pero
esta vez con prisa –dijo–, podría quedar atascada –lo que ambas con-
cordamos que no sería particularmente sutil.

Yo ingreso primero: gracias a Dios hay un empleado distinto detrás
del escritorio y no el mismo con el que Johanna y yo hicimos una escena el día anterior. Permanezco cerca del guardarropas, tomándome
mucho tiempo para quitar la nieve de mis hombros y también observar el lobby. La puerta en la parte trasera de la habitación no parecía

cerrada con llave ayer cuando el curador hizo su salida dramática. Y si lo estaba, él la había dejado sin llave cuando salió a gritarnos. Lo cual espero que ocurra de nuevo.

Pocos minutos después de mi llegada, las puertas se abren y Johanna entra. Si pudiera salirse con la suya, habría amarrado un perro salvaje de la calle, lo habría pulido y lo habría traído con ella al frente para aprovechar al máximo su distracción. Qué pena, los perros salvajes se niegan a que los lleven amarrados a cualquier parte a menos que haya alguna clase de filete involucrado, y estamos intentando guardar el dinero limitado que nos queda. Pero incluso sin el perro, su entrada es espléndida: su confianza estalla en la habitación como un incendio, ardiente, brillante y hermoso, pero también la clase de espectáculo que uno preferiría ver de lejos. Ella no mira hacia mí, sino que lanza su bufanda sobre el hombro de modo llamativo y avanza hacia el escritorio. Los volados de otro ridículo vestido susurran contra el suelo a su paso.

No es ridículo, me corrijo. La delicadeza puede ser una armadura, incluso si no es *mi* armadura.

Johanna compra su boleto, intercambiando algunos comentarios dulces con el empleado, quien está rojo como un tomate cuando ella se aleja flotando hacia la galería, una chica hermosa que sabe que lo es pero finge no ser consciente de ello. Cuento al menos tres hombres cuyas cabezas giran cuando ella pasa, y cuando desaparece de mi vista siento una confianza renovada en nuestro plan. Esos chicos tropezarán entre sí para asistir a Johanna.

Ella ha estado fuera de vista por unos minutos cuando oigo un ruido estrepitoso que proviene de una de las galerías: un ruido mucho más inmenso de lo que esperaba. Debe haber optado por el ave articulada. Detrás del escritorio, el empleado se pone de pie estirando el cuello como si pudiera ver mágicamente a través del muro la fuente del ruido y determinar si necesita abandonar su puesto para ir a ver. Luego, comienza el espectáculo histriónico de Johanna: grita, se disculpa y chilla. El empleado sale disparado de su lugar detrás del escritorio y corre hacia la conmoción. Varios hombres lo siguen y aquellos que no lo hacen, tratan de actuar como si estuvieran caminando de casualidad hacia el alboroto en aquel instante exacto.

La puerta en la parte trasera de la habitación se abre y el mismo curador de aspecto agobiado del día anterior asoma la cabeza. Si él no hubiera aparecido, estaba lista para correr hacia su puerta y gritar con fervor sobre la conmoción en la galería que necesitaba ver de inmediato. Sigue el ruido, que se ha convertido en un llanto, luego un grito ahogado por parte de los espectadores, lo cual imagino que significa que Johanna se ha desmayado. Me abro paso por el lobby, como si yo también estuviera persiguiendo la conmoción, y luego cambio de dirección a último segundo, llego a la puerta por la que salió el curador y me escabullo dentro de la oficina.

No sé qué tesoro esperaba hallar, pero la sala está decepcionantemente despojada. Los escaparates de vidrio que reflejaban la luz el día anterior están llenos de libros, algo que en general me entusiasmaría, pero ahora no es el momento. Hay partes de esqueletos apoyados en una mesa junto a una lupa, como si hubieran sido abandonados en mitad de una inspección, un archivero y un escritorio que parece ser solo un lugar donde apoyar documentos. En una esquina de la sala, una escalera en espiral lleva a una galería en el segundo piso que tiene sillas para fumar y ventanas grandes con vista a Zúrich, pero los escalones también van hacia abajo, debajo del edificio. Corro hacia allí, alzo mi falda y comienzo a descender.

El piso inferior está increíblemente oscuro, no tiene ventanas y el olor a polvo y papel viejo invade el aire. A través de la luz pálida que se filtra por la escalera, distingo las largas hileras de estanterías llenas con una variedad aparentemente aleatoria de esqueletos, animales embalsamados, plumas, cáscaras de huevo, picos, piedras, muestras de arena en frascos de vidrio y resplandecientes escarabajos color esmeralda del tamaño de mi mano clavados con alfileres y presionados entre paneles de vidrio. Unas hojas de palmera secas salen de debajo de una pila de máscaras doradas. Un reloj recostado hace *tic-toc* con alegría, aunque no tiene números y sus manecillas avanzan hacia atrás. Los estantes parecen extenderse infinitamente ante mí de cada lado, aunque sé que es solo un truco de la luz. O, mejor dicho, de la falta de ella.

Comienzo a avanzar hacia los estantes, aunque apenas llego lo bastante lejos para salir de la luz directa de las escaleras antes de que mi cuerpo me haga saber que no le agrada esta aventura. Mi pulso se acelera. Mi pecho se tensa. Siento que la sala está llena de oscuridad y de muchas cosas extrañas, como lloronas en un funeral susurrando lúgubres, extrañas que no se conocen pero que han venido con un propósito en común.

Eres Felicity Montague, me digo a mí misma, a la oscuridad y a mi pulso en un intento de controlarlo. *Has atravesado catacumbas más oscuras que este lugar, has escapado de un segundo piso solo con tus sábanas y no deberías tener miedo de la oscuridad: en cambio, debes saber con certeza que lo más atemorizante aquí dentro eres tú.*

Elijo dos estantes al azar y paso entre ellos, observando lentamente lo que hay en busca de un criterio de organización: veo una clase de órganos preservados en un líquido lechoso, una serpiente verde embalsamada y retorcida debajo de una campana de vidrio (sus colmillos están en un frasco a su lado) y una calavera atravesada con una punta de flecha del tamaño de mi antebrazo. Pasaré el resto de mi vida aquí abajo si busco en cada uno de los estantes las posesiones de Sybille Glass sin indicaciones o sin saber realmente qué estoy buscando. Quizás *es* la serpiente.

Regreso adonde estaba y observo los estantes de nuevo, esperando encontrar alguna pista que me indique dónde debería buscar. Hay unas letras grandes de madera que no vi la primera vez clavadas al final de cada pasillo. Las estanterías cerca de la escalera están etiquetadas con *Aa-Ah*, el segundo grupo con *Ai-As*.

Ninguna mujer en la Tierra ha sentido tanto placer ante la alfabetización como yo en este instante.

Miro la oscuridad: siento que la G de Glass está muy lejos, aunque recuerdo que tengo suerte de que el apellido de Sybille no comience con Z.

Cada vez es más difícil leer las letras que marcan los estantes a medida que me alejo de las escaleras y la luz. Tengo que extender el brazo y tocarlas con los dedos para asegurarme de que no he ido demasiado lejos. Cuando encuentro la G, giro en ese pasillo y casi golpeo con el rostro de un mono enorme embalsamado de modo tal que su cuerpo está hacia atrás y tiene los brazos extendidos sobre la cabeza como si estuviera listo para arrancarme los ojos. Tropiezo hacia atrás y salgo del pasillo, a duras penas logro reprimir un grito. La etiqueta sujeta al pie dice: *Gibón (familia Hylobatidae), de la isla de Java, 1719, Cap. W. H. Pfeiffer.*

—Maldito bastardo peludo —siseo ante el gibón—. Quien te puso aquí es muy cruel —el mono no dice nada a cambio: gracias a Dios, u honestamente me habría hecho encima.

Y luego, en el extremo opuesto del pasillo, algo se mueve.

Según Descartes, el miedo es una de las pasiones que se origina donde el cuerpo se une con el alma. Separados por prácticamente cien años y con bastantes más libros a mi disposición que Descartes, no estoy segura de creer en sus palabras, porque todos mis síntomas en este instante son exclusivamente físicos. Siento mareos. Mis músculos se tensan y luego comienzan a temblar. El sudor aparece debajo de mis brazos. Y solo el análisis frío de estos efectos evita que me desmaye por completo.

Hay alguien ahí, merodeando en la oscuridad conmigo. Alguien que debe haber estado aquí todo el tiempo. No sé si correr o avanzar, apostando a la esperanza de que el movimiento haya sido una ráfaga de viento o algo apilado de modo precario que cayó. Quizás es Platt, igual de atascado que nosotras en su intento de obtener las pertenencias de Sybille Glass y recurriendo a los mismos métodos. Me encojo hacia atrás y mi codo golpea una flor que estaba apoyada sobre el estante y se tambalea. No cae como una flor. Cae rápido y se hace añicos.

Oigo un grito ahogado muy humano. En la oscuridad, distingo una silueta enmarcada por motas de polvo. La silueta alza la cabeza y luego comienza a avanzar hacia mí, acelerando el paso hasta comenzar a correr.

Volteo y también corro, maldiciendo mis piernas cortas típicas de los Montague que no me otorgan la velocidad o la ventaja sobre la pantera que me persigue. Siento que alguien intenta sujetarme y volteo sacudiendo mis dedos tensos en garra, intentando hallar ojos o la carne suave en la garganta o una parte del cuerpo que tenga tejidos blandos donde pueda hundir mis uñas. Pero antes de lograrlo, sujetan mi cintura y me lanzan sobre el gibón; los tres: mi atacante, el mono y yo, caemos al suelo. Siento el cuello tenso, el instinto de proteger mi cabeza del golpe contra el suelo, y siento el tirón cuando aterrizo.

Mi atacante está sobre mí, sentado sobre mi cuerpo, y siento el material rígido de una falda alrededor de mi cintura. Sujeta mis brazos antes de que pueda moverme, aferra mis manos contra el suelo a mi lado y se acerca lo suficiente para que vea su rostro.

Es Sim.

Parece tan sorprendida de verme como yo lo estoy. Suelta su amarre en mis brazos y, de no haber estado atontada por la caída, habría tenido la prevención de alejarme de ella. Pero a duras penas puedo respirar y ni hablar de escapar. Entre jadeos, logro emitir una sola palabra: su nombre.

–Sim –no sale como era mi intención, que era un chorro de limón en el ojo. En cambio, parece un gimoteo ahogado y pequeño.

Ella está mucho menos agitada que yo, lo cual es vergonzoso porque ella fue la que corrió y me tacleó: yo solo caí al suelo.

–¿Qué haces aquí? –sisea.

No es una pregunta que sienta la necesidad de responder, así que replico:

–¡Suéltame! –sale un poco más fuerte que mi afirmación anterior. Ya no es parecida a un gatito bebé, sino más bien a un gato adolescente.

Sim suelta mis brazos, empujándolos un poco más contra el suelo de lo que es realmente necesario.

–Sal de aquí, Felicity. Esto no tiene nada que ver contigo.

–Y esas cosas no son tuyas; son de Johanna.

–¿Qué cosas?

–¡Las cosas de Sybille Glass! –digo, más fuerte de lo que es prudente, porque Sim coloca una mano sobre mi boca.

–¡Baja la voz!

Muerdo su pulgar y ella aparta la mano con un insulto.

–Para eso viniste aquí, ¿verdad? –espeto–. Pensabas que el trabajo de Sybille Glass estaba en la casa de los Hoffman. Eso esperabas encontrar allí.

Tensa la mandíbula.

–Pertenece a mi familia. En las manos equivocadas…

–¡Tus manos son las equivocadas! Déjame ir.

–No quiero lastimarte…

–Entonces, ¡no lo hagas!

–Entonces, apártate de mi camino –se pone de pie y comienza a caminar por el pasillo, pero sujeto su tobillo. Ella tropieza y cae al suelo y al hacerlo, hace caer un estante con objetos de cerámica. Me pongo de pie de nuevo y paso sobre ella con una zancada para que no pueda hacer el mismo truco conmigo antes de correr por el pasillo. Sim sujeta mi falda y me jala hacia atrás al mismo tiempo que se arrastra hasta incorporarse conmigo como contrapeso. Una mano hurga en su bota y recuerdo el pasador. La pateo con fuerza en la pantorrilla y ella grita y cae de lado contra una estantería. Una cápsula con semillas estalla en el aire como una colmena golpeada y quedamos envueltas en un polvo extraño similar a la tiza que nos hace toser a las dos. Me arden los ojos e inclino el torso hacia adelante con las manos presionadas contra mi rostro intentando no frotarlos, aunque la tentación es fuerte. Sim sujeta mi brazo y me tambaleo a ciegas por el pasillo; lanzo un codazo, esperando golpear su rostro, pero ella evita el golpe y, en cambio, golpeo una vitrina con delicadas caracolas espiraladas que se hace añicos. Las dos solas estamos eliminando un montón de las maravillas naturales del mundo.

Sim retuerce mi brazo detrás de mi espalda, pero piso fuerte su pie a modo de venganza. Apenas debe sentirlo porque tiene puestas unas botas monstruosas, pero es lo bastante fuerte para que pierda el equilibrio cuando intenta moverse. Me engancho con una de las etiquetas en el estante delante de mí y miro al azar intentando distinguir dónde estamos. Gracias al cielo la vitrina permanece en su lugar por el peso de las rocas que sostiene, o la habría arrancado del estante. *Girasol.* Estamos cerca.

Sim sujeta el final de mi trenza y jala hacia atrás con fuerza suficiente para que yo grite por primera vez.

–¿Alguien te ha dicho que eres obstinada? –sisea, su aliento es húmedo y cálido sobre mi cuello.

–Gracias –respondo.

–No era un cumplido.

–Cualquier cosa puede ser un cumplido si lo tomas como uno.

Intento tomar del estante detrás de mí un cuenco de cerámica, apuntar y partirlo en su cabeza, pero ella alza un brazo y el cuenco se rompe sobre su codo. Un polvo brillante negro que huele volcánico llueve entre las dos. Sim inclina el torso hacia adelante, un río de sangre oscura cae sobre su brazo, y yo me aparto de ella y comienzo a buscar etiquetas. En el estante más bajo hay un estuche de cuero duro para guardar documentos con una tira para el hombro, al igual que un bolso de lienzo manchado con una cáscara de lodo seco. El nombre bordado en el dobladillo es *S. Glass*.

Tomo el estuche de cuero, lo calzo sobre mi hombro y luego alzo el bolso de lienzo. El cordón no está tan tirante como pensaba y la mitad del contenido del bolso cae al suelo. Oigo el tintineo del vidrio delicado al romperse y me apresuro por guardar todo de nuevo en el bolso. Busco a tientas en la oscuridad, mis dedos rozan algo húmedo cuando, desde atrás, Sim salta sobre mí. Creo que intentará luchar y quitarme el bolso, pero, en cambio, coloca una mano sobre mi boca.

–Cállate –susurra. De pronto, su voz tiene un tono distinto al de antes: es más cautelosa que combativa. Intento quitármela de encima, pero insiste–: Felicity, basta, ¡alguien viene!

Permanezco quieta. Sim alza la cabeza, mirando el pasillo sumido en la oscuridad del que venimos. No oigo nada durante lo que parece el tiempo suficiente y estoy lista para tomar su advertencia como una distracción con la que esperaba hacerme bajar la guardia, pero entonces una luz comienza a jugar sobre el techo.

Luego, la voz de un hombre exclama:

–¿Hay alguien ahí?

Sim comienza a avanzar con torpeza por el pasillo sobre sus manos y rodillas, en dirección opuesta a la voz. Y las escaleras. Yo la sigo, rogando que tenga otro modo de salir de aquí. Hay pasos al final del corredor y la lámpara se acerca más.

–¿Quién está ahí?

Sim comienza a correr y la sigo de inmediato, el polvo grueso y los fragmentos de cerámica crujen bajo nuestras botas. El estuche golpea mis omóplatos.

Persigo a Sim por el pasillo hasta una puerta en la esquina trasera del sótano. Acerca un jarrón grande de apariencia fornida para poder subir a él, destrabar las puertas y abrirlas. Sale al jardín nevado y luego me mira. Por un instante, pienso que cerrará las puertas en mi rostro y me dejará a merced del curador, pero extiende una mano para ayudarme a subir. Parece un momento de compasión antes de que comprenda que tengo las pertenencias de Sybille Glass y es probable que esté salvándolas a ellas más que a mí.

Es mala para jalarme hacia arriba: sus manos están resbaladizas y mi rodilla golpea dolorosamente el marco de la puerta cuando su amarre se afloja. Termina arrastrándome sobre la nieve mientras yo pateo al aire, luchando por aferrarme. Una acumulación de hielo se pega a mi vestido y dejo huellas con mi rostro sobre el jardín como un trineo. Sim cierra la puerta del sótano con una patada mientras me pongo de pie escupiendo bocanadas de lodo y comenzamos a correr lejos del gabinete, nuestros talones hacen salpicar la nieve húmeda.

Johanna está en el punto de reunión que acordamos, una estatua de un hombre a caballo que sin duda hizo algo heroico, a dos calles de distancia. Ella está sentada en un escalón de la base, debajo de la pezuña en alto del caballo, pero se pone de pie cuando nos ve correr hacia ella. Sus zapatos han dejado huellas diminutas y perfectas en la nieve, como las de un ratón, que Sim y yo pisoteamos al acercarnos.

Johanna grita cuando ve a mi acompañante y apunta un dedo acusatorio.

–¡Tú!

Sim no responde: está inclinada hacia adelante, jadeando en busca de aire.

–¿También la trajiste hasta aquí? –pregunta Johanna, y antes de que pueda responder añade–: ¡Todos mis torturadores en un solo lugar conveniente! –gira hacia Sim–. Te escabulles es mi hogar para robarme y ahora te atreves a seguirme aquí para terminar el trabajo. Bueno, has fracasado de nuevo. Me aseguraré de que te arresten; me aseguraré de que te juzguen; te arrastraré de regreso a Baviera de la oreja y te llevaré ante la corte allí de ser necesario –ahora fija de nuevo la atención en mí. Al menos su discurso nos da la oportunidad de recuperar el aliento–. ¿Las encontraste?

Alzo el estuche para que Johanna lo inspeccione. Espero que esté satisfecha, pero en cambio exclama:

–¡Estás sangrando!

Bajo la vista: creí que la humedad provenía de la nieve sobre la que me habían arrastrado, pero mis brazos y el frente de mi capa están manchados de sangre.

–¿Sí? –pregunto alarmada–. No lo creo.

–No lo haces –dice Sim y luego se desploma.

Sobre mí. Tropieza de lado y cae *sobre mí*, y si bien no puedo realmente culparla por su falta de puntería, no es particularmente cómodo que te caiga alguien encima. Ambas nos desplomamos en la calle. Mi capa está asfixiándome y mi falda está a la altura de mis rodillas así que estoy sentada sobre la nieve solo con mis calcetines. El pañuelo alrededor de la cabeza de Sim está desarmándose, lo bastante mojado para quedar pegado en su frente.

El instinto toma el control y comienzo a quitarle la ropa, intentando hallar la fuente de la sangre. No tardo mucho: uno de sus brazos está hecho trizas desde la palma hasta el codo. Rompí un cuenco sobre su brazo, pero los cortes están llenos de pequeños fragmentos de vidrio color ámbar, el más grande tiene el tamaño de mi pulgar. Recuerdo que algo en el bolso de Sybille se hizo añicos cuando lo tomé. Sim debe haberse deslizado sobre los fragmentos y la lana gruesa de su falda y su enagua protegió sus rodillas, pero el lino delgado de su camisa no cumplió con la misma función.

Habrá que retirar el vidrio. Coser los cortes. Pero no ahora, no aquí, en medio de una calle llena de fango. Ahora mismo, hay que contener la hemorragia. Quito mi bufanda y la envuelvo alrededor de su brazo. Mientras ajusto con firmeza la tela, noto de nuevo el tatuaje en la cara interna de su brazo; los cortes estuvieron a punto de dividir la daga en dos.

Busco a Johanna con la mirada, solo para descubrir que ha corrido lejos de la estatua y que está agitando los brazos para llamar la atención de un policía que pasa por allí.

–*Hallo! Polizist! Hilf mir bitte!* ¡Soy una damisela y estoy en apuros! Présteme atención.

–Basta –le digo.

–¿Basta? –gira hacia Sim y hacia mí–. Esa chica ha sido detenida como una ladrona y deben arrestarla.

–Sí, pero yo también estaba robando –digo, ajustando más el vendaje improvisado en el brazo de Sim–. Si arrestan a Sim, también deberían arrestarme a mí.

–Pero tú estabas reclamando propiedad robada que es mía legalmente –argumenta Johanna–. Ella solo estaba robándola.

–Ella está aquí –balbucea Sim, apartándose de mi mano. Coloca su brazo herido contra el estómago y cuando se mueve, veo que la sangre ya ha atravesado mi bufanda y manchado el frente de su corsé. Intenta ponerse de pie, luego se tambalea de nuevo inmediatamente y cae sentada con brusquedad a mi lado.

–No la dejaré –le digo a Johanna–. Está herida y necesita ayuda, y yo puedo dársela –todo mi cuerpo duele por nuestra pelea en el archivo, así que tampoco siento particular benevolencia hacia Sim, pero dejarla sangrando y congelándose en la nieve va en contra de todo lo que creo. De todo lo que soy y quiero ser. Johanna debe saberlo, pero aún me fulmina con la mirada hasta que una brisa cruel lanza puñados de nieve sucia del jardín en nuestros rostros. Ambas nos encogemos ante la molestia. Alzo el cuello de mi capa sobre mi mentón, intentando proteger la piel expuesta por la ausencia de mi bufanda.

»Necesitamos salir de aquí.

–Regresemos a la posada –dice Johanna.

–Puedo cuidarme sola –me dice Sim en un susurro, intentando otra vez ponerse de pie.

–No permitiré que tambalees por la ciudad con un brazo que sangra –le digo–. ¿Dónde estás hospedada?

–No es lejos de aquí –veo la tensión en su mandíbula mientras aprieta los dientes contra el dolor.

–Permite que te acompañemos –digo–. Curaré tu brazo y luego podemos definir qué hacer a continuación –Johanna comienza a protestar, pero la interrumpo–. Frau Engel no permitiría el ingreso de una chica con un corte en la uña porque le aterra la propagación de una enfermedad. Puedes irte si quieres, pero yo no lo haré.

Johanna resopla y su aliento se congela blanco en el aire gélido.

–Bien –dice y luego toma el bolso de lino que está donde lo abandoné en el pavimento–. Pero yo llevaré las cosas de mi madre.

SIM NOS GUÍA DE REGRESO A LA CIUDAD VIEJA, donde los colores brillantes de las tiendas están opacados por la tormenta. La nieve comienza a pegarse, acumulada en pilas sobre las barandillas y los alféizares, y hace que la calle sea traicionera y resbaladiza. Hacemos nuestro mayor esfuerzo por caminar lo más cerca posible de las tiendas de modo que los escaparates que sobresalen sobre el boulevard nos protejan. Mantengo una mano sobre Sim, su paso es cada vez menos constante. Pienso en decirle que necesitamos parar en algún lugar más cercano que esa ubicación misteriosa a la que la llevamos y que me permita hacer algo respecto a la sangre, pero no imagino que ninguno de los pubs que pasamos tenga interés en permitirme hacer una cirugía en el suelo de su taberna.

La calle en la que Sim indica que nos detengamos es tan angosta que nosotras tres, una junto a la otra, ocupamos el ancho total. Ninguna carreta podría pasar por allí a menos que quisiera quedarse sin farolas. Las tiendas lucen sencillas, sus frentes no tienen los tonos brillantes y las imágenes alpinas de las calles principales. En cambio, son simples y color arena. Los postigos golpean las ventanas, probando su resistencia al viento.

–Aquí –Sim inclina la cabeza en dirección al frente oscuro de una tienda. En este punto estoy prácticamente cargándola, y cuando Johanna mantiene la puerta abierta para nosotras, suena una campana. Alzo la vista hacia el cartel colgado que se balancea en el viento, pero no hablo tanto alemán para comprender las palabras.

En cuanto atravesamos la puerta, Johanna grita. Yo también habría gritado si ella no lo hubiera hecho primero y me hubiera quitado las ganas de lucir tan tonta y asustada. Pero incluso como una mujer cuyo estómago rara vez da un vuelco ante una vista espeluznante, siento que me mareo un poco. Por un instante de perplejidad etérea, Sim y yo nos sujetamos mutuamente.

La sala está llena de restos humanos. Estantes con manos sin piel de modo que los músculos entrelazados son visibles, piernas que sobresalen de una cubeta desde la rodilla, una hilera de orejas delicadas y la cáscara delgada y arrugada de las narices. Una cortina larga de cabello cuelga de una pared, una variedad progresiva, desde cabello rubio fino a negro grueso. Varios torsos nos miran desde el mostrador, ojos muertos y bocas colgando abiertas, cada uno en diversos estados de descomposición.

No, no es descomposición, comprendo cuando me obligo a mirar con más atención, aunque mi cerebro grita que lo que debería estar buscando es al hombre violento con un hacha que sin duda está oculto para convertirnos en confeti humano. Los rostros no lucen descompuestos, sino más bien sin terminar, como si estuviéramos en el taller de un ser celestial que hizo una pausa en medio de la creación de un hombre para ir a comer algo y beber té.

–¿Qué son? –pregunta Johanna a mi lado, sus dedos estrangulan mi brazo libre.

–Son de cera –dice Sim. Se tambalea hasta el mostrador y hace sonar una campana antes de apoyarse de espaldas sobre él. Bajo la luz gris que ingresa a través de las ventanas sucias, su piel parece resbaladiza y sudorosa.

–¿De cera? –doy un paso cuidadoso hacia un torso vacío y toco con un dedo cauteloso la caja torácica. Es pegajosa y firme, pero siento el potencial que tiene. Huele a miel y cuando aparto el dedo, veo la marca que dejó mi dedo.

Abren una cortina detrás del mostrador y una mujer asoma la cabeza. Su piel es más oscura que la de Sim y tiene el cabello largo retorcido en rizos que a su vez están envueltos sobre su cabeza. Tiene un delantal de cuero sobre sus prendas y las mangas alzadas hasta el codo aunque el taller parece casi tan frío como la calle, en mi opinión.

–Sim –sisea en inglés–. Dijiste que partirías.

–Lo hice –responde ella, con voz somnolienta.

–Dijiste que partirías y ahora regresas con dos desamparadas más. ¡Esto no es un hotel!

Johanna y yo intercambiamos una mirada y ella me dice moviendo los labios sin emitir sonido: *¿Desamparadas?*

–No tengo lugar para todas aquí –continúa la mujer, abandonando su lugar en el mostrador y sacudiendo una mano hacia nosotras como si fuéramos gatos callejeros que ingresaron desde la calle–. Herr Krause se enfadará. ¿Ellas también son bastardas de tu padre?

–Solo soy yo –dice Sim–. Ellas se irán.

La mujer gira hacia Sim y luego sujeta su brazo.

–¿Qué te ocurrió?

–Estoy bien –responde, pero no se aleja. Creo que no tiene fuerza suficiente para hacerlo.

–Es evidente que no lo estás –intervengo–. Está herida. Ven, permíteme echar un vistazo.

–La señorita Hoffman tiene un lugar donde… quiere ir –a Sim le cuesta más respirar, su amarre al mostrador es menos estable y más bien funciona como una muleta.

La dueña de la tienda frunce el ceño.

–¿Sim?

–Lo siento –balbucea Sim–. Ya… ya no siento el brazo.

–Muy bien, se acabó –tomo a Sim de la cintura, coloca su brazo sano sobre mi hombro y luego volteo hacia la dueña de la tienda–. ¿Tiene un lugar donde pueda…?

Ni siquiera termino de hablar antes de que la mujer aparte la cortina detrás del mostrador y nos haga pasar a toda prisa. Johanna se ubica del otro lado de Sim, y la alza conmigo. Es pequeña, pero igual es peso muerto, y ni Johanna ni yo hemos tenido muchas oportunidades en la vida para alzar más que una enciclopedia. Johanna carga el bolso de su madre y el estuche de cuero colgado en la espalda y me da un buen golpe en la nuca cuando nos agazapamos alrededor del mostrador.

En la parte de atrás hay un taller, lleno de más figuras de cera desconcertantes, todas en distintos estados de armado, y algunas poseen piezas de relojería que sobresalen de sus extremidades vacías. Una esquina está llena de yeso roto, otra está atestada con una mesa de trabajo sobre la que hay una lámpara que parece que acababan de colocar allí; las herramientas se balancean en la esquina junto a una cabeza, la mitad del cuero cabelludo está cuidadosamente entrelazado con cabello oscuro. Frente a la mesa, hay una estufa con un catre a su lado y Johanna y yo recostamos a Sim en él.

–¿Sabes lo que haces? –pregunta la mujer mientras retiro la bufanda del brazo de Sim para ver mejor la herida.

–Sí –respondo con más confianza de la que siento–. ¿Podría traer agua y una toalla limpia? –busco en mi bolsillo mis gafas, limpio los vidrios con un trozo de mi falda y luego los coloco sobre mi nariz–. E hilo encerado y una aguja grande, si tiene.

–No hay nada en esta tienda que no esté encerado –dice la mujer mientras cubre sus hombros con un chal que colgaba junto a la puerta–. La bomba de agua está a medio kilómetro. Correré.

Cuando la mujer parte, lanzo a un lado la bufanda que cubre el brazo de Sim y me inclino sobre él para ver mejor la herida. No hay tanta sangre como esperaba: creí que si había aprendido algo al ser mujer es que una cantidad pequeña de sangre puede esparcirse para parecer una cantidad mucho mayor de la que en verdad es. Tampoco es un corte profundo en exceso: no tiene más de un centímetro, estimo, y no asoma grasa o músculo de él. La sangre no brota. La piel alrededor de la herida no está caliente en exceso. Los bordes no son particularmente irregulares.

Pero, de algún modo, esta herida menor en su antebrazo parece afectar todo el cuerpo de Sim. Está despierta pero, en pocos minutos, está prácticamente inconsciente. Cundo parpadea, lo hace despacio y sin energía, como si tuviera pegados los párpados, y noto que no ha tragado en demasiado tiempo. Su respiración es veloz y superficial, como si luchara por inhalar.

Siento que frunzo el ceño, lo cual Monty siempre me ha recordado que hará que me arrugue aún más prematuramente que cuando fuerzo la vista ante libros con letra diminuta, pero hay ciertos niveles de perplejidad que requieren un buen frunce de ceño para poder reflexionar realmente sobre ellos.

Johanna trae la lámpara que está sobre la mesa de la mujer; su enagua florece detrás de ella como una cola de plumas cuando se agazapa a mi lado. Dado que no hay manera de que esté cerca de Sim sin montarme sobre ella, coloco una pierna sobre su cintura y me siento encima; inclino su boca abierta para ver que no haya nada bloqueando su garganta y evitando que el aire ingrese. El sangrado se ha detenido, pero su brazo comienza a hincharse, la piel se cubre de motas violetas y negras como un magullón viejo. Los bordes de los cortes se mueven hacia adentro ante mis ojos, como hojas que se rizan bajo el sol.

–Debía haber algo en él –digo, más que nada en voz baja, pero Johanna pregunta:

–¿En qué?

–En lo que generó el corte –extraigo con cuidado el fragmento de vidrio más largo del brazo de Sim y lo inspecciono bajo la luz de la lámpara. Las gotas de sangre se deslizan sobre una sustancia seca color café que cubre el vidrio–. ¿Veneno? ¿Ponzoña?

–¿Y ahora está en su sangre? –Johanna me mira en busca de una respuesta, con el rostro pálido, y comprendo que piensa que está a punto de ver a alguien morir. Alguien que le ha causado bastantes problemas, pero que igual es un ser vivo que respira y que lentamente comienza a desvanecerse ante nosotras como una sombra en el crepúsculo.

Lo único que puedo responder es:

–Sí.

Porque no sé qué hacer. Nada en ninguno de los libros me preparó para esto, ni una sola palabra de las doctrinas de Alexander Platt sobre la sangre y los huesos siquiera mencionó cómo se siente estar sentada, impotente, observando a la muerte volar en círculos cada vez más y más cerca. No mencionó cómo pensar más rápido que tu pánico, cómo mirar al miedo a los ojos y esperar que parpadee primero, cómo estabilizar tu mano y creer en uno mismo cuando piensas que no hay nada que puedas hacer. Sim respira con dificultad de nuevo. Aún siento su pulso, pero parece que sus pulmones fallan. No tendría importancia si supiera qué había cubierto el vidrio; la sustancia avanza por su cuerpo demasiado rápido para actuar y no sé cómo sacarla de su sistema.

¡Piensa, piensa, piensa!, me regaño. *¡Mantén la calma y piensa!*

—Johanna, ¿qué hay en el bolso de tu madre? —no sé si hay algo que aprender de ello, pero es algo que hacer distinto a mirar con impotencia.

Ella abre el bolso y comienza a sacar el contenido con ambas manos. Hay herramientas de artista, una espátula, aguarrás, una caja de carbonilla y acuarelas, pastillas de color convertidas en tiza con el paso del tiempo. Hay un manuscrito de cuero que Johanna despliega como una alfombra. La parte superior contiene tres frascos pequeños sin etiquetar, cada uno posee un polvo brillante azul iridiscente del mismo tono que las profundidades del Mediterráneo. Debajo, hay una fila entera de frascos, cada uno contiene una sustancia diferente y sus corchos están sellados con cera. Faltan muchos y uno tiene el borde roto y su tapón cuelga de su broche. Acerco la lámpara y miro con atención los frascos. Hay una palabra escrita en tinta sobre cada uno, aunque la mayoría son tan pequeñas y amontonadas que no las distingo. Excepto por una que dice en letras negras y claras: *CICUTA*.

Es un bolso de venenos. O mejor dicho, probablemente de todos los venenos. Los tres frascos superiores que contienen el polvo cristalino son los únicos que parecen duplicados y ninguno tiene algo escrito en sus tapones, aunque están marcados con el mismo símbolo matemático del infinito seguido de una línea vertical. Abro uno de los frascos y huelo. Tiene un aroma leve a salmuera, como algo recolectado en una playa.

Sim ahora a duras penas respira, y cada inhalación estremece todo su cuerpo. Lo siento en los sectores que estamos en contacto, mis piernas alrededor de su cintura y su mano dentro de la mía. Los bordes de sus labios y sus párpados comienzan a teñirse de azul.

¿Infinito y qué?, pienso desesperada, mirando el frasco. *¿Por qué infinito?*

A menos que no sea el infinito. Volteo el frasco de modo horizontal hacia mí y el infinito queda reemplazado por lo que parece un ocho coronado con una línea. Es un símbolo alquímico, una clave utilizada por farmacólogos y boticarios que aprendí de Dante Robles en Barcelona. Significa *para digerir*.

Entonces, no es un veneno. Quizás es un antídoto.

Vierto el contenido del frasco sobre mi palma y la acerco al rostro de Sim. Su respiración es lenta e infrecuente y me preocupa que sus pulmones estén demasiado dañados para inhalarlo. Pero luego, un grito ahogado, y cuando aparto la mano, queda la mitad del polvo que había. Un instante largo y doloroso antes de que respire de nuevo y aspire el resto.

No hay nada más que sepa hacer, más que tomar asiento, escuchar la respiración entrecortada de Sim intentando tragar bocanadas de aire y tener esperanza. La miro, mi cadera sobre la de ella y mi propia respiración agitada en mi interior. Tengo dos dedos presionados sobre el punto del pulso en su muñeca, preparada para cuando se detenga. Un trozo de nieve enredado en mi cabello se derrite y cae por mi mejilla. A mi lado, Johanna tiene los ojos cerrados y las manos juntas. Tal vez está rezando.

Y luego, Sim comienza a respirar con más facilidad. Aún suena al jadeo de alguien que ha estado corriendo, pero ya no parece una lucha. Su pulso comienza a calmarse, ya no se esfuerza tanto por compensar las fallas en el resto de su cuerpo. Ella parpadea una vez y luego cierra los ojos al respirar con normalidad. Se desliza de la inconsciencia al sueño.

–¿Qué le diste? –pregunta Johanna, con voz ronca.

–No lo sé –respondo, cerrando el puño sobre el frasco diminuto que ahora está vacío en mi mano. Quizás es medicina. Quizás es magia. Quizás es suficiente para que una mujer atraviese el océano en su busca.

Suficiente para que le entregue la vida al estudio de la sustancia. Suficiente para matar por ella.

Cuando dejo caer el frasco, el sudor de mi palma ha transferido el símbolo de tinta en el vidrio a mi mano.

14

LA MUJER QUE TRABAJA CON CERA, quien se presenta bajo el nombre de señorita Quick (sin duda no es un nombre real, pero no insisto), regresa con una cubeta de agua y busca en la tienda el resto de los artículos que pedí. Cuando se da cuenta de que estoy lista para extraer los fragmentos de vidrio con las manos, me ofrece un par de pinzas del largo de mi palma que pertenecen a su equipo de trabajo.

—Solo las uso con la cera —dice, pero de todos modos las lavo antes de hundirlas en el brazo de Sim.

Cuando retiro los fragmentos, limpio los cortes y los cierro con puntadas. A menos que corte en tiras las sábanas de Quick o mi propio corsé, no hay nada que pueda usar como vendaje, así que desenvuelvo el pañuelo que rodea la cabeza de Sim y lo uso para vendar sus heridas. Debajo de él, el cabello de Sim es áspero y está cortado cerca de su cuero cabelludo.

Cuando termino, coloco mis gafas sobre mi frente y presiono mis manos sobre los ojos. Arden por haber hecho aquel trabajo delicado con poca luz.

–¿Estará bien? –pregunta Quick a mis espaldas.

–Eso espero –respondo–. Ya no está activamente muriendo, lo cual es un comienzo –lanzo la toalla que Quick me dio dentro de la cubeta con agua que ahora está sucia de sangre–. ¿Son parientes? –le pregunto, y luego noto cuán ignorante es mi pregunta, dado que está basada completamente en su color de piel en común–. ¿O cómo se conocieron?

Quick ríe.

–Nos conocimos del mismo modo que todos los que navegan bajo la Corona y la Cuchilla –alza su manga y exhibe un paisaje de marcas con relieve y venas gruesas y fibrosas. En el interior del codo tiene la misma ilustración tatuada de una corona y una daga, la suya es mucho más tosca y más borroneada en su piel que la de Sim, como si hubiera nacido con el tatuaje.

–¿Qué es la Corona y la Cuchilla? –pregunta Johanna.

–Una flota de corsarios que atraca en una fortaleza fuera de Argel –responde Quick–. Y es una de las más grandes del Mediterráneo.

Siento la garganta seca. A pesar de las sospechas que tenía desde que conocí a Sim, la palabra *corsarios* suena como roca que cae dentro de una cubeta. A mi lado, Johanna empalidece.

–¿Son piratas? –pregunta–. ¿Las dos?

–Solo si les preguntas a los europeos.

–¿Tú también eres una ladrona? ¿Como ella?

–Si colgaran a todos los ladrones en Zúrich –responde Quick–, no quedaría nadie.

–Yo quedaría –dice Johanna.

Quick limpia la suciedad de una de sus uñas.

–Bueno, eres inglesa, ¿cierto? Tienes el acento.

–¿Cómo te encontró Sim? –pregunto.

–Su padre tiene a los suyos en cada ciudad, si sabes dónde mirar

–responde Quick–. Nos cuidamos mutuamente si nuestros caminos se cruzan. Cuando vino conmigo, la alojé.

–Entonces, ¿es verdad? –pregunta Johanna–. ¿Hay una clase de código entre los piratas? ¿Honor entre ladrones y esas cosas?

Había estado preocupada observando el pecho de Sim subir y bajar con una respiración más estable, pero de pronto noto lo que Quick ha dicho.

–¿Su padre? ¿Quién es su padre?

–¿No se lo dijo? –Quick toma un puñado de leña detrás de la estufa y comienza a llenarla antes de buscar un pedernal–. Es la hija de Murad Aldajah: su única hija –cuando Johanna y yo nos mostramos menos sorprendidas de lo esperado, ella explica–: Es el comodoro de la flota de la Corona y la Cuchilla. Cientos de hombres navegan bajo su mando –la leña enciende y Quick cierra la puerta de la estufa con un *clinc*–. ¿Quieren comer algo?

–No somos parte de tu flota –responde Johanna–. No nos debes nada.

–Me agrada ayudar a los menos afortunados que yo. Y no hay muchos –dice Quick, encogiéndose de hombros.

Incluso con la estufa encendida, el taller está jodidamente frío. Es necesario, nos explica Quick, o la cera se derretiría. Johanna la ayuda a preparar rábanos y patatas para un guiso mientras yo cuido a Sim, aunque mi mirada no deja de ir hacia los muros, hacia las formas de cera contra ellos.

–¿Para qué los haces? –pregunto, incapaz de apartar la vista de unos órganos hechos de cera: un corazón, dos pulmones y un estómago en atriles.

–Algunos, para personas extrañas –responde Quick–. Tienen réplicas de cera de la familia real de Inglaterra que se mueven con piezas de relojería, sabes.

–Bueno, eso me traerá pesadillas –susurra Johanna.

–Las venus son para las escuelas de medicina –dice Quick, señalando con la punta del cuchillo el cuerpo que miro–. Las encargan desde Padua, Boloña, Berna y París para no tener la necesidad de abrir cadáveres para enseñarles a sus alumnos cómo luce el interior de una persona.

Presiono mis dedos sobre el punto de pulso de Sim, un monitoreo sin pensar, y es un dueto extraño sentir el golpeteo constante contra mi piel mientras miro un modelo perfecto de un corazón humano, con las venas, las arterias y las partes expuestas.

–¿Cómo llegaste a hacer trabajos en cera si te criaron en una flota pirata? –pregunta Johanna; hay un dejo diminuto de prejuicio en la palabra *pirata*.

–Del mismo modo en que cualquier africano llega a Europa –responde Quick–. Capturaron el barco en el que servía. Esclavizaron a mi tripulación. Herr Krause, el experto en cera, me compró y me trajo aquí para entrenarme.

–No sabía que la esclavitud era legal en Suiza –digo.

Quick corta una cebolla con un solo corte limpio.

–Es legal en donde haya dinero que ganar con el comercio de esclavos. Y los banqueros aquí tienen bolsillos llenos.

Quick tiene un solo cuenco para el guiso, así que lo pasamos entre las tres junto a una cuchara que va y viene, y a veces tomamos trozos de patata o repollo con los dedos cuando alguien tarda demasiado. Afuera, la tormenta azota la tienda, los tablones gimen y la estufa tintinea mientras el viento golpea la chimenea. El clima severo puede hacer que hasta el lugar más seguro parezca embrujado.

Mis prendas aún están mojadas por la nieve y la sopa es tan caliente que quema mi lengua, pero continúo tragándola hasta que no saboreo nada; se siente tan bien estar caliente por dentro y lleno de comida.

Pienso en las hogazas de pan crocantes que Callum horneaba para acompañar los guisos de invierno que aprendí a hacer usando restos de sus rellenos. Fue un proceso, y Callum toleró muchas noches de carne con exceso de sal y caldo tan espeso que debíamos masticarlo. Una vez, después de una muestra particularmente miserable de venado y tomates, él dijo que el pan merecía jalea y yo dije que él también merecía jalar la cadena para descartar el guiso que le había dado, y aunque en general pienso que las bromas tontas son la peor forma de humor, lo dije porque sabía que a Callum le gustaría. Y él rio, el sonido fue cálido y redondo como una hogaza fresca.

¿Quizás eso era amor? ¿Quién sabe?

Quick nos permite dormir en el taller aquella noche mientras ella ocupa el cuarto del piso superior. Herr Krause, nos asegura, viajó a Padua y no regresará hasta fin de mes. No hay ventanas en el taller, y cuando el fuego comienza a morir y la amenaza de apagar la lámpara se hace inminente, los muñecos de cera armados en la habitación parecen volverse más macabros. No amenazantes, pero presentes, como estatuas de santos en una catedral haciendo una vigilia.

Vuelvo a comprobar el estado de Sim antes de regresar con Johanna, quien está sentada con las pertenencias de su madre extendidas sobre el suelo delante de ella, de espaldas a la estufa con las rodillas en alto de modo que su falda queda tensa sobre ellas. Es un modo muy poco femenino de tomar asiento y me recuerda a la infancia. Me agazapo frente a ella.

–¿Quieres pasar la noche aquí o regresar a la posada? –cuando no responde, la llamo colocando un dedo sobre su pantorrilla–. Johanna –ella alza la vista–. ¿Qué encontraste?

Desliza una mano por su cabello y aparta mechones errantes de su rostro.

–Más allá de esos frascos, no hay mucho en el bolso. Insumos de arte y un trozo de queso petrificado.

Miro la carpeta de cuero que yace sin tocar frente a ella.

–¿Y los papeles?

–No he mirado todavía.

–¿Por qué no?

–Porque ¿y si estaba trabajando en algo horrible? –presiona sus manos contra su rostro–. ¿Y si ella y Platt estaban conspirando? ¿Y si ella no es quien creía que era? Toda mi vida estuve segura de que podía ser lo que quisiera porque mi madre era ella misma en todo. Pero ¿y si eso era solo una excusa para cubrir su fealdad?

–Entonces, que sea fea –respondo–. Porque tú no eres ella y eres gloriosa.

–¿Aunque me agraden los zapatos, el encaje y todo lo que tenga colores brillantes? –mira sus manos, el borde de sus pestañas proyecta sombras humeantes sobre sus mejillas–. ¿Aunque ya no soy quien quieres que sea?

Por supuesto que no es la misma que había sido cuando nos separamos. Era una versión más brillante y pulida, plata purificada en el estómago de un caldero hasta brillar como las estrellas. A su lado, me siento obsoleta, llena de moho, inalterada, porque si no hubiera creído completamente en quién era y en lo que quería, nunca habría sobrevivido. Johanna había permitido que el mundo la cambiara, había permitido que el viento puliera sus asperezas y que la lluvia la suavizara. Era la misma persona que había conocido. Que siempre había conocido. Solo que era una versión más fiel a sí misma.

–No preferiría que fueras nadie más –respondo.

Desliza los dedos sobre el borde de la carpeta, succionando sus mejillas, y luego desarma con cuidado el hilo que la mantenía cerrada.

El cuero duro se abre sin la presión del hilo, y Johanna y yo miramos dentro.

La carpeta está llena de papeles, algunos amarrados juntos con un cordel, otros sueltos y desgastados. Johanna y yo nos acercamos a ellos y tomamos un puñado de fragmentos con notas, bocetos y ecuaciones matemáticas con las respuestas marcadas con un círculo. Miro algunos con rapidez, intentando leer la caligrafía manchada y frenética y comprender lo que veo.

—Mira aquí —Johanna toma de la carpeta una sola página del doble de tamaño que los otros papeles que está plegada en cuatro para entrar. La despliega, luego cada una toma un extremo y lo alzamos bajo la luz de la lámpara.

Es un mapa, aunque eso es todo lo que puedo decir al respecto. Está hecho a mano como las otras páginas, pero es un trabajo evidentemente meticuloso y cuidadoso. Está hecho en tinta en vez de lápiz, trazos gruesos y confiados, la clase que uno hace sentado en un escritorio con buena luz enderezando la mano antes de comenzar. Hay un borde intrincado empezado en los extremos del mapa y una brújula en una esquina. Hay manchas de color en pocas partes, como si ella no hubiera tenido tiempo de terminarlo.

—¿Tu madre era cartógrafa? —pregunto.

—No lo sé. Pero vivió en Ámsterdam por un tiempo —cuando la miro inexpresiva, aclara—: Allí están los mejores cartógrafos. Pero ¿de qué es este mapa?

Busco mis gafas en el bolsillo y las aplasto sobre mi rostro, por poco me arranco un ojo porque una de mis manos está ocupada manteniendo el papel en su lugar.

—Mira, allí está Argel —señalo—. Y el Mar de Alborán, así que eso es España. Allí está Gibraltar —deslizo los dedos sobre los trazos delgados sobre el agua, el papel está levemente arrugado donde había comenzado a pintar con acuarelas.

–Entonces, ¿qué es esto de aquí? –Johanna señala una isla en el Atlántico, todos los trazos de las mareas y las corrientes aparentemente se centran alrededor de ella.

–No lo sé. Vi varios mapas de esta área cuando viajaba, pero nunca he visto esa isla. Es muy pequeña. Quizás demasiado pequeña para que la mayoría de los cartógrafos la marque.

–O quizás eso es lo que ella mapeaba –dice Johanna–. Quizás lo que buscaba o en lo que trabajaba… quizás está allí –alza la vista del mapa–. ¿Crees que lo sabe?

–¿Quién?

–Tu amiga pirata, Sim.

–Creo que sabe algo al respecto –respondo–. Más que nosotras.

Johanna presiona los dientes sobre el labio inferior, sus dedos recorren las líneas de puntos sobre el mapa.

–Quizás podríamos preguntarle.

–Es probable que no nos cuente nada. Incluso si sabe al respecto.

–Pero esto es lo que ella buscaba, ¿no? ¿Este mapa? Es marinera, no buscaba los pinceles de mi madre. Tiene que ser este mapa. Y si lo quiere, debe saber a dónde lleva. Y por qué es tan valioso.

–Entonces, ¿qué propones? –pregunto.

–Creo que deberíamos quedarnos aquí –dice Johanna–. A Frau Engel le pagan por noche: no le importará que no durmamos en la cama mientras reciba su paga. Podemos ir mañana y buscar mis cosas. Pero no… –sus ojos se posan en Sim–. Necesitamos hablar con ella. Rayos, espero que acceda a hablar con nosotras.

Johanna se duerme frente a mí, ovillada cerca de la estufa con la carpeta de su madre que rellenó de nuevo con cuidado para usar de almohada.

Permanezco despierta un rato, sentada en la mesa, observando a Sim y pensando en el mapa de Sybille Glass y aquel polvo resplandeciente. Siento la tentación de hurgar en silencio en el bolso para echarle otro vistazo, pero me resisto.

Quiero saber más. Quiero saber qué es, cómo funciona y por qué salvó a Sim. Cuando desaparece toda mi indignación por la inequidad, la mala situación de las mujeres en el mundo y la educación que me negaron, lo que siempre queda es el anhelo, duro, sobrante y vivo, como un corazón de hueso. Quiero saberlo todo. Quiero mirar mis manos y saber todo acerca del modo en que se mueven bajo la piel, los hilos delgados que las une al resto de mí y todos los otros componentes intrincados que se fusionan para crear una persona completa. Saber los misterios de cómo un sistema tan delicado y preciso como el cuerpo humano no solo existe, sino que existe en variables infinitas. Quiero saber cómo fallan las cosas. Cómo nos rompemos y el mejor modo de repararnos. Quiero saberlo todo con tanto anhelo que siento que hay un pájaro atrapado en mi pecho, golpeando con su cuerpo mi caja torácica en busca de un viento fuerte que lo lleve hacia el mundo. Me abriría el pecho al medio si con eso lo liberara.

Quiero saber todo sobre mi propio ser y nunca depender de alguien más para que me diga cómo funciono. Pienso de nuevo en abandonar mi esperanza de trabajar con Platt y en hacía dónde iré ahora que, en pocas palabras, es a ninguna parte. No hay tiempo para buscar escuelas, no hay dinero para obtener una formación, y no hay fuerzas suficientes para conservar la esperanza de que si continúo llamando a las puertas, algún día valdrá la pena. No lo suficiente. La idea de trabajar con el doctor Platt me hizo sentir que mis dedos rozaban una estrella, pero ahora ha estallado y desaparecido en la oscuridad muy rápido. O quizás explotó en mi rostro y se burló de mí. Así se sentía.

No sé qué hacer a continuación. El pánico arde en mí, como un papel retorciéndose entre las llamas.

No sé a dónde ir.

Desde el extremo opuesto de la habitación, Sim balbucea:

–Algo anda mal con mi brazo.

Alzo la vista cuando ella levanta la cabeza, parpadeando mucho como si aún intentara despertar. Abandono mi asiento en la mesa, y ya estoy pensando en complicaciones posibles: gangrena, infección, dolor, piel sin color que implica un descenso del flujo sanguíneo.

Pero ella deja caer su cabeza hacia atrás, de modo que mira al techo y dice:

–Creo que me corté.

Me detengo de rodillas a su lado y luego tomo asiento sobre mis talones.

–Por decirlo de algún modo.

–No puedo mover la mano.

–No me sorprende. ¿Sientes dolor?

–Me duelen las costillas –dice–. Es difícil respirar. ¿Me caí?

–No, creo que fue envenenamiento –respondo–. El veneno ingresó a tu cuerpo a través de los cortes en tu brazo. Basándome en tus síntomas, diría que es un paralizante que ataca los músculos esqueléticos.

–Aún estás aquí –dice, con los ojos todavía clavados en el techo–. ¿Por qué sigues aquí?

–No tenía nada mejor que hacer.

Posa rápido los ojos en mí, con la vista más centrada.

–Estás siendo sarcástica.

–No, de hecho, estaba bromeando, pero puedo ser sarcástica si prefieres –aplano mi falda contra las rodillas con las manos–. Será mejor que vigiles de cerca tu brazo. Aún es posible que aparezca una gangrena y nunca he amputado una extremidad, así que sería una nueva experiencia para las dos, y no puedo imaginar que fuera tan prolijo como las puntadas. Bordar cojines no otorga demasiada práctica para las amputaciones.

—No tenías que ayudarme —dice, su voz es muy baja.

Parece una variante tan absurda de agradecimiento que respondo con acidez antes de poder evitarlo.

—Tienes razón; no tenía que hacerlo. ¿Por qué no lo dijiste hace unas horas? Me habrías ahorrado tanto esfuerzo y preocupación.

Espero que se enfurezca, que mis asperezas de nuevo aparten a alguien. Pero, en cambio, ella sonríe con picardía.

—Sin duda prefiero tu sarcasmo.

Río sorprendida antes de responder.

—Bueno, sin nada de sarcasmo, algo difícil de hacer para mí, te aseguro, digo que me quedé porque quería asegurarme de que estuvieras bien.

—¿Por qué se quedó la señorita Hoffman?

—Por motivos menos nobles, aunque te garantizo que también estaba preocupada por ti. Johanna quiere hablar contigo sobre el trabajo de su madre. Le dije que tal vez te negarías, dado que tienes una tendencia a ser obstinada y misteriosa.

—¿Misteriosa? —emite una risa suspirada—. Lo dice la chica más distante que he conocido.

—¿Distante? No soy distante.

—Felicity Montague, eres como un cactus: es imposible acercarse a ti.

—Debatible —mis rodillas duelen sobre el suelo duro, así que me extiendo sobre mi estómago paralela a Sim, y apoyo el mentón en mis manos—. Mi equivalente botánico sería más bien… ¿cuáles son esas plantas que se cierran si las tocan? Sería una de esas.

Sim rueda sobre un costado con un gesto de dolor y coloca su brazo sano debajo de su cabeza.

–¿No serías una planta medicinal?

–Tal vez –digo–. Aunque sería una respuesta bastante obvia, ¿no? –apoyo un puño sobre el otro y el mentón sobre ellos–. O quizás sería una flor. Pero una flor muy resistente.

–Una flor silvestre –comenta Sim–. Las que son lo bastante fuertes para resistir el viento, únicas y difíciles de hallar e imposibles de olvidar. Algunos hombres caminan continentes enteros para ver un atisbo de ellas.

Arrugo la nariz.

–Preferiría que no me contemplaran los hombres. Quizás, podemos colocar alguna clase de trampa para que caigan de un precipicio si intentan arrancarme del suelo –extiendo las manos frente a mí, y observo que mis uñas han crecido mucho y están sucias por nuestros viajes. Están más largas de lo que me agrada usarlas por practicidad, aunque el pensamiento me hace sentir tonta. No estoy haciendo una práctica y participando diariamente en cirugías. Es una rutina innecesaria que de pronto parece tonta y ambiciosa–. Pero tienes razón: sea cual sea, probablemente tendría espinas. Mantienen a las personas alejadas.

Sim rueda de nuevo sobre su espalda y estira el cuello.

–No creí que te vería de nuevo.

–Lamento decepcionarte.

Me mira de costado.

–No fue una decepción.

–Bueno, no me habrías visto de nuevo, pero Johanna desapareció la mañana de su boda y el doctor Platt me reclutó para ayudar a encontrarla a cambio de un puesto de trabajo.

–Entonces, ¿obtuviste lo que querías? –cuando no digo nada, añade–: Trabajas para él.

–No. Él... –pienso en decir *planeaba secuestrarme*, pero estoy demasiado cansada para explicar, así que, en cambio, digo–: No es lo que esperaba.

Sim no parece conmovida. Su tono es el equivalente verbal a encogerse de hombros cuando dice:

–Entonces, hallarás a alguien más que te enseñe cosas médicas.

–No es ni por asomo tan fácil.

–¿Porque él es tu héroe? –pregunta.

–Porque he querido estudiar con él durante mucho tiempo –digo–. He querido *estudiar*. Punto final.

–¿Quién evita que lo hagas?

–Nadie lo evita, pero no puedo leer libros para siempre. Quiero trabajar, aprender y que me enseñe alguien más inteligente que yo. Quiero ayudar a las personas. Lo cual no tengo permitido hacer porque soy mujer –me incorporo y quito el polvo de mis codos, furiosa por haberme permitido entrar a un territorio familiar con Sim, porque si soy un cactus, ella es un rosal muy peleador, y me he hecho sangrar a mí misma al intentar tocarla–. Quizás fui una tonta al permitir que me sedujeras para venir a Stuttgart y esperar que todo saliera milagrosamente bien. Y tal vez Alexander Platt no era lo que yo esperaba, pero tampoco tengo muchas oportunidades de aprender medicina.

–Claro que no –dice, incorporándose sobre su codo sano–. Intentas jugar un juego diseñado por hombres. Nunca ganarás porque los naipes están arreglados y marcados y también tienes una venda en los ojos y estás prendida fuego. Puedes esforzarte mucho, creer en ti misma y ser la persona más inteligente de la sala y de todos modos te vencerían los niños que no pueden sumar dos más dos.

Es la clase de sentimiento que me mantenía despierta en Edimburgo, noches largas sin dormir presa del pánico por estar desperdiciando mi tiempo intentando, porque un día despertaría y sería anciana y habría desperdiciado mi vida tratando de ir a la guerra armada solo con una gran cantidad de indignación, lo cual es tan útil en la batalla como un cuenco de avena fría.

Pero luego Sim dice:

–Entonces, si no puedes cambiar el juego, debes hacer trampa.

–¿Trampa? –repito.

–Trabaja fuera de los muros que han construido para encerrarte. Róbales en la oscuridad, mientras están ebrios por los licores que les ofreciste. Envenena sus aguas y bebe solo vino. Eso hizo Sybille Glass –el silencio flota entre las dos, enfatizado por el chisporroteo de las brasas restantes en la estufa. Desde las estanterías, las orejas de cera escuchan–. Hablaré contigo y con Johanna mañana –dice repentinamente Sim–. Porque me ayudaron. Y porque quiero ver el mapa.

–¿Cómo sabes que hay un mapa?

–Era una esperanza hasta que lo confirmaste recién, así que gracias.

–Oh. Es decir... ¿qué mapa?

Pone los ojos en blanco.

–¿Estarás en vela para cuidarme mientras duermo?

–¿Para asegurarme de que no robes el mapa? Si es que existe uno.

–Me refería a asegurarnos de que no muera, pero sí, mantengamos la confianza a un brazo de distancia –se desliza sobre el catre–. Ven y recuéstate conmigo. Al menos estarás caliente.

Vacilo y luego obedezco; coloco la manta sobre las dos. Ella respira hondo de nuevo con una mano firme apoyada sobre el pecho, me mira de costado y dice:

–¿De verdad te seduje para venir a Alemania?

Ahora es mi turno de poner los ojos en blanco, arrepintiéndome de haber usado esa palabra.

–Fue una combinación de ti y Alexander Platt. Y mira: ahora ambos son una pesadilla para mí.

–Necesitas ser más selectiva sobre quiénes pueden hundir sus garras en ese cerebro brillante que tienes.

Resoplo más fuerte de lo que era mi intención.

–No soy brillante.

Frunce los labios con un zumbido suave.

–Tienes razón, *brillante* es una palabra muy fuerte. Pero pareces muy inteligente. O si no eres inteligente, al menos eres confiada. Y en general las personas no logran distinguir la diferencia entre ambas cosas.

No me siento confiada: siento que soy una actriz, una impostora, alguien que demuestra valentía porque en cuanto una mujer decidida demuestre debilidad, los hombres hundirán los dedos en ella y la destrozarán como una granada.

Pero no la corrijo. Aún temo que, en cuanto tenga la oportunidad, pueda despedazarme también.

15

SIM, JOHANNA Y YO PARTIMOS DE LA
tienda de Quick la mañana siguiente para ir a desayunar al café al final de la calle. Después de la tormenta, Zúrich es fría y brillante. Una
niebla delgada flota sobre las calles, hace resplandecer la escarcha y los
adoquines emanan luz. Incluso mi aliento, blanco cuando golpea el aire
frío, parece brillar. En la esquina, un caldero suena mientras revuelven
su contenido sobre un fuego. Las castañas saltan en la sartén. El aprendiz de un herrero golpea un yunque, un llamado para indicarle a su
maestro que la fragua está caliente. Un perro ladra fuera de vista. Me
sorprende que Johanna no vaya a buscarlo.

Las mujeres tienen prohibida la entrada en las cafeterías inglesas: la
mayoría de las instituciones se enorgullecen de ser refugios para el diá-
logo y los pensamientos cultos, aunque la mayoría de sus clientes son
hombres que duermen en Cambridge y luego regurgitan palabras mul-
tisilábicas para demostrar que saben quién fue Maquiavelo. Aquí, los
clientes me recuerdan a los que frecuentaban la panadería de Callum:
clase trabajadora, tranquilos y amables. La mayoría son hombres, pero

la hoja con reglas colocada junto a la puerta no menciona nada respecto al sexo. Nadie nos mira dos veces.

Pagamos el desayuno con monedas y ocupamos la mesa más alejada de la puerta debajo de una cartelera y un cocodrilo embalsamado con las fauces abiertas. Apenas puedo saborear mi café después de haberme quemado gravemente la boca la noche anterior con el guiso de Quick, pero cada sorbo me hace sentir cálida y más despierta. Johanna trajo el bolso de su madre y el estuche de cuero. Mantiene el bolso entre los pies bajo la mesa y el estuche sobre el hombro, aunque por ello debe sentarse solo en media silla, y cada vez que gira, el estuche golpea su cabeza haciendo ruido.

Johanna suspira de frustración y luego cuelga la tira del estuche sobre el respaldo de la silla.

–Aún no confío en ti –dice, pero Sim se encoge de hombros como respuesta, imperturbable.

Permanecemos sentadas en silencio un largo minuto. Sim susurra una plegaria para *Bismillah* antes de soplar su café cerca de los labios, lo que mueve la superficie del líquido. Había esperado que fuera más reticente a venir con nosotras, pero hasta ahora ha sido sospechosamente cooperativa. Desperté esta mañana cuando ella salió de nuestra cama compartida, segura de que estaba huyendo, pero solo estaba yendo a rezar con Quick. Permitió que revisara su brazo herido y que atara la tablilla y luego tomó prestado un pañuelo de Quick y envolvió de nuevo su cabeza.

–Entonces, ¿quién hablará primero? –dice Sim por fin–. ¿O deberíamos continuar desperdiciando el tiempo de todas?

Johanna y yo nos miramos. Ella no dice nada, solo inclina la cabeza hacia Sim, como si yo tuviera que responder. Sim sopla más fuerte su café.

–Bueno, yo empezaré –carraspeo–. ¿Dónde conociste a Sybille Glass?

Johanna, quien ha estado despedazando un trozo de carne entre los dedos, se sobresalta y mira a Sim por primera vez desde que nos sentamos.

–¿Conocías a mi madre?

Sim apoya su taza y hace sonar su mano sana contra el borde de la mesa.

–Los hombres de mi padre la capturaron cuando ella estaba mapeando nuestras aguas.

–¿Mapeando qué? –pregunta Johanna–. Ella era una artista en una expedición científica, no una cartógrafa.

–Lo era –responde Sim–, y además, estaba mapeando el terreno de anidamiento de los dragones.

–¿Dragones? –preguntamos Johanna y yo al mismo tiempo.

–Dragones marítimos –aclara Sim–. Los que ustedes, los europeos, dibujan en los mapas a modo decorativo. Todos los dragones que quedan hacen nidos y nadan en las aguas de mi padre, y nosotros los protegemos. Mantenemos a los invasores lejos.

–Mi madre no era una invasora –dice Johanna.

–No –concuerda Sim–. Ella quería estudiar a los dragones. Hacía los mapas para rastrear sus patrones migratorios e intentar definir su terreno de anidamiento. Ni siquiera mi familia sabe eso ya. Pero mi padre estaba seguro de que cualquier europeo en nuestras aguas implicaría la extinción de las bestias y de nuestra flota. Ella estaba sola, pero traería más personas. Él quería que ella destruyera su mapa y accediera a no llevar sus nuevos conocimientos de regreso a Londres. Y ella no aceptó.

–¿Tu padre la mató? –pregunta Johanna con brusquedad. Por poco me ahogo con mi café.

–No –responde Sim–. Pero ella murió en su fortaleza. Estaba enferma cuando la tomamos prisionera, pero se negó a nuestros tratamientos porque estaba experimentando.

–¿Con qué estaba experimentando exactamente si solo hacía mapas? –pregunta Johanna–. Suena a una muy buena historia para encubrir un asesinato.

–Con las escamas de dragón –dice Sim–. Tienen cierto… No sé cómo explicarlo. Te elevan.

–¿Literalmente? –pregunto.

–No, no literalmente. Nadie vuela. Es un estimulante –deja caer la mano sobre el regazo–. Los marineros las usaban en un cordel alrededor del cuello y las masticaban antes de una pelea para obtener fuerza. Las consumían una vez por día para curar enfermedades. Tu madre –mira a Johanna– estaba probando las propiedades de las escamas en ella misma.

–Muchos médicos hacen eso –explico al ver que Johanna sigue sin parecer convencida–. Si no puedes hallar un sujeto dispuesto a probar una nueva medicina o procedimiento, lo pruebas en ti mismo. John Hunter se dio a sí mismo gonorrea para probar su teoría acerca de la transmisión de esa enfermedad.

Johanna arruga la nariz y luego mira a Sim.

–Si ella estaba enferma y no la salvaste, la asesinaste.

–No aceptaba nuestra ayuda –responde Sim. Tiene la mano sana cerrada en un puño sobre la mesa–. Dijo que debía completar un experimento. Solo aceptaría escamas como tratamiento.

–¿Y las tenías y no se las diste?

–Mi padre ha prohibido su consumo en nuestra fortaleza –oigo a Sim apretando los dientes y siento la tentación de colocar una mano como advertencia sobre Johanna. Ella tiene tanto derecho como Sim de estar furiosa, pero Sim no usa sus sentimientos como un garrote del modo en que Johanna lo hace–. Las prohíbe en sus barcos porque no es necesario consumirlas muchas veces antes de que no puedas pensar en otra cosa. Y cuando quitas las escamas de la espalda de un dragón, no crecen de nuevo. No la dejamos morir; ella se dejó morir.

La comprensión de pronto cae en mí y volteo hacia Johanna.

–Déjame ver las pertenencias de tu madre.

–¿Qué? –alza el bolso que estaba debajo de la mesa y la presiona contra el pecho–. ¿Por qué?

–Los frascos, los que usamos ayer –digo, sacudiendo los dedos ante ella–. Permíteme verlos.

Johanna hurga en el bolso, extrae el pergamino de cuero y lo extiende en la mesa. Retiro uno de los frascos restantes llenos de polvo iridiscente y se lo entrego a Sim.

–¿Son estas? Las escamas.

Quita el tapón del frasco con los dientes y huele el contenido con cuidado antes de hundir su meñique dentro y frotarlo contra el pulgar.

–Eso creo. Aunque no tenía nada de esto encima cuando la conocí.

–Debía estar en su barco. Esto es lo que salvó tu vida ayer. Funcionó como antídoto contra el veneno –despliego la otra mitad del cuero para que los frascos de venenos etiquetados queden a la vista–. Si Sybille Glass intentaba crear una mezcla hecha con escamas de dragón marítimo que contrarrestara los venenos, explicaría por qué tenía una bolsa llena de muestras ponzoñosas. No estaba enferma; se envenenó a sí misma para probar sus teorías. Si Platt estaba en la expedición con ella, ¿creen que él también sabía sobre los dragones y las escamas? Regresará a los Estados de Berbería: quizás espera seguir los mapas de tu madre y hallar a los monstruos marinos.

–Y luego traerá las muestras de regreso y todos los marinos ingleses vendrán al territorio de mi familia y matarán a nuestros animalitos y a nosotros con ellos –susurra Sim. Aún presiona el polvo de escamas entre los dedos y espero en parte que lo coloque en su lengua. Me pregunto cuán adictivo es.

–¿Y si hubiera un modo de duplicar el compuesto hallado en sus escamas? –sugiero–. ¿Algo artificial y no adictivo que pudiera tener uso medicinal? Si posee siquiera algo cercano a los poderes regenerativos que vimos ayer, podría ayudar a muchas personas.

–Pero primero necesitarías las escamas –responde Sim–, y mi padre nunca lo permitirá. Una vez que estas aguas estén abiertas para los europeos, nuestra flota no sobrevivirá. Particularmente bajo su próximo líder.

–¿Te refieres a ti? –pregunto. Cuando me mira confundida, añado–: Creí que eras la hija legendaria de un rey pirata legendario.

–Nadie dijo legendario –responde.

–Quick lo hizo.

–Tal vez mi padre es una leyenda, pero yo no lo seré –Sim apuñala el huevo con su cuchillo. La yema se rompe y cae dorada sobre el plato–. Soy la hija mayor de mi padre, y tengo derecho a reclamar la flota de la Corona y la Cuchilla cuando él muera. Pero él prefiere ver a sus hijos heredando su título porque yo soy mujer. Me dejará *algo* porque la ley lo obliga, pero será la mitad de lo que obtengan mis hermanos, si llega a eso, y no será la flota. He pasado toda mi vida luchando por lo que sería mío sin dudar si fuera hombre y por ser mejor en ello que mis hermanos, porque las mujeres no tienen que ser pares de los hombres para ser consideradas contendientes; tienen que ser mejores –se hunde en su asiento y frota su brazo herido–. Esa es la mentira de todo el asunto. Tienes que ser mejor para demostrar que eres digna de ser una igual.

–Entonces, ¿así haces trampa? –pregunto–. ¿Le llevarás el mapa perdido de Sybille Glass a tu padre y eso hará que te prefiera?

–¿Y qué quieren hacer dos princesas inglesas con mapas que llevan a nidos de monstruos? –pregunta Sim desafiante.

–Lo que mi madre quería –dice Johanna, y de pronto sus ojos brillan como bronce recién forjado, del mismo modo que destellaban cuando recolectábamos muestras de plantas del campo con la esperanza de descubrir una nueva especie–. ¿Imaginan los avances científicos a los que podría llevar esto? ¿Qué más descubriremos del mar si aprendemos sobre estas criaturas, cómo viven, qué comen, cómo cazan y duermen y... hacen todo? ¿Por qué dices "inglesas" como si fuéramos todos malvados? ¡Ustedes son piratas! No estás exactamente libre de pecado.

–Pero nosotros no vamos a sus países y los expulsamos –replica Sim, hundiendo más el cuchillo en el huevo–. Eso es lo que ustedes nos hacen. ¿Esperas que crea que solo porque tus intenciones son nobles, las de todos los ingleses lo son? ¿O las de todos los europeos? Los imazighen, a quienes ustedes llaman los bereberes –añade–, ya han librado guerras por estas criaturas. No necesitamos luchar contra ustedes también.

–¿Y si no involucramos a los ingleses? –pregunto–. Tu padre tiene barcos y hombres a su disposición. Y si tú le llevas los mapas y a la hija de Sybille Glass... no como prisionera –digo rápidamente, porque Johanna parece lista para emitir una queja ante mi fraseología–, como compañera. Alguien con quien trabajar, que quiere retomar lo que su madre dejó para poder comprenderlos mejor. Johanna quiere una expedición: ¿por qué no pedirle al lord pirata padre de Sim que la financie?

Sim frunce el ceño.

–Mi padre no quiere otra Sybille Glass. No quiere estudiar a los dragones, sus nidos, sus escamas o nada de eso. Solo quiere que nadie los perturbe. Y quiere el mapa para asegurarse de que otros no lo hagan. Por esa razón fui a Stuttgart: para asegurarme de que si el mapa existía, volviera con nosotros.

–Entonces hagámoslo cambiar de opinión –propongo–. Proteger a estas criaturas no es lo mismo que simplemente no destruirlas. Sé que es un riego, pero podemos presentar nuestros argumentos.

–¿Dónde entrarías tú? –pregunta Johanna. Espero que mire a Sim, pero, en cambio, tiene las cejas en alto hacia mí.

–¿Qué hay de mí?

–*Algo artificial y no adictivo que pudiera tener uso medicinal* –me imita–. Eso suena como algo para ti. ¿Quieres hacerte famosa de un modo que Platt nunca podría? Hazlo tú misma.

Frunzo los labios contra mi taza, consciente de que ambas me observan. Pienso en todas las puertas que han cerrado en mi rostro, el hecho de que incluso cuando Platt había soñado un puesto ficticio para atraerme a Zúrich con él, lo máximo que pudo imaginarme haciendo fue papelerío. Y aunque aquello hubiera sido una oferta real, ¿qué habría hecho después? ¿Con quién tendría que pelear a continuación para que me permitieran quedar en banca rota y sentarme en clases en una universidad donde nunca me permitirían matricularme? E incluso si de algún modo lograra salir de la universidad con un título en mano, ¿me contrataría algún hospital inglés? ¿Algún paciente buscaría mi consejo para algo que no fueran partos o hierbas? ¿Cuánto tiempo pasaría hasta que los hombres comenzaran a desplazarme del rincón que había creado para mí misma?

¿Cuánto más preferiría estar en compañía de esta chica loca que ama a las criaturas como Francisco de Asís, en el barco de Sim desplegando capas de descubrimientos científicos? ¿Hallando conocimiento que no solo es nuevo para mí, sino también para el mundo? Siento un cosquilleo en la piel de los brazos al pensarlo. Si bien mi corazón siempre ha estado enfocado en la escuela de medicina como una brújula, la legitimidad necesaria para demostrar mi valor, este pequeño cambio de curso quizás me llevará a un lugar completamente nuevo, que tal vez es igual a un lugar adonde quiero ir.

Cuando respondo, me preocupa sentir que es como incendiar un sueño.

–Iré con ustedes –digo, preparándome para que duela, pero no lo hace. Siento que es el primer paso en un nuevo continente.

Miro a Sim, ella mira a Johanna y Johanna me mira a mí y comprendo, en aquel instante, como un destello de calor centelleando sobre un páramo despojado, que las tres tenemos el control de nuestro propio futuro. De nuestras propias vidas. De a dónde iremos ahora. Quizás por primera vez. Con el lateral del cuerpo presionado contra el de Johanna y los ojos de Sim clavados en los míos, me siento más nueva que nunca en la vida.

Todos han oído historias acerca de mujeres como nosotras: fábulas, obras morales, advertencias de lo que sucedería si eres una chica demasiado salvaje para el mundo, una chica que hace demasiadas preguntas o que tiene demasiadas ambiciones. Si sales al mundo sola.

Todos han oído historias acerca de mujeres como nosotras, y ahora crearemos más.

16

EL PLAN ES EL SIGUIENTE: VIAJAREMOS
por todos los medios de transporte disponibles hacia la costa sur de
Francia, desde donde podremos tomar el ferry a Argel. Sim nos cuenta
que es un puerto pirata, controlado por bucaneros y contrabandistas
donde no hay siquiera un pie europeo, pero con Sim y la marca de la
Corona y la Cuchilla que lleva en la piel, ella está segura de que nadie se
atreverá a tocarnos. Nos reuniremos con los hombres de su padre en la
ciudad, quienes recolectan impuestos de las compañías de envíos europeas, y ellos nos llevarán a la fortaleza.

Johanna tiene algunas monedas que extrae de su baúl en la posada de
Frau Engel antes de abandonar el resto del contenido, y logra obtener unos
fondos de una cuenta perteneciente a su tío. Es suficiente para que las tres
viajemos a la costa, aunque no bien: nuestro viaje es pariente cercano de la
travesía que Monty, Percy y yo hicimos de Marsella a Barcelona.

Pienso que viajar con Johanna y Sim será como intentar meter gatitos a una tina, ambas con sus propias opiniones y desconfianza por la
otra; Johanna extrañando su hogar y deseando acariciar a cada perro en

nuestro camino, Sim decidida a hacer lo opuesto a cualquier indicación que reciba solo para molestarme. Pero para mi gran sorpresa, termino siendo el peso muerto del trío. Siempre soy la primera en pedir que nos detengamos por el día o en pedir que paremos para comer porque estoy a punto de desmayarme de hambre. Soy la que duerme en las carretas y las diligencias y la que habría perdido la parada si Sim o Johanna no me hubieran despertado. Pero mis niveles de funcionalidad más bajos son el equivalente a perfectos para la mayoría, y somos por lejos el trío más competente con el que he viajado hasta ahora. Aunque estoy un poco desorientada al no tener a quién dar órdenes todo el tiempo.

Ellas también son sorprendentemente agradables. Sim es silenciosa; Johanna habla suficiente por las tres. Es amistosa con todas las personas que conocemos y parece hallar un modo de hacer el cumplido exacto que suaviza la actitud de cada cocinero y posadero con mala cara, y lo hace con tanta sinceridad que nos regalan masas humeantes y jarros de cerveza; una vez nos consiguió espacio en una diligencia que nos habían dicho que estaba llena y que tendríamos que esperar tres días hasta la próxima. Johanna nos hace jugar a juegos de palabras mientras viajamos, o nos cuenta curiosidades animales y nos hace adivinar si son reales o inventadas por ella. Sim es mejor que yo adivinando, aunque cuando contribuyo con hechos médicos, ambas carecen de suerte. Johanna cree durante varios minutos confusos que, después de que mi hermano perdió la oreja, creció de nuevo.

Le escribí a Monty cuando partimos de Zúrich, informándole que estaba a salvo y en compañía que, si no era buena, al menos era neutral, y que no regresaría a Londres tan pronto como había planeado. No mencioné que hay una buena posibilidad de que huya para unirme a una expedición pirata para proteger monstruos marinos. Tengo la sensación de que le molestaría.

Abandonamos el suelo europeo en un ferry ruidoso que va de Niza a Argel. El barco parte a la medianoche y no se parece en nada siquiera al barco funcional que Sim y yo tomamos de Inglaterra hacia el Continente. Este parece construido para cargamento y no para pasajeros, pero está decidido a llevar a bordo la máxima cantidad posible de ambos. Las tres terminamos en la cubierta superior, el beneficio es que el aire es fresco en vez del aire viciado que invade la cubierta inferior, pero este aire fresco es frío, cortante y traslada el rocío neblinoso del mar. Nos apiñamos contra la barandilla, la capa de Johanna cubre nuestros hombros y la mía nos envuelve desde el frente, para conservar la mayor cantidad posible de calor generado por nuestros cuerpos. La noche está despejada por primera vez en días. El estómago redondo de la luna que aún no está llena cae bajo y brillante sobre el agua, espolvoreada de estrellas en todos lados. Cada aliento arde cálido y blanco en la noche.

Mientras observo a los demás pasajeros, es difícil no notar que Johanna y yo somos de las únicas europeas de piel clara a bordo, y las tres somos de las pocas mujeres que veo. Con frecuencia he sido la única chica en la sala, pero no recuerdo un momento en el que fuera parte de la minoría como en este instante. Debe ser abrumador para Sim viajar por Europa sabiendo que adonde vaya, no estará junto a personas como ella. Por supuesto, había pensado esto antes (particularmente cuando viajaba con Percy), pero hay algo en estar aquí, acurrucada en la cubierta con ella y Johanna, que destila la soledad del hecho por primera vez. En ese instante, siento que el cielo está más cerca que casa.

Johanna se duerme antes de que salgamos del puerto, sus brazos descansan sobre las rodillas y entierra el rostro en ellos, lo que nos deja a Sim y a mí solas con silencio suficiente para llenar el océano. No había notado cuánto espacio ocupaba la presencia alegre y risueña de Johanna entre las tres hasta que comenzó a roncar en mi hombro.

Sim y yo no hemos hablado a solas desde Zúrich, desde la noche en que dormimos lado a lado en el taller de cera. Ahora, con la luna del color de una lámpara sobre nosotras y su piel oscura húmeda con agua de mar, parece más delicada de lo que la he visto. Su rostro parece menos cauto, la mandíbula tensa cambió por labios separados. Su brazo herido aún está vendado, pero sin el cabestrillo y acomodado sobre su estómago.

–¿Crees que esté triste? –dice repentinamente Sim.

–¿Johanna? –pregunto, y Sim asiente–. Considerando que obtuvo las pertenencias de su madre y que escapó de Platt, no veo por qué lo estaría. Aunque supongo que extraña a su perro.

–Me refiero a si está triste porque no contraerá matrimonio.

Dado que gran parte de nuestra conversación últimamente ha sido sobre filosofía natural y monstruos marinos, no esperaba esto. Una pequeña parte de mí incluso había olvidado que Johanna siquiera estaba comprometida. Esta chica a mi lado parece estar a mundos de distancia de la chica que había bailado en su ridículo disfraz la noche del Polterabend. Pero no lo es, me recuerdo. Si tuviera la oportunidad, Johanna perseguiría monstruos marinos con el mismo vestido índigo puesto.

–No creo que le moleste –digo–. Al menos no le molesta no estar casada con Platt.

–Pero si él hubiera sido un buen hombre y no un imbécil –insiste Sim–. Debe ser impactante pensar que toda tu vida está a punto de cambiar y luego… –abre una mano para explicar la desaparición con una demostración silenciosa.

Coloco las manos sobre mi boca y soplo dentro para darme calor.

–De hecho, creo que sería un alivio.

–¿No te gustaría contraer matrimonio? –pregunta.

–¿A ti te gustaría? –respondo.

–Algún día.

–¿De verdad?

–Siempre y cuando me lleve bien con él. Sería agradable tener a alguien junto a quien envejecer. Alguien que te cuide.

Frunzo la nariz.

–Preferiría cuidarme sola.

–Entonces, ¿qué tendrías en vez de esposo? –la curvatura de la luna me mira reflejada en sus ojos oscuros–. ¿Un perro gigante como Johanna?

Una ráfaga fría se alza desde el agua y Sim presiona más el cuerpo contra el mío, su mejilla está sobre mi hombro así que cuando hablo, siento la tela de su pañuelo contra mi piel.

–Creo que quiero una casa propia –digo, las palabras son un descubrimiento mientras salen de mi boca–. Algo pequeño, para no tener demasiados quehaceres, pero con espacio suficiente para una biblioteca apropiada. Quiero muchos libros. Y no me importaría tener un buen perro que me acompañe. Y una pastelería a la que ir cada mañana donde sepan mi nombre.

–¿Y no quieres a nadie contigo? –pregunta Sim, alzando la cabeza–. ¿No quieres familia?

–Quiero amigos –afirmo–. Buenos amigos que conforman una clase diferente de familia.

–Suena solitario.

–No lo sería –respondo–. Me agrada estar por mi cuenta, pero no estar sola.

–No me refería a solitario de ese modo.

–Oh –no sé por qué me sonrojo, pero siento el ardor en las mejillas–. Bueno, esa clase de soledad no me hace sentir solitaria.

Sim inclina la cabeza hacia atrás contra las barandillas, la tenue luz de las estrellas se refleja en su piel como perlas que brotan de la tierra oscura.

–Solo dices eso porque nunca has *estado* con alguien.

–¿Tu sí? –la desafío.

–No, pero quiero estarlo.

–Yo creo que no.

–¿Cómo lo sabes si nunca has tenido a alguien?

–¿Cómo sabes que lo quieres? –respondo–. Nunca he bebido tinta de pulpo, pero no siento la necesidad de hacerlo. O no siento que me pierdo de algo por no haberla probado.

–Pero la tinta de pulpo podría ser tu nuevo gusto favorito. No ponga los ojos en blanco, señorita Montague –golpea con un codo mis costillas–. ¿Has siquiera besado a alguien?

–Sí.

–¿A alguien que te *gustara*?

–No con ese énfasis. He besado hombres cuya compañía disfrutaba.

–¿Y…?

–Y… –hago un gesto que me hace lucir como si hiciera malabares con esferas invisibles–. No fue completamente desagradable.

Sim resopla.

–Un apoyo contundente a los besos.

–No me hizo oír violines o sentir las rodillas flojas o querer hacer algo más que eso, lo cual creo que es el punto evolutivo del beso. Es solo algo que las personas hacen –de pronto, me siento extraña, el antiguo escozor del miedo de ser una chica salvaje en un mundo domesticado, observada por todos con pena y preocupación. Hay hombres como Monty, con deseos perversos, pero se encuentran mutuamente y crean sus pequeños espacios en el mundo, y probablemente también hay mujeres que se sienten atraídas solo hacia el sexo femenino. Y luego estoy yo, una isla completamente propia. Una isla que a veces parece un continente entero que gobernar, y que a veces parece una porción de tierra ínfima donde los marineros naufragan y son abandonados para morir.

Sim me mira... sin lástima ni preocupación, sino que esos ojos enormes me reducen a mover las manos y decir medio arrepentida, medio frenética:

–No lo sé. Quizás mi boca no funciona.

–Por supuesto que tu boca funciona.

Está bastante oscuro, la única luz proviene de la silueta de la luna, y apenas noto que ella se ha movido hasta que siento su mano sobre mi mejilla, y cuando volteo para mirarla, presiona sus labios sobre los míos.

Es un beso completamente distinto al de Callum. Es, para empezar, mucho menos húmedo. Menos impulsivo, frenético y descontrolado. Parece audaz y tímido a la vez, como dar y recibir. Tiene los labios cortados pero su boca es suave como seda y está delineada de agua salada que el frío golpea contra el lateral del bote. Cuando se separan de los míos, abro la boca como respuesta. Su pulgar recorre mi mandíbula, liviano como una pluma.

Pero más allá de las observaciones físicas, es nada. No es completamente desagradable, pero tampoco es algo que tengo ansias de repetir.

Es solo algo que las personas hacen.

Sim se aparta, con la mano aún sobre mi mejilla y me mira.

–¿Eso hizo alguna clase de magia?

–En verdad, no.

–Qué pena –se acomoda de nuevo en nuestro nido de capas y sube más alto el cuello de su prenda sobre su rostro–. A mí me funcionó.

ARGEL

17

ARGEL ESTÁ EN LA CURVATURA DE UNA
bahía iridiscente. Incluso bajo la luz del sol débil mientras nuestro ferri
avanza despacio contra el amanecer, los edificios brillan como si estuvieran decorados con piedras preciosas; la arena blanca es el alhajero
que las contiene. La ciudad trepa despacio sobre la ladera, con techos
planos y blancuzcos, los dedos huesudos de los minaretes se asoman.
Las nubes se extienden por el horizonte con pinceladas delgadas y separadas.

Johanna y yo, chicas pálidas con prendas muy europeas que no hablan idiomas útiles aquí, llamamos mucho la atención. He oído que una
gran cantidad de renegados han venido desde Europa a buscar asilo en
Argel lejos de cualquier problema que los haya expulsado del Continente, pero nosotras no parecemos en absoluto criminales. Sin duda
es injusto cuán pulcra logra lucir Johanna después de semanas de viaje.
De algún modo, ha logrado mantener la falda sin arrugas, algo que es
probable que esté relacionado con la forma amorosa en que la aplana
cada noche sin importar dónde nos hospedemos, mientras que yo estoy

más inclinada a quitarme mi falda y luego dejarla enredada en el suelo para poder ir antes a la cama.

El plan es contratar camellos, luego ir a un fuerte donde están los hombres del padre de Sim, varias ciudades lejos de Argel. Desde allí, iremos a la fortaleza de la Corona y la Cuchilla. Sim guía el camino por la ciudad con paso confiado. Esperaba que aquí viéramos otra versión de ella, relajada y cómoda al estar tan cerca de su hogar. Pero, en cambio, parece tensa. No deja de acomodar el pañuelo en su cabeza, toqueteando sin pensar el nudo para mantenerlo en su lugar. Mi propio cabello parece expuesto en contraste con las mujeres cubiertas con velos de la ciudad. Johanna y yo no somos las únicas mujeres con la cabeza descubierta o las únicas de piel clara, pero algo en la combinación de ambas características, mucho menos frecuentes de lo que estoy acostumbrada, me hacen sentir muy evidente. Por mucho que me enorgullezco de ser muy viajada y difícil de impresionar, cuando me encuentro con los ojos de una mujer frente a la calle que me mira, comprendo que no sé nada sobre este mundo.

Nos detenemos a desayunar en la medina, un mercado hecho de calles estrechas aún más angostas por los puestos de los vendedores que invaden las aceras. Hay hombres guiando asnos de la nariz, sus lomos cargados de cestas tejidas y sus pezuñas repiqueteando sobre las piedras. El aire está cubierto por el humo proveniente de los fuegos donde las mujeres asan conejos cubiertos con manchas vívidas de azafrán. La calle se inclina hacia arriba con unos escalones largos y agrietados. Los mosaicos de cerámicos y los huecos interrumpen los frentes de las tiendas, decoradas con vidrio y con escrituras pintadas sobre la cerámica.

Johanna está eufórica, camina entre la confusión como si hubiera viajado a un sueño fantástico. Si comparte un poco de mi incomodidad por ser una extraña en una tierra desconocida, no lo demuestra. El sol cae entre los toldos y cubre su rostro, entrelazando su cabello con oro mientras ella presiona los dedos sobre los diseños geométricos sobre los muros. Se detiene en un puesto con aves color esmeralda alineadas como soldados, sus patas aferradas al posadero de sus jaulas y acaricia las plumas curvas de cada una de sus cabezas. Sim le silba para que comience a andar de nuevo, y todas las aves silban como respuesta.

–¿Estás bien? –le pregunto esforzándome por seguir su paso rápido mientras Johanna pasea felizmente detrás de nosotras.

–Estoy bien –responde, aunque veo el músculo tenso de su mandíbula.

–¿Estás segura? Pareces tensa.

–Por supuesto que estoy tensa. Estoy contigo y con la señorita Hoffman; ¡apresúrate! –le dice por encima del hombro a Johanna, quien se ha detenido a alimentar con el resto de su desayuno a un perro callejero recostado en un escalón fuera de una mezquita–. No pasan desapercibidas.

–No es culpa nuestra.

–Pero no cambia el hecho de que es fácil localizarnos.

–¿Y crees que alguien está intentando hacerlo?

Me mira tan rápido que el gesto por poco queda perdido entre los pliegues de su pañuelo.

Un loro chilla junto a mi oído y lo golpeo con la mano sin pensar. Me picotea y gimo de dolor, volteando para fulminar con la mirada al vendedor negligente que falla en controlar sus aves. La mujer está sentada en el suelo, frente a una manta extendida con botellas diversas, amuletos y talismanes que parecen medicinales. Entre el caos extendido sobre la tela, un destello azul llama mi atención.

Me detengo en seco. Johanna colisiona contra mí y, detrás de ella, una mujer que lleva dos canastas de mimbre por poco choca con las dos. Sim se detiene cuando la mujer nos insulta en voz alta (a pesar del idioma desconocido, es muy fácil distinguir un insulto) y voltea hacia nosotras.

–¿Qué…?

–¡Sim, mira! –señalo la manta donde hay seis escamas azules resplandecientes del tamaño de mi palma.

Ella se acerca a mi lado, Johanna al otro. El rostro de la vendedora está completamente cubierto por su velo, pero a través de la abertura en la tela, sus ojos nos observan.

–No debería tenerlas –dice Sim–. Es ilegal en el territorio de mi padre poseer o vender escamas de dragón. O usarlas. O cazar a los monstruos marinos para obtenerlas –avanza, se agazapa sobre los dedos del pie para hablar con la vendedora en dariya. Johanna y yo permanecemos de pie a sus espaldas, inútiles y tontas. Mientras habla, Sim alza su manga para mostrarle el tatuaje a la mujer, y esta se avergüenza.

–No la asustes –le digo a Sim.

–No lo hago –responde en inglés sin mirarme–. Está asustada porque hizo algo malo y lo sabe –comienza a hablar de nuevo en su idioma nativo y la mujer chilla unas pocas palabras como respuesta.

–¿Qué ocurre? –pregunta Johanna cuando Sim se incorpora y nos mira de nuevo. La mujer tiene las manos juntas como muestra de arrepentimiento, sus hombros tiemblan.

Sim entrelaza los dedos detrás de su cuello, observando las escamas en la manta de la mujer y luego al cielo. Escucho que aprieta los dientes.

–Necesitamos retrasar el encuentro con los hombres de mi padre.

–¿Qué?¿Por qué? ¿Qué te dijo esa mujer?

–Me dijo de dónde vinieron las escamas. De las afueras de la ciudad –Sim alza una mano para proteger sus ojos del sol mientras voltea hacia nosotras–. Hay un dragón muerto varado en la playa.

FUERA DE ARGEL, SEGUIMOS UN SENDERO RÚSTICO

que serpentea por el campo durante aproximadamente una hora. Cada paso hace que puñados de arena ingresen por la parte trasera de mis botas. Las casas se convierten en granjas, luego el terreno llano cambia y se convierte en una subida difícil por el lateral de una colina de tierra suelta y maleza. Las tres perdemos el equilibrio más de una vez cuando la tierra suave se mueve bajo nuestros pies. A medida que subimos, el aire se llena cada vez más del aroma a playa y a algo descomponiéndose en ella. Johanna y yo colocamos los cuellos de nuestros vestidos sobre la boca; Sim cubre la suya con su pañuelo en la cabeza.

Cuando llegamos a la cima de la colina, Johanna da un grito ahogado. Tengo que mantener en alto la mano para proteger mis ojos del sol antes de verlo también. Abajo, hay una caleta con forma de herradura oculta de las aguas abiertas por los acantilados. La hoz de arena blanca está enmarcada por el agua azul radiante y parches de vegetación espesa. Y sobre la playa, aún sumergido a medias en las olas de modo que la espuma movediza se llena de sangre, hay un dragón.

Según mi mejor estimación, probablemente tiene treinta metros de largo, aunque no lo sé con certeza por su posición retorcida y su cola que desaparece en el agua. Se parece mucho a las serpientes que vimos en los dibujos de Sybille Glass en el gabinete. Tiene cuerpo largo, el mismo color brillante del mar, aunque las escamas han sido diluidas por la arena y la sangre. La frente blindada se angosta y se transforma en un hocico puntiagudo, que parece tener antenas saliendo de él y algas pegadas sobre sus cejas.

Hay un grupo de personas en la playa, la mayoría reunidas alrededor de la criatura, cortándola con hachas o cuchillos, arrancando escamas y extrayendo puñados de la carne suave que hay debajo. Algunos incluso han traído escaleras y carretas para ayudar con el saqueo. Un niño de no más de diez años está sentado sobre la cabeza de la criatura, intentando arrancar la punta de las antenas.

–Malditos contrabandistas –sisea Sim–. Cortan los cadáveres y venden las escamas como droga y todo lo demás como remedios falsos. La grasa para tener la piel clara y el cabello sedoso. Los huesos de la columna como amuletos de buena suerte.

–Vértebras –digo.

–¿Qué?

–Los huesos de la columna –respondo, con los ojos aún sobre la criatura–. Se llaman vértebras.

–Gracias, pero eso no es lo que me preocupa ahora mismo.

–Si vas a decir algo, al menos dilo bien.

Cierra las manos en forma de puño a los laterales del cuerpo.

–Estas ratas saquearán ese cadáver, invadirán los mercados de Argel con la mercancía y luego venderán los restos en Niza y Marsella. Tu doctor Platt no será el único en busca de los dragones.

–¿Qué hacemos? –pregunto.

–Tengo que ir a buscar a los hombres de mi padre –responde Sim–. Cuando esto ocurre, ahuyentamos a los carroñeros y vigilamos el cadáver hasta que la marea se lo lleva. Correré hasta la fortaleza y los traeré.

–Quiero quedarme aquí –dice Johanna.

–¿Por qué quieres quedarte con un monstruo podrido? –pregunta Sim.

–Porque nunca antes he visto uno. Y me gustaría observarlo bien.

–No parece una buena idea. Pueden esperarme en Argel –Sim me mira en busca de apoyo.

–Yo también preferiría quedarme aquí –asiento. Incluso cubiertas con arena, las escamas bajo la luz parecen zafiro líquido.

–Por favor, no nos necesitas –le ruega Johanna a Sim, como si fuéramos niñas suplicándole a nuestra madre que nos dé una porción más de pastel–. Probablemente solo levantaremos más sospechas con los hombres de tu padre. Y viajarás más rápido sola.

Sim maldice en voz baja.

–De acuerdo. Pero quédense aquí arriba. No bajen a la playa. Lo digo sabiendo que ninguna de las dos hará caso, pero esas personas son sanguijuelas –señala la playa con el mentón–. No intenten hacer nada. Si alguien comienza a regañarlas, a gritarles, o si extraen un cuchillo, solo corran. Querrán ahuyentarlas de su presa. No es broma –dice cuando Johanna ríe, aunque imagino que lo hace más por el placer de ver el monstruo que por las palabras de Sim–. Esto no es un juego con tu perro en el jardín.

–Max y yo no jugamos en el jardín –responde Johanna–. Ensucia sus patas.

–Hay personas que han muerto por mucho menos que una escama de dragón –Sim presiona las manos sobre sus labios y luego añade–: Regresaré al anochecer. Si no lo hago, duerman aquí y luego regresen a la ciudad de día: los jabalíes y los zorros cazan por el sendero cuando oscurece. Y no querrán un abrazo –aclara, porque Johanna parece absolutamente extasiada de alegría ante el prospecto de tener amigos animales.

–¿Algo más, madre? –pregunto.

Sim frunce los labios tan fuerte que aparecen manchas en su piel.

–Toma –extiende la mano dentro de la bota, extrae su pasador y me lo entrega–. No hagan nada estúpido –dice y luego parte corriendo por la ladera.

En cuanto perdemos a Sim de vista, Johanna me mira con las manos juntas frente a ella.

–No nos quedaremos aquí arriba.

–Obviamente.

Chilla de alegría, rebotando sobre sus pies hacia mí.

–Y yo que pensaba que tendría que luchar para que aceptaras. Eres traviesa, Felicity, y me encanta. ¡Vamos!

Bajamos tambaleantes por el sendero de la ladera y salimos a la playa, nuestros pies dejan huellas pulsantes en la arena húmeda mientras nos acercamos al cadáver del dragón. Un ojo entreabierto nos mira sin ver, la pupila vidriosa es vertical. Una lengua delgada y bífida cae entre sus dientes.

–Es como una serpiente –dice Johanna, alzando su falda mientras avanza por la arena hacia el animal–. Una serpiente enorme que vive en el océano. ¿Cómo respira bajo el agua?

–¿*Respira* bajo el agua? –pregunto. Hay una herida en uno de sus laterales, entre las aletas suaves alrededor del cuello. No son branquias, pero son lo bastante vulnerables para que algo pudiera hundirse en ellas y arrancar la carne como el suelo después de sacar un árbol de raíz. Quizás lo mató esa herida–. No tiene branquias.

–Tal vez están ocultas –dice ella–. O quizás respira como las ranas a través de su piel.

–¿Eso es verdad o es venganza por decirte que las orejas crecen?

–¡Es verdad! ¿No recuerdas los sapos que nadaban en el estanque que estaba en la propiedad de los Peele?

–No recuerdo que respiraran por la piel.

–Y si estos dragones son realmente como serpientes, deben tener modos más efectivos de regular la concentración salina en su sangre. O… –se acerca a la boca de la criatura, las fauces abiertas tanto como su altura, y se asoma sin miedo dentro, apoyada sobre uno de los dientes que es tan largo como su mano para mantener el equilibrio– ¿…tal vez tienen filtros alrededor de la lengua?

Camino junto al lateral de la serpiente, observando el modo en que las escamas reflejan la luz como agua. Hay pájaros posados sobre la columna del animal, picoteando las escamas para alcanzar la carne suave que está debajo. Pruebo una de las escamas en mi mano: a pesar del deterioro, no se parten fácilmente. Jalo de ella. Se resiste, así que utilizo el pasador. Aun usando el metal como palanca tengo que hacer mucha fuerza antes de desprenderla. Busco mis gafas en el bolsillo y las presiono sobre mi nariz. De cerca y entera, la escama tiene la forma de un grano de maíz, redondeada y estrecha donde conecta con el cuerpo. El color parece más perlado y reflectante que cuando está molido como polvo de zafiro.

No sé cuán poderosas son realmente las escamas, así que la presiono sobre mi lengua despacio. Sabe a salmuera, aunque quizás es solo el residuo del mar, y a algo similar a hueso… ¿es hueso? ¿Son huesos y no escamas? ¿Qué criatura lleva los huesos fuera de su cuerpo? Quiebro una porción del tamaño de mi uña, la presiono sobre mi lengua y permito que se disuelva. Cuando trago, mi garganta arde, un sentimiento burbujeante y alegre que convierte mis sentidos en champaña.

Sé que es de acción rápida así que espero, preguntándome si he tomado suficiente para sentir cierto efecto, relajo o alguna diferencia.

Y luego, dejo de preguntármelo.

Es como si el mundo fuera más definido. Los colores son más brillantes. El sonido, más fuerte: escucho a dos hombres en la playa discutiendo en dariya, cada palabra es clara aunque no las comprendo. Siento que podría aprender el idioma.

Miro la escama en mi mano y mi visión se nubla. Tardo un momento en comprender que son mis gafas. Cuando las deslizo sobre mi frente, la vista perdida tiempo atrás por forzar los ojos para leer letras diminutas con poca luz ha regresado. Respiro hondo y siento que unas recámaras cuya existencia desconocía dentro de mis pulmones se abren y permiten que ingrese tanto aire en mí que temo salir volando. No sé con certeza si es real o si simplemente es mi percepción, pero juro que mi corazón jamás ha latido con tanta fuerza. No está acelerado con miedo o agitado como después de correr. Es fuerte. Me hace sentir fuerte.

Desearía tener un libro. Podría leerlo al doble de mi velocidad habitual. Desearía tener un problema que resolver, algo matemático y complicado, con una respuesta correcta. Flexiono los dedos, abro y cierro los puños, intentando decidir si quiero correr, nadar o comenzar a hacer una lista de cada palabra que conozco.

Siento que mi corazón empieza a latir demasiado rápido. Siento que todo mi cuerpo está demasiado acelerado y a esta velocidad, incluso un atisbo de miedo parece pánico.

Cuando la sensación desaparece, lo hace de modo abrupto, como si alzara una caja que pensaba que era pesada y descubriera que es liviana. Lo primero que pienso (aparece sin mi consentimiento) es que nunca volveré a respirar hondo de verdad. Pasaré el resto de mi vida sintiendo que mi corazón no late lo bastante fuerte, que mis pulmones no se abren lo suficiente.

–Felicity.

Alzo la vista. Johanna está de pie frente a mí, su dobladillo está manchado con arena oscura y sus ojos están clavados en la escama que sostengo en la mano.

–La probaste –dice.

–Solo un poco.

–¿Cómo te sentiste?

–Poderosa –ella extiende la mano y le entrego la escama para que la observe–. Es peligroso.

Desliza el dedo sobre el borde suave de la escama y luego la toca en sentido opuesto.

–Necesitamos tomar muestras.

–A Sim no le agradará eso –digo.

–Bueno, Sim no tiene que saberlo –se quita el bolso de su madre de la espalda y guarda la escama en uno de los bolsillos–. ¿Crees que las escamas son distintas dependiendo de qué parte del cuerpo se extraen? ¿O son todas iguales? ¿Cómo la desprendiste del cuerpo? ¿Utilizaste las manos? –alzo el pasador–. Bien, úsalo. Veré si hay un modo de recolectar un poco de sangre.

Corre por la playa mientras el bolso rebota sobre su cadera y yo me aboco a la tarea de desprender más escamas. Apenas he colocado el pasador debajo de una escama cuando alguien grita. Alzo la vista y veo a un hombre corriendo hacia mí, delgado y encorvado, pero avanza increíblemente rápido. Está gritando en dariya y no entiendo ni una sola palabra, pero sacude los brazos como si intentara ahuyentarme. Retrocedo con las manos en alto, pero él sigue avanzando y ahora señala con su mano hacia el destello del pasador que sostengo.

Sim había dicho que corramos, así que volteo y corro.

No me sigue lejos, pero continúo avanzando después de que él se detuvo y regresó con su botín. Hay una roca que sobresale en el borde de la caleta, su cima filosa está cubierta de moho color esmeralda. Las rocas escarpadas están desparramadas en la base, el agua se amontona entre ellas y crea pozas de marea cuyos laterales están cubiertos con flora marina ondulante; otros contienen algunos peces naranjas brillantes.

Pierdo el equilibrio y caigo de rodillas en el océano. Algo resbaladizo y húmedo roza mi pierna y me asusto. Para mi sorpresa, lo que sea que me rozó también se asusta y emite un grito extraño. Es como un alarido pero resuena más profundo que la mayoría de los sonidos en mis oídos. Todo mi cuerpo se estremece ante él. La superficie del agua, que ya está moviéndose por mi caída, comienza a moverse más.

Miro detrás de mí, pero nadie en la playa parece haberlo oído. Lo escucho de nuevo y coloco las manos sobre mis orejas mientras miro el agua para ver qué es lo que está gritándome.

Salgo de la poza de marea, mi falda respira, y luego me agazapo. Toco la superficie del agua con la mano y algo se apoya sobre ella debajo de las olas. Caigo hacia atrás por la sorpresa, y tomo asiento directamente sobre una de las pozas menos profundas (gracias al cielo) y empapo mi falda. Oigo el sonido de nuevo, pero más suave que antes y con un cierto ronroneo. Lo suficiente para saber que proviene de esta poza.

Unas gotas de agua salen disparadas hacia el cielo y luego dos fosas nasales se asoman sobre la superficie, los tajos de piel que evitan el ingreso de agua se abren al emerger. Retrocedo con dificultad hacia el borde de la poza de marea y, mirándome, hay uno de los dragones marinos miniatura, sus escamas son protuberancias cortas y las aletas delgadas asoman en su estómago, translúcidas y ondeando como una cinta bajo el agua.

–¡Johanna! –grito por encima del hombro, tan fuerte que varias personas en la playa voltean. Ella, absorta en la inspección de los dientes del dragón, no lo hace–. ¡Johanna! –grito de nuevo, y esta vez mira. Sacudo frenéticamente el brazo y ella se aparta a regañadientes del animal y trota hasta mí.

La cría de dragón empuja la nariz contra los bordes de la poza, intentando enganchar la cabeza en la roca y salir. Veo un sector en su cuello que está en carne viva, sangrando por los intentos de salir.

–¡Oh, oh, oh! ¡No hagas eso! –me deslizo junto a las rocas para intentar bloquear el paso de la criatura para que no se lastime. Cuando lo toco, el animal chilla de nuevo y me aparto. Bajo el agua, sus escamas parecen terciopelo al tacto.

Johanna, que ahora está lo bastante cerca para escucharlo, emite un alarido propio mientras se cubre las orejas.

–¿Qué fue eso? –pregunta.

–¡Ven aquí! –respondo–. ¡Hay una cría!

–¿Qué? –Johanna corre a mi lado y desgarra el borde de su falda contra las piedras en el apuro. Da un pequeño grito ahogado cuando ve el dragón diminuto, su cola golpea los bordes de la poza de marea; Johanna sujeta mi brazo.

–Felicity.

–Sí.

–Felicity –su voz es una pluma–. Es…

–Lo sé.

–¡Una cría!

–O tal vez es una versión de bolsillo.

–Felicity –ahora tiene ambas manos sobre mi brazo y estrangula la tela de mi vestido–. Felicity.

–Ese es mi nombre.

–Hemos descubierto una nueva especie.

Su rostro es como el sol sobre un río, un destello ya resplandeciente que aumentó su brillo. Pero no quiero ser la nube y recordarle que no lo hemos hecho. Sim y su familia han protegido a estos animales durante décadas. Los saqueadores en la playa, los habitantes de Argel… estos dragones no son nuevos en el mundo, solo lo son para nuestra parte diminuta del planeta.

Johanna coloca un dedo vacilante en el agua y el dragón diminuto envuelve sus labios sobre él con mucho cuidado y succiona.

–No tiene dientes –dice ella, su voz es aguda–. El grande sí tiene, pero… Ay no, pequeño, ¿esa es tu madre?

–¿Cómo sabes que es hembra? –pregunto.

–Individuo maternal de género indefinido, entonces. Oh, espero que no, pobrecito. Podemos ser huérfanos juntos.

Mientras observo a Johanna con ambos brazos sumergidos hasta el codo acariciando la cabeza del dragón, pienso que es extremista la compasión que siente por el animal. La mayoría de los filósofos de la naturaleza no tienen esa clase de cariño hacia sus objetos de estudio. La mayoría de los médicos no lo tienen. Los hospitales de Londres son evidencia de ello. Los escarabajos, los lagartos y los murciélagos cazados para las colecciones y luego clavados con alfileres a una pared detrás de un vidrio son evidencia de ello. Los hombres quieren recolectar. Competir. Ser dueños.

Johanna desliza un dedo sobre la nariz del dragón y el animal dispara un chorro de agua a través de sus fosas nasales. Huele a algas y azúcar.

–¿Alguna vez pensante que realmente llegaríamos aquí cuando jugábamos a explorar hace muchos años? –pregunta mientras el dragón ronronea contra sus dedos–. ¿O que encontraríamos algo así? Parece un sueño –aleja la mano del agua, la sacude para retirar el exceso y luego voltea hacia mí–. ¿De verdad piensas que podemos guardar el secreto?

–No es nuestro secreto, no podemos compartirlo. –Podríamos llevarlo a la Real Sociedad de Londres. Tendrán que tomarnos en serio con un descubrimiento como este. Podríamos ser las primeras mujeres.

–¿Las primera mujeres en hacer qué?

–Algo. Todo. Podríamos liderar expediciones. Publicar libros, ensayos y dar conferencias. Enseñar en las universidades. ¿Puedes imaginarlo? ¿Tú, yo y el mar? –extiende los brazos y los coloca sobre su nuca, inclinando el cuello como una bailarina–. Tal vez vale la pena sacrificar unas pocas criaturas para algún día poder comprender mejor a todas.

–¿Y sacrificar algunas ciudades africanas? –respondo.

Ella suspira y deja caer los brazos a los costados del cuerpo. El dragón alza la cabeza del agua y apoya el hocico contra la palma de Johanna.

–Es todo muy complicado, ¿verdad? –dice–. ¿O simplemente no soy una buena persona por siquiera haber pensado en eso?

–Creo que nadie es completamente bueno cuando analizamos nuestra esencia.

–Max es completamente bueno.

–Max es un perro –respondo.

–No veo cómo eso cambia algo. Es un buen perro –el monstruo marino voltea en el agua, su cola sube a la superficie y exhibe una púa pequeña similar a un borde puntiagudo. Johanna frunce el rostro de risa ante el espectáculo–. Quizás este pequeño es completamente bueno.

–O quizás hundirá barcos algún día.

–Ah, cállate –sumerge la mano en el agua de nuevo y la luz del sol ilumina las olas como si el océano estuviera hecho de piedras preciosas–. Déjame soñar con que hay algo incuestionablemente puro en este mundo.

JOHANNA Y YO LOGRAMOS LIBERAR AL DRAGONCITO de su prisión en la poza de marea, pero el animal parece reticente a nadar hacia el mar abierto. En cambio, continúa regresando al lugar donde Johanna y yo estamos de rodillas en el océano y serpentea entre las dos. Johanna anda por el agua con él bajo el pretexto de atraerlo a aguas más profundas, pero es evidente que están jugando. Su falda se infla alrededor de ella como una medusa latiendo con las olas, persigue al dragoncito por el agua y el animal emite otro ronroneo agudo que hace gritar a Johanna, aunque parece un ruido de placer que brota de las profundidades de los dos. Ella introduce otra mano en el agua y el animal se acerca y rodea su pantorrilla redonda con la cola como si fuera una cinta viva bajo el mar.

Regreso a la orilla donde Johanna dejó el bolso de su madre y la carpeta y tomo algunos papeles sueltos que tiene dentro. Páginas y páginas de anotaciones que solo podría descifrar con tiempo, una lupa y luz menos potente que no dañe el vidrio de mis gafas. Hay varias hojas con dibujos de los dragones, cada uno es un poco diferente mientras conformaba una imagen más completa de cómo lucen. Hay una larga lista de compuestos químicos con dos columnas junto a ellos, una dice *obtenido* y la segunda tiene una P o una G.

Me recuerda a algo e introduzco la mano en mi bolsillo y tomo la lista que he estado llevando encima desde el hospital de Londres y que ahora está destrozada, manchada y prácticamente amoldada a la forma de mi muslo después de haber pasado tanto tiempo contra él. La única línea completamente legible está en la parte superior: *Merezco estar aquí*.

No estoy segura de haberlo creído cuando lo escribí. Por mucho que alardeara con entereza ante el rechazo, cada hombre que me dio la espalda inspiró en mí el miedo a que tal vez ellos tenían razón. Quizás no merecía un lugar entre ellos. Quizás hay un motivo por el que las mujeres permanecen en las casas, cuidando niños y haciendo la cena. Quizás nunca podré ser una médica la mitad de buena que cualquiera de esos hombres, simplemente debido a la inferioridad natural y yo solo soy demasiado obstinada para verlo.

Pero si no puedo creer siempre en mí, puedo creer en Johanna. Y en Sim. Y en Sybille Glass, Artemisia Gentileschi, Sophia Brahe, Marie Fouquet, Margaret Cavendish y cada mujer que vino antes que nosotras. Nunca he dudado de las mujeres que existieron antes que yo o de que ellas merecían un lugar en la mesa.

Aplasto el papel en mi puño y permito que el océano lo arranque de mis dedos hacia el mar.

No necesito razones para existir. No necesito justificar el espacio que ocupo en este mundo. Ni ante mí misma, ni ante Platt, ni ante una junta directiva de un hospital ni ante un barco pirata lleno de hombres con sables. Tengo tanto derecho de estar en este mundo como cualquier otra persona. Nadie nos dará permiso a Johanna y a mí para adueñarnos de nuestro trabajo, para tomar los mapas de su madre y seguirlos hasta el límite del horizonte donde el mar y el cielo se unen. El primero con nuestro nombre, el primero de nuestra clase.

Oigo un bramido proveniente de la caleta y miro sobre mi hombro. Estamos ocultas por las rocas, pero aún veo una porción de la playa. Los saqueadores se alejan rápido. Corren por la ladera con el rostro hacia el mar de modo que pierden estabilidad en la arena. Algunos abandonaron sus herramientas y su botín en pilas resplandecientes sobre la playa. Siento un cosquilleo en la piel. Algo anda mal.

Guardo los papeles de Sybille en la carpeta con rapidez, alzo mi falda con la mano y regreso a la playa, lejos del refugio de nuestra caleta para tener una vista completa del mar vacío del otro lado de la bahía. El sol se ha movido más de lo que esperaba. Flota sobre el horizonte, la yema de un huevo roto que cae sobre el límite del cielo. El agua comienza a volverse bronce bajo su luz.

Y contra aquel cielo almibarado está la silueta de un barco de guerra inmenso, con las velas bajas; tiene el ancla en el agua y están bajando botes al mar.

Corro por la playa e ingreso tambaleándome a la caleta.

–¡Johanna! ¡Hay un barco!

Ella alza la vista del agua.

–¿Qué? ¿Es el de Sim?

–No lo creo.

–¿Más saqueadores?

–No, es un barco grande. Un barco de guerra. Si son hombres europeos, no permitirán que nos marchemos tranquilas. En el mejor de los casos, solo nos interrogarán y nos llevarán de regreso al Continente –no tengo que decir en voz alta cuál sería el peor de los casos–. Debemos escondernos.

–¿Dónde?

–Quedémonos aquí. Sin llamar la atención.

–No estamos fuera de vista aquí. En cuanto lleguen a la costa, nos verán. Y los llevaremos directo a ella –mira el agua, donde el dragoncito gira entre sus piernas, inconsciente del peligro.

–Entonces, ¿qué hacemos?

–Corremos. Es lo único que podemos hacer. Subir a las dunas y ocultarnos allí a esperar a Sim, como dijo. Debemos partir ya mismo.

Johanna comienza a avanzar hacia mí, alzando las piernas en el agua, pero de pronto se detiene.

–No, ¡quédate aquí!

Tardo un instante en comprender que habla con el monstruo marino, que aún serpentea entre sus tobillos con cada paso. Ella intenta ahuyentarlo de regreso a la caleta, pero no está tan entrenado como Max.

–¡Quieta! ¡Quédate aquí! No me sigas.

Corro por el agua (lo máximo que uno puede correr cuando las olas

5

te empujan en dirección opuesta y el suelo del mar se desmorona bajo tus pasos) hacia el lugar donde Johanna le suplica a la criatura que no comprende lo que dice. Chapoteo lo más fuerte que puedo, golpeando el agua frente a la criatura. El animal se aparta de Johanna con otro de los gemidos ensordecedores. Es horrible causarle tanto miedo a algo. Si el animal fuera mayor y tuviera algunos dientes más, se volvería un depredador. Lo sé: yo también experimenté esa clase de miedo. Me he sentido arrinconada y provocada y he devuelto la mordida.

En cambio, el dragoncito parece atemorizado y flota a pocos metros de nosotras, con sus grandes ojos húmedos clavados en Johanna, pero con demasiado miedo para regresar.

Lo siento, pienso. *Desearía que lo entendieras.*

Pero no lo hace, y Johanna y yo lo dejamos detrás de la caleta, asustado y solo con su madre pudriéndose en la playa.

Nos detenemos al borde de las rocas, nos agazapamos detrás de ellas, fuera de la vista del barco. Los botes están a punto de llegar a la orilla. Los marineros en ellos son sin duda europeos: todos tienen piel y cabello claro y hablan en inglés entre sí. Ninguno viste uniforme, pero están armados con hachas y varios contenedores para llenar entre ellos. Los dejan en la playa y acomodan las cajas de muestra y los frascos de vidrio de distintos tamaños. Disparan rifles al aire para ahuyentar a los pocos saqueadores que quedaron en la playa. Todos huyen hacia las dunas.

Los ingleses ya saben de la existencia de los dragones. Vinieron sabiendo que había un monstruo en la orilla para saquearlo. Llegamos demasiado tarde.

–¿Corremos? –le susurro a Johanna mientras espiamos desde nuestro refugio–. ¿O nos escabullimos?

–Creo que no nos seguirán si corremos –dice–. Solo quieren el área despejada. Subimos por la ladera y esperamos a Sim.

No hay manera de escabullirse. Hay matorrales, arena y acantilados desmoronándose. Pero si logramos llegar entre los árboles, creo que podremos escondernos.

–Vamos.

Johanna y yo comenzamos a subir por las piedras. En la playa, los hombres están tan concentrados en su trabajo que es muy probable que no nos vean. De pronto, en la caleta a nuestras espaldas, el monstruo diminuto emite un alarido más ensordecedor que todos los anteriores. Detiene el mundo, pero solo un instante. Todos los marineros nos miran directamente, y Johanna y yo comenzamos a correr.

Aunque correr en la arena es quizás la tarea más en vano que uno puede hacer. Johanna está más cargada que yo, y sin zapatos y con su vestido mojado que le añade peso encima, es más lenta. Estoy a punto de detenerme, pero no hay nada que pueda hacer para ayudarla más que ofrecerle palabras de aliento, y las palabras nunca ganaron una carrera.

Había esperado que los marineros nos dejaran en paz cuando vieran que partimos (como mucho lanzarían un disparo al aire) pero, en cambio, avanzan. Estaba preparada para que nos ahuyentaran pero no para una persecución.

–Johanna, ¡apresúrate!

Pero quedamos arrinconadas contra las rocas, los marineros se acercan y bloquean el sendero. Intento esquivar a uno por un lateral, pero él sujeta la parte trasera de mi falda y me hace tropezar. Caigo hacia adelante en la arena y el marinero me obliga a voltear; luego me aplasta contra el suelo retorciendo mis manos en mi espalda y con su rodilla presionada contra mi columna. Escupo puñados de arena. Está en mis ojos y en mis orejas. Pateo hacia él, esperando pegarle con la fuerza suficiente para debilitar su amarre, pero, en cambio, el pasador oculto en mi bota sale volando y aterriza en la arena, fuera de mi alcance. Otro hombre lo toma. Johanna grita y yo alzo la cabeza lo más alto que puedo, lo suficiente para ver que ella cae al suelo a mi lado y luego una bota negra pesada y brillante como un escarabajo presiona su espalda.

Quizás es algo muy típicamente femenino decir que reconocí esos zapatos. Pero cuando la única parte de un hombre que puedes ver bien es su calzado y cuando ese calzado aparece de nuevo, pero esta vez presionando a tu amiga sobre la arena, los zapatos resultan memorables. Giro el cuello para mirarlo, aunque no lo habría reconocido porque nunca pude ver bien al hombre que estaba en la sala de estar de Platt en Zúrich. Pero estoy segura de que es él. Es alto y de piel clara, sus mejillas están rojas por el sol y el cabello debajo de su sombrero es corto, como si siempre estuviera debajo de una peluca.

–¡Alex! –grita él hacia la playa y mi corazón da un vuelco–. ¿Estas son tus chicas perdidas?

Una sombra se extiende por la playa hacia nosotras. A mi lado, Johanna emite un sollozo. En parte espero que el dragoncito responda de nuevo, el miedo de ambos es del mismo tono.

La sombra cubre mi rostro y me encojo como si quemara. El doctor Platt se cierne sobre nosotras, con un sable en la mano y las mangas manchadas con la sangre del dragón. Parece enfermo; tiene el cabello engrasado y su piel luce similar a uno de los muñecos de cera de Quick. Quizás es por el tiempo que pasó en el océano, pero el sol suele darle color a las mejillas de un hombre; no las vuelve pálidas y golpeadas.

–Lo son –coloca un pie debajo del mentón de Johanna y alza su rostro hacia él–. Tenía el presentimiento de que nuestros caminos se cruzarían aquí.

–¿Cómo nos encontraste? –pregunto, y escupo arena al hablar.

Platt gira hacia mí, sus pies se inclinan cuando la arena cede debajo de ellos.

–Seguimos al monstruo.

Recuerdo la herida en el lateral de la criatura, la carne destrozada en su cuello. Como algo causado por un arpón.

–Tú la mataste.

Platt no responde. En cambio, voltea hacia el hombre de las botas y dice:

–¿Las amarramos?

–Probablemente será lo mejor mientras hacemos la recolección.

–¿Recolección? –grita Johanna y si bien acabábamos de considerar tomar nuestras propias muestras, estos hombres parecen listos para extraer mucho más.

Platt la ignora. En cambio, les dice a sus marineros:

–Amárrenlas juntas. Las llevaremos al barco cuando terminemos aquí.

Quiero gritar. Quiero escupir, retorcerme y patear como una niña. Este hombre patético y engañoso que desperdicié años de mi vida idolatrando, a quien seguí por el continente de casualidad, tenía su cuchillo clavado tan profundo en mi costado que no lo sentí hasta que lo retorció. Nunca antes he querido con tanto fervor golpear el rostro de alguien como el suyo ahora mismo.

¿Dónde están Sim y todos sus piratas amenazantes cuando los necesitamos? Por mucho que creo en el poder y la fuerza de las mujeres, daría lo que fuera por tener una bandada de hombres de pecho fuerte con sables en vez de extremidades que salieran de las colinas y saltaran a defendernos. Pero, en cambio, a Johanna y a mí nos amarran espalda con espalda, con nuestras muñecas entrelazadas, las piernas sujetas en los tobillos y las rodillas y colocan una tira de tela áspera sobre nuestras bocas. Luego nos obligan a tomar asiento y observar mientras le quitan al dragón marino sus escamas en trozos desperdigados por la playa como caracolas. Aun después de haber sido recolectadas dejan círculos oscuros de sangre sobre la arena.

Los marineros trabajan hasta el anochecer. Encienden fuegos, queman la grasa del cuerpo del leviatán como combustible. Los hombres se turnan para vigilarnos. Johanna mira el océano; yo estoy de espaldas a los marineros, con vista a la cima de los acantilados. Así que soy yo quien ve a los piratas cuando aparecen sobre la colina, siluetas negras que avanzan entre los arbustos y se separan. La luz de la luna hace que sus armas parezcan hechas de humo. Soy yo quien ve a Sim acercarse al borde, al mismo lugar donde las tres estuvimos de pie esta mañana. Alza una mano, observándonos a Johanna y a mí, a los marineros ingleses y su barco. Les indica a sus piratas que se detengan.

Y luego, se retiran.

Soy yo quien los ve desaparecer en la oscuridad cuando nos dejan amarradas en la playa mientras los hombres de Platt despedazan al dragón hasta los huesos.

18

NOS MANTIENEN EN LA PLAYA HASTA
que el sol sale y los hombres comienzan a cargar lo recolectado en los
botes para llevarlo de regreso al barco. El cadáver del monstruo es piel
podrida y huesos expuestos, la piel restante es rosada, sangrienta y despojada. Parece que una vena estalló en la orilla. A Johanna y a mí nos
separan y nos llevan al último bote; luego nos obligan a tomar asiento
en el suelo entre los sables y las hachas, sus hojas tintinean como monedas en un bolso. Apenas hemos salido de la orilla y mis calcetines y
mi falda ya están empapados con la sangre y la bilis que se junta en el
fondo del bote.

Los marineros apestan a las entrañas putrefactas que han estado despedazando, todos alerta por lo que sea que han estado masticando para
mantenerse despiertos, estallando ampollas en sus palmas en los sectores donde el trabajo ha dejado la piel en carne viva. Podría decirles que
eso solo creará una infección, pero en este instante, preferiría que todas
sus manos se infectaran y se pudrieran. Cualquier hombre que toma a
una dama en contra de su voluntad merece que una parte del cuerpo

mucho más sensible que las manos se les pudra lentamente. Mientras suben nuestro bote a cubierta, veo un atisbo del nombre pintado a un lateral: *Kattenkwaad*. Es holandés o algún idioma germánico y, aunque no puedo distinguir cuál, estoy segura de que es un barco perteneciente a la flota del tío de Johanna.

Nos llevan al camarote del capitán en la parte trasera del barco, donde por fin nos quitan las ataduras y las mordazas. Siento la lengua peluda y seca por haberla tenido tanto tiempo presionada contra la tela gruesa. A mi lado, Johanna succiona sus mejillas, intentando generar humedad en su boca.

Platt nos espera en el camarote, apoyado sobre el escritorio del capitán como si el mueble lo mantuviera en pie. Tiene los ojos inyectados en sangre, su piel está aún más amarillenta de lo que parecía en la playa. Frente a él está el baúl de Johanna que habíamos dejado en la posada de Frau Engel en Zúrich: debe haberla rastreado hasta allí al igual que yo; digo una rápida plegaria de agradecimiento por no haber pasado otra noche allí antes de partir. Una plegaria que resultó inútil porque ahora nos atrapó. También tiene el bolso de Sybille Glass y el estuche de cuero que estaban en la playa. Han destrozado el bolso, lo han vaciado y luego lo han dado vuelta para que su contenido caiga al suelo. Los papeles fueron saqueados de un modo más civilizado, los hojearon y los dejaron en pilas sobre el escritorio.

Johanna y yo nos detenemos mientras cierran de un golpe la puerta a nuestras espaldas; el baúl está entre nosotras y Platt.

—Johanna, ¿dónde está el mapa? —pregunta sin preludio.

—¿Qué mapa? —dice ella, apoyándose en aquel trino femenino de su voz. Es tan agudo que podría quebrar un vidrio.

—El maldito mapa de tu maldita madre. ¿Dónde está? —Platt se levanta y se tambalea alrededor del baúl. No estoy completamente segura de cuál es la respuesta: no vi el mapa cuando hojeé el contenido de la carpeta antes, pero había asumido que estaba allí. O Johanna había tomado precauciones o se había perdido en algún momento del viaje, aunque parece imposible. Pienso brevemente en Sim, la veo merodeando sobre la cima de la colina y observando a los ingleses mientras saqueaban al dragón que había jurado proteger. Quizás ella había tomado el mapa sin que lo notáramos y todas sus intenciones nobles habían sido una mentira. O más bien había sido más mentira de lo que creímos, porque sin importar sus motivos, igual nos había abandonado.

Platt patea el baúl para apartarlo del camino y Johanna da un paso atrás y pisa de lleno mi pie. Sujeto su codo y la coloco detrás de mí mientras me interpongo entre ella y Platt.

—No sabemos de qué hablas —digo. Mi voz es ronca después de una noche con la boca llena de lana, pero al menos eso disfraza el miedo que de todos modos la hubiera ahogado.

—Sé que lo tienen —insiste Platt. Sus piernas tiemblan, el balanceo del barco en el agua parece molestarle más de lo que debería—. Tienen cada maldita cosa restante que ella dejó en ese barco. No habrían salido de Zúrich sin el mapa. No estarían *aquí* si no lo tuvieran —alza el estuche y lo sacude ante nosotras. Ya lo ha vaciado, así que es un gesto hecho más que nada por su simbolismo—. ¿Dónde está el mapa?

—No lo trajimos —responde Johanna. Tiene los codos junto a los laterales del cuerpo y los puños cerrados sobre su estómago—. Está en Argel.

Los ojos de Platt brillan de pánico, pero luego traga con dificultad.

—Mientes. No irían hasta África para abandonarlo. ¿Conocieron a alguien? ¿Lo vendieron? ¿Esos piratas hicieron un trato con ustedes?

—¿Cómo sabes de los piratas? —pregunto.

Él ríe, un sonido salvaje y crudo.

–Porque la Corona y la Cuchilla es dueña de cada centímetro de agua en las que navegamos. Les pagábamos impuestos a ellos solo para que nos permitieran la entrada a su territorio. Y su madre –y aquí alza un dedo tembloroso hacia Johanna– utilizó el viaje para su propio beneficio. Ella estaba haciendo el mapa hacia los nidos de esos monstruos para luego llevar esa información a Inglaterra y hacerse famosa. Si no hubiera estado segura de que este descubrimiento haría que fuese imposible ignorarla, no le habrían importado estos animalitos. La señorita Sybille Glass habría hecho lo que fuera por llamar la atención.

–¿Y en qué te diferencias de ella? –replico–. Tú tampoco puedes afirmar que tienes intenciones nobles después de haber saqueado un cadáver.

–Busco recursos –responde, apretando la mandíbula al pronunciar la última palabra–. Recursos que los corsarios dueños de este territorio habrían desperdiciando al dejar que regresen al mar. Le roban sustancias valiosas al mundo manteniendo ocultas a las criaturas –hurga en su chaqueta. Parece enloquecido y salvaje, sus manos tiemblan mientras toma la caja de rapé del bolsillo interno, pero cuando la abre, está vacía. Emite un gruñido bajo y, en cambio, toma el pergamino de cuero enrollado que cayó del bolso de Sybille y lo despliega para tomar uno de los frascos que contienen escamas en polvo.

Mi garganta arde al ver aquel polvo resplandeciente; de pronto, mis pulmones son muy conscientes de cuán escaso es mi aire, de cuánto más fuerte que yo es Platt. Quiero extender la mano y arrebatárselo pero, en cambio, digo:

–No lo consumas. Es adictivo.

–¿Crees que no lo sé? –replica–. No todos nacemos tan privilegiados como usted, señorita Montague. No aprendemos sobre adictos en nuestros ensayos médicos, nacemos de ellos, ellos nos crían y nos volvemos adictos en cuanto respiramos por primera vez.

–Eso es lo que has estado consumiendo todo este tiempo –digo–. No es rapé, *madak* u opio. Son esas escamas.

Cierra el puño sobre el frasco con tanta fuerza que sus nudillos se tornan blancos. Me sorprende que no rompa el vidrio.

–Tu madre –dice él, inclinando la cabeza hacia Johanna– me involucró en sus experimentos, veneno y antídoto tras veneno y antídoto, todos tratados con las escamas en polvo que ella encontraba en mercados negros o que compraba de los piratas. Me pedía que las consumiera a diario y prometió que haría que abandonara mi adicción al opio. Dijo que podría regresar a Inglaterra como un hombre sobrio y recuperar mi licencia y que ella me daría crédito por mi ayuda. Era un barco desastroso, un viaje maldito pagado con la menor cantidad de dinero posible por aquel hombre que quería una colección, pero que no tenía idea de hasta dónde había que llegar para obtener una. Estábamos todos enfermos por la podredumbre, las ratas y la comida. Creíamos que nos hundiríamos antes de llegar a los Estados de Berbería. Cada hombre a bordo del barco solo estaba allí porque no tenía otra opción. El caso de tu madre no era diferente.

–Nadie quería trabajar con ella porque era mujer –replica Johanna.

–Nadie quería trabajar con ella porque era una perra –dice Platt, y Johanna se avergüenza–. Ella usaba a cualquiera que pudiera hacerla escalar. Los usaba y luego los descartaba.

–Tenía que luchar para obtener reconocimiento. Fuiste tú quien se llevó el crédito por su trabajo en el gabinete.

–También era mi trabajo: arruinó toda mi maldita vida, y si no hubiera muerto, no me habría dado ni un centímetro –responde–. Tu madre era despiadada. Tan adicta depravada como lo soy yo. Era esclava de su ambición y eso la hacía esclava de su droga.

Platt no logra romper el sello de cera del frasco, y con un gruñido de frustración quiebra la parte superior contra el borde del escritorio y vacía el contenido en su mano.

–¡No lo hagas! –sujeto su mano y el polvo cae y florece en una nube entre los dos antes de asentarse sobre el escritorio, el suelo, la parte delantera de nuestra ropa, sin dejar ni una mota que rescatar.

Alzo la vista hacia Platt al mismo tiempo que su mano hace contacto con el lateral de mi rostro.

Es un dolor sorprendente, diferente a todo lo que he experimentado. El ardor intenso resuena por mi cuerpo. Mi visión se nubla y me tambaleo hacia atrás, donde caigo tan fuerte que siento el impacto subir por cada centímetro de mi columna y estallar en mi cuello.

Johanna grita. Parpadeo fuerte intentando aclarar la visión y disipar el zumbido en mis oídos.

–Lo siento. Lo siento mucho –dice Platt, su voz está entrecortada y rota. Está plegado sobre el escritorio, sus hombros tiemblan–. No era mi intención…

–¡Has enloquecido! –le grita Johanna.

Alguien llama a la puerta del camarote y luego el hombre que visitó a Platt en Zúrich ingresa.

–¿Qué diablos sucede aquí? –exclama mientras cierra la puerta con una de esas botas costosas que tiene la punta manchada de arena de la playa–. Ya cargamos todo y necesitamos indicaciones de rumbo. Cielo santo, ¿Alex?

Platt avanza sin hablar hacia el caballero y los dos salen a la cubierta y cierran la puerta.

En cuanto Platt parte, Johanna aparece a mi lado.

–¿Estás bien? –pregunta, limpiando las lágrimas que la bofetada hizo caer de mis ojos con su tacto amable que igual arde–. Rayos, veo la huella de toda su mano en tu rostro.

–Estoy bien –escupo sangre generada por morder mi lengua, pero aún tengo todos los dientes y una exploración rápida con mis dedos sobre el rostro confirma que ningún hueso está roto. Del otro lado de la puerta, oigo a Platt y al otro hombre discutiendo. Obligándome a ignorar el dolor, avanzo hacia la puerta y Johanna y yo inclinamos el torso hacia adelante y presionamos la oreja sobre ella.

–… perder tu cabeza –dice el hombre–. ¿Dónde está el mapa?

–Ella lo tiene, Fitz –responde Platt, su voz se quiebra–. Sé que lo tiene.

–Pero ¿no lo has visto?

–Yo… No.

–¿Está guardado en alguna parte de la playa? ¿O en la ciudad?

–Tenemos que llevarla de regreso a Inglaterra y luego a la corte. La obligarán a rendirse.

–No tenemos tiempo de regresar a Inglaterra y hacer un juicio para quitarle los documentos de la mano –replica Fitz–. Sin un certificado de matrimonio, tu derecho legal es poco convincente en el mejor de los casos. Y cuando un juez haya oído tu caso, no te quedará ningún inversor.

–Pero…

Fitz continúa hablando por encima de él.

–En cuanto este caso llegue a la corte, perderemos nuestra única ventaja en esta expedición. Ser los primeros. Cuando tengamos el mapa, alguien más habrá descubierto el territorio de los nidos.

Silencio, excepto por el sonido de Platt inhalando profundo varias veces con dificultad. La puerta cruje cuando él apoya el cuerpo en ella.

–¿Qué hay de la chica Montague? –pregunta por fin.

–Si crees que puedes sacarle dinero a su familia, lo necesitaremos. Envíala de regreso a Inglaterra con una carta para su padre.

—No tenemos otro barco.

—Encontraré a alguien para ti.

Cada palabra se tensa como un puño alrededor de mi pecho y hace que sea cada vez más difícil respirar. Debería haberme quedado en Edimburgo con Callum. Debería haberme conformado con compartir una vida con un panadero que me habría soportado. Debería haber sabido que yo no era un incendio forestal, sino una llama pequeña que podría apagarse con el primer hombre que respirara fuerte en mi dirección. Es imposible que las mujeres ganen en este mundo. Fui tonta al pensar que yo podría hacerlo, y ahora es como verter sal sobre una herida el saber que pasé tanto tiempo alimentándome de aquella esperanza equivocada.

Eres Felicity Montague, pienso, intentando a la fuerza infundir coraje en mi corazón, pero solo puedo pensar en: *Eres Felicity Montague y deberías haberte conformado con una vida simple.*

—Ahora mismo —prosigue Fitz— tenemos muestras, pero pueden descartarlas con facilidad. Eso no garantizará transporte, pero hará que todos los otros naturalistas de Londres comiencen a rastrear a estas criaturas antes que tú. Necesitas el mapa, necesitas la isla y necesitas regresar a Inglaterra con huevos. Así que dime: ¿a dónde nos dirigimos?

Una pausa. Johanna y yo contenemos el aliento.

—Gibraltar —dice Platt por fin.

A mi lado, Johanna emite un chillido bajo y cubre su boca con la mano. *¿Gibraltar?*, repito solo moviendo los labios.

—Es suelo inglés —responde—. Se casará conmigo.

PASAREMOS AL MENOS UNA SEMANA EN EL MAR antes de llegar al fragmento solitario de suelo inglés que está en la punta de España. Lo bueno de estar en un barco pequeño que no está preparado para damas que no son prisioneras dignas de un calabozo y que sin duda no pueden dejar solas es que Johanna y yo estamos encerradas juntas en el camarote que tiene grandes ventanas de vidrio con vista al océano movedizo detrás de nosotras. Al principio parece tonto que nos hayan dejado un escape tan sencillo hasta que, al pensar realmente en la logística necesaria para intentar huir por la ventana, nos damos cuenta de que no hay ninguna salida. Las ventanas no abren y aunque rompiéramos los vidrios suficientes para poder salir sin cortar nuestra piel en pedazos o sin llamar la atención por el ruido, no hay adonde ir. Arriba hay un barco lleno de hombres. Abajo, el inmenso mar despiadado. Sin contar el plan de saltar por la borda con los bolsillos llenos de galletas y la esperanza de que nos rescate alguien con intenciones más nobles que nuestros captores actuales, no podemos huir.

Cuando estamos seguras de que Platt nos ha dejado solas, le pregunto a Johanna:

–¿Tienes el mapa?

–Claro que sí –le da palmaditas a su estómago.

Tal vez me habían golpeado más fuerte de lo que creí porque la miro sin comprenderla.

–¿Lo comiste?

–No, está guardado bajo mi corsé. Me preocupaba que alguien robara los bolsos mientras viajábamos, que los perdiéramos o que algo terrible sucediera. Algo como esto –señala nuestra celda–. Y asumí que si nos atrapaban hombres en busca del mapa, ninguno podría desatar un corsé ni aunque lo intentara. O ni siquiera pensarían en buscar allí –jala del corsé de su vestido, intentando quitar las aglomeraciones de arena seca–.

Pero no sirvió para nada. Si él contrae matrimonio conmigo, podrá arrancarme la ropa, robarlo, violarme e igual estar protegido por la ley.

Me estremezco. En cuanto intercambien los votos, lo que sea que Platt quiera hacerle será parte de sus derechos. Y si bien no creo que él piense en algo semejante, he aprendido por años de historias intercambiadas entre susurros que los hombres han necesitado muchos menos motivos para hacerle cosas mucho peores a una chica.

—Podríamos destruir el mapa —digo en voz baja. Johanna cierra los ojos y una arruga aparece entre sus cejas, y siento el mismo nudo en mi interior, como si retorciera un trapo para secarlo. Destruir el mapa significaría renunciar a mi última oportunidad para escapar de una vida con Callum. Una vida en mis propios términos, con Johanna, un barco y algo que estudiar. Trabajo que me pertenecería, que haría que fuera imposible de ignorar.

—Salvaste a Sim gracias a las escamas de dragón —dice Johanna—. Podemos hacer cosas buenas con ellas.

—¿Podemos? ¿O solo las usaremos del mismo modo que Platt?

—¿Te refieres a Platt y a mi madre? —Johanna se desploma sobre la cama del camarote, su cabello suelto cae en cintas enredadas sobre su hombro—. Deberíamos haber permitido que Sim se llevara el mapa. Al menos así Platt no lo tendría.

—Sí, pero si te hubieran sugerido eso antes de saber que él nos había encontrado, habrías hecho un motín. Y no estoy segura de que Sim nos tenga tanta simpatía como nosotras a ella.

—Creí que tú no tenías ninguna porque todo el tiempo se provocaban para discutir.

—Sí, bueno, resulta que discutir mucho con alguien puede hacer que uno se encariñe —camino hasta el baúl y comienzo a hurgar en él, esperando hallar algo que nos dé aliento o esperanzas de huir, o quizás incluso una caja con esos macarones de Stuttgart para poder ahogar nuestras penas como se debe en una decadencia excesiva. Más que nada hay vestidos enredados, faldas y corsés. Manguitos y calcetines negros. Una botella de agua de melón y un contenedor con polvo dental. Una miniatura diminuta con un boceto de una mujer que debe ser Sybille Glass en un marco y un mechón de cabello guardado del otro lado. Un costurero.

–Estabas muy preparada –digo mientras hurgo.

–No tenía intenciones de regresar –responde–. Al menos, no por un tiempo. Es mucho menos de lo que quería traer. Planeé traer a Max, ¿recuerdas?

Lanzo una bolsa con cordón llena de galletas duras sobre el escritorio.

–Ya veo.

–¿Crees que Platt tenía razón? –pregunta.

–¿Sobre qué?

–Que ella no… –desliza los tacones sobre las tablas del suelo y la arena cae de las suelas–. Que mi madre no era lo que yo pensaba. He pasado toda mi vida admirando a esa mujer valiente que abandonó un matrimonio infeliz para trabajar en el campo que amaba. Ella me abandonó, pero podía perdonarla porque lo hizo por su trabajo. Aunque quizás lo hizo por ella misma. Y usó a Platt. Probablemente también a otros. Y quizás, no le importaban en absoluto estas criaturas. Habría hecho cualquier cosa para llamar la atención.

Alzo la vista. Está desarmando el bordado de su corsé, una flor desaparece pétalo por pétalo entre sus dedos.

–No puedes creer lo que Platt dijo.

–Es lo único que alguien me ha dicho de ella –responde, su voz se quiebra–. Excepto por las cartas que ella misma me escribió. Y nunca se pondría en el rol de villana.

–No creo que lo haya sido.

–Tampoco fue una heroína.

–Entonces, puede ser las dos cosas –mis dedos rozan el fondo del baúl y arranco el papel brocado que lo cubre. Lo miro, presionando a mi cerebro para que piense en algo, cualquier cosa que nos saque de aquí sin tener que destruir el mapa entero. Eso sería lo correcto, y ambas lo sabemos. Pero también sería rendirnos. Una rendición tan egoísta como todo lo que Platt o Glass hicieron–. Podemos hacer una copia de los mapas –propongo, aunque a duras penas es una sugerencia real. Anticipando nuestro encarcelamiento, despojaron la habitación de objetos. Cada gaveta del escritorio está vacía o con llave. Solo nos dejaron ropa de cama, toallas y una palangana. Nada que podamos usar para duplicar un mapa. El método más prometedor sería tallarlo con los dientes en la única barra de jabón que tenemos.

–No podremos hacer una copia –dice Johanna. Jala del hilo desarmado en su pechera y se despliega en su mano.

Y entonces se me ocurre una idea.

–¿Y si lo cosemos?

–¿Coser qué? ¿Una copia del mapa? –cuando asiento, ella mira el hilo enredado en sus dedos–. ¿Quieres decir bordarlo?

–¿Por qué no? Tuve cientos de lecciones, ¿tú no? Podríamos bordar una copia y luego destruir la versión en papel. Lanzarla al fuego y dejarla arder de modo que Platt no pueda recuperar ni un solo fragmento de él. Si no tienes el mapa, no tiene motivos para casarse contigo. Puedes negarte a dárselo y él puede buscar para siempre y nunca hallarlo porque no existe más. Luego, partimos con una copia que él ni siquiera sabe que existe.

–¿Sobre qué lo bordamos? –pregunta mientras sus ojos recorren la habitación–. Es imposible que nos llevemos las sábanas sin generar alguna clase de sospecha.

–Tienes enaguas, ¿verdad? –digo–. Nadie las verá.

Ella muerde su labio inferior un instante y luego dice:

–No, no mi enagua. Usemos la tuya –abandona la cama y lanza su cabello sobre el hombro–. Es menos probable que él sospeche de ti.

Johanna no tiene una cantidad excesiva de hilo en su costurero cuyo objetivo era cumplir solo con tareas pequeñas como coser un botón, y dado que mis dedos son más pequeños y apropiados que los de ella para hacer puntadas diminutas, ella se auto impone la tarea de quitar con cuidado hilos de todos sus vestidos en el baúl, al igual que de las sábanas, mientras yo comienzo nuestra copia meticulosa del mapa en el interior de mi enagua, puntada por puntada.

No es un proyecto pequeño. Incluso con mis gafas, mis ojos arden al final de la primera mañana y me duelen los dedos de noche, tengo calambres en los nudillos. Johanna y yo cambiamos roles, aunque los músculos de mi mano son tan propensos a tener contracciones aleatorias que soy un peligro para nuestra cantidad limitada de hilo. Tengo más cuidado después de los primeros días en los que sentí el dolor artrítico extendiéndose por mis músculos, y ahora flexiono mis dedos hasta sentir el alivio que los mantiene ágiles.

No podemos permitirnos desperdiciar nuestro valioso tiempo (la distancia entre Argel y Gibraltar de pronto parece ser nada más que unos pocos pasos rápidos), así que aunque probablemente terminaré con las articulaciones rígidas antes de llegar a la edad adecuada para llamarme una vieja solterona, no hay tiempo para esperar a que el dolor desaparezca. Johanna sabe cómo leer un mapa mejor que yo, así que me indica qué partes podemos omitir, qué números y ángulos son los más importantes de copiar bien. Usamos las cintas de sus vestidos para medir las distancias entre los puntos del mapa de su madre y las marcamos con alfileres sobre la tela.

Cuando llegamos a Gibraltar, hemos creado una copia prácticamente completa del mapa sobre el lado interno de mi enagua.

GIBRALTAR

19

SUBIR A UN BARCO EN ÁFRICA, LO MÁS
lejos que me he sentido de casa, y luego bajar en Gibraltar para hallar una
porción de Gran Bretaña, es casi tan desorientador como intentar caminar bien después del tiempo que pasamos en el mar. Pero vemos menos
de Gibraltar de lo que vimos de Argel: a duras penas distinguimos el Pe-
ñón antes de que nos lleven directo del barco a una segunda celda que es
la casa de un capitán sobre la orilla; el personal es tan exageradamente
inglés que, si bien es evidente que nos trajeron aquí en contra de nuestra voluntad, nos sirven té en nuestros cuartos como si estuviéramos encerradas en ellos. El personal se dirige a Fitz como "comandante Stafford",
y él parece el dueño de la casa, aunque no sé si le pertenece o si es propiedad de la marina.

A Johanna y a mí nos mantienen aquí, encerradas en cuartos separados durante varios días. El mapa está de nuevo dentro de su pechera
y entrelazado con firmeza sobre su corsé.

Estamos a punto de terminar nuestra copia, pero aún no lo suficiente para destruir el original con confianza. Johanna quería terminarlo

antes de llegar aquí, disminuir los riesgos y quemarlo con la lámpara en nuestro camarote, pero yo había insistido en que no lo hiciéramos. Cualquier decisión apresurada podría poner completamente en riesgo este plan. Nuestro mapa bordado es impresionante, pero ni por asomo es tan detallado como el de Sybille.

La próxima vez que veo a Johanna, una criada nos acompaña a las dos por la escalera. En los escalones, Johanna me mira y toca con dos dedos su estómago, una señal silenciosa de que el mapa aún está allí.

Nos llevan a la sala de estar donde Stafford y Platt nos esperan; Platt está nervioso e inquieto y golpea un pergamino sobre su palma.

Johanna no espera a que él tome asiento, nos ofrezca un lugar o galletas, como si esto fuera parecido a una reunión civilizada.

—No sé por qué creíste que traerme aquí cambiaría algo —dice ella, cruzando los brazos y lanzándoles a los caballeros una mirada que habría agrietado el granito—. No me casaré contigo y no te entregaré el mapa. Gritaré todo el camino en la calle, me negaré a firmar los papeles y le diré a cada hombre, mujer y niño en esta ciudad que soy tu prisionera y que me obligan a casarme. Nunca diré que soy tu esposa, o la señora Platt, y cualquiera que me llame así oirá la historia entera de cómo me engañaste y te aprovechaste de mí. Así que le digo, señor, que esta es su última oportunidad de evitar una denuncia por secuestro, porque no piense ni por un segundo que no lo llevaré a la justicia.

Estoy a punto de aplaudir. Es un discurso que la escuché practicar algunas veces mientras hacíamos nuestro mapa bordado, pero ella lo dice con una elegancia y ferocidad que no había visto desplegada por completo antes. Es como mirar al sol: ella está de pie con tanta fuerza y brillo que mi corazón se hincha lleno de adoración repentina hacia ella, mi orgullosa y encantadora amiga.

Stafford mira a Platt, quien jala del cuello de su camisa como si lo

estuviera asfixiando. Sus uñas tienen los bordes amarillos. Inhala brevemente y suena como si el aliento estuviera pegado como caramelo a
su pecho; luego se acerca a Johanna y extiende un papel en su mano sin
decir nada.

Ella no lo acepta.

–¿Qué es?

–Información que podría hacer que cambies de opinión –responde
Platt.

–Nada hará que cambie de opinión.

–Léalo, señorita Hoffman –dice Stafford sobre el hombro de Platt–.
No se lo pediremos de nuevo.

Johanna me mira, aunque no tengo consejos que darle, y luego toma
el papel. La punta de sus dedos están magulladas e hinchadas por nuestro trabajo de costura, pero o bien Platt no lo nota, o no comprende
lo que puede significar. Observo mientras sus ojos recorren la página,
intentando descifrar qué dice por la posición de sus cejas. Luego, todo
el color abandona su rostro y ella se balancea como un boxeador en las
últimas rondas. Por un momento, me preocupa que se desmaye.

–¿Johanna? –extiendo las manos hacia ella, pero ella arruga la carta
y la lanza hacia Platt. Él permite que el papel golpee su pecho y rebote
sin moverse.

–No te creo –dice, su voz tiembla.

Platt extiende las manos sin decir nada.

El labio inferior de Johanna tiembla, sus ojos se humedecen. De
pronto, toda su feroz confianza desaparece como un papel en llamas.
Mientras hunde los hombros, mi pánico aumenta. Quiero correr del
otro lado de la sala, tomar la carta y ver con mis propios ojos qué ha
encontrado Platt para usar contra Johanna, pero antes de que pueda
hacerlo, Stafford ha tomado el papel y lo ha guardado en su chaqueta.

–Te daré el mapa –dice Johanna sin aliento.

–¿Qué? –exclamo.

Platt mira a Stafford y luego mueve la cabeza de lado a lado.

–No es suficiente.

¡Alguien dígame qué está pasando!, quiero gritar. Díganme en qué se ha atascado nuestro plan. Lo único peor que saber es no hacerlo, porque mi mente repasa cada posible terrible mensaje que pudiera estar en esa carta. Él la amenazó. Su tío. Yo. Nuestras familias. Nuestros amigos. Cada persona que hemos conocido. Toda Inglaterra. Envenenará a todos si ella no obedece.

Johanna desliza una mano sobre la mejilla, pero otra lágrima reemplaza la que limpió.

–De acuerdo –dice, con la voz quebrada–. Me casaré contigo.

–¡No! –la palabra escapa de mí antes de que pueda evitarlo. Stafford ya está caminando hacia la puerta de la sala y Platt ha tomado su abrigo y está vistiéndose con él. Johanna parece una estatua a mi lado, quieta y llorando en silencio. Tomo su mano–. ¿Qué dijo? ¿Qué te ha hecho?

Ella mueve la cabeza de lado a lado.

–No puedo decírtelo.

–Johanna, sin importar lo que sea…

–Señorita Montague –gruñe Stafford–. Conmigo, por favor.

No suelto a Johanna.

–Cualquier amenaza que él haya hecho…

–¡Montague!

–No te cases con él –digo, mi voz es un susurro quebrado–. Nunca serás libre.

Antes de que ella pueda responder, Stafford sujeta mis hombros y me arrastra hacia el pasillo principal. Miro hacia atrás mientras Platt extiende una mano hacia Johanna y ella la acepta, civilizada y en silencio.

LA BODA TENDRÁ LUGAR EN CAPILLA DEL REY, UNA
iglesia pequeña, color café y muy anglicana a orillas del mar. Los otros
templos de la ciudad son mezquitas vacías y rebautizadas como cris-
tianas, pero hay algo en esta capilla diminuta construida por francis-
canos, con su pasillo interno delgado y el frente de ladrillos, que me
hace sentir que regresé a Cheshire. Particularmente porque los libros
de oraciones están escritos en inglés; el sacerdote es un hombre pálido
con una peluca engrasada y venas gruesas azules que sobresalen bajo su
piel. El dinero que pagan a cambio de una ceremonia veloz es inglés; el
sacerdote no hace preguntas sobre por qué Platt está decidido a casarse
con esta chica de la mitad de su edad sin previo aviso, o por qué la novia
parece a punto de vomitar y uno de sus testigos está sujetando al otro en
su lugar, su brazo es un tornillo que me mantiene a su lado.

Platt y Johanna podrían haber dicho sus votos en una colina sin que
nadie lo supiera y mientras que estuvieran en suelo inglés habría sido
legal, pero sospecho que Platt quiere que el caso que algún día tal vez
necesitará hacer sobre la legitimación de esta unión sea lo más sólido
posible, así que hacen leer la Biblia e intercambian anillos otorgados
por la capilla. Firman el libro de registros, luego Stafford lo hace y me
ofrece la pluma. Con cada paso que doy hacia el podio, siento el bordado sedoso dentro de mi enagua rozando mis muslos.

Platt deposita un beso casto en la boca de Johanna y solo puedo
pensar en qué podría contener esa carta para mantenerla callada todo
este tiempo. Ella no protestó. No gritó. La única palabra que dijo desde
que salimos de la casa fue *acepto*. ¿Qué había escrito en ese papel que
ha detenido su boca? Estoy harta de imaginarlo.

Después de la ceremonia, regresamos a la casa, donde nos dejan a Johanna y a mí solas en la sala de estar, sentadas lado a lado sobre el sillón durante unos breves y valiosos minutos mientras los caballeros se reúnen en el pasillo. Johanna llora de nuevo, tiene las mejillas hinchadas y rojas como cerezas, y sus lágrimas son absolutamente silenciosas. Tomo su mano sobre el sillón entre las dos.

No la presiono. No le pregunto qué decía la carta. Pero después de varios minutos de silencio, exclama con impulsividad:

—Pensarás que soy la chica más tonta que ha existido.

La miro de reojo.

—¿Por qué pensaría eso?

—Por lo que he hecho… por… Nunca me perdonarás —aparta su mano de la mía y cubre su rostro—. Antes pensabas que soy tonta y vanidosa, pero esto sin duda te lo ha confirmado.

—Johanna, por favor, dime. Juro que sin importar lo que sea, confío en ti. Confío en tu corazón. No pensaré…

—Es Max.

—¿Qué?

Emite el primer sollozo audible que he oído salir de ella, inesperado y brutal como el dolor causado por el hambre.

—Él pensaba enviar la carta a Stuttgart diciendo que le dispararan a mi perro si no aceptaba casarme con él —sus manos tiemblan sobre su rostro. Todo su cuerpo tiembla—. Sé que es una tontería. Si te hubiera dicho que sacrificaría mi independencia y mi vida y nuestro trabajo por un perro, no lo habrías permitido. Me habrías dicho que era una estúpida.

—No lo eres.

Me mira por encima de sus manos.

—¿Qué?

–No eres tonta. O estúpida –no sé cómo decirlo y hacer que me crea. De pronto, la sinceridad parece una farsa, particularmente después de todo el tiempo que pasé diciéndole con astucia y agresividad que todo lo que ella amaba me parecía estúpido. Pero no siento ni un gramo de maldad hacia ella por esto, y nada parece importar más en este instante que ella me crea cunado lo digo–: Proteges lo que amas.

Mueve la cabeza de lado a lado, luego desliza una mano por el frente de su vestido, hurga en su pechera y extrae el mapa andrajoso que ahora está pinchado con alfileres y borroneado con algunas gotas de sangre causadas por las agujas. Posa los ojos en el fuego que chisporrotea en la chimenea, alegre y ajeno.

Presiono mis manos sobre las suyas, el mapa está entre las dos como una plegaria compartida.

–No lo hagas.

–Soy tan patética –dice y no sé si ríe o llora–. Soy blanda, egoísta y emocional.

–No eres nada de eso, Johanna Hoffman –respondo–. Eres un escudo y una lanza para todo lo que amas. Me alegra formar parte de ese grupo.

Deja caer su cabeza sobre mi hombro y presiono mi mejilla sobre ella. Tiene el rostro húmedo sobre mi cuello. Ambas permanecemos en silencio un instante, luego sorbe su nariz y dice:

–Lo siento.

–No te disculpes por...

–No, soy un desastre cuando lloro y he babeado tu hombro.

–¿Qué? Oh –se incorpora y río ante la marca húmeda y resbaladiza que dejó. Ella también ríe, un poco más húmedo de lo que debería ser una risa, pero al menos es reconocible–. Max estaría muy orgulloso.

Abren la puerta de la sala y Platt ingresa. Miro detrás de él en busca de Stafford, pero está ausente. Platt se detiene ante nosotras y coloca sus manos detrás de la espalda.

–¿Quieres hacer un espectáculo de esto?

–No –Johanna se pone de pie y endereza los hombros. Enfrenta a su verdugo y le ofrece el mapa.

Platt lo toma y lo despliega, un pequeño grito que puede ser de placer, de dolor o alguna mezcla de ambas emociones brota de sus labios al verlo.

–¿Lo modificaste? ¿Quitaste información?

–No.

–Si lo has hecho,…

–Lo sé –lo interrumpe ella–. Por favor, no lo digas.

Él pliega el mapa con precisión quirúrgica y lo guarda en el bolsillo de su abrigo; luego, mantiene la mano presionada sobre él como si tuviera miedo de que fuéramos a arrebatárselo o de que un viento fuerte lo lleve por la sala y lo aparte de él.

–Tienes lo que quieres –digo, poniéndome de pie para colocarme junto a Johanna–. El mapa, la carpeta y todo su trabajo. Ya no nos necesitas.

–Un buen intento de negociación, señorita Montague –desliza de nuevo los dedos sobre el bolsillo y traza la silueta del mapa–. Pero con su ingenio y su boca no confío en que salga de esta casa sin que la controlen.

–No diré nada –respondo–. Siempre y cuando cumpla con su parte y Johanna y su… –no sé qué palabra usar para describir a Max, así que solo digo–:… familia permanezcan a salvo.

Pero Platt mueve la cabeza de lado a lado.

–El comandante Stafford ha contratado a un capitán con patente de corso inglesa para llevarlas a ambas a Inglaterra. Señorita Montague, regresará con su padre, y la señorita Platt irá a mi hogar en Londres. Cualquier indicio de problemas y le enviaré la carta a su tío de inmediato.

—No habrá problemas —dice Johanna en voz baja.

Pero Platt no tiene un perro adorable que usar en mi contra y sin duda no había esperado que me enviaran tan rápido a ninguna parte. Creí que teníamos más tiempo aquí, o al menos más tiempo para reorganizarnos ahora que nuestro plan ha cambiado.

—Eso no fue parte del trato.

—Entonces, ¿preferiría que envíe a la señora Platt a una institución por su histeria y que la dejara a usted en los Estados de Berbería sin un centavo? ¿Cuán lejos iría esa mente suya en ese caso? Sin duda aprendería lo que una mujer debe hacer para sobrevivir sola en este mundo —da un paso hacia mí y reprimo la necesidad de retroceder. Aún siento el ardor de su palma contra mi mejilla, pero no retrocederé ante este hombre. Quizás es un gesto pequeño y vacío, pero negarme a rendirme es todo lo que tengo. Él se detiene, cerrando los puños contra el cuerpo—. Estoy haciéndole un favor, señorita Montague. Debería regresar con su familia.

—¿Un favor? —repito con una risa feroz—. ¿Cree que está siendo amable conmigo? ¿Eso es lo que se dice cada noche para poder dormir?

—Su ambición la comerá viva —responde él—. Al igual que ocurrió con la señorita Glass. No puedo permitir que eso le suceda a usted.

Rayos, ¿realmente este tonto piensa que está salvándome? Otro héroe de cuento que intercede y rescata a la chica del dragón, del monstruo o de sí misma: son todos iguales. Una mujer debe estar protegida, cuidada y debe estar resguardada de los vientos que podrían golpearla contra el suelo.

Pero yo soy una flor silvestre y resistiré de pie el vendaval. Rara, irreproducible, difícil de hallar, imposible de olvidar.

La campana resuena en la casa, luego oímos pasos y la puerta principal se abre. La voz de Stafford saluda al capitán que ha llegado para llevarnos de regreso a Inglaterra.

–No ha salvado a nadie –le digo a Platt, con la voz más baja y peligrosa que logro usar–. Ni a mí, ni a Johanna, ni a usted mismo.

–No lo comprende.

–Usted tampoco –replico–. Al menos sé lo suficiente para no engañarme a mí misma pensando que la encarcelación es un gesto de amabilidad.

–¿Encarcelación? –dice alguien en la puerta–. Qué dramático. ¿Exagerará del mismo modo por todo?

Por un instante, con mi estómago endureciéndose despacio por la desesperación, esa voz en esta casa está tan fuera de lugar que estoy segura de que la imagino. O si no la imagino, sin duda estoy equivocada, como mínimo. Prácticamente no me atrevo a mirar por miedo a romper el hechizo y resignarme realmente ante mi destino. La esperanza en cualquier forma es frágil como algodón de azúcar.

Pero allí está él, pavoneándose por la sala de un modo que habría sido ridículo si no hubiera sido tan apuesto, desaliñado y despeinado como si hubiera pasado semanas en el mar despiadado. Si no hubiera perdido su oreja, habría sido demasiado bonito para hacerse pasar por un marinero convincente.

Es Monty.

Gracias a Dios, el comandante está ocupado haciendo presentaciones bajo un supuesto nombre que no escucho y Platt está igual de ocupado estrechando la mano del joven que debe creer que es un marinero británico muy legítimo, porque ninguno de los dos me ve intentando levantar mi mandíbula del suelo. Monty hace un escándalo sobre su paga y cómo puede garantizar que la recibirá y que la mitad del total como adelanto no parece suficiente y que tal vez pueden negociar un número mayor. Intercambian toda la información relevante de las cuentas donde depositar y cobrar el dinero y en qué puerta exacta deben dejarme, y es difícil continuar boquiabierta y no sonreír cuando mi hermano me mira a los ojos por primera vez. Pienso que, por su corazón travieso, no podrá resistirse a guiñar un ojo, pero, en cambio, me sujeta con una mirada desconfiada que me engaña. Si alguna vez quisiera dedicarse a la actuación, sería un muy buen actor.

—¿Cuántos problemas debo esperar? —le pregunta a Platt—. Parecen obstinadas.

—Ninguno —le asegura Platt mirándonos con severidad a Johanna y a mí.

Monty me señala.

—Esta tiene arrugas como si leyera demasiados libros.

Me quebraré en mil pedazos por el esfuerzo que requiere no mirarlo y ponerle los ojos en blanco. Está disfrutando tanto su alardeo clandestino que nos delatará a los dos.

—Siéntase libre de usar cualquier restricción que considere apropiada —responde Stafford—. Y cuando entregue esta carta —le da a Monty una hoja sellada que imagino que mi hermano disfrutará abrir cuando partamos—, puede esperar una remuneración bastante buena de su padre.

Stafford nos acompaña al muelle, sujetando a Johanna mientras que Monty mantiene un brazo sobre mí.

—Querida hermana —susurra él, tan bajo que solo yo lo escucho—, mira en lo que te metes cuando no estoy cerca.

—Querido hermano —respondo—, nunca he estado tan feliz de verte.

Estoy cerca de desmayarme de alivio cuando veo el *Eleftheria* entre los barcos británicos del puerto. Monty intercambia un último apretón de manos con Stafford y luego nos acompaña a Johanna y a mí por la plataforma. Hay algunos hombres a bordo, no reconozco a la mayoría, pero en el casco, Ebrahim endereza la espada y se aparta del nudo que evidentemente fingía amarrar, primero para ver nuestro recorrido y luego, después de un contacto visual breve con Monty, nos sigue mientras nos guía a Johanna y a mí bajo cubierta.

Monty me ofrece una mano para bajar la escalera que es tan empinada que prácticamente está vertical; la acepto, con cuidado de no tropezar con mi falda y desarmar todo el trabajo que hicimos en mi enagua. Cuando extiende la misma mano para Johanna, ella no solo no la acepta, sino que baja sin ayuda el resto del camino hasta la cubierta inferior y luego le da a Monty una patada fuerte entre las piernas. Él chilla como una bisagra.

–¡Debería darte vergüenza! –grita Johanna, golpeando la nuca de mi hermano con su manguito–. Eres un hombre horrible por aceptar dinero para llevar cargamento humano que obviamente fue capturado contra su voluntad. ¡No eres mejor que un esclavista o un pirata!

–Johanna… –extiendo una mano hacia ella, pero me aparta con el maguito.

–¡No me importa lo que él me haga! ¡No me importa lo que cualquiera de estos bastardos haga! No me queda nada que puedan quitarme, ¡y solo quiero golpear algo! –agita su manguito hacia Monty de nuevo y por poco golpea también a Ebrahim, quien se detiene justo a tiempo en la escalera.

–¡Johanna, basta! –sujeto su brazo y lo sostengo junto a su cuerpo–. Detente, él no te hará daño.

Ella se retuerce intentando liberar su brazo.

–Bueno, ¡yo quiero hacerle daño a él!

–Basta, Johanna. No es un marinero. Es mi hermano.

–¿Qué? ¿Henry Montague? –me mira, luego voltea velozmente hacia Monty, quien aún está inclinado hacia adelante. Él asiente con un gruñido y se endereza despacio como si estuviera descongelándose. Coloca con cuidado una mano sobre sus partes más vulnerables y luego dice:

–Señorita Hoffman –su voz es casi tan aguda como la de Johanna–. La felicito por su zapatero. ¿De qué están hechos esos zapatos y de qué mina extraen el material?

–Eres… ¿No eras…? –Johanna mira a Monty y a mí frenéticamente, como si estuviera analizando nuestros rostros en busca de parecidos. Luego, exclama–: Lo recuerdo más alto.

–Él también –respondo.

–Oh. Bueno –acomoda su vestido y extiende una mano hacia él–. Lamento no haberte reconocido.

–¿No lamentas la patada? –pregunta Monty.

–No, no particularmente –dice ella.

Oímos pasos pesados en el castillo de proa a nuestras espaldas y antes de que pueda voltear, estoy a punto de caer al suelo cuando Percy envuelve mi cuerpo con el largo total de sus extremidades.

–Dios Santo, Felicity Montague –dice y de algún modo, me abraza más fuerte–. He estado muerto de preocupación por ti.

No digo nada, solo presiono mi rostro contra su pecho y permito que por fin me abracen. Detrás de mí, siento que los brazos de Monty nos rodean a los dos; el emparedado de Monty y Percy con el que me amenazaban hace tiempo ocurre y no me importa. Me siento segura y es agradable haber sido extrañada después de pasar tanto tiempo pensando que no tenía a nadie hacia quien regresar.

Pero podemos disfrutar todas esas emociones con la misma facilidad sin que mi rostro esté aplastado contra el abrigo áspero de Percy y sin que Monty respire sobre mi nuca… literalmente.

–Muy bien, es suficiente, creo –salgo de en medio de ellos lo mejor que puedo, sintiendo que estoy saliendo del interior de un cañón angosto.

Monty deja caer sus brazos, pero Percy continúa sujetando mis hombros y mira muy serio mi rostro.

–¿Estás bien?

–Sí.

–¿No se han aprovechado de ti en ningún sentido?

–No.

–Y sabes que nos has enloquecido de preocupación desde que partiste. Juro por Dios, Felicity, nunca te perderé de vista otra vez.

–Tengo algunas objeciones para eso –dice Monty desde mis espaldas.

–Vinieron a buscarme –digo, mirándolos.

–Sí, te hemos seguido casi literalmente al fin del mundo –responde Monty–. Y solo hubo pocas quejas.

–Usaste mal "literalmente" –comento, y luego recuerdo que Johanna está de pie un poco más atrás, observando el espectáculo sentimental con los hombros en una postura tímida–. Oh, ella es Johanna Hoffman –la llevo hasta Percy para presentarlos–. No sé si ya se han conocido antes.

Percy toma la mano de Johanna y ella de pronto parece menos fuera de lugar y más tímida e infantil. Sus mejillas son de un rosado bonito.

–Señor Newton.

–Nos vimos algunas veces –dice Percy, presionando la mano de Johanna con la suya–. También nos alegra que estés bien.

–¿Tú también quieres un abrazo? –pregunta Monty y luego retrocede rápido protegiéndose con las manos de nuevo–. Aunque tal vez no de mi parte.

–¿Cómo nos hallaron? –pregunto, mirándolos a él y a Percy.

–Cuando resultó evidente que te habías fugado con un miembro de la tripulación de Scipio, le pedí a él información sobre tu cómplice –dice Monty–. Ante mi pedido me informó que la mujer en la que habías decidido depositar tus esperanzas es miembro de la flota de la Corona y la Cuchilla y que cualquier asunto en que te involucraras con ella probablemente sería, como mínimo, criminal.

–¿Por qué aceptó a Sim en su tripulación si sabía que era peligrosa? –pregunto.

–Me criaron en la Corona y la Cuchilla –dice Ebrahim desde la escalera y me sobresalto. Había olvidado que estaba allí–. Hablé bien de ella.

–Lo cual por supuesto hizo que él se sintiera responsable –prosigue Monty– y que Scipio se sintiera responsable y también Percy y yo nos sentíamos responsables y todos estábamos decididos a sacarte del problema en que te habías metido obstinadamente sin importar cuál fuera. No luzcas sorprendida. Moveríamos cielo y tierra por ti. A menos, claro, que hubiera que levantar peso de verdad, en cuyo caso, me abstendré, pero no pienses que eso opaca el sentimiento.

–¿Navegaron hasta el puesto de la Corona y la Cuchilla? –pregunta Johanna. Todavía tiene sus mejillas muy rosadas.

–Sí –responde Monty–. Ebrahim todavía tiene su tatuaje, el cual resulta que literalmente abre puertas.

–Otra vez usaste mal "literalmente" –susurro.

Le quita importancia moviendo la mano.

–Basta. Estoy contando la historia de nuestro rescate heroico. Entonces, queríamos tener una reunión con el lord pirata y suplicarle que las liberara, pero tu enamorada nos ganó.

–¿Mi… qué?

–Tu enamorada pirata –responde él–. Con quien hiciste el trato. Llegó con un grupo de caballeros muy fornidos que no tuvieron reparos al dejar sueltas las mangas de sus camisas…

–Cuidado –dice Percy, pero Monty golpea el hombro de su amado con la frente.

–Por favor. Tú también mirabas.

–Claro que no.

–¿Cómo podrías no mirar? Era como si un dios muy lascivo los hubiera esculpido con mucha generosidad...

–Monty, concéntrate –replico.

–Ah, claro, sí, tu chica pirata. Resulta que ella es la primogénita del comodoro y nos informó que el mapa tan valioso de su padre había caído en las manos de un bribón inglés llamado Platt que usaría tanto el mapa como a ustedes para hacer el mal.

–¿Ella está aquí? –pregunto.

–Sí –responde Monty–, y está desesperada por verte.

Ebrahim regresa al casco para montar guardia mientras Monty nos lleva a la segunda cubierta donde guardan el cargamento y Percy avanza detrás. Antes de seguirlos, tomo el brazo de Johanna. Continúa muy sonrojada.

–¿Estás bien? –pregunto–. No te preocupes por haber pateado a mi hermano. Sé que él es exagerado, pero está bien.

–No, es solo que... –cubre sus mejillas con las manos–. Nunca te lo conté porque ocurrió cuando nos tratábamos de un modo horrible, pero solía estar muy, muy enamorada de Percy Newton. Y aparentemente, aún lo estoy. ¿Cómo es posible que nos secuestraron, nos extorsionaron y por poco nos vendieron y sin embargo todavía no puedo mirarlo a los ojos porque estaba muy enamorada de él a los trece años?

Quiero reír. Más que eso, quiero abrazarla, un impulso que siento tan poco que me sorprende. Pero hay algo en ese instante, miel en un trago de vinagre, que alegra mi corazón. Aquellas pequeñas cosas preciosas no dejan de existir bajo la sombra de algo inmenso y ominoso, y oírla decir eso me hace sentir humana de nuevo, una persona fuera de estas últimas semanas en mi vida.

–Johanna Hoffman –digo, y tengo que hacer un gran esfuerzo por mantener el rostro serio–. Eres una mujer casada.

EN LA CUBIERTA INFERIOR HAN CREADO UNA SALA de estar improvisada con cajas y barriles acomodados como sillas alrededor de una mesa. Es como si un niño intentara construir un fuerte con sus sábanas y los respaldos de la silla.

Scipio, Sim y un hombre que no reconozco están sentados alrededor de la mesa con muchos más corsarios de pie detrás del extraño. Sim viste de nuevo los pantalones de pierna ancha que tenía puestos cuando nos conocimos y tiene los pies descalzos cruzados debajo de su cuerpo. Scipio y el segundo hombre se ponen de pie cuando llegamos. Scipio besa rápido mi mano (presiento que quiere darme un sermón sobre mi irresponsabilidad reciente pero se contiene) y estrecha también la mano de Johanna antes de voltear hacia Sim y al hombre que está a su lado. Su piel es unos tonos más oscuros que la de ella y tiene el tatuaje de la Corona y la Cuchilla sobre el lateral del cuello con trazos gruesos, ornamentados y más llamativos que el de ella. Los hombres detrás de él también lo tienen: uno en la muñeca y el otro tiene el tatuaje asomándose por el cuello de su camisa.

–Él es Murad Aldajah, el comodoro de la flota de la Corona y la Cuchilla fuera de Argel –Scipio lo presenta–. Y ya conocen a su hija, Simmaa.

No sé si debería estrechar la mano de Aldajah, hacer una reverencia o siquiera mirarlo a los ojos. Tiene esa clase de mirada de acero que juzga y se enfurece por nada. Es calvo, tiene una barba espesa y aretes dorados en cada oreja.

Johanna, quien aparentemente tiene una confusión similar respecto al asunto, hace una reverencia veloz y dice:

–Su Alteza –como si él fuera el rey de Inglaterra.

El hombre no ríe, pero mueve las aletas de la nariz.

–Siéntense –dice él señalando a su alrededor.

Johanna y yo compartimos asiento en una caja frente a Sim y juntas le explicamos a nuestra tripulación lo que ha sucedido desde que nos separamos de ella.

–Entonces el mapa de Sybille Glass que lleva a la isla de los nidos está en manos de los europeos –dice Aldajah cuando termino mientras desliza una mano sobre su barba.

Miro a Sim, tiene los hombros pegados a su asiento. Luce distinta bajo la sombra de su padre, de algún modo se parece más a un soldado y a una niña al mismo tiempo. Está sentada erguida como un atril, con ojos atentos y boca firme, como si no supiera de qué lado se inclinaría la balanza si expresara un pensamiento independiente. Como si algunos días fuera su padre y otros, su rey.

–Platt tiene el mapa, sí –respondo–. Pero también tenemos una copia.

–¿Había un duplicado? –pregunta Aldajah.

–Ahora sí –digo–. Hicimos uno. Y Platt y Stafford no saben que existe. Platt y sus hombres partirán pronto para hallar la isla y llevar los especímenes a Inglaterra para garantizar el financiamiento completo de su viaje.

–Entonces, danos tu mapa –responde Aldajah–. Y nos aseguraremos de detenerlos. Tenemos otro barco esperándonos cerca de la costa.

–Es el mapa de mi madre –intercede Johanna–. Es su trabajo.

–Es nuestro territorio –responde Aldajah–. Nuestro hogar.

–Bueno, no diremos dónde está –dice Johanna y cruza los brazos sobre el pecho.

Aldajah también cruza los brazos, imitándola.

–Esto no es una negociación, damas.

–Tiene razón, porque no tiene nada con lo que negociar –digo.

–Están a bordo de mi barco.

–*Mi* barco –interrumpe Scipio–. Están bajo mi protección.

–Y tú navegaste sin afiliaciones en nuestras aguas –replica Aldajah–. Tu barco y tus hombres han sido capturados.

–No somos de tu propiedad –dice Scipio–. Solo somos tus empleados.

Aldajah extiende las manos.

–Hay más hombres en este barco leales a mí que a ti.

–Basta –exclamo–. Si están tan decididos a convertir esto en una competencia de quién orina más lejos, Platt regresará a Inglaterra con su barco lleno de huevos antes de que hayamos levado anclas. Esto no se trata de ustedes, sus barcos o su orgullo masculino. Ahora, cállense y escuchen lo que Johanna tiene para decir –mi ferocidad silencia a Scipio y Aldajah. A sus espaldas, Monty me aplaude en silencio y Percy sujeta sus manos para detenerlo.

–¿Entregarás tu duplicado con alguna condición? –le pregunta Aldajah a Johanna. Ella carraspea.

–Sí. Primero, nos llevará a Felicity y a mí a la isla con usted para detener al doctor Platt y a su tripulación. Cuando los detengamos, yo me quedaré con el mapa original de mi madre, pero usted puede conservar el duplicado. Podrá quedarse con la tripulación de Platt: cualquier hombre dispuesto a unirse a sus filas será suyo y también podrá quedarse con el barco de Platt.

–Y es un barco bastante elegante –añado.

–Pero nosotras conservaremos una copia del mapa –continúa Johanna–. Y usted la otra. Luego, nos permitirá regresar a Inglaterra a salvo con el *Eleftheria* y su tripulación.

–Entonces cambiamos un invasor europeo por otro –dice Aldajah–. No eres diferente a tu madre.

–Tal vez no –responde Johanna–, pero esas son nuestras condiciones. Puede aceptarlas o nuestros caminos se separan aquí.

Aldajah desliza una mano sobre su barba y enreda la punta en su dedo. A su lado, Sim parece tener muchas ganas de decir algo, pero solo aprieta los dientes.

–El barco inglés no se rendirá sin dar pelea –dice él por fin.

–¿Y? –Johanna cruza los brazos–. Ustedes son piratas, ¿no? Saben cómo luchar.

–Los piratas evitan las peleas –responde Aldajah–. No queremos desperdiciar hombres o dañar el botín. Pero creo que esta expedición no será intimidada fácilmente con un disparo en la proa.

–Este barco –añade Scipio extendiendo una mano para señalar al *Eleftheria*– y *Makasib* no están hechos para la batalla. Ese barco inglés nos destrozará.

–Pero nosotros tenemos dos barcos y ellos uno –responde Johanna–. Sin duda eso tiene algún valor estratégico.

–Y es probable que la tripulación de Platt se rebele en un motín –añado–. O ya lo habrán hecho cuando lleguen a la isla. Platt está perdiendo a todos sus inversores así que es imposible que estén pagándoles bien a sus hombres. Es probable que sean más mercenarios que marineros. Tal vez están mejor armados que nosotros, pero la tripulación de ellos estará más harta y molesta que la nuestra.

–Y Platt y Stafford ya están discutiendo todo el tiempo –añade Johanna. Yo asiento.

–Platt es un desastre y parece que Stafford está harto de jugar a ser su niñera.

–¿Padre? –dice Sim, su voz es más suave de lo que estoy acostumbrada. Una pregunta más que una respuesta. Su padre mueve los ojos hacia ella pero no gira la cabeza–. Tal vez es hora de un cambio.

–¿Y qué cambio es ese, Simmaa? –quizás él percibe algo detrás de sus palabras: un cambio de liderazgo, un cambio en su flota, un cambio que empieza con su hija heredando su mundo en lugar de sus hijos.

Pero si Sim quiere algo de eso, no lo demuestra. Mantiene la mirada baja y dice:

–Hemos mantenido en secreto a estas criaturas durante tanto tiempo, pero también hemos ocultado los recursos que proveen.

–Que proveen a un costo –dice Aldajah, pero Sim continúa.

–Pero podemos controlar el costo si aceptamos que el cambio viene. No podemos luchar contra el cambio del mundo, pero podemos prepararnos para él. Y podemos preparar a nuestro mundo para él.

Aldajah tensa la mandíbula: el mismo tic nervioso que he visto en Sim, aunque él no rechina sus molares como ella. La misma vena aparece en la frente bajo la piel de Aldajah. Entrecierra los ojos del mismo modo cuando me mira y luego los posa sobre Johanna.

–De acuerdo –responde él y luego mira a Johanna–: Acepto tus condiciones. Ahora, muéstranos el duplicado.

Johanna me mira y asiente. Una sonrisa pequeña jala de las comisuras de su boca, triunfal y conspiratoria. Inclino el torso y comienzo al alzar el borde de mi falda y todos los hombres presentes protestan como si fueran uno; Monty cubre sus ojos de manera exagerada y exasperante y exclama:

–Dios santo, Felicity Montague, no te desnudes.

–Como si nunca hubieras visto la silueta de un cuerpo femenino –alzo mi falda hasta las rodillas, con cuidado de mantenerme cubierta lo máximo posible para evitar que uno de esos caballeros fornidos necesite un sillón donde desmayarse, y logro desatar la enagua de mi cintura.

–¿De qué sirve que te quites tus prendas íntimas? –pregunta Monty, observando a través de sus dedos cómo la enagua cae hasta mis tobillos y salgo de ella. Volteo la enagua, la sacudo y flota antes de que la extienda sobre la mesa para que todos vean la réplica del mapa que Johanna y yo bordamos.

No emiten un grito ahogado de asombro y fascinación como esperaba. Ninguno de los hombres parece comprender qué es. La mayoría está demasiado ocupado evitando mirar mi enagua para hacer deducciones. Solo Sim, con una sonrisa lenta y traviesa en el rostro, nos dice a Johanna y a mí:

–Son bastante astutas.

–Gracias –respondo–. Teníamos algo de tiempo libre que ocupar.

–No está tan completo como esperábamos –dice Johanna–. El mapa de Platt es mucho más detallado y legible. Pero ¿pueden obtener alguna indicación de este?

–Eso creo –Scipio parece querer alzar la enagua, pero luego se detiene, sin saber con certeza cuál sería la reacción más caballerosa cuando le entregan las prendas íntimas de una dama con objetivos náuticos.

–El *Eleftheria* conservará el mapa –le digo a Aldajah–. Y Johanna y yo permaneceremos a bordo aquí. Puede seguirnos en su segundo barco.

–Entonces, Simmaa también se quedará aquí –responde Aldajah–. Para asegurarnos de que cumplan con su palabra.

No es una pregunta, pero Sim igual asiente. Johanna también lo hace.

–Aceptable.

Quiero saltar y alzar los brazos en alto para celebrar la victoria. Regresamos. Tenemos nuestro propio timón de nuevo. Mi vida como aventurera, investigadora y mujer independiente con un mundo por descubrir ha desplegado sus velas una vez más después de estar a punto de colisionar con el cautiverio. Johanna me mira de reojo, como si percibiera cuántas ganas tengo de hacer un baile ridículo para celebrar, y presiona su hombro contra el mío.

–Señorita Hoffman –dice Scipio por fin–, ¿me acompañaría al casco y me ayudaría a descifrar esta… guía poco ortodoxa?

Johanna toma la enagua y la deja flotar como una bandera a su espalda mientras sube detrás de Scipio por las escaleras angostas. Una mano auxiliar de Percy la aturde más de lo que la ayuda.

Aldajah y sus hombres los siguen y yo también comienzo a partir, pero Sim se detiene frente a mí y bloquea mi camino. No dice nada por un instante, solo mira mi hombro y mueve los pies sobre las tablas. Espero.

–Me alegra que estén bien –dice al fin, sus palabras se pisan por la prisa con que las dice.

–Me alegra que no nos abandonaras –respondo.

–¿Pensaste que lo había hecho?

Me encojo de hombros sin compromiso.

–Debes admitir que parecía muy incriminador.

–Atacar con disparos bajando por la colina no las habría ayudado.

–Me habría dado bastante más confianza en tus intenciones nobles. Aunque supongo que no nos abandonarías mientras tuviéramos el mapa.

–Hay otros motivos por los que no te abandonaría –dice y sus ojos desaparecen detrás de sus pestañas gruesas mientras baja la vista de nuevo.

–No me dijiste que tu nombre era Simmaa –comento. Arruga la nariz.

–Lo odio. Mi padre lo escuchó navegando en su juventud y juró que llamaría a su primera hija Simmaa.

–¿Por qué lo odias?

–Porque significa valentía –retuerce la boca–. Creo que él lo usó de modo irónico.

–Pero eres valiente.

–No lo suficiente para liderar su flota. Creo que él nunca tuvo intenciones de que esa hija tuviera la oportunidad de ser valiente.

Frunzo los labios antes de responder.

–¿Debería llamarte Simmaa ahora, o preferirías capitana? Este barco está bajo tu mando ahora.

Emite una risa.

–¿Has visto alguna vez un puesto de liderazgo otorgado con tanta reticencia?

–Pero al menos te lo otorgaron –ella mira el suelo; empujo mi pie contra el suyo–. Lamento que tu padre no lo vea.

–¿Qué cosa? –alza la vista hacia la mía e intercambiamos una mirada que parece un desafío.

–Cuán jodidamente brillante eres –respondo.

–¿Lo soy? –jala de su pañuelo y coloca un pliegue detrás de la oreja–. Debes estar contagiándome.

Luego sube por las escaleras y desaparece en la cubierta superior.

De pronto, Monty aparece en mi hombro como un fantasma molesto, sonriéndome de un modo que hace que comprenda cuán cerca de mi oído hablaba Sim.

–Creo que le agradas –dice él. Pongo los ojos en blanco.

–Que tú y Percy vivan en un matrimonio profano no significa que cada par del mismo género quiera hacerlo. Y solo nos besamos una vez y fue más bien una experimentación para ver si besar podía ser una experiencia agradable para mí. Y la respuesta es no, aunque diría que ella es el mejor beso que he tenido. Pero el punto es irrelevante porque creo que nunca realmente funcionará porque simplemente parece que no deseo esa clase de relación con nadie como les ocurre a todos los demás. Pero que ella me haya besado no significa que le guste. Una vez te vi besar un arbusto.

Monty parpadea.

—Me refería a que le *agradas* en el sentido de que te respeta con recelo, pero, vaya, ¿cuánto tiempo has estado reprimiendo todo eso, cariño?

—Santo cielo, realmente eres el peor —paso a su lado en dirección a la cubierta superior, haciendo mi mayor esfuerzo por ignorar la curvatura de su sonrisa—. ¿Es demasiado tarde para cancelar el rescate?

20

AUNQUE HUBIÉRAMOS TENIDO UN MAPA
hecho en otro medio que no fuera un bordado, el viaje a la isla no habría
sido corto. Primero, tenemos que reunirnos con el barco de Aldajah, el
Makasib, cerca de la costa. Es un barco delgado como un esqueleto,
incluso más pequeño que el *Eleftheria*, pero atraviesa el agua como un
cuchillo caliente a través de un pan de mantequilla. Si no tuviéramos
el mapa y no guiáramos el viaje, estaríamos renqueando detrás del otro
barco mientras la bandera de la Corona y la Cuchilla flota en su mástil
diciendo que le sigamos el paso.

Estamos en el mar durante quince días. Una quincena tensa y mo-
nótona siguiendo un mapa bordado y perdiendo el rumbo donde mis
puntadas se enredaron y nos topamos con unos vientos que no tuve
tiempo de bordar con el detalle que quería.

Es una gran distancia y nada es más difícil de hallar que algo que
nadie ha encontrado aún. Todavía existe la posibilidad de que nave-
guemos a través del punto marcado por Sybille Glass y que no halle-
mos nada más que una extensión de mar vacío, o que descubramos el

motivo real por el que los mapas no se hacen en hilo y tela, que es que son imposibles de seguir. Podríamos desperdiciar semanas persiguiendo nuestra propia cola mientras Platt recolecta felizmente huevos de monstruos marinos sin problemas.

Cuanto más se adentra el *Eleftheria* en el Atlántico, más empieza a parecer invierno de nuevo. El mar abierto hace que el clima esté tan húmedo y frío que estoy segura de que pronto mi cabello nunca más estará lacio y que jamás recuperaré la sensación total de mis dedos. El aire es denso, una combinación de rocío de mar y nubes bajas oscuras como café que escupen lluvia de modo intermitente. Solo pasa un día antes de que abandone mis gafas: se empañan demasiado en cuanto las coloco sobre mi nariz y no veo. Luego de tres días de viaje, Monty tiene catarro y sucumbe a sus payasadas, solo alentado por Percy, quien está cariñosamente preocupado. Desde que abandonó el licor, Monty ha recaído incluso más en su adicción a la atención. Su oreja sana está bloqueada por el frío, y queda prácticamente sordo por completo, aunque no tan sordo como finge estar cuando menciono un remedio que leí en *Métodos fáciles y naturales para curar la mayoría de las enfermedades*, que dice que es posible calmar el catarro enrollando cáscara de naranja y colocándola dentro de ambas fosas nasales. Cuando se niega a escuchar pero continúa quejándose, pienso en amenazarlo con colocar los rollitos de naranja en otro lugar.

A medida que el día avanza, todos nos inquietamos más y, aunque nadie lo dice en voz alta, estoy segura de que no soy la única que entra en pánico y piensa que Platt y sus hombres no solo llegarán antes que nosotros, sino que también partirán. Quizás ya es demasiado tarde.

Así que es una gran sorpresa cuando el primer anuncio emitido por rey George desde lo alto del puesto de vigía no es sobre el avistaje de otro barco, sino tierra a la vista.

Sim y yo, que jugábamos a los naipes bajo la saliente de la cubierta superior, nos ponemos de pie de un salto y corremos hasta la barandilla. La niebla espesa que flota sobre el océano es prácticamente opaca. No sé cómo rey George vio algo a través de ella. Sim ordena que alcen una bandera para indicarle al *Makasib* detrás de nosotros que también detenga su avance; el barco se ubica a estribor nuestro y ambas naves se balancean en la corriente agitada. En la cubierta opuesta, veo a Aldajah avanzando hacia el bauprés mientras despliega un catalejo en la mano.

Intento ver a través de la niebla, mi cabello está aplastado contra mi rostro por el agua de mar. Si me esfuerzo, distingo una silueta oscura a través de la bruma, una mancha indescifrable merodeando sobre el océano. Luego, la silueta pálida de un acantilado escarpado atraviesa las nubes y, de pronto, aparece ante nosotros el contorno de un puño de tierra pequeño y escabroso alzándose sobre las olas. La clase de lugar donde los amotinados abandonarían a sus capitanes. Un lugar donde dejarían a un hombre para morir.

Scipio aparece detrás de mí; presiona su propio catalejo contra el ojo antes de dárselo a Sim. Extiendo una mano para mi turno, pero claramente no estoy lo bastante a cargo porque después de observar el horizonte, ella le devuelve el catalejo a Scipio.

–¿Crees que es el lugar?

–Tiene que serlo.

–Entonces, ¿dónde están?

–¿Quiénes? –pregunto.

–Los ingleses –responde Sim–. No veo otro barco.

–Quizás están del otro lado de la isla –sugiero.

–Lo dudo –dice Scipio. Coloca de nuevo el catalejo sobre su ojo–. Deberían haberse acercado desde la misma dirección que nosotros. No tienen motivos para navegar alrededor de la isla: existe una gran probabilidad de encallar cuando uno está tan cerca de tierra en aguas desconocidas. Sería más fácil ir por tierra a pie de ser necesario rodear la isla.

–Quizás los huevos están del otro lado de la isla –sugiero–. Eso sería motivo suficiente para correr el riesgo. O quizás se perdieron y tuvieron que volver sobre sus pasos.

–Quizás ya vinieron y partieron –dice Scipio.

–O quizás aún no han llegado –añade Sim.

Scipio baja el catalejo; lo pliega y lo despliega nervioso, pensando. Miro de nuevo con esfuerzo la niebla, intentado distinguir los detalles de la isla detrás de la masa sombría. Veo las siluetas de los árboles que pueblan las laderas, sus troncos están desnudos y sus copas son frondosas. Los acantilados caen directo al océano, sus laterales están pulidos por la erosión constante de las olas que rompen blancas y espumosas contra ellos antes de regresar al agua de un verde por el que las damas de la corte estarían dispuestas a cortar sus pulgares para que tiñeran sus vestidos de ese color. El paisaje entero parece áspero e inhóspito, un lugar que no está hecho para la vida humana. Con razón no habían encontrado la isla: aunque se hubieran topado con ella, ningún barco se habría detenido por aquel páramo.

La parte poco profunda alrededor de la isla parece emitir destellos cuando las olas retroceden, un color iridiscente como si el lecho marino estuviera hecho de perlas.

–Permítame echar un vistazo –digo y Scipio me entrega el catalejo. Aumentado, parece como si unas burbujas gigantes se reunieran bajo las olas, visibles solo cuando el agua se detiene entre ola y ola.

Luego lo comprendo. Son huevos.

Hay cientos de ellos, resguardados en la parte poco profunda con una red brillante y traslúcida que los conecta entre sí y los ancla al lecho marino. El interior de los huevos brilla verde, la fuente de color del agua, y el caparazón es tan translúcido y suave que late cuando el agua los golpea.

–¡Los huevos están en el agua! –estoy tan entusiasmada que olvido que tengo el catalejo y por poco golpeo el rostro de Sim cuando volteo para mirarla–. Están en la parte poco profunda, enredados entre sí. Amarran sus huevos a la isla pero los mantienen en el agua. ¡Mira!

–¿Qué ocurre? –oigo que Johanna pregunta detrás de nosotros y un instante después está a mi lado en la barandilla inclinándose tanto hacia delante que estuve a punto de sujetar la parte posterior de su vestido para que no caiga por la borda.

–La encontramos. Y hay huevos, ¡mira! Se ven en el agua.

–¿Es esa? –pregunta Johanna.

–Debe serlo –responde Sim–. Pero los ingleses no están aquí.

–Entonces, ¿quiénes son esos? –pregunta Johanna, señalando.

Sim baja el catalejo y ella, Scipio y yo miramos hacia adelante siguiendo el dedo de Johanna, pero sin ver nada.

–Hay humo –explica ella–. Alguien encendió un fuego en la orilla.

Sim maldice por lo bajo y se aparta de mi lado al mismo tiempo que yo también veo el humo. Una columna pequeña y delgada como un dedo a través de la niebla, negra y alzándose desde la playa.

–¡Están aquí! –Sim tiene las manos en los laterales de la boca y grita sobre el agua. No sé si su padre puede oírla, pero él voltea con una mano en alto para proteger su rostro de la salpicadura del mar–. ¡Los ingleses ya están aquí!

–¿Qué significa eso? –pregunto, mirando a Scipio.

–Están esperándonos –dice él–. Es una emboscada.

Mi estómago da un vuelco. Cuando miro el agua de nuevo, el *Kattenkwaad* ha salido de la niebla y se desliza hacia nosotros, un depredador silencioso con dientes de cañones ya desplegados en su cubierta inferior.

–¿Cómo sabían que veníamos? –pregunto. A duras penas puedo respirar.

–Deben habernos visto detrás de ellos o tal vez tenían hombres vigilándonos en Gibraltar –Scipio ya está hurgando en su cinturón y toma un contenedor de pólvora y un puñado de municiones–. Baja a la... –comienza a decir, pero lo interrumpe el primer disparo del *Kattenkwaad*, un disparo de advertencia que vuela sobre nuestra proa. Pasan varios segundos petrificados en los que nos ofrecen la oportunidad de alzar una bandera de rendición. Luego, su cañón frontal escupe dos balas gemelas conectadas por una cadena que vuela por el aire y se envuelve alrededor del mástil del *Makasib* con la velocidad suficiente para derrumbarlo sobre cubierta con un estruendo que dispersa a los hombres.

–¡Todos a sus puestos! –grita Sim–. ¡Todos a sus puestos! ¡Carguen los cañones y no muestren piedad!

–¡Giren a estribor! –exclama Scipio. Oigo gritos similares desde el *Makasib* y noto que no solo el *Kattenkwaad* es más grande que nosotros y está mejor armado, sino que está en movimiento, avanza hacia nosotros con cañones diversos ya cargados y girará fácilmente de modo que enfrentaremos una lluvia de artillería antes de siquiera virar nuestro barco.

–¡Felicity! ¡Johanna! –grita Sim–. ¡Bajen a la cubierta de las armas! ¡Salgan de aquí! –sujeto la mano de Johanna y corremos juntas hacia la escalera, tropezando en la bajada inclinada hasta llegar al lugar indicado.

Por poco choco contra Percy, que está de pie al final de la escalera e intenta sujetar frenéticamente su cabello en un rodete.

–¿Qué sucede?

–Los ingleses –digo sin aire–. Nos tomaron por sorpresa.

La cubierta de las armas está llena de hombres, todos corren a sus puestos en los cañones e intentan cargar rápidamente el arma más lenta en la historia de la humanidad.

–¿Qué hacemos? –le grito a Ebrahim, quien retira escombros del interior del cañón más grande con un cepillo largo.

–Lleven los cañones giratorios a cubierta –le grita a Percy–. ¿Recuerdas cómo cargarlos? –cuando Percy asiente, añade–: Ve con Monty y ármense –Percy corre hacia el arsenal y Ebrahim grita–: Johanna, abre las compuertas. ¡Felicity, conmigo!

Johanna y yo nos tambaleamos cuando otro disparo golpea el barco. Una hamaca vuela de sus clavos, se mueve como la cola de una serpiente por el aire y casi golpea mi rostro. Hemos hecho un simulacro de esto y conocemos nuestros puestos, pero parece irreal cuando Ebrahim me lanza un par de guantes de cuero pesados cuyo interior está cubierto de sudor.

–Cubre el respiradero –indica él y presiono el pulgar sobre un agujero pequeño en la base del cañón mientras coloca la primera carga.

–¡Alto al fuego! –grita Sim por la escalera–. ¡Estamos girando!

Nuestro giro es dolorosamente lento. Los tres pequeños cañones giratorios en nuestra cubierta son todo lo que tenemos para defendernos mientras el *Eleftheria* voltea de modo que el casco queda paralelo al *Kattenkwaad*. Ebrahim y yo esperamos, mi mano cubre el respiradero y los dos espiamos a través del cuadrado pequeño por el cual sale la nariz del cañón. Es una ventana angosta que nos permite ver nada más que el mar gris y el cielo más gris sobre él. Estoy temblando por la espera, por la impotencia, la quietud, y presiono tan fuerte el pulgar sobre el respiradero que se adormece. A mi lado, Ebrahim tiene la mecha entre las rodillas mientras sujeta en la mano el cepillo y el pedernal para encenderla, listo para la orden. Hay otro disparo del *Kattenkwaad* acompañado de un crujido.

Ebrahim aprieta los dientes.

–Están derrumbando las vergas.

Apenas puedo respirar sobre mi pulso acelerado. Se hunde en mis pulmones y mi garganta y siento que el miedo me controla. *Eres Felicity Montague*, me digo a mí misma. *Eres un cactus brillante y una flor silvestre que sobrevivió a la captura, la encarcelación y la extorsión, y sobrevivirás a esto.*

Y luego, la voz de Sim baja por las escaleras.

–¡Abran fuego!

–¡Fuego! –grita Ebrahim y quito el dedo del respiradero y cubro mis oídos con las manos, apartando el cuerpo del cañón.

Nunca disparamos durante los simulacros, y el estallido sacude mis dientes. El cañón retrocede por la fuerza del disparo y apenas logro evitar que pise mis dedos. No miro dónde aterrizó el disparo, pero el cielo gris a través de la cañonera ha sido reemplazado por un cuadrado del casco del *Kattenkwaad*. De algún modo es menos atemorizante que ver el cielo vacío y esperar, pero a su vez es más aterrador porque ahora estamos involucrados en la pelea. A través de la niebla, veo el rostro de sus marineros en sus propias cañoneras, cargando armas más grandes que las nuestras. Sobre el casco del barco, bajo las olas, hay redes clavadas como percebes a un lado arrastrándose en el agua. No distingo qué son hasta que veo el mismo resplandor perlado que vi a través del catalejo. Ya han recolectado los huevos y los arrastran con el barco dentro de unas redes.

Un hombre abandona la cañonera frente a nosotros para limpiar el cañón antes de que su compañero tenga oportunidad de colocar el arma de nuevo en cubierta. Ebrahim toma una pistola de su cinturón y dispara a través de la cañonera directo al limpiador. El hombre cae hacia adelante girando velozmente hacia el océano. Mi estómago da un vuelco y aparto la vista. La sangre nunca me ha molestado. Tampoco las enfermedades, las heridas o la muerte, pero las batallas son algo completamente distinto. Ebrahim, con quien he jugado a las damas, quien le enseñó a Percy a zambullirse y trenzó el cabello de Georgie en trenzas ajustadas sobre su cráneo, acaba de matar a un hombre de un disparo. Pero quizás ese hombre nos hubiera disparado primero. Quizás puede considerarse defensa personal. Por adelantado.

No puedo pensar en nada de eso.

Sujeto una cuerda del cañón y Ebrahim y yo arrastramos juntos el arma hacia arriba de nuevo. Oímos más disparos espaciados, esta vez estallidos más pequeños de los rifles del *Kattenkwaad* seguidos de un grito proveniente de la cubierta superior.

Mis hombros y manos duelen después de apenas unos pocos disparos. En el otro extremo de la cubierta, Johanna le entrega balas de cañón a uno de los hombres de Aldajah, su rostro está negro por el hollín y tiene una mano ensangrentada por un disparo que hizo volar astillas al atravesar nuestro casco. Ebrahim quema su mano con brasas sueltas mientras limpia el cañón: las chispas se deslizan sobre su manga y él debe apagarlas sobre su piel con palmadas antes de que incendien su camisa. Pierdo la cuenta de cuántas rondas disparamos, no porque sea un número grande, sino más bien porque el tiempo parece seguir otras reglas en una refriega. El tiempo entre disparos pasa como si fueran horas. El tiempo que tarda una bala en recorrer el largo del cañón y llegar al fondo para encender la mecha es media vida entera. Pero los disparos del *Kattenkwaad* son intensos e incansables, un ritmo imposible que no podemos igualar. Lo único que puedo hacer es continuar colocando el cañón en posición, continuar cubriendo el respiradero, continuar cubriendo mis oídos con las manos y permitir que el culetazo sacuda mis huesos.

Lo único que me aleja de la lucha es el sonido de mi nombre a mis espaldas.

–¡Felicity!

Volteo. Sim baja por la escalera que lleva a la cubierta superior. Su pañuelo está salpicado de sangre, aunque eso no indica que pertenezca a ella. Extiende una mano frenética hacia mí y, después de que Ebrahim asiente, camino tambaleante hacia ella.

–Te necesitan... –no escucho por el ruido que hacen nuestros cañones al disparar. El barco entero se balancea y ella sujeta mi codo, me ayuda a incorporarme y acerca su boca a mi oído–... dispararon –es todo lo que escucho antes de que ella me arrastre arriba y yo avance por la escalera empinada sobre las manos y las rodillas.

La cubierta es un caos. Las vergas del mástil han caído y están enredadas en el cordaje, colgando como ramas de un árbol en un techo selvático, desequilibrando los mástiles y haciendo que se balanceen de manera peligrosa mientras sus bases se agrietan. El bauprés y el mascarón han sido destrozados. Una de las velas está en llamas, dos hombres cuelgan del mástil intentando extinguir el fuego. El humo ahoga el aire.

La pierna de Scipio tiene un corte profundo y un charco de sangre se forma alrededor de él, agazapado sobre la cubierta con un rifle atascado en su hombro. Sim me empuja hacia abajo para que mi cabeza quede debajo de la barandilla (había comenzado a caminar hacia él para ayudarlo sin pensar en absoluto en los disparos), pero ella niega con la cabeza y me redirecciona empujándome hacia la popa. Sim ya está cargando de nuevo su pistola con pólvora negra y quiero preguntarle a dónde quiere que vaya y qué quiere que haga, pero en cuanto miro en la dirección que me llevó, lo sé.

Monty está agazapado detrás de la barandilla, con una mano sobre el cañón giratorio que le habían dado a su cargo y con otra sobre Percy, quien está desplomado sobre la cubierta, inmóvil. Avanzo rápido sobre mis manos y rodillas, mis palmas se resbalan en un charco de sangre. Trozos de la vela en llamas flamean sobre mí.

Un disparo se hunde en la cubierta delante de mí y lanzo mi cuerpo plano contra la cubierta. Monty aprieta los dientes y luego se pone de pie detrás del arma. Percy no se mueve. Ni siquiera veo si respira. Monty está pálido como la leche, la sangre cubre todas sus mangas y sus manos tiemblan mientras rompe la parte superior de un cartucho de pólvora con los dientes. Tiene una quemadura roja brillante en una palma, probablemente por sostener el cañón caliente demasiadas veces, pero no hace gestos de dolor.

Avanzo hacia Percy y arranco su chaqueta y su camisa en busca de la fuente de la hemorragia. No es difícil de hallar. Le han disparado en el centro del torso, en un lugar demasiado bajo para ser el corazón y demasiado alto para ser el estómago. Es una bala pequeña, aunque no es un gran consuelo.

–Percy –digo, sacudiendo despacio su hombro. No responde, pero separa los labios. Su aliento sale en jadeos largos y arduos que tiemblan al final. Cada respiración parece demasiado trabajo y no surten efecto–. Percy, ¿me oyes? ¿Puedes hablar?

Monty se agazapa a mi lado; desliza el dorso de su mano sobre el rostro y la mancha con sangre.

–Tienen un riflero en el puesto de vigía –dice él, su voz es ronca–. Sim lo eliminó, pero no lo vimos hasta que…

Percy respira de nuevo y todo su cuerpo tiembla, el aire suena a rugidos pinchados. Las palabras de Monty se convierten en un gimoteo, como si el dolor fuera compartido. Percy lucha con valentía para mantener los ojos abiertos, pero está perdiendo. Sus párpados fallan.

–¿Por qué respira así? –pregunta Monty, deslizando de nuevo una mano sobre su rostro–. Estaba despierto y hablando después de que ocurrió y no respiraba así.

Y tal vez es el miedo en su voz. Tal vez es que noto que Monty ha intentado detener la hemorragia presionando el gorro ridículo que Percy tejió para él sobre la herida de bala, pero la tela se ha deslizado y ha caído junto a él. Tal vez es que Percy no solo es alguien valioso para mí, sino que es la mitad del corazón de mi hermano. Nunca he visto un miedo semejante en Monty. Nunca he visto miedo semejante en otro humano, mientras él presiona las manos sobre el rostro de Percy y apoya su frente contra la de él y le suplica que abra los ojos, que respire, que sobreviva.

Lucho por concentrarme. Lucho por pensar. Mi mente ha caído en la trinchera del hábito y se dirige directo hacia los *Ensayos* de Alexander Platt, hacia cada uno de los artículos que leí sobre el torso, los pulmones, el corazón, la circulación, la caja torácica. Y no hay nada. Ni una nota, ni una mancha, ni un solo comentario sobre una herida de bala limpia en el pecho. Platt nunca escribió ni una palabra sobre qué hacer cuando cada inhalación parece matar lentamente a un hombre.

Así que no pienso en Platt. No me preocupo por lo que Platt, Cheselden, Hipócrates, Galeno o cualquiera de esos hombres puedan haber escrito sobre el tema o cómo habrían guiado mi mano. Puedo hacer más que memorizar mapas de venas, arterias y huesos; puedo resolver el acertijo de qué hacer cuando esas piezas fallan. Puedo escribir mis propios ensayos. Soy una chica con manos firmes, corazón obstinado y cuento con todos los libros que he leído en la vida.

Eres Felicity Montague. Eres médica.

Percy inhala de nuevo de modo escalofriante y es como si un diagrama se extendiera sobre él, mostrándome dónde podría estar alojada la bala, qué golpeó y cómo eso afecta todo lo demás. Una herida de pecho abierta como esta, con solo un gorro tejido y una mano presionada sobre ella de modo intermitente, es una abertura en ambos sentidos. La sangre sale, pero el aire entra y llena todos los lugares donde no debería estar, lo cual colapsa el pulmón y separa su cavidad torácica del árbol traqueobronquial. Es como un mapa en mi mente, memoria muscular, un poema que puedo recitar de memoria. Sé qué hacer.

—Necesito algo filoso —digo.

Monty busca a tientas sobre la cubierta detrás de él y regresa con el sacabalas del cañón; me lo entrega del lado que tiene punta similar a un sacacorchos, que se desliza dentro de la recámara del cañón antes de cada disparo para eliminar restos. La manija está resbaladiza cuando la coloca en mi mano.

Ante una herida en el pecho que colapsa los pulmones, es necesario aplicar succión a través de un tubo flexible sin punta e inyectar fluidos anticoagulantes cuanto antes. Al no tener esa opción, improviso con lo que tengo y comienzo a hacer una incisión entre las dos costillas más bajas, a cuatro dedos de las vértebras y el ángulo escapular inferior.

Presiono los dedos en la base del pecho de Percy, cuento sus costillas y luego coloco la punta del sacabalas en el mismo lugar. No vacilo ni un segundo.

Empujo la punta similar a un sacacorchos con la mano hasta que atraviesa la piel y siento el límite de sus huesos. El cuerpo de Percy se sacude y, cuando retiro el punzón, respira agitado como si acabara de salir a la superficie del agua. Yo también respiro así. El sacabalas cae de mi mano y rueda por la cubierta.

—¡Mantén la presión sobre la herida! —le grito a Monty. Los disparos hacen zumbar mis oídos: apenas puedo escuchar mis propias palabras con el ruido. Volteo en la cubierta, lista para regresar corriendo hacia los cañones o para ir con quien me necesite, pero Sim me detiene, moviendo la cabeza de lado a lado hasta que obedezco.

–¡No hay más munición! –oigo que grita y de pronto noto cuán silenciosa está nuestra cubierta de armas: prácticamente no nos queda pólvora. Lo que nos queda serán balas de cañón individuales o de mosquetes que nos expondrán al enemigo. Del otro lado, en el agua, el bauprés del *Makasib* está en llamas, llamas que trepan por los mástiles y rozan las velas, pero todavía están dando pelea con valentía. Uno de sus cañones dispara y el *Kattenkwaad* responde con un disparo a través de nuestra barandilla. Las astillas explotan y se desparraman por la cubierta, y yo cubro mi rostro con los brazos. El polvo llena mis pulmones; polvo, humo y el olor metálico a sangre.

A través de la niebla, todavía veo la isla esperándonos y solo pienso: *Esto no puede terminar así.*

No es lo que había esperado pensar mientras miraba a la muerte a sus ojos hambrientos. No es desesperanza, es pura obstinación. Ni siquiera es tanto un deseo de vivir, más bien me rehúso a morir. Aún no, no ahora, no aquí, no cuando tenemos tanto por hacer. Maldición, no moriré en esta pelea.

De pronto, un grito atraviesa el aire, tan intenso, espeluznante e imposiblemente agudo que es más una vibración que un sonido. Cubro mis oídos con las manos, inclino el torso hacia adelante por el dolor que causa aquel sonido que surge del océano y me atraviesa. Lo siento en mis pies, en mis pulmones, en el modo en que chocan mis dientes. En toda la cubierta, sueltan las pistolas y los rifles caen. Los hombres cubren sus oídos, gritando junto al ruido, y la humanidad de aquel sonido es casi reconfortante. La pelea se detiene, solo por un instante en ambos bandos, mientras todos se tambalean.

A mi lado, Monty niega con la cabeza, como si intentara disipar el chillido.

–¿Qué fue eso?

El barco se estremece. No por el golpe de una bala de cañón, sino como si algo hubiera pasado debajo de nosotros. Una ola impacta sobre la cubierta y empapa mis rodillas.

–¡Hemos encallado! –grita Sim, pero todavía estamos muy lejos de la orilla y el barco deja de moverse prácticamente de inmediato. No estamos atascados en nada y nuestra quilla no está enganchada en un arrecife o en un obstáculo.

Pero algo ha pasado debajo de nosotros.

Me pongo de pie de un salto y corro hasta la barandilla al mismo tiempo que Johanna sube con dificultad desde la cubierta inferior. Su cabello está enmarañado sobre sus hombros, tiene el rostro manchado de pólvora, pero extiende el brazo en busca de mi mano para recobrar el equilibrio, sin inmutarse por la sangre. Ambas miramos sobre la barandilla, lo más lejos que nos atrevemos sin exponernos demasiado a las armas británicas.

–¡Felicity! –grita Sim–. ¡Johanna! ¡Bajen de ahí!

Ninguna de las dos se mueve. Ambas reconocemos el sonido por la versión en miniatura que oímos en la bahía en Argel. Debajo de la proa de nuestro barco, el agua resplandece color zafiro, algo iridiscente y brillante pasa entre las olas. Johanna sujeta mi brazo.

–Es un dragón. Está debajo de nosotros.

Como respuesta, el barco se balancea de nuevo como si estuviera sobre una ola.

–¡No es un arrecife! –grito hacia el lugar donde Sim está agazapada contra el casco–. ¡Es uno de los animalitos! Está debajo de nosotros.

Oímos de nuevo aquel grito profano. Unas ondas se extienden sobre el agua y allanan las olas. El barco se sacude.

–¡Tenemos que dejar de disparar! –grita Johanna–. ¡Ella no quiere pelear! ¡Quiere sus huevos!

–¿Ella? –grita Sim como respuesta.

–¡La dragona! –Johanna hace una pantomima frenética al señalar hacia abajo y luego mueve las manos de modo serpenteante–. ¡El barco de guerra tiene sus huevos! Hay un monstruo marino debajo de nuestro barco, pero si nos quedamos quietos y no la molestamos, ella no nos hará daño. ¡Por eso no atacaban los barcos de tu padre! ¡No pelearon contra ellos! Debemos cesar el fuego. Sin cañones, sin armas, nada. No podemos movernos.

–¿Estás loca? –responde Sim.

–Hazle una señal a tu padre. ¡Tienen que detenerse!

Scipio mira a Sim en busca de una orden, aunque a juzgar por su rostro es evidente cuál quiere él que sea la orden. Su pierna ensangrentada tiembla bajo su peso. Sim aprieta la mandíbula, la tensión de su boca la traiciona. No quiere rendirse. Es una chica criada para continuar luchando con sus uñas, no para rendirse. Ser siempre la más rápida, la más astuta, la última en cesar el fuego. No demostrar debilidad. No demostrar piedad. Hundirse antes que rendirse.

Pero desde el otro extremo de la cubierta, mira a Johanna y luego a mí. Cuando nuestras miradas se encuentran, veo que alza el pecho con una única respiración profunda.

–¡Alto al fuego! –grita–. No hagan ningún movimiento.

–¡Detente! –grita Scipio sujetando el brazo de Sim–. Nos hundirán.

Sim aparta su brazo de la mano de Scipio.

–Sin armas, sin cañones. Alza las banderas para mi padre.

–No sobreviviremos –exclama él, pero Sim ya está atravesando la cubierta y bajando la escalera. Scipio balbucea algo en voz baja y luego les grita a sus hombres en la cubierta superior–. ¡Alto al fuego y cúbranse!

–¡Todavía hay munición! –responde con un grito uno de ellos, pero Scipio dice con brusquedad:

–¡Obedece!

El mensaje tarda un momento en llegar al barco, pero cuando lo hace, una quietud espeluznante se apodera de nosotros. El sonido de la batalla es reemplazado por el rugido del agua respirando contra el lateral de nuestro barco, el crujir del barco meciéndose sobre el daño.

Sim camina tambaleante por la cubierta y regresa al lugar donde Johanna y yo estamos agazapadas junto a la barandilla. Observamos la señal viajando por banderas entre nuestro barco y el de su padre: dado que no hay una señal para *no molestar a los dragones*, simplemente es una indicación de rendición.

–Por favor –escucho que Sim susurra a mi lado con los ojos puestos en el barco de su padre–. Por favor, confía en mí.

Extiende el brazo y toma mi mano, su palma está húmeda y temblorosa. Sujeto la mano de Johanna con la que me queda libre. Está tan concentrada en el mar, observando aquel destello esmeralda, que pienso que no notó que la sujeté hasta que aprieta mi mano como respuesta. Un recordatorio de que está aquí. De que me tiene. Nos sujetamos mutuamente.

La próxima ronda de artillería impacta en el barco, una lluvia de disparos y estallidos de cañón. La parte superior de uno de nuestros mástiles se hace añicos y cubre la cubierta con fragmentos de madera. Las tres caemos una sobre la otra. La mano de Sim está sobre mi nuca, protegiendo mi rostro con el suyo.

Y luego, oímos de nuevo aquel grito, tan agudo que no hay sonido, solo es una vibración que me hace sentir que cada vena en mi cuerpo está a punto de estallar. Juro que uno de mis dientes se afloja. Y luego, hay otro sonido distinto, algo quebradizo, como un derrumbe, como si fuera aplastado con el puño de un gigante. Alzo la cabeza y veo que una espiral inmensa de escamas azules con el lomo cubierto de púas se alza del agua, permanece en lo alto sobre los mástiles ingleses y salta en el aire como una serpiente al ataque. Otro oleaje empuja nuestro barco, generado por la espalda del dragón, y nos balanceamos peligrosamente. Sujeto una de las barandillas, la envuelvo con ambos brazos y lucho por mantener la cabeza por encima del agua. Sim intenta sujetarla, falla y, en cambio, se aferra a mi cintura para no caer. El dragón se sacude, la mitad de su cuerpo cae sobre el barco inglés y lo parte al medio con un crujido similar al de un árbol al caer. Enreda la cola sobre el casco, y la púa larga al final de la cola queda suspendida en el aire como un signo de exclamación antes de sumergirse y arrastrar el barco inglés con ella de modo que desaparece por completo; el agua se traga incluso los colores. Los huevos flotan en la superficie, aún conectados entre sí y resplandecientes.

Un instante después, el agua se mueve de nuevo y las fosas nasales de la dragona asoman por la superficie junto al lateral de nuestro barco. Contengo el aliento.

El animal emite una nube de aire húmedo y luego enreda su nariz alrededor de la red de huevos. Sacude la cabeza y corta las cuerdas náuticas con las púas filosas que tiene sobre las fosas nasales. Los huevos flotan en la superficie, todavía unidos por la membrana que los sujetaban al lecho del mar alrededor de la isla. Las antenas en sus cejas sujetan los huevos y los coloca sobre su lomo, donde quedan acurrucados como percebes pegados a sus escamas.

La dragona alza los ojos. Ve nuestro barco. Emite otra nube de aire húmedo que la brisa transporta hasta golpear nuestros rostros con aquel aire caliente y salado.

Luego, la dragona respira (jadeando de modo profundo como si fuera el origen del viento) y se sumerge, las púas de su cola flotan sobre las olas antes de desaparecer en el agua oscura.

Y, por fin, el mar está en calma.

21

SIN DUDA HABRÍA SIDO UNA VISTA TEATRAL

que Johanna y yo bajáramos del bote y marcháramos hasta el campamento de Platt en la isla, solas y poderosas, dos damas con sables y sin miedo.

Pero eso simplemente no es práctico, así que, en cambio, somos dos damas sin sables que todavía tiemblan después de la batalla, cubiertas de sangre y acompañadas por un grupo de piratas que tienen las cicatrices más espantosas y la estatura más amenazante. Pasan varias horas hasta que el agua se calma para que podamos hacer la expedición hacia la isla. Detrás de nosotros, el *Makasib* ha extinguido su incendio, pero la mitad frontal del barco es una cáscara chamuscada y humeante. El *Eleftheria* intenta rescatar las vergas caídas y reparar los mástiles rotos. No es tarea sencilla. Tengo los dedos tiesos por acomodar dislocaciones articulares y por haber hecho el trabajo delicado de extraer balas de los marinos heridos. No perdimos a muchos hombres, pero casi ninguno salió ileso. Johanna me sigue por la cubierta y ayuda cuando puede, sujetando piel y huesos en su lugar, sin que la afecte ver los músculos y órganos expuestos.

Cuando partimos, dejamos a Scipio con la pierna cosida, limpia y vendada, y a Monty acurrucado contra Percy en el suelo del camarote del capitán; ninguno de los dos descansa profundo, pero ambos se relajan un poco. Estoy segura de que aún estarán allí cuando regresemos, probablemente Monty acariciará el cabello de Percy mientras él duerme con la respiración estable y el pecho vendado. La supervivencia no es una garantía (las infecciones, la gangrena y todos esos hijos de perra aún tienen tiempo de hundir sus garras en él), pero es una posibilidad real. He leído registros de duelistas que han recibido un disparo en el pecho y que, después de tener una intubación, estaban de pie al día siguiente. El peligro ahora es el mismo que hay en cualquier herida. Cuando él recobre la consciencia, el dolor será brutal, y deseo con fervor poder darle algo que lo calme o que acelere la curación. Alguna clase de opio o las escamas de dragón, algo que no empeore su estado antes de haber hecho algún bien. Debe haber algún modo.

Remamos hacia la orilla cuando la marea baja y arrastramos el bote sobre la única playa que no es un acantilado escarpado. La arena negra chilla bajo nuestros pies mientras caminamos y luego se convierte en laja rota resbaladiza por las algas. Fragmentos lechosos de los cascarones de los monstruos marinos cubren la orilla, aunque es difícil saber si las espadas inglesas los partieron o si son fragmentos de cascarones que eclosionaron hace tiempo y que la marea trajo a la orilla. La niebla está baja, el océano está tan quieto que parece una laguna. El agua se reúne en los huecos de las rocas y crea charcos donde las estrellas de mar y las anémonas de todos colores nos saludan. Estas pequeñas ventanas circulares bajo el mar parecen demasiado brillantes para la naturaleza.

Primero hallamos el campamento de marineros que Platt llevó consigo a la isla para recolectar sus especímenes; todos están más que dispuestos a rendirse ante nuestros piratas sin que ellos siquiera tengan la oportunidad de amenazarlos.

–¿Dónde está Platt? –le pregunto a uno de ellos y él inclina la cabeza hacia la cima de la colina, donde hay humo aún subiendo hacia el cielo.

Johanna y yo trepamos por la ladera seguidas de algunos de nuestros hombres. Tenemos que avanzar sobre manos y rodillas en las áreas donde la pendiente es más pronunciada. Los árboles están desnudos hasta el cuello y las copas frondosas flotan sobre la niebla, llanas y simétricas. Algunos sectores de flores amarillas cubren la ladera, sin ceder ante el viento y las olas que azotan la isla. Únicas, silvestres e imposibles de olvidar.

Platt está sentado solo sobre la colina, es la cáscara quemada de un hombre. Debe haber visto la batalla y al monstruo hundir su barco. Su piel parece delgada como humo y es tan pálida que puedo contar las venas azules en su cuello. Tiene las manos en carne viva y llenas de ampollas mientras alimenta el fuego con las anotaciones de Sybille Glass, hoja por hoja, pero está tan drogado o tan resignado que no parece sentir la quemazón. La llama salta cada vez que una página nueva cae sobre ella.

Alza la cabeza cuando nos acercamos. Tiene los ojos inyectados en sangre, las mejillas hundidas y pronunciadas de modo que luce como un esqueleto de papel en vez de un hombre real. No salta, corre ni se enfurece cuando nos ve llegar, tampoco cuando nos detenemos frente a su fuego. En cambio, se pone de pie con calma, aunque sus piernas tiemblan bajo su peso y toma el mapa de la isla hecho por Sybille Glass que estaba apoyado a su lado. Lo extiende hacia nosotras y por un instante pienso que lo entregará, que su voluntad de luchar cayó al suelo junto a sus botas, pero se detiene mientras el mapa flota sobre el fuego. El humo mancha el dorso de negro.

Johanna se paraliza, sus botas resbalan sobre la roca. Pienso que tal vez es porque se detuvo en pánico, pero ella está tranquila como un cielo veraniego. Cruza los brazos. Observa a Platt. No le otorga poder alguno.

–Puedes quemarlo –dice ella–. Si eso es lo que quieres.

La mano de Platt tiembla. El papel se sacude. Si él esperaba histeria, la calma de Johanna debe parecerle perturbadora.

–También fue tu trabajo –continúa ella–. Sin importar qué sucedió entre los dos, mi madre no es inocente. Y si quieres destruir el mapa, pues que así sea.

–No la habría detenido a ella.

–Tampoco nos detendrá a nosotras –responde Johanna.

Platt suelta el mapa, pero en vez de caer sobre el fuego, flota sobre el humo desafiando todas las leyes de gravedad conocidas hasta el momento mientras permanece sobre una ráfaga de aire caliente.

Luego, Johanna extiende la mano y lo toma entre el humo, sus manos quedan manchadas de hollín y dejan un rastro de huellas negras en los bordes del mapa de su madre.

Platt permite que los piratas lo lleven. No se resiste ni lucha de ningún modo, y me pregunto cómo será estar tan abatido que ya no hay ánimo de luchar. Espero nunca saberlo.

JOHANNA Y YO NOS REUNIMOS CON SIM EN LA PLAYA de arena negra. Ella llega en un bote del *Makasib*, los dos hombres que la acompañan ocupan el lugar de ella con Platt y lo llevan de regreso al barco.

–¿Dónde está tu padre? –pregunto mientras se acerca hacia nosotras.

–Con Scipio en el *Eleftheria*, planeando sus reparaciones –de pronto, el viento se alza y ella coloca una mano sobre la cabeza para mantener el pañuelo en su lugar–. ¿Platt les dio el mapa?

Johanna lo alza con una sonrisa para que ella lo vea.

–¿Deberíamos sortear quién se queda con el mapa? No es necesario fingir que la enagua es la versión más codiciada. ¿O cada una debería tomar una mitad y luego unirlas? Solo para ser justa. O quizás...

Johanna continúa hablando, pero Sim no nos mira. Está mirando el suelo mientras aparta la arena con el pie y luego mira por encima de su hombro el bote que regresa al barco de su padre.

–Sim –digo, y cuando nos mira, Johanna hace silencio.

–No pueden conservar el mapa –comenta ella.

Johanna retrocede, presionando contra el pecho la carpeta de cuero que contiene los dibujos de su madre que rescató de las manos de Platt.

–Teníamos un trato.

–Lo sé. Pero mi padre... –Sim mira hacia el mar de nuevo, sus ojos brillan–. Desearía que esto fuera diferente.

–Puede serlo –digo–. Podemos hablar con él. Llegar a un acuerdo.

Sim mueve la cabeza de lado a lado.

–No cambiará de opinión. No quiere que este secreto llegue a Londres. Tiene hombres en ambos barcos, más que Scipio. Los secuestrará si se resisten.

Johanna la mira con las mejillas succionadas durante un instante tan largo que comienzo a preocuparme por su respiración. Luego, suelta todo el aire en un suspiro cortante y dice:

–Pues entonces, ¡no me iré!

–Johanna... –dice Sim, pero continúa hablando por encima de ella.

–No lo haré. Me quedaré en esta isla, convertiré el campamento inglés en mi hogar, aprenderé a comer el musgo naranja de los árboles,

beberé agua de mar, encontraré a alguien que me traiga a Max, luego convertiré esta isla en mi continente y mi aula y aprenderé todo lo
que tu padre no aprenderá porque es demasiado cobarde, y entonces el
mapa no importará –cruza los brazos, con las piernas extendidas como
un general desafiante–. No puedes detenerme. Si no me permites llevar
el mapa a Inglaterra, entonces me quedaré aquí.

–Yo también –afirmo.

Johanna salta como si de pronto una mosca hubiera aterrizado sobre ella y gira hacia mí.

–¿Lo harás?

Me perdí a mí misma en el deseo de hacer todo bien, de conseguir el
certificado, la membresía, la licencia y el diploma. Creía que necesitaba
que todo fuera igual a lo que recibían los hombres porque de otro modo
no tendría valor. He recorrido a tropezones el mismo camino que Platt
y Glass, más preocupada porque me reconocieran por el trabajo que
por el trabajo en sí mismo, y lo hacía de un modo en que las juntas directivas en casa reconocerían como legítimo.

Había perdido de vista el hecho de que quiero hacer un trabajo que
importe. Quiero comprender el mundo, cómo se mueve, cómo están
entrelazados los hilos intrincados de la existencia en un tapiz y quiero
tejer esos tapices con mis propias manos. De pronto, me invade aquel
anhelo de saber cosas, de comprender el mundo, de sentirme parte de
él. La sensación me inunda con una fuerza feroz. Este mundo es mío.
Este trabajo es mío. Si es egoísta quererlo, entonces el egoísmo será mi
arma. Lucharé por todo lo que no puede defenderse. Lo protegeré del
viento, mantendré lejos a los lobos y pondré la cena en la mesa. De pronto, me llena más que el deseo de querer ser reconocida: quiero saber.

Los dragones no son nuestros para exponerlos. La Corona y la Cuchilla no nos pertenecen para que abramos las puertas a nuestro antojo.

Pero este mundo aún es nuestro. Merecemos nuestro espacio en él. Sin importar si ese espacio me otorga o no un lugar en los muros del salón de cirujanos de Londres.

Sim nos mira, y si bien debe haber sabido que ninguna de las dos renunciaría sin dar batalla, debe desear haber elegido acompañantes menos obstinadas.

—Por favor —dice por fin y extiende una mano débil—. No hagan que sea más difícil.

—No lo hacemos —responde Johanna—. Tu padre lo hace al no cumplir con su palabra. Si quieres que alguien te acaricie la cabeza y te diga que eres bonita y que estás perdonada, regresa con él, porque aquí nadie lo hará.

Johanna comienza a partir, luego parece recordar a mitad de la playa que no tiene a dónde ir porque esta isla está desierta y es inhóspita, pero luego de un paso vacilante continúa de todos modos con su caminata sobre la montaña, como si quisiera probar cuán dispuesta está a domar esta tierra salvaje. Incluso cuando la naturaleza jala de su falda y ella tiene que soltarla y dejar atrás una banderita de seda rosada flameando sobre un árbol delgado como un dedo.

Sim también parece dispuesta a correr, aunque no por furia. Parece vacía y dividida en dos partes que batallan, pero el lado que ha estado en su sangre desde su nacimiento está ganando, sin importar cuánto vacile. Parte de mí quiere decirle que la entiendo, que está bien, que no la culpo. La otra parte quiere decirle que es una traidora cobarde y que debería reunir valor y hacerle frente a su padre. Pero eso es fácil para mí decirlo.

—¿Qué ocurrirá con Platt? —pregunto al fin. Sim desliza una mano sobre sus ojos.

—Mi padre y yo lo llevaremos a nuestra fortaleza. Veremos si sobrevive y nos aseguraremos de que no regrese a Londres —una bandada de aves negras con nidos sobre el acantilado a nuestras espaldas alza vuelo. Ella me mira, extrañamente expectante, y cuando alzo las cejas, dice–: No me preguntaste si lo mataremos.

–Ah. Asumí que no lo harán porque eso es lo que yo quisiera hacer, pero tú eres mucho más decente que yo.

Separa los labios, el fantasma de una sonrisa.

–Cuando nos conocimos, habrías asumido lo peor de mí.

–Así es, y fue terriblemente injusto –respondo–. Aunque, en mi defensa, en una de nuestras interacciones preliminares colocaste un cuchillo sobre la garganta de un hombre inocente.

–Porque tú necesitabas darle un puñetazo en el rostro a tu hermano.

–¡No quería golpearlo! Decidimos no hacerlo –ella ríe y apoyo mi hombro sobre el de ella. Permite que su peso se balancee a un lado como las hierbas de las dunas en el viento–. ¿Hace cuánto sabes que tu padre no nos daría el mapa?

–Nunca me lo dijo de modo directo.

–Pero lo sabías.

–Piratas –dice encogiéndose de hombros.

–Debería haber sido un hombre y decírnoslo en persona en vez de enviarte a ti.

–Él prefiere seguir con la maravillosa tradición en que las mujeres limpian el desastre causado por hombres.

–Ah, la historia del mundo –aparto mi cabello de mi rostro. Se ha engrasado como tocino las últimas semanas y casi limpio mi mano sobre la falda en cuanto lo he tocado–. Supongo que no te creería si dijeras que se perdió y nos permitieras quedarnos con la enagua.

–No me creería.

–Y supongo que estás de acuerdo con él en que debemos dejar en paz a los dragones y no molestarlos.

–Si los dejamos en paz, también los mantenemos ocultos –dice y suena tanto a algo que Johanna diría que me toma por sorpresa. Sim inclina la cabeza a un lado, y desliza un dedo sobre su labio inferior–. Quizás es decisión de él y él es el comodoro, pero no creo que sea la opción correcta.

–Es muy valiente de tu parte decir eso.

–Sería más valiente decírselo a él. He pensado durante tanto tiempo que el único modo en el que él me consideraría siquiera como aspirante era convertirme lo máximo posible en la mejor versión miniatura de él, para que supiera que su legado no se perdería si me entregaba su herencia. Pero no quiero ser mi padre. No quiero que las cosas permanezcan igual. Y si eso me cuesta mi derecho de nacimiento… –vacila, la determinación flaquea cuando debe decirlo en voz alta.

–¿Qué significará para los dragones? –pregunto.

–No lo sé –responde–. Pero siempre hay consecuencias. Incluso si permaneces quieta. Y estoy harta de la quietud.

Estamos de pie lado a lado, mirando el océano, observando las olas desplegarse sobre la orilla, creando constelaciones de cascarones blancos al retroceder. Una playa estrellada a nuestros pies.

–¿Desearías alguna vez que el tiempo funcionara al revés? –pregunto–. ¿Para poder saber si las decisiones que tomaste eran las correctas?

–¿Existen las correctas? –Sim resopla.

–Bueno, algunas más correctas que otras. Unas que no terminen en desperdiciar tu vida sin llegar a ninguna parte después de perseguir algo que tal vez nunca será más que un mito.

–De todos modos, los mitos son todos una mierda –dice ella–. Nunca cuentan historias de personas como nosotras. Preferiría escribir mis propias leyendas. O ser la historia que alguien admire algún día. Construir cimientos sólidos para aquellas que vengan después de nosotras.

Arrugo la nariz.

–Eso no es muy glamoroso. Los cimientos se entierran en lo profundo, sabes.

–¿Desde cuándo te ha importado el glamour?

–No me importa. Me preocupo por ti –jalo de la tela suelta que rodea su muslo–. No quisiera que nada le sucediera a esos pantalones modernos.

Inclina la cabeza hacia mí entrecerrando los ojos.

–Estás burlándote de mí.

–Así es –respondo, con la mayor seriedad que puedo.

El rastro aceitoso de una sonrisa se extiende sobre sus labios y quiero acercar una vela y ver cómo arde esta mujer que es un incendio peligroso y hermoso.

–Que nunca me hayas visto arreglada no significa que no pueda entregarme profundamente a mi costado de princesa pirata.

–Ah, ¿puedes?

–Felicity Montague, si me vieras vestida para el Eid con mi caftán azul y dorado, te desmayarías de inmediato. Me propondrías matrimonio en aquel instante. Y tal vez mis besos no son mágicos para ti, pero por supuesto que aceptaría, te trataría bien y seríamos muy felices juntas. Podrías tener tu casa, tus libros y tu perro viejo, y yo tendría un barco y navegaría durante años y solo regresaría para verte en ciertas ocasiones para que nunca te aburras de mí.

–¿Y seríamos felices? –pregunto.

–Eufóricas –responde.

Su lengua sale entre sus dientes y posa sus ojos en mi boca. Por un instante, pienso que me besará de nuevo. Cada novela romántica dice que este es el momento para que me tome en brazos y me bese de un modo que haga temblar mis piernas, labios sobre labios ardientes, aunque no imagino que exista un libro en que dos personas como nosotras compartan un beso. Si bien no somos material para mitos, sin duda tampoco somos la pareja de amantes de una ficción moderna.

–Nos aburriríamos la una de la otra en algún momento –digo–. Somos chicas cactus. Nos pincharíamos mutuamente solo con una mirada.

–Retiro mi comparación con un cactus –responde ella–. O si eres un cactus, eres uno de los peludos. Los que parecen tener espinas, pero si tienes la valentía suficiente de presionar la mano sobre él, descubrirás que es suave.

Pongo los ojos en blanco.

–Suena falso.

–Entonces, serás la primera de tu clase. Silvestre, única e imposible de olvidar –abre y cierra el puño, flexionando las cicatrices curadas sobre su brazo causadas por el vidrio roto. Un recordatorio de las cosas extrañas que hay en el océano. De todos los misterios del mundo que aún desconocemos. Preguntas que ni siquiera hemos pensado en hacer.

»No puedo darte el mapa –dice–. Pero si me permites… y si Johanna lo permite… quizás haya otro modo.

ENCONTRAMOS A JOHANNA ENTRE LOS RESTOS esqueléticos del campamento inglés, liberando su furia al destruir metódicamente cualquier cosa que los hombres de Platt dejaron y que no serán necesarias para su supervivencia si tuviera que cumplir con su promesa de instalarse como reina de esta isla. Se detiene cuando nos ve llegar; tiene en la mano una sartén abollada por haberla golpeado muchas veces contra el tronco de un árbol.

–¿Qué? –pregunta inexpresiva mientras Sim y yo subimos por la colina hacia ella.

Sim se detiene al límite del campamento, hace una pausa para recobrar el aliento y luego dice:

–¿Escucharías una propuesta?

–La escucharé –dice Johanna–, pero tal vez no la acepte.

–¿Y si regresas a Londres…? –comienza a decir Sim.

–¿Con el mapa?

Sim vacila.

–No.

–Entonces, la respuesta es no –Johanna lanza la sartén contra los arbustos y asusta a un par de aves que alzan vuelo. Chilla, parece a punto de disculparse con los pájaros y luego nota que eso disiparía la furia que intenta demostrar con valentía–. Te lo dije, no me iré sin él.

–Bueno, pausa esas convicciones por un instante y déjala terminar –digo.

Sim respira hondo de nuevo y parece que quiere apartar del alcance de Johanna el resto de los utensilios de cocina por si acaso, pero luego continía:

–Regresas a Londres. Sin mapa. Te aseguras de que todos sepan que el barco de Platt se hundió, que su expedición falló y que todo lo que estudiaba era una tontería. Que él era un adicto loco. Que estaba demente.

–Hasta ahora nada en esta propuesta vale la pena –responde Johanna.

–Después, como su esposa, te quedas con todo su dinero.

–No habrá mucho –explica–. El opio es costoso y no le ha faltado una dosis en mucho tiempo.

–Pero tienes una dote –añado–, que ya debe estar en su cuenta bancaria.

Ella hace una pausa. Reflexiona. Luego, frunce el ceño de nuevo:

−Muy bien, entonces tengo algo de dinero. ¿Qué propones que haga con él?

−Compra el equipamiento que necesitarías para hacer bien este trabajo −dice Sim−. Pon en orden tu hogar, busca a tu perro gigante, págales a esos corsarios para que reparen su barco y te lleven a la fortaleza de la Corona y la Cuchilla cuando sea el momento correcto. Y luego, yo te traeré de regreso aquí y haremos este trabajo juntas.

Johanna estaba tan preparada para rechazar rotundamente cualquier propuesta de Sim que parece decepcionada ante lo racional que es esta solución.

−¿Y después qué? −pregunta−. ¿Qué sucederá cuando descubramos un modo de detener la muerte por completo usando escamas de dragón?

−No lo sé −dice Sim−. Tendremos que descifrarlo juntas cuando llegue el momento.

−Aunque, si hemos derrotado a la muerte, tendremos mucho tiempo para decidir qué hacer −añado.

−¿Y tú? −me pregunta Johanna. Miro a Sim.

−Podrías ir con Johanna −dice Sim−. O, si quieres… regresar a Argel conmigo. Nuestras instituciones médicas son diferentes a las tuyas, pero tenemos cirujanos y médicos en nuestro fuerte. Podrías aprender de nosotros. Con nosotros. Y asegurarte de que cumpla con mi parte de este trato.

−Sí, me sentiría mucho más cómoda con eso −asiente Johanna−. Felicity garantizará que los piratas sean honestos.

−Sé que no es lo que querías −dice Sim, y siento sus ojos sobre mí.

No lo es. Está a leguas de lo que imaginé hace años, leyendo libros de medicina en secreto, corriendo por el terreno con Johanna y creando una visión ilícita de un futuro lejos de la casa de mi padre. No es lo que quería. Pero no me importa. No es un fracaso reacomodar mis velas para navegar las aguas en las que estoy. Es un nuevo rumbo. Un nuevo comienzo.

–No podemos desaparecer de Londres para siempre –añade Johanna–. Tendríamos que mantener algún contacto en casa si queremos regresar. Si Platt tiene cuentas bancarias, un hogar o cualquier bien, alguien tendrá que administrarlo para que yo pueda conservarlo y para que tengamos a dónde regresar cuando llegue el momento.

–Mis hermanos –digo, y la palabra es cálida y ondulante sobre mi lengua–. Monty es muy malo con los números y su caligrafía es un desastre, pero él y Percy podrían ocuparse de ello. Monty puede cautivar a los inversores y Percy puede asegurarse de que las cuentas den bien. Y pueden vivir en la casa mientras no estás. Estoy segura de que Monty estaría encantado de hacerse pasar por tu esposo si fuera necesario. Está muy entusiasmado con la actuación.

–Las tres podríamos reunirnos en la fortaleza de mi padre en un año y regresar juntas aquí –concluye Sim–. Sé que no es lo que prometimos, pero es un comienzo. Es lo mejor que puedo ofrecer.

–Tienes razón –dice Johanna–. No es lo que prometieron –su voz es tan cortante que mi corazón da un vuelco, pero luego prosigue–: Pero es el comienzo de algo. Y aceptaré un comienzo –extiende una mano hacia Sim, como si quisiera sellar formalmente el acuerdo. Cuando Sim no acepta su mano, Johanna dice–: ¿Los corsarios sellan sus tratos de otro modo?

–Podemos hacer el apretón de manos, si quieres –Sim mira su palma abierta y luego añade–: Pero tengo una idea mejor.

–¿ME CONTAGIARÉ DE ALGUNA HORRIPILANTE enfermedad sanguínea por esto? –pregunta Johanna mientras observa cómo Sim mezcla carbón, una tintura azul y la clara de un huevo. La mezcla cambia de blanco a obsidiana azul similar al que exhibe la parte interna del ala de un cuervo. Sim escupe dentro del cuenco y luego prueba la mezcla con el pulgar.

–Estoy prácticamente segura de que así será –respondo. Las tres estamos sentadas en la cubierta del *Eleftheria*, nuestras faldas se expanden como charcos después de una tormenta mientras, a nuestro alrededor, los hombres se preparan para zarpar. Han hecho las reparaciones suficientes para llegar a tierra con Johanna a bordo, mientras que Sim y yo viajaremos con la tripulación de su padre de regreso a Argel. Scipio, quien no coloca peso sobre su pierna herida cuando lo miro, grita órdenes desde un lugar cerca del timón. Percy y Monty también están cerca, Percy está recostado sobre su espalda con la cabeza apoyada en el regazo de Monty. Ambos están tomando sol, que ha aparecido por primera vez desde la batalla. Percy no se broncea como Monty, pero el sol hace que parezca resplandeciente, saludable y, gracias a Dios, *vivo*. Monty dice algo que no escucho y Percy ríe; luego coloca una mano sobre su propio pecho con un gesto de dolor. Monty salta de inmediato, pasa del disfrute a la preocupación y presiona su mano sobre la de Percy mientras susurra consejos que no escucho, pero que estoy casi segura de que dice algo similar a *firme*. O quizás son descripciones mucho más explícitas de qué planea hacer con Percy cuando esté curado. Para mi hermano, ambas opciones son probables.

–Y sabes dibujar, ¿verdad? –le pregunta Johanna a Sim raspando su propia palma con las uñas mientras rebota como una tetera intentando liberar el vapor–. No terminaré con una marca permanente en mi piel con forma de pene con sombrero de fiesta, ¿verdad?

–No, esa es otra flota pirata completamente distinta –respondo con indiferencia.

Sim me mira con una sonrisa torcida y luego mira a Johanna de nuevo.

–Lo dibujaré con carbón primero para que lo apruebes antes de tatuarlo –Johanna emite una risita descontrolada–. ¿Por qué te ríes?

–¡Porque dolerá! ¡Y así lidio con el dolor! –rodea mi cuello con los brazos y casi me empuja sobre su regazo–. Consuélame, Felicity. No tengo a Max para abrazarlo así que tendré que conformarme contigo. Esto dolerá horrores, ¿verdad?

–Sí, así es –responde Sim, pero niego con la cabeza cuando ella voltea. Johanna nos mira sin saber a quién creerle.

–¿Dónde quieren la marca? –nos pregunta Sim–. Antes de responder, consideren que para que sea más efectivo cuando lo necesiten, tendrán que mostrarlo.

–También debes considerar tu predilección por vestidos de fiesta escotados.

–Oh, ¡no lo sé! –Johanna sacude las manos–. ¡Es demasiada presión para elegir!

–¿Quieres que yo lo haga primero? –pregunto–. De ese modo, si no sobrevivo, puedes cambiar de opinión.

–Sí, por favor.

Johanna me libera de su abrazo estrangulador y volteo hacia Sim.

–¿Dónde la marcaré, señorita Montague? –pregunta.

–Creo que en el codo –digo, toqueteando el botón de mi manga.

–¿Igual que el mío? –pregunta y vacilo.

–Sí. ¿Es extraño?

–No –responde–. Es simétrico.

Como prometió, primero dibuja el boceto sobre mi piel con carbón (no es un falo de fiesta, solo la silueta tenue de la Corona y la Cuchilla en mi antebrazo), y luego toma su instrumento. Ha amarrado con hilo las agujas del botiquín quirúrgico del barco para crear una pluma diminuta con muchos dientes. Sin duda no es la herramienta más insegura que ha sido utilizada para hacer una marca permanente en la piel de una persona, pero de todas formas está lejos de ser la clase de instrumento que los directivos de San Bartolomé hubieran aprobado para usar.

Pero ya me cansé de preguntarme qué pensarían esos hombres.

Sim sumerge la herramienta en la tinta negra y luego toma mi antebrazo en su mano. Una bandada de golondrinas abandona el mar y alzan vuelo, un vuelo salvaje hacia el cielo que cubre nuestro rostro de motas sombreadas.

–¿Estoy temblando? –pregunto.

–Ni un poco.

–¡No quiero mirar! –grita Johanna, aunque no hace ningún movimiento para cubrir sus ojos o siquiera cerrarlos. El pulgar de Sim flota sobre la piel suave de mi antebrazo y la extiende bien; luego, inclina el torso hacia adelante y deposita un beso en el lugar.

–Para que dé suerte –dice.

Cuando alza la aguja, las miro a ella y a Johanna. En compañía de mujeres así –filosas como diamantes en bruto, pero con manos y corazones suaves, que no son fuertes a pesar de todo, sino poderosas debido a todo– me siento invencible. Cada grieta, surco o vendaval nos ha hecho rudas, valientes e imposibles de derrotar. Somos montañas, o tal vez templos, con cimientos que podrían sobrevivir al fin de los tiempos.

Cuando la aguja atraviesa mi piel, el dolor es frío y brillante como el horizonte de un cielo gris sin nubes. En este momento, en este lugar, sobre el límite del mundo, siento que el paisaje se extiende para siempre.

Querido Callum:

He estado mirando esta página durante al menos una hora y eso es todo lo que he escrito. Querido Callum.

Querido Callum:

No sé cómo tengo tanto para decir y a su vez no encuentro palabras para hacerlo. Discúlpame por la sangre: solo es una gota pequeña y es mía, producto de tener un símbolo pirata tatuado en mi brazo.

Caray, tanta reflexión para escribir un comienzo mediocre como este.

Debería haber empezado diciendo que lo siento, porque mi intención es que esto sea una carta de disculpa para los dos.

Primero, quiero pedirte disculpas a ti, por aprovecharme de tu amabilidad y tu cariño. Espero que no lamentes haber sido amable y espero que no vaciles la próxima vez que sientas la necesidad de entregarle un profiterol a alguien que lo necesite, simplemente porque yo te quemé.

Segundo, quiero pedirme disculpas a mí misma, por intentar obligar a mi corazón a ir a un lugar donde no pertenecía y por pensar que era extraña porque no encajaba allí. Y luego, pedirte de nuevo disculpas por también haber pensado que yo era extraña como una flor silvestre, brillante, única y mejor gracias a esa rareza, y que tú eras demasiado común para florecer en mi jardín. Lamento haber menospreciado tu vida.

Lamento que pensaras que debías rescatarme de mí

misma. Lamento más que vivimos en un mundo que te crio para que pensaras de ese modo. Solía desear desesperadamente querer una panadería, un panadero y niños. Solía desear que eso fuera lo único que necesitaba para sentirme completa. Cuánto más sencilla sería la vida así. Pero nada es sencillo, ni una vida en una panadería en Escocia ni una explorando las fosas oceánicas desconocidas del mundo. Y gracias a Dios que es así, porque no quiero algo sencillo. No quiero algo fácil, pequeño y sin complicaciones. Quiero que mi vida sea desordenada, fea, retorcida y salvaje, y quiero experimentarlo todo. Todas esas cosas que les hacen creer a las mujeres que son extrañas por albergarlas en su corazón. Y quiero rodearme con esas mismas mujeres extrañas y retorcidas que se han abierto sin dudar a todas las maravillas que este mundo tiene para ofrecer.

Quizás estoy cayendo en la prosa sentimental, pero en este instante, siento que podría comerme el mundo entero.

Espero que tengas una vida que te enorgullezca. De verdad. Espero que algún día podamos sentarnos juntos de nuevo con sidra y dulces, que puedas contarme tu historia y yo contarte la mía, y que nuestros pechos estallen como una fruta madura porque estamos orgullosos de nosotros mismos y del otro. No podría ser esposa de un panadero, pero alguien lo será y serás bueno con ella y serán felices juntos; y así como esta vida nueva es mía, esa vida será de ella. Estoy aprendiendo que no hay un solo modo de vivir la vida, no hay una sola manera de ser fuerte, valiente, amable o bueno. Más bien somos muchas personas haciendo lo mejor que podemos con el corazón que nos dan y con las cartas que nos tocan. Lo único que podemos hacer es dar lo mejor y únicamente podemos apoyarnos los unos a los otros.

Y, vaya, eso es más que suficiente.

Con cariño,
Felicity Montague

Nota de la autora

EN LA FICCIÓN HISTÓRICA, LAS MUJERES suelen recibir críticas por ser chicas del presente insertadas en un contexto histórico que no son fieles a su época debido a sus ideas feministas y a su naturaleza independiente. Es una crítica que siempre me ha molestado porque sugiere la idea de que con el transcurso del tiempo las mujeres no vieron, no hablaron ni tomaron acción contra la inequidad y las injusticias que enfrentaban simplemente porque no conocían otra cosa. La igualdad entre géneros y la forma de tratar a las mujeres no es una progresión lineal; ha variado a lo largo del tiempo y depende de muchísimos factores como clase social, etnia, orientación sexual, ubicación, religión, etcétera, etcétera, etcétera. Solemos pensar que la historia es menos individual que nuestras experiencias modernas, pero es posible demostrar que la mayoría de las generalizaciones sobre *todas las mujeres* en cualquier contexto histórico son falsas. Como excepciones, no como reglas, claro. Pero de todos modos es posible desmentirlas. Al igual que no hay una única versión de los hechos para las mujeres de hoy, tampoco hay una única versión para las mujeres históricas.

Aquí hablaré de las tres mujeres de la novela y de sus respectivas aspiraciones, al igual que de la investigación y las mujeres reales de la historia en las que me he basado.

◎ ◎ ◎

Medicina

Es indiscutible que la medicina en la Inglaterra del siglo XVIII estaba dominada por hombres. No todos contaban con educación: la medicina abarcaba desde barberos que rasuraban rostros, extraían dientes y hacían cirugías con las mismas herramientas, a cirujanos instruidos cuyos servicios solo estaban disponibles para los ricos en general (y que también generalmente habían nacido en familias adineradas). En aquella época, solo había unas pocas universidades que ofrecían títulos de medicina, así que la educación quirúrgica solía obtenerse de las conferencias, los cursos y las disecciones hechas por los hospitales o por médicos privados. Un futuro médico debía dar un examen antes de recibir su licencia, aunque muchos médicos sin matricular igualmente trabajaban por el país.

Las mujeres debían mantenerse en ciertas áreas del campo médico, como la herbología o la obstetricia; aunque el aumento de parteros hombres, al igual que el desarrollo y el monopolio subsiguiente de los fórceps en manos de cirujanos hombres, desplazaba a las mujeres de esa área. Sin embargo, la idea de que las mujeres eran excluidas de todo el campo médico (o en verdad de todos los "trabajos de hombres") es falsa. En muchas de las profesiones que hoy pensamos como tradicionalmente masculinas (incluso la medicina) las esposas solían trabajar junto a sus maridos, y si el esposo moría o era incapaz de trabajar, ellas funcionaban como "esposos sustitutos", es decir que se encargaban de la profesión de sus esposos. Las médicas eran más aceptadas cuanto más lejos estaban de las grandes ciudades, los hospitales importantes y sus juntas directivas.

Felicity, una mujer que quiere estudiar y que la tomen en serio en el campo científico, de ninguna manera habría estado adelantada a su época. En la misma época en la que transcurre la novela, Laura Bassi recibió un título de doctorado en física de la Universidad de Bolonia después de defender su tesis a los veinte años de edad y luego tuvo su propia cátedra universitaria: fue la primera mujer en ocupar una cátedra universitaria en un campo científico. En Alemania, Dorothea Erxleben, inspirada por Bassi, fue la primera mujer en obtener un doctorado en medicina, y en 1742 publicó un tratado breve donde argumentaba que debían permitirles a las mujeres asistir a las universidades.

Las cosas avanzaron más despacio en el Reino Unido: sería cien años después de Felicity que las escuelas de medicina les darían la bienvenida a las mujeres entre sus estudiantes (y "dar la bienvenida" es una expresión demasiado generosa). La barrera del género por fin se rompió en 1869, gracias al trabajo consistente de una cantidad innumerable de mujeres que lucharon sin poder ver el resultado de su lucha, pero que allanaron el camino para las Siete de Edimburgo, el primer grupo de alumnas matriculadas en una universidad británica: Sophia Jex-Blake, Isabel Thorne, Edith Pechey, Matilda Chaplin, Helen Evans, Mary Anderson y Emily Bovell.

Pero incluso después de que les garantizaran la admisión, las educaban separadas de sus compañeros masculinos. Su cuota era más costosa. Los estudiantes masculinos las acosaban física y verbalmente. Cuando las Siete se presentaron a rendir un examen de anatomía, se encontraron con una muchedumbre que les lanzó rocas y lodo. E incluso después de haber terminado sus estudios y sus exámenes, la universidad se negó a entregarles sus diplomas.

Pero cuando más mujeres se unieron al cuerpo estudiantil, conformaron un Comité general para garantizar la educación médica completa para las mujeres, el cual ayudó a aprobar la ley de 1876 que permitía el otorgamiento de licencias a hombres y a mujeres. Jex-Blake, la líder de las Siete, ayudó a fundar la primera escuela de medicina para mujeres de Londres y después de un tiempo regresó a Edimburgo como la primera médica de la ciudad. El epígrafe de este libro es una cita de su biografía. Hojea el libro y échale un vistazo. Esperaré.

Los textos de medicina, los médicos y los tratamientos que Felicity menciona en este libro son todos reales y todos producto del siglo XVIII, pero jugué libremente con sus líneas de tiempo. Algunos de los escritos que ella menciona no habían sido publicados en la época en la que transcurre la novela y varios médicos mencionados técnicamente han llegado después de ella, pero decidí incluirlos para crear una imagen más pulida de cómo era la medicina en el 1700.

Naturalismo

El siglo XVIII fue la época del Iluminismo. La mayoría de las masas terrestres más importantes del mundo habían sido descubiertas, pero gracias a los avances tecnológicos, muchos lugares comenzaban a aparecer en mapas por primera vez. Las misiones científicas encargadas y financiadas por los reyes, los gobiernos y los coleccionistas privados estaban centrados en crear esos mapas, al igual que en traer nueva flora y fauna a Europa. Campos como la historia natural, la botánica, la zoología, la geografía y la oceanografía se expandieron. Estos viajes de descubrimientos casi siempre incluían artistas, quienes documentaban los paisajes y las maravillas naturales. Antes de la fotografía, los artistas eran imprescindibles para capturar los detalles precisos de la naturaleza y así poder compararlos y analizarlos.

Johanna Hoffman y Sybille Glass están basadas en Maria Sibylla Merian, una naturalista alemana e ilustradora científica cuyo trabajo abarcó fines del siglo XVII y principios del siglo XVIII. Al igual que Sybille Glass, Maria Merian se separó de su esposo y fue contratada como artista en una expedición científica a Surinam. Pasó dos años en América del Sur, acompañada por su hija, Dorothea. Más tarde, ambas mujeres tenían un negocio juntas vendiendo impresiones de las ilustraciones científicas de Maria. En la actualidad, el trabajo de Maria es considerado como una de las contribuciones más importantes a la entomología.

El naturalismo y la medicina eran campos muy cercanos para los estudiosos en el siglo XVIII. Los médicos asistían a expediciones no solo para proveer primeros auxilios necesarios para la tripulación, sino que también hacían sus propias investigaciones y recolectaban muestras de medicinas naturales para estudiarlas. Los experimentos, los procedimientos y las disecciones solían hacerse en animales (tanto muertos como vivos, porque la historia es de lo peor). Muchos médicos creían que los hechos aprendidos de esos experimentos con animales también podían aplicarse a la comprensión del cuerpo humano: falso, pero buen trabajo, siglo XVIII.

Piratería

Los piratas del Mediterráneo en el siglo XVIII no eran los aventureros blancos y rebeldes que abundan en nuestras narrativas piratas modernas más famosas. Eran más que nada hombres y mujeres africanos de los Estados de Berbería que trabajaban para expandir y proteger sus territorios y sus flotas. Se defendían de otros piratas y también luchaban contra ellos y contra los europeos. El comercio de esclavos estaba vivito y coleando en el 1700: los europeos esclavizaban a los africanos y los africanos esclavizaban a otros africanos. Sin embargo, de todas las libertades que me tomé por el bien del argumento de una novela de aventuras, debo admitir una en particular: los piratas no eran grandes fanáticos de los tatuajes porque era un modo demasiado evidente y permanente de anunciar sus alianzas.

En cada flota pirata había generalmente una compleja organización interna que incluía oficiales y líderes electos, la distribución de lo saqueado y el mantenimiento del orden social. Gran parte de ese orden se mantenía casando piratas con otros piratas. No todos los matrimonios tenían ingredientes románticos: algunos solo se llevaban a cabo para decidir quién heredaría qué si alguien moría en batalla, pero muchos contratos matrimoniales que han sobrevivido incluyen cláusulas sobre la intimidad. Los marineros han practicado durante mucho tiempo la "homosexualidad situacional" como resultado de pasar largos meses en el mar sin sexo, pero para los piratas, esas relaciones podían ser abiertas y legítimas. El término para estas uniones en inglés era *mateolage*, el cual con el paso del tiempo fue abreviado a *mate* y luego a *matey*. Sim, como chica musulmana, probablemente no habría besado a nadie, pero las visiones de la homosexualidad, particularmente en las relaciones entre mujeres, eran tan complejas y variadas como hoy en día.

Sim está principalmente basada en Sayyida al-Hurra, la musulmana del siglo XVI que utilizó su puesto como gobernadora de Tetuán para liderar una flota de piratas que saqueaba barcos españoles como venganza por el genocidio y el exilio de los musulmanes, aunque su carácter y su arco argumental cambió considerablemente en el transcurso de escritura de esta novela. Si bien los hombres superaban en número a las mujeres navegantes en los Estados de Berbería, Sim es parte de una larga y vasta tradición de mujeres al mando de flotas piratas, incluyendo a Ching Shih, Jeanne de Clisson, Grace O'Malley, Jacquotte Delahaye, Anne Dieu-le-Veut, Charlotte de Berry; se podría escribir un libro entero sobre ellas (¡y lo han hecho! ¿Han leído *Pirate Women: The Princesses, Prostitutes, and Privateers Who Ruled the Seven Seas*, de Laura Sook Duncombe? Es fantástico).

Hay muchos aspectos que hacen que este libro sea de ficción, pero los roles de las mujeres en él no lo son. Las mujeres del siglo XVIII enfrentaron oposiciones. Tuvieron que luchar incansablemente. Silenciaron su trabajo, ignoraron sus contribuciones y muchas de sus historias han sido olvidadas hoy.

Sin embargo, persistieron.

¡QUEREMOS SABER QUÉ TE PARECIÓ LA NOVELA!

Nos puedes escribir a vrya@vreditoras.com
con el título de esta novela en el asunto.

Encuéntranos en

 facebook.com/VRYA México

 twitter.com/vreditorasya

 instagram.com/vreditorasya

COMPARTE
tu experiencia con
este libro con el hashtag
#laguíadeladama

La guía del caballero para tener suerte

MACKENZI LEE

Traducción: *Daniela Rocío Taboada*

–¿QUIERES DECIR QUE AÚN NO HAN fornicado?

–Dios santo, Felicity –no noto cuánto espacio hay entre nosotros hasta que me lanzo por la playa para intentar cubrir su boca con la mano y fallo estrepitosamente. Culparé a la arena que dificulta cada movimiento mucho más de lo debido, y a la pesada copia de *Don Quijote* que ella encontró en una librería de Oia y que aplasto contra mi pecho. El libro cae sobre la arena con un ruido sordo. Felicity, en absoluto impresionada por mi salto fallido, ni siquiera parpadea. En cambio, toma su libro, limpia la arena entre las páginas y luego me lo devuelve con el ceño fruncido lleno de desaprobación, como si fuera yo quien se comporta de modo inapropiado por dejar caer el libro cuando es ella quien habla a los gritos de mi vida sexual.

–Ah, por favor. Están demasiado lejos para escuchar –recorre con la mirada el extremo opuesto de la bahía, donde dos cabezas oscuras sobresalen entre las olas: Ebrahim y Percy esperan flotando a que Georgie termine de subir por la ladera del acantilado y salte para unirse a ellos.

Felicity apoya la espalda sobre un trozo de madera de deriva y deja que su copia de *El paraíso perdido* se cierre sobre su dedo–. Sin duda te estás tomando tu tiempo.

–Solo ha pasado un mes.

–¿*Solo*? Esperaba que una vez que Percy y tú acordaran vivir en pecado, realmente se comprometerían con la causa.

Por encima de las olas, escucho un grito fuerte de placer y Felicity y yo alzamos la vista mientras Georgie salta con las rodillas recogidas hacia el pecho. Antes de ver su zambullida, el agua lanza el reflejo del sol sobre mis ojos y alzo a *Don Quijote* como escudo. A pesar de llevar un mes en Santorini, aún no me he habituado a tanto sol. Como niño criado bajo el eterno cielo gris de Cheshire, no estaba preparado para lo cálido que sería el clima o para lo rápido que ese sol bastardo me quema. También aún estoy acostumbrándome al modo en el que la arena siempre se acumula en mis zapatos y en el dobladillo de mis pantalones, y al desastre asesino que estás calles difíciles y montañosas han causado en mis pantorrillas: todavía no he salido ni un solo día de la cama sin estar tieso como un anciano. Aunque podría vivir felizmente para siempre en esta dieta de playas en las Cícladas, techos abovedados aún más azules que el cielo y toronjas recogidas del patio para desayunar, cortadas al medio y sazonadas, que cubren los dedos de un jugo pegajoso que permanece allí todo el día.

Un solo añadido a este estilo de vida podría mejorarlo ampliamente.

–Bueno, sin duda yo estaba listo para hacerlo de inmediato –digo, recostándome sobre la playa de nuevo mientras apoyo el libro sobre mis ojos abiertos–. Pero resulta que Percy es toda una dama.

–¿Qué quieres decir? –pregunta Felicity–. Si tu intención es que sea un insulto, es de mal gusto.

–¿Un insulto para quién? –río–. No eres ni por asomo una dama.

–Hay muchas maneras de ser una dama, sabes. Y no hagas eso –aparta el libro de mis ojos y frunzo el ceño con un graznido–. Romperás el lomo. Se supone que debes leerlo, no usarlo como sombrero.

–Aparta el sol de mis ojos.

–Si el sol te molesta en la vista, muévete a la sombra.

La miro entrecerrando los ojos.

–Pero me gusta el sol.

–De acuerdo –apoya *Don Quijote* con cuidado sobre el tronco a sus espaldas y luego se limpia las manos en la falda–. Veremos si Percy te ama cuando estés rojo como una cereza.

–Percy me amaría aunque fuera verde y púrpura –reprimo la necesidad de alzar la mano y rascar el espacio donde solía estar mi oreja derecha. Desde que las quemaduras cicatrizaron, he experimentado con una variedad de maneras cada vez más creativas de ocultar esta nueva desfiguración; a menos que adopte el personaje de un héroe enmascarado, comienzo a sentir que es inútil hacer algo que no sea simplemente aprender a vivir con el modo en el que luzco ahora. Los espejos aún me intimidan e incluso un par de cubiertos muy pulidos puede desarmarme. Todavía a veces me descubro preguntándome por qué es tan difícil distinguir un ruido en medio de la multitud. Todavía deslizo los dedos sobre el costado de mi rostro y me dan nauseas por el modo en que se siente como la cera seca que goteó sobre una vela.

Dios santo, a pesar de las toronjas, este mes sordo y sin sexo ha sido una eternidad.

–Entonces, ¿qué ha hecho Percy para que estés molesto? –pregunta Felicity, con *El paraíso perdido* abierto de nuevo como para demostrar cuán poco le interesa esta conversación, pero ella sacó el tema, no yo.

–Nada, ese es el problema –ruedo sobre mi estómago y hundo los codos en la arena–. Él nunca ha *hecho* nada. Con nadie. Y ahora está más receloso al respecto que cuando estaba ebrio en Venecia. Debería haber aprovechado la oportunidad cuando pude.

Un viento suave surge desde el agua y Felicity coloca una mano sobre su sombrero flexible para evitar que vuele.

–Vaya, *eso* hace que suenes como un cerdo.

–Él no estaba *tan* ebrio, solo lo suficiente como para tener la valentía de introducir una mano en mis pantalones y rodear...

–Detente –lanza un puñado de arena hacia mí–. No necesito detalles.

–Y estoy bastante seguro de que ahora está listo, pero ya no sé cómo sacar el tema a colación. ¿Cómo mencionas el sexo como si no tuviera importancia?

–¿La tiene?

–Con él, sí. Pero no quiero que piense que intento apresurarlo antes de que esté listo. ¡Y nunca hay un buen momento! Tenemos el apartamento lleno de piratas y tú siempre estás merodeando...

–Me ofenden esas palabras.

–Y no es precisamente el lugar más romántico: esta mañana, pisé una cucaracha cuando salí de la cama, ¿te lo dije?

–Lo sé, te oí gritar.

–Y esta isla tiene una superficie total de un metro cuadrado –ruedo de nuevo y mi cabeza cae hacia atrás en un gesto inconfundible de desesperación color champán–. Odio esto.

Felicity lame un dedo para voltear la página.

–¿Qué odias? ¿La castidad?

–Sí, fervientemente. Tengo una reputación.

–¿Por qué? ¿Por quitarte los pantalones al primer intento? No sé si es un punto que valga la pena defender para demostrar tu fidelidad hacia Percy.

—Me refiero a que tengo la reputación de poseer una vasta experiencia y Percy piensa que sé lo que hago.

—Bueno, lo sabes, ¿cierto? —alza la vista hacia mí por primera vez, por encima de sus gafas—. Dios santo, no has sido virgen todo este tiempo, ¿verdad?

—No, pero me preocupa un poco que mi virginidad esté resurgiendo.

Mira su libro de nuevo, pero noto que no está leyendo. Tiene los ojos fijos en un punto en la parte superior de la página mientras hunde los dientes en su labio inferior. Cierro los ojos, en parte porque el maldito sol aún apunta directo a ellos y en parte porque estoy listo para dormir una siesta, pero luego Felicity pregunta:

—¿Y si te ayudo?

Abro un ojo.

—¿Con qué?

—Con tu falta de relaciones sexuales —responde con franqueza.

No sé si quiero reír o vomitarle encima.

—No. No me malinterpretes, pero… no. Absoluta y definitivamente no. Permíteme repetirlo solo para garantizar que hayas escuchado: No. No necesito que prepares a Percy para mí.

El viento pliega otra vez el borde del sombrero sobre el rostro de Felicity, pero siento la vibración cuando pone los ojos en blanco.

—No me refiero a ayudar de ese modo, pervertido. ¿Y si libero el apartamento para que Percy y tú puedan tener algo de tiempo a solas? Me aseguraré de que no los molesten, así que no tendrás que preocuparte por eso, y podríamos crear cierto clima para generar el ambiente adecuado.

No había pensado en nada de ello. Sin duda no había considerado convertir la noche en un espectáculo. El sexo siempre fue algo rápido e informal que ocurría por lo general de pie en el pasillo vacío de un baño o detrás de los arbustos de hibiscos de mi madre. No algo que requiriera cualquier clase de producción.

–¿A qué te refieres? –pregunto.

–Ya sabes, adornar un poco el departamento –dice, encogiéndose de hombros–. Comprar vino bueno, quitar las cucarachas y extender pétalos de rosas.

–Las rosas hacen estornudar a Percy.

–Bueno, las sustituiremos con patatas cortadas muy finas.

–Eres tan romántica.

–¿Quieres mi ayuda o no?

–La idea de que me ayudes con esto de cualquier manera es terrible.

–Bien –voltea una página aunque estoy casi seguro de que solo lo hace para ser dramática–. Permanece casto y frustrado.

Oímos un *splash* y los dos alzamos la cabeza cuando Percy avanza por la playa, empapado y sacudiendo el agua de su cabello como un perro. No tiene puesto nada más que sus pantalones, que el océano ha bajado hasta sus caderas y ha pegado a sus piernas, convirtiéndolo en un estudio anatómico auténtico. Tiene una pequeña porción de piel suave en la base del estómago que detiene mi corazón y su tez oscura está salpicada de arena, lo que transforma su pecho desnudo en un cielo estrellado.

Está agitado por haber nadado y aparta el cabello de sus ojos mientras se recuesta sobre su estómago a mi lado y me salpica con agua de mar. Felicity, aunque sin duda está demasiado lejos para sentir la salpicadura, protege su libro.

–Ven a nadar conmigo –dice Percy, presionando su rostro contra mi brazo y mordiéndolo con afecto.

–No, gracias –respondo, dado que no solo detesto colocar la cabeza bajo el agua, sino que también hay muchas razones por las que no quiero quitarme los pantalones en este momento. Aunque no estoy seguro de que estén ocultando bien el hecho de que estoy disfrutando mucho verlo salir del mar empapado y cubierto de sal.

—Vamos —empuja mi hombro con su rostro, gesto que creo que intenta disfrazar de afecto cuando en realidad me está usando de toalla—. Te enseñaré a flotar.

—Los Montague no nacimos para flotar —respondo—. Somos demasiado fornidos.

—Estamos hechos como los perros corgi —añade Felicity, con los ojos decididamente fijos en el libro.

—Los perros corgi flotan —Percy rueda sobre su espalda y coloca mi brazo debajo de él. Está somnoliento y atontado por la tarde en el mar, su piel se pega a la mía donde hacen contacto—. Ven a saltar conmigo.

Emito un ladrido de risa.

—¿Crees que yo saltaré de *ese* acantilado dentro de *ese* océano?

—Lo harás por mí.

—Estoy... —miro a mi alrededor en busca de una excusa que no sea la cobardía—. Leyendo —tomo *Don Quijote* tan rápido que por poco le quito el sombrero a Felicity, y lo abro para enfatizar la acción, pero me doy cuenta demasiado tarde que el libro está cabeza abajo.

—Parece falso. ¿Felicity? —Percy lanza un puñado de arena hacia ella—. ¿Vienes a nadar?

—Yo estoy leyendo *de verdad* —responde.

Percy suspira exageradamente y luego se pone de pie. Intenta por última vez jalar de mí para que lo siga, pero no cedo. Lo único más fuerte que mi amor por Percy es mi odio hacia el maldito océano que es oscuro, profundo y mucho, mucho más fuerte que yo. Percy se rinde, sacude sus dedos húmedos sobre mi rostro hasta que frunzo el ceño riendo y luego se aleja de regreso al agua. Avanza con una lentitud tan deliberada que estoy prácticamente seguro de que sabe lo fantástico que luce su trasero en aquellos pantalones mojados e intenta utilizarlo como un canto de sirena para atraerme y hacer que lo siga.

¡Sé fuerte!, me ordeno. *¡Ulises resistió a las sirenas!* ¿Verdad? No lo recuerdo. Pero estoy prácticamente seguro de que ninguna de sus sirenas tenía un trasero tan fantástico.

En cuanto Percy ingresa al agua de nuevo, lanzo a *Don Quijote* sobre la arena y me acerco a Felicity.

—De acuerdo, tú ganas. Ayúdame.

Ella ni siquiera alza la vista.

—No suenes tan agradecido.

—Tu participación en mis actividades privadas no requiere gratitud de mi parte —detrás de las olas, escucho a Percy reír mientras nada hacia Ebrahim y Georgie—. Pero estoy desesperado. Y tú eres la única que está disponible.

Ella resopla.

—Apuesto que le dices eso a todas las chicas.

MÁS ALLÁ DE LA CASTIDAD, EL COMIENZO DE LA cercanía entre Percy y yo ha sido un sueño delirante y diáfano. Con un paisaje estúpidamente pintoresco y acompañado de este caballero hermoso, se lo habría hecho la primera vez que nos besamos con sinceridad, sumergidos hasta la cintura en el mar Egeo, de no haber sido por el hecho de que acababa de perder la mitad de mi audición y toda mi oreja, y no estaba en un estado propicio para cualquier clase de actividad física vigorosa y prolongada. Y cuando ocurra, mi intención es que sea vigorosa, prolongada y profundamente física. Así que en lugar de hacer trizas los mandamientos aquel día, fuimos hasta la playa y hablamos en profundidad, con mucha honestidad (por fin) y también con una gran cantidad de pausas cuando uno de los dos se acercaba al otro y proponía algo mejor que hacer con nuestras bocas.

Decirle todo y escuchar su lado de las cosas fue como respirar profundo por primera vez. Aunque también deseé viajar en el tiempo y darnos a los dos una reprimenda por no haber utilizado antes las palabras para explicar que ambos anhelábamos lo mismo. Ya podríamos llevar dos años juntos, pero supongo que todo eso es parte de nuestra historia. Parece más brillante y espectacular aquí y ahora, después de todo lo que pasamos.

Esa noche, me recosté sobre las sábanas, nervioso y desvelado en una habitación tan húmeda que aparecían gotas de condensación sobre los muros de yeso. Contemplé insomne el techo durante lo que parecieron horas, sudando años de vida y preguntándome si habría imaginado aquel maravilloso día de playa en el Egeo. Quizás, la próxima vez que viera a Percy lejos del resplandor glorioso del sol sobre el agua, seríamos vergonzosos y tímidos de nuevo o él decidiría que las confesiones de amor, fidelidad y una vida juntos eran tonterías. Había besado a una buena cantidad de muchachos que solo me utilizaron para enaltecer su propia virtud. Mi mayor contribución a nuestro círculo social había sido hacer que todos los demás se sintieran estables y de buen comportamiento en comparación a mí.

O quizás no podía estar a la altura de mis grandes palabras. Quizás nunca sería suficiente para Percy, sin importar cuánto me esforzara o cuanto me hubiera rehabilitado como libertino. No sabía qué haría cuando él se diera cuenta de ello. De algún modo, sacar a la luz nuestros sentimientos había calmado muchos de mis miedos pero también había creado un grupo de temores completamente nuevos y fastidiosos que no dejaban de molestarme.

El apartamento estaba tranquilo por la noche. La conversación del juego de dados en el piso inferior había cesado, y solo las cigarras y el sonido del océano interrumpían el silencio. Pensé en levantarme a beber algo para tranquilizarme lo suficiente y dormir, pero inventar una excusa medicinal no parecía la mejor forma de comenzar con mi nueva decisión de experimentar sobrio todos mis sentimientos. Lo que resulta que es infernalmente difícil. Aún luchaba contra la necesidad cuando los tablones fuera de mi habitación crujieron. Luego, oí que abrieron la puerta, seguido de un silencio tan largo que pensé haberlo imaginado todo, otra nueva alucinación auditiva causada por mi herida.

Me incorporé en la cama y vi a Percy en la entrada. Él se sobresaltó de una forma espectacular y se llevó una mano al pecho cuando me moví.

–¿Fingías dormir? –siseó.

–No, no noté que estabas merodeando.

–No estoy merodeando. Estoy… pensando.

–Bueno, ¿quieres venir a pensar aquí? –moví el cuerpo hacia la pared y di palmaditas a mi lado sobre el espacio vacío de la cama.

Él permaneció quieto un instante, luego cerró la puerta a sus espaldas antes de avanzar hacia la cama, vacilante y tímido como si estuviera atravesando un salón para pedirme que bailara con él. Cuando se recostó, quedamos cara a cara, tan cerca que compartíamos la respiración, hasta que rodé sobre un lado para poder oírlo con claridad si él hablaba. Hubo una pausa, luego deslizó un brazo sobre mi cintura y me jaló hacia él, su cuerpo encajaba con el mío como si fuéramos un par de signos de interrogación. Dado que ambos teníamos puestas camisas de dormir, sentí sus rodillas desnudas sobre la parte posterior de las mías. Sus piernas estaban recogidas pero eran tan largas que tuvo que presionar sus pies contra el reverso de los míos para evitar que colgaran fuera de la cama. Deslicé mis dedos entre los suyos mientras ellos encontraban un lugar donde descansar sobre mi cintura y, Dios, estaba tan feliz solo por estar con él, pero también, Dios, realmente deseaba que estuviéramos haciendo esto sin ropa y no comprendía cómo esas dos cosas podían existir con el mismo peso en mi interior.

Sentí su respiración sobre mi nuca cuando se inclinó hacia mí y su nariz rozó la parte superior de mi columna. Estaba seguro de que susurraría algo suave y romántico o, aún mejor, quizás una invitación a hacerlo mío en ese instante.

Pero, en cambio, dijo:

–Monty… ¿estás flexionando los músculos?

–¿Qué? –gracias a Dios que estaba oscuro porque sentí que me sonrojaba hasta la punta de los pies–. Claro que no.

–Cristo, eres un *descarado*.

–Bueno, ¡intento impresionarte!

–Ah, ¿con que *eso* intentas? –presionó un nudillo sobre mis costillas, justo en el lugar donde sabe que tengo cosquillas, emití una risita demasiado fuerte para el apartamento silencioso y ablandé mi estómago. Él intentó sofocar mi risa colocando una mano sobre mi boca, pero caí en un hábito infantil antes de poder resistirme y lo mordí. Me soltó con un aullido.

–Suéltame, canalla.

–Eres un animal –besó mi nuca, luego presionó su frente contra el mismo lugar–. ¿Está bien… –su voz vaciló como si hubiera perdido la valentía en mitad de la oración y carraspeó–. ¿Está bien si aún no hacemos nada?

Volteé para mirarlo.

–¿Si no hacemos nada de qué?

–Ya sabes. No he hecho *esto* –presionó mi mano, pero cuando continué mirándolo confundido, él suspiró y frunció la nariz avergonzado–. No he estado con nadie antes.

–Ah. ¡Ah! –rodé sobre mi espalda y nuestras manos entrelazadas quedaron apoyadas sobre mi estómago–. ¿De verdad?

–No suenes tan sorprendido.

–*Estoy* sorprendido. No me besaste como alguien virgen en Venecia. O en París. Subiste a mi regazo…

–Basta.

–… y supiste exactamente dónde colocar tú…

Apuñala de nuevo mis costillas.

–¿Es tan extraño pensar que he pasado tanto tiempo sin hacerlo?

–No, no. Más bien parece difícil comprender como cada persona que conoces no quiere subirse a ti como si fueras una escalera.

Él rio, bajando los ojos de modo que sus pestañas proyectaron sombras delgadas sobre sus mejillas.

–Sí, bueno, he estado bastante ocupado queriéndote solo a ti durante la mayor parte de mi vida.

–Oh, Per –toqué su frente con la mía–. Eres tan monógamo.

Enganchó su pierna a mi alrededor, ambos estábamos tan húmedos por el calor que nuestras pieles se encontraron con un chapoteo muy poco romántico y luego enterró su rostro en mi hombro así que sus palabras salieron sofocadas.

–¿Está bien? Si posponemos un poco…

–¿La pérdida de tu virginidad?

–Por decirlo así.

–Claro que está bien. Percy, *por supuesto*.

–¿De verdad?

–¿Pensaste que no lo estaría?

–No lo sé. Soy nuevo en todo esto y tú no –la última parte me dolió, aunque no sabía con certeza por qué ya que era verdad. No dije nada–. No soy tan apuesto como tú, ¿recuerdas? Las personas no se lanzan sobre mí.

–*Yo* me he lanzado sobre ti durante años. Es tu maldita culpa si nunca lo notaste –él alzó la cabeza y se inclinó hacia mí para besarme; hubo una vacilación momentánea en la acción debido a los años de reprimirnos cada vez que estábamos lo bastante cerca. Enredó un dedo en el cuello de mi camisa, tiró hacia él y lo que había creído que sería un beso suave terminó siendo un beso abierto y profundo.

Hasta que me aparté. A regañadientes.

–Creí que querías esperar.

–Bueno –una arruga apareció entre sus cejas y adoré cuán decepcionado parecía ante la interrupción de nuestro beso–. No tenemos que mantener siempre las manos en los bolsillos.

Reí y él se acomodó contra mi cuerpo, su palma sobre mis costillas, sus dedos sobre mis latidos. Ambos nos quedamos dormidos antes de que la situación fuera más lejos que eso, exhaustos por el sol, el agua y por rodar en la arena y en la adoración mutua toda la tarde.

Extremadamente casto en todo sentido, menos en los pensamientos.

Y menos casto la mañana siguiente cuando me dejó solo. Es enloquecedor que nuestro afecto por fin haya sido reconocido como algo mutuo y, sin embargo, sea yo mi propia compañía, como si tuviera catorce años otra vez. Aunque a los catorce, no podría haber imaginado este apartamento ni el verano que habíamos tenido, ni que una vida fuera de la casa de mi padre estuviera a punto de desplegarse ante mis pies como una alfombra. Ni el miedo creciente de que cuando diera el primer paso sobre ella, caería de bruces y Percy me abandonaría.

FELICITY EJECUTA SU PLAN PARA QUE PERCY Y yo estemos a solas y en posición horizontal del modo menos sutil posible. –Creo que deberíamos hacer una fiesta lejos del apartamento –anuncia en el desayuno.

Scipio y Ebrahim, que están desayunando con nosotros, alzan la vista de la comida casi al unísono de modo cómico. Scipio apoya el cuchillo sobre el plato y luego dice:

–Es… un pedido no muy propio de ti.

Felicity insiste con entusiasmo innecesario.

–Estaba leyendo y esta semana es el día de la Asunción, así que la mayoría de las cosas en la isla estarán cerradas por la celebración y no creo que tenga sentido que trabajen en el barco ese día. Además han avanzado mucho en las reparaciones, todos han regresado de las excursiones y pronto partiremos, así que por qué no organizar una reunión. Además también se aproxima mi cumpleaños.

–Son… –presiono el dedo del pie contra la pantorrilla de mi hermana debajo de la mesa y le lanzo una mirada punzante–… demasiadas razones.

Ebrahim pincha medio higo y mira a su capitán.

–Nos merecemos una noche libre. La tripulación ha estado trabajando mucho. Podríamos ir a Finikia a comer y a jugar a los naipes. Tienen buenos bares allí –mi primera reacción es querer acompañarlos antes de recordar que todo es una estrategia en la que no tengo permitido participar. Aunque, maldición, no era necesario que él tuviera una idea tan divertida.

–Creía que tu cumpleaños era en marzo –le dice Percy a Felicity repentinamente.

Ella mueve la cabeza de lado a lado con demasiado entusiasmo como para lucir natural. Parece la pantomima de un musical que tiene como objetivo ser visible desde las galerías de un teatro.

–No, debes recordarlo mal –dice ella y luego añade con gran rapidez–: Monty, ¿podrías ir con Percy a buscar la jarra y los vasos? Los dejé en la cocina.

Percy aún está completamente concentrado en hacer cálculos complicados con el calendario cuando lo tomo del brazo y lo arrastro hasta la cocina antes de que exponga la mentira de Felicity o que Felicity lo arruine por su propia cuenta. En cuanto estamos lejos del rango auditivo de los demás, empujo su rodilla con mi pie (tengo las manos ocupadas reuniendo vasos) para que centre su atención en mí.

–Tengo una propuesta para ti.

–¿Estoy equivocado? –pregunta.

–¿En qué?

–El cumpleaños de Felicity es en marzo, ¿verdad? Porque cayó en Pascuas un año y le dijiste que Jesús se enfadaría con ella por haberle robado su día.

–Sí, bueno, eso está relacionado con mi propuesta.

–¿Qué Jesús esté furioso con tu hermana?

–No, la mentira en extremo elaborada que ella acaba de decir para garantizar que el apartamento quede vacío para nosotros.

–Oh –de pronto, lo comprende–. ¡Oh!

–Sí. *Oh.*

–Has… puesto fecha para ello.

Lo hice, ¿verdad? Eso coloca mucho énfasis en la situación, por no mencionar que impone una cuenta regresiva muy intimidante. Mi estómago da un vuelco desagradable.

–Solo si estás listo. Lo siento, debería haber preguntado. Podemos ir con la tripulación. O quedarnos aquí y comer muchos pasteles. O solo recostarnos uno junto al otro en silencio rígido sin tocarnos hasta...

—Sí —interrumpe él.

—¿Sí a cuál de las opciones?

—Sí, me gustaría quedarme contigo en el apartamento para el motivo muy específico por el cual planeaste este engaño —hace una pausa y luego añade—: Por más perturbador que resulte que Felicity esté involucrada.

—Apenas está involucrada —él alza una ceja—. Estaba desesperado.

—Sí, no me imagino que ella fuera tu primera opción —él toma la jarra, luego inclina el torso hacia adelante y besa mi sien, nuestra gran diferencia de altura nunca dejará de enfurecerme, divertirme y excitarme un poco simultáneamente. Aunque Percy podría estornudar y yo tendría una erección—. Gracias por ser paciente conmigo.

No se trata tanto de ser paciente, sino más bien está relacionado a que simplemente he tenido que masturbarme las últimas semanas, pero es probable que decirlo suene menos romántico de lo que es mi intención así que, en cambio, respondo:

—Soy muy bueno teniendo paciencia —y solo me siento apenitas resentido cuando él ríe.

Cuando regresamos a la mesa con el té, Georgie se ha unido; está sentado al límite del sendero del jardín y quiebra alegremente un puñado de panal hasta que ve a Percy y corre de inmediato para tomar asiento a su lado. Georgie está, en una palabra, obsesionado con Percy. Estaría celoso si Georgie no tuviera diez años y su devoción hacia Per no fuera tan malditamente adorable.

—Traje una carta para ti —le dice Georgie a Percy.

—¿Una carta? —repite él—. ¿De tu parte?

—¿Le escribes cartas de amor a Percy, Georgie? —bromeo.

—Es de Londres —responde el chico; luego introduce la mano en la cintura de sus pantalones (no es mi lugar favorito para que guarde las cosas que nos trae), extrae una hoja de pergamino con el sello portuario de Londres y se la entrega a Percy.

Su rostro se pone serio cuando rompe el sello.

—Es de mi tío —recorre la página con los ojos y todos permanecemos sentados observándolo leer, aguardando oír el veredicto. Hemos estado esperando esta carta desde que llegamos a Santorini, pero ha llegado mucho más rápido de lo que creíamos. Esta era la carta en la que sabríamos si la propuesta que Percy le hizo a su tío (usar su puesto para otorgarle a la tripulación del *Eleftheria* una patente de corso para navegar de modo legítimo al servicio de la corona británica como agradecimiento por nuestro rescate, y también saber si él estaría dispuesto a otorgar eso sin que mis padres sepan lo que nos ha ocurrido o sin que nos pidan que regresemos a casa de inmediato) sería aceptada o, en el caso de Percy, si debería reportarse inmediatamente al asilo Holland donde su tío había querido enviarlo. Todos nosotros tenemos algo en juego en la respuesta de Thomas Powell ante la súplica de su sobrino.

—Dice que puede emitir una patente de corso —le informa Percy a Scipio, y luego lee—: "Y aunque tu tía y yo no sentimos que podamos apoyar que tengas una vida fuera de la institucionalización, tu decisión excede nuestro control. Solo podemos confiar en que has tomado los recaudos necesarios" —alza la vista hacia mí—. Bueno. No está mal.

Felicity y yo intercambiamos una mirada.

—¿Crees que no le contará a nuestros padres? —pregunto.

—No mencioné específicamente que huiría contigo —responde Percy—. Y no le dije a dónde vamos. Pero a él no le importa tu padre en particular.

—Saben que estamos a salvo —dice Felicity—. Eso es probablemente información excesiva para nuestro padre.

–Dice que te recuerda –le comenta Percy a Scipio, quien asiente con una sonrisa débil.

–Es una buena noticia.

–Su oficina está en Liverpool –prosigue Percy, observando la carta de nuevo–. Quiere que vayas allí y te reúnas con él. Dice que si le resultas adecuado, estará dispuesto a otorgarte la patente de corso.

–¿Ustedes vendrán con nosotros? –pregunta Scipio.

–¿A Liverpool? –Percy pliega la carta y se la entrega a Felicity, quien extiende la mano, expectante–. Lo dudo. Pero pensé en ir a Londres.

–¿Londres? –repito. Es la primera vez que lo escucho. Él me mira.

–Hablamos acerca de Londres, ¿recuerdas? Asumí que allí iríamos. No parece práctico vivir fuera de Inglaterra; nos arreglaremos mucho mejor sin tener que preocuparnos por la documentación extranjera. Y ambos hablamos el idioma, tu francés no es lo bastante bueno para asentarnos en otra parte. Y creí que sería un lugar decente para que yo encuentre trabajo. Para que intente obtener un puesto como profesor de música o como músico profesional.

–Has... –bajo la vista hacia la superficie ondulante de mi bebida–... pensado bastante al respecto.

–¿Tú no? –pregunta Felicity. La fulmino con la mirada. No es culpa de ella que yo no haya pensado más allá de nuestro tiempo en las Cícladas, pero podría estar un poco menos irritantemente sorprendida.

–¿A dónde irá usted, señorita Montague? –pregunta Scipio y me preparo para dedicarle una proclamación igual de petulante ante su falta de preparación, pero antes de que pueda hacerlo, ella responde con gran convicción:

–A Edimburgo.

–Entonces, ¿no trabajará con nosotros? –se sorprende Scipio.

Felicity limpia la comisura de su boca con una servilleta.

–Si bien la propuesta de ocupar un puesto en su tripulación es muy considerada, no creo que ser cirujana en un barco sea una carrera realmente viable para mí. Me gustaría más que nada estudiar medicina y recibir educación formal al respecto. Y dado que Edimburgo tiene los mejores hospitales del país y la única universidad que otorga diplomas en medicina, allí iré.

–¿Crees que la universidad te aceptará? –pregunto, aprovechando la primera oportunidad que tengo para llenar de agujeros su plan–. ¿O comenzarás a vestir pantalones como un chico y esperarás a que nadie note tu mentón sin vello?

–¿Qué harás en Londres? –replica–. Es extraño, pero no veo cómo podrías hacer dinero con cualquiera de tus habilidades. Excepto por una, pero creo que prefieren a las damas para ello.

–No seas cruel –replico y luego bebo un sorbo muy largo de té que está demasiado caliente para beber de modo tan prolongado, con la esperanza de que, si hago el tiempo suficiente, ellos cambiaran el tema de conversación sin mí. Aparentemente, soy el único que ha evitado pensar en lo que sucederá cuando partamos de la isla. Porque la lista de cosas que soy capaz de hacer ha quedado agotada por completo en el último mes: broncearme, dormir hasta tarde y lucir apuesto mientras como uvas.

Scipio le entrega a Georgie una servilleta para sus manos que, en cambio, él usa para limpiar su nariz y luego se la devuelve.

–Hemos descargado todas las provisiones y él último pago será la semana próxima.

–Más motivos para hacer una fiesta –dice Felicity y me mira de nuevo, esta vez con una intención distinta, pero igualmente obvia.

–¿Por qué no? –responde Scipio–. Hay mucho que celebrar.

Bajo la mesa, Percy coloca su mano sobre mi rodilla y la aprieta. Aparto la vista.

DADO QUE FELICITY HIZO EL DESAYUNO, PERCY Y yo limpiamos: él lava los platos y yo los seco. Me duele la cabeza de una forma por la que no puedo culpar a mi herida, pero estoy completamente seguro de que utilizaré esa excusa para justificar mi regreso a la cama.

–Tal vez deberíamos conversar al respecto –dice Percy mientras me entrega un plato.

–¿Conversar sobre qué?

–Londres. Lo que haremos cuando lleguemos allí.

–Ah, claro. Eso –raspo con la uña un poco de comida pegada al plato–. Todo se resolverá solo.

Percy frunce el ceño.

–Resulta que no. Necesitamos algún plan.

–¿Por qué? Es Londres –añado el plato seco a la pila y tomo el próximo que me ofrece–. Conozco Londres.

–Conoces el ambiente de juerga de Covent Garden.

–¿Acaso no es útil?

Su mirada claramente indica que aún no llegamos al punto de bromear sobre la compañía adquirible de la que he disfrutado antes y borro mi sonrisa.

–Pues, ¿dónde viviremos? –pregunta.

–En Londres.

–Basta, estás molestándome –me salpica con la mano–. Me refiero *a dónde*.

–En una casa.

–No podemos costear una casa.

Ahora es mi turno de fruncir el ceño.

–¿No podemos?

–Es probable que por un tiempo ni siquiera podamos costear un apartamento.

El plato que estoy secando cae de mi mano. Se hace añicos en el suelo entre nosotros y ambos retrocedemos de un salto para evitar los fragmentos de cerámica que se han convertido en arena fina.

–Maldición.

Comienzo a agazaparme, pero Percy dice:

–No te preocupes, solo… cuidado, lo pisarás –extiende una mano cautelosa hacia mí y me paralizo.

–Maldición, lo siento…

–Está bien. Solo ten cuidado.

–Tú también.

–Tengo zapatos puestos; tú no.

Percy apoya la rodilla en el suelo y recolecta los trozos más grandes en una pila, mientras yo permanezco obediente e impotentemente paralizado hasta que él habla.

–Dame la escoba, por favor.

Hago lo que me pide y vuelvo a quedarme viendo como un inútil mientras limpia el desastre que hice.

–Puedo terminar solo con los platos –sugiero mientras él lanza un fragmento roto dentro del cesto de basura. Percy se limpia las manos en los pantalones.

–No seas un mártir; tardaremos apenas unos minutos más. Solo ten más cuidado con estos –añade mientras toma el juego de cuchillos y me siento como un niño reprendido. Después de pasar un minuto pensativo fregando un sector del cuchillo, Percy dice–: No tenemos que hablar sobre Londres ahora mismo. Pero, piénsalo, ¿sí? Preferiría que nos fuéramos de aquí con algún plan –inclina el cuerpo hacia mí y presiona mi hombro con el suyo–. Y hasta entonces, espero ansioso el cumpleaños de Felicity.

–Oh. Sí.

–Para comenzar las cosas bien.

Estoy a punto de soltar otro plato.

–¿A qué te refieres con *comenzar*?

–Si iremos a Londres, ese será el inicio, ¿verdad? El comienzo de todo esto. Vivir juntos, por nuestra propia cuenta y estar… ya sabes. En pareja –cuando no digo nada, él continúa en un tono que se esfuerza demasiado por sonar relajado–: Aún vendrás conmigo, ¿verdad?

–Sí, por supuesto.

Me mira de costado.

–Entonces, es un comienzo.

–Claro.

–Un nuevo comienzo.

–Claro.

–Creo que ya está seco.

–Claro. ¿Qué? –miro al vaso en mi mano: he dejado el interior impecable con los círculos que he estado haciendo sobre él. Lo apoyo y aterriza con tanto ruido que por un instante me preocupa haberlo roto también. Percy me mira de reojo y luego me entrega un puñado de cubiertos.

Terminamos el resto en silencio.

EN LA NOCHE SELECCIONADA, PERCY Y YO BAJAMOS a la playa para cenar con la tripulación, pero cuando el sol comienza a ponerse y todos se dirigen a Finikia, nosotros volteamos. Subimos el camino largo por la ladera del acantilado y atravesamos el laberinto de estuco desmoronado de Oia en dirección a nuestro apartamento. En la oscuridad, los domos cobalto parecen oscuros como tinta china. Cuando comienzo a quejarme por tener las piernas cansadas y añado un dolor de oído para asegurarme de obtener lo que quiero, Percy me carga sobre su espalda el resto del camino. Apoyo el mentón sobre su hombro y utilizo la oscuridad como excusa para dibujar la forma de su oreja con mi lengua antes de bajar a su cuello.

—Si continúas haciendo eso —dice él—, tendré que bajarte.

—¿Por qué? —muerdo despacio su lóbulo—. ¿Te estoy excitando?

—No, te estás excitando a ti mismo y no es particularmente cómodo para mí.

Bajo de su espalda en la cima de la colina y caminamos juntos hasta el patio. Percy se detiene en seco en el sendero, observando la exhibición ridícula de velas, flores, comida y tres botellas de vino, lo que parece excesivo, incluso para mí. Como si fuéramos a necesitar tanto coraje líquido.

Es... mucho. Más de lo que esperaba. Felicity me había dicho que conseguiría unas flores y las distribuiría de modo clandestino después de que Percy y yo bajáramos a la playa. Pero esto es bastante más de lo que planeamos. O quizás ella me lo había comentado y yo no había escuchado. Mi estómago da un vuelco.

—¿Qué es todo esto? —me pregunta Percy.

—Ah, ya sabes —muevo la mano sin importancia, como si a duras penas valiera la pena mencionarlo—. Ambivalencia.

Me mira de costado.

—¿Qué?

—Fue idea de Felicity. Dijo que debía crear ambivalencia.

Una pausa. El rostro de Percy se frunce mientras piensa. De pronto, siento calor y estoy todo pegajoso, demasiado consciente de cada zona en la que mis prendas tocan mi cuerpo y desesperado por rascarlas todas.

—Ambiente —dice él, de pronto—. No ambivalencia.

—Claro. Sí, eso.

—Bueno, bien hecho Felicity. Y tú también, obviamente —Percy extiende la mano hacia una bandeja y toma uno de los dulces anisados de los que ha consumido tanto como su peso desde que llegamos—. ¿Todo esto por mí?

—Sí. Bueno, excepto que sé que no te gustan los higos tanto como a mí, así que supongo que esos son para mí —él ya ha terminado el segundo dulce y está por comenzar con el tercero. Golpeo su mano en el aire—. Deja de comerlos.

—Creí que eran para mí.

—Sí, pero primero escúchame —tomo sus manos entre los dos y luego respiro hondo—. Percy.

—Monty. ¿Puedo comer otro dulce mientras hablas? ¿O me darás algo más que hacer con mi boca?

—Es decir… no —trago con dificultad. De pronto, tengo la garganta seca. ¿Se supone que ahora debo decir algo? ¿Algo romántico y no sentimental? ¿No había planeado algo que decir? Si lo hice, ahora no lo recuerdo. Dios querido, ¿por qué acepté hacer un espectáculo de esto? Debería haber hecho esta primera vez importante sin ceremonias, sin dulces, sin flores y sin discursos, aunque no me negaría a un poco de vino. Era mucho más fácil hacer esto con alguien que no me importaba en absoluto—. Esto no cambia nada, ¿verdad? —espeto. Percy inclina la cabeza a un lado.

—¿De verdad? ¿Así quieres comenzar?

–Eso no es lo que… Solo quiero decir… –alzo la mano para rascar mi oreja faltante, pero él me sujeta antes de que pueda hacerlo. Emito un suspiro tembloroso–. ¿Quieres hacer esto? –digo–. ¿Conmigo?

–Sí.

–¿Estás seguro?

–Claro que lo estoy –entrelaza sus dedos entre los míos y besa mis nudillos–. ¿Por qué? ¿No quieres hacerlo?

–No.

–¿No? –se paraliza por completo, como un animal que ha oído el quiebre de la primera ramita bajo la bota de un cazador.

–No. Espera. Es decir, sí, quiero hacerlo. Lo siento, creí que preguntarías… Sí. Por supuesto, sí.

–De acuerdo.

–De acuerdo.

Y luego solo nos miramos. Y no del modo romántico como si estuviéramos por besarnos. Es más bien la clase que dice *¿qué hacemos ahora?* No es la mirada tierna que uno esperaría que fuera el prefacio de un encuentro apasionado.

–¿Deberíamos…? –comienzo a decir y él inclina el cuerpo hacia mí para besarme.

Y luego, ambos nos detenemos. Así que ahora nos miramos con incomodidad a menos de tres centímetros de distancia. Lo cual es peor. Y después, comienzo a hablar cuando él se acerca a mí. Otra vez.

Pero Percy ríe mientras endereza la espalda.

–Tú primero.

–Solo… ¿quieres ir a la habitación? –me arrepiento en cuanto lo digo. Hace que esté incómodamente consciente de cuán desesperado estoy por quitarme esto de encima y qué poco sentido tiene.

Nunca, desde que nací, he sido tan torpe para acostarme con alguien.

Quizás porque es Percy y él es la primera persona que importa con la que he llegado tan lejos. O quizás es porque en los rincones más oscuros y profundos de mi corazón, sé que soy la clase de persona con la que pasas una noche divertida y luego huyes por la ventana antes de que despierte. La clase de persona que nadie quiere cerca a menos que haya alguna recompensa involucrada, preferentemente de naturaleza sexual. No la clase de persona por la que apuestas todas tus fichas para pasar la vida. ¿Cuánto tiempo pasará hasta que él lo note?

–Habitación –repito y de algún modo suena más ruidoso que antes.

–Sí. Vamos.

¡No, espera, aún no! ¡Haz tiempo! Grita mi cerebro y solo doy un paso antes de detenerme.

–O –volteo para mirar a Percy de nuevo–. O podríamos quedarnos aquí y beber algo, ¿cierto?

Él sonríe y mi corazón se tambalea de un modo nada agradable. Eso es nuevo.

–También es una buena idea.

Y luego tomo el vino y mi cerebro me grita de nuevo. *No, ¡no lo pospongas! ¡Termina con esto de una vez! ¡Beber un trago en un silencio incómodo prefornicación no mejorará las cosas! ¡Pero tampoco vayas a la habitación!* Y me detengo. De nuevo. Sin saber qué hacer a continuación.

Mi cerebro es un completo imbécil.

–De hecho –hago una pausa–. Sí. Arriba.

–¿Arriba? –repite él y noto que aún estoy tomando el vino de modo confuso.

–Sí –muevo la mano con torpeza y tomo la suya, como si esa hubiera sido mi intención todo el tiempo. Estoy temblando más de lo que creí que lo haría y de inmediato deseo no haberlo tocado. Siento que mis extremidades están hechas de humo. De un humo muy asustado–. Habitación. Arriba.

Bien, ahora solo hago oraciones de una palabra. Eso sin dudas lo excitará.

Guio a Percy por la escalera hasta la habitación pequeña que he proclamado propia en el segundo piso, y agradezco que los pasillos angostos nos obliguen a caminar en fila si queremos continuar de la mano porque significa que todavía no tendré que mirarlo a los ojos.

Me detengo en seco en la entrada de la habitación como si me hubiera topado con una ventana de vidrio porque, de pronto, todo en ese cuarto parece declarar: *¡Este es el lugar donde tienen sexo y comienzan una vida juntos! ¡ESTE ES EL LUGAR DONDE EMPIEZAS A DECEPCIONAR A LA PERSONA QUE AMAS!*

Siento que Percy se detiene detrás de mí y luego dice:

–Estoy decepcionado.

Lo cual está tan en sincronía con mi aterrado monólogo interno que juro que estoy a punto de desmayarme.

–¿Qué? ¿Por qué?

–Creí que habría más dulces.

–Oh, Dios –me reclino sobre él y toco su pecho con mis hombros–. Tú y tus estúpidos dulces. No son buenos, sabes.

–Lo sé –rodea mi cintura con los brazos y presiona sus labios sobre mi cuello y puedo hacerlo, puedo hacerlo, estoy bien, puedo hacerlo–. Pero no puedo dejar de comerlos.

–Son duros como rocas. Te romperás un diente.

–¿Seguirías pensando que soy apuesto si me rompo un diente por comer dulces griegos?

–Depende del diente.

–Demasiado tarde. Estás atascado conmigo.

Luego, se inclina sobre mi hombro para besarme. Pero mi instinto es apartarme, lo cual resulta inesperado. Para los dos. Percy se paraliza, permanece completamente quieto un instante y después sus manos comienzan a resbalar de mi cintura.

–¿Estás seguro de que esto no será perjudicial? –digo sin pensar. Es lo primero que se me ocurre. Y no es excelente.

Volteo para mirarlo y él alza una ceja.

–¿Perjudicial?

–Para ti, me refiero. ¿No causará una convulsión o algo así?

Gracias a Dios ríe ante mis palabras. Aunque no mucho en el sentido *de qué gracioso*. Suena más bien a *¿de verdad eres tan estúpido?* O quizás soy yo asignándole niveles subterráneos a cada maldita respiración que emite.

–Sé que soy nuevo en esto, pero estoy bastante seguro de que ningún médico ha confirmado jamás que perder la virginidad puede causar un ataque epiléptico.

–Solo… quería asegurarme.

Debo lucir intimidado, porque suaviza la expresión. Ingresa al cuarto frente a mí y sujeta mi rostro con ambas manos.

–¿Qué sucede?

–Nada.

–Actúas extraño.

–No es cierto.

–No tenemos que hacerlo.

–No, quiero hacerlo. Lo siento. Lo haré mejor.

–No estás haciendo nada mal. Solo… ¿prometes que me dirás si algo te molesta?

–Lo prometo.

Inclino el cuerpo hacia adelante para besarlo, esperando la aparición de la calma que siempre llega cuando toco a Percy. Pero no está en ninguna parte. En cambio, estoy rígido y tenso, y muy consciente de cuán incómodo es aplastar los labios de alguien con los propios. Es como si hubiera olvidado cómo besarlo. Cómo besar a cualquiera. No logro abrir la boca incluso cuando su lengua golpea mis dientes. No sé qué hacer con las manos. ¿Qué hacen los demás con las manos cuando besan? Sin duda no las dejan simplemente colgar como enredaderas inertes a los costados del cuerpo, que es lo que estoy haciendo ahora.

Sujeto su... codo. Lo que de alguna manera es menos romántico que no tocarlo en absoluto. Él parece estar de acuerdo porque, mientras nuestras bocas siguen juntas, extrae con mucho cuidado dicho codo de mi mano, la cual queda flotando en el aire de nuevo como si estuviera nadando. Él alza las manos y sujeta mi rostro con tanta delicadeza y dulzura, y ¿por qué alguien tan amable y dulce como Percy Newton querría estar con alguien tan rústico, vulgar y grosero como yo?

Permanecemos de ese modo un rato, suave, controlado y completamente dentro de los mismos límites que hemos dibujado las últimas semanas y me digo que todo estará bien. Todo estará bien y mi corazón no está a punto de abrir un agujero en mis costillas y es Percy y está bien, está bien, está tan jodidamente bien que no podría ser mejor.

O Percy ignora el hecho de que este no es el manoseo habitual que antecede a la sodomía o pretende no haber notado que he perdido mi maldita cordura, porque envuelve mi cintura entre sus brazos y me acerca a él. Lo que resulta vergonzoso porque, quizás por primera vez en presencia de Percy desde mis quince años, mis brazos no son lo único que cuelga inerte. O él siente que me tenso o siente lo poco tensa que está el área esencial presionada contra su cuerpo porque se detiene y me mira con el ceño fruncido.

—¿Estoy haciendo algo mal? —pregunta.

–No –respondo y de algún modo la palabra sale ronca y estridente a la vez, como el canto de un pájaro que ha fumado demasiados cigarros.

–Estás temblando. ¿Estás bien?

–Estoy bien –en un intento de hacer tiempo, alargo la palabra *bien* por tanto tiempo que quedo sin aire. Percy me mira parpadeando porque es evidente que no estoy bien, pero aún me aferro a la mínima posibilidad de que tal vez lo he engañado–. Sentémonos.

–Sentémonos.

–En la cama –como si eso fuera a ayudar en algo, pero él obedece y tomamos asiento. Sobre la cama. Lado a lado. Sin tocarnos.

Despeino mi cabello. Percy mira el techo. Los segundos pasan ruidosos y lentos, cada uno es una piedra sobre mi pecho. Moriré aplastado como una bruja, excepto que en vez de rocas, lo que me matará será el peso de mis propios malditos problemas.

Me acerco y lo beso de nuevo, rápido y sin elegancia, antes de tener tiempo de pensar demasiado. Siento que es un beso ensayado, dos actores sin pasión y el pobre, y adorable Percy que esperaba que yo lo guiara de la mano hasta un jardín de placeres terrenales queda, en cambio, tropezando solo a ciegas en la oscuridad, derribando muebles y golpeando muros.

Y luego se aparta de mí, coloca las manos sobre su regazo y pregunta directamente:

–¿No me deseas?

Es lo peor que cualquiera me ha dicho en la vida. Primero porque es absoluta e increíblemente falso, pero no tengo evidencia física para demostrar mi negación y, segundo, porque veo en el dolor de su rostro que piensa en cada vez que me encontró con las manos bajo la falda de una chica en un cuarto apartado de una fiesta, y ahora estamos aquí, solos por fin después de haber declarado una y otra vez que mi amor inquebrantable hacia él me ha acompañado durante todos esos años en los que introduje manos debajo de las faldas y sin embargo, me comporto como si estuviera a punto de hacerlo con una escoba dada vuelta vestida con una peluca.

Está herido. Y avergonzado. Yo también lo estoy e intento descifrar cómo es posible que he estado quemando una cantidad absurda de energía esperando este momento exacto con exactamente él y ahora que ha llegado la hora (toda la organización, el espectáculo y Dios santo, había *higos*) estamos a medio metro de distancia mirándonos como si fuéramos desconocidos.

–Lo siento –digo antes de comprender que aún no he respondido a su pregunta acerca de si lo deseaba, así que suena como si estuviera disculpándome por no desearlo y, Dios santo, nunca me he sentido tanto como una pila de avena babosa con forma humana–. Espera, no, eso no es…

Él baja la vista a sus manos, a esos dedos elegantes y largos que quiero sujetar y presionar sobre mi corazón, pero no puedo moverme.

–Está bien.

–No quise decir eso.

–Pero algo anda mal.

–Nada anda mal.

Él voltea, coloca una pierna debajo bajo su cuerpo sobre la cama y me enfrenta apropiadamente.

–Monty.

–Tengo muchas, muchas ganas de hacerlo.

–Bueno, entonces… –inclina la cabeza como si fuera a besarme y retrocedo sin pensar y, Dios santo, estoy a punto de caer de la cama a propósito con la esperanza de golpear mi cabeza y perder la consciencia, perder todo recuerdo de que esto sucedió. Quizás debería arrastrar a Percy conmigo, solo para garantizar que ambos lo olvidemos.

–Esto es importante para ti –digo.

–Sí. ¿No es importante para ti?

–Bueno, es decir… –él alza una ceja que inconfundiblemente dice *ve con cuidado* y por supuesto que yo me pongo mis botas más pesadas y comienzo a pisotear las flores del jardín–. Sí, pero… no es que sea algo… importante… El sexo es… Parte de la naturaleza, así que en verdad no… Los gusanos tienen sexo, sabes.

Percy me mira entrecerrando los ojos y yo busco a mi alrededor algo filoso con lo que empalarme. Es mejor caer sobre mi propia espada ahora que continuar ahogándome lenta y asquerosamente en la vergüenza.

–¿Gusanos? –repite Percy.

–Solo no creo que tenga que ser un gran acontecimiento –respondo demasiado rápido y demasiado fuerte–. Y si tú lo tratarás como eso, creo que debemos esperar.

–No estoy tratándolo como…

–O tal vez no hacer nada.

–¿De qué estás hablando?

–Estábamos bien sin hacerlo, *yo* estoy bien, y si esto cambiará todo entonces quizás nos irá mejor si no lo hacemos. Ahora. O nunca. Tal vez nunca. Quizás las cosas deben permanecer iguales.

Noto que él intenta seguir mi lógica imposible de rastrear, que se vuelve más indescifrable por mi gran dedicación a mis tonterías y por la violencia con la que acabo de vomitarla sobre él.

–Entonces, ¿ya no quieres hacerlo? –responde despacio luego de un momento.

–No hasta que descubras…

–¿Yo? –me interrumpe, la frustración quiebra su tono por primera vez–. ¿Cómo es posible que esto sea culpa mía?

–¡Porque lo convertiste en un acontecimiento que cambia la vida cuando no lo es! –espeto. No es justo que le haga esto a él, que haga parecer que sus fallas nos mantienen separados cuando es evidente que no es así. Sé que estoy siendo cruel y egoísta, las dos cosas que hace muy poco le había prometido que intentaría no ser tanto, pero o los viejos hábitos se erradican con la mayor cantidad de daño colateral posible o quizás simplemente soy así. Tal vez no puedo disociarme del rencor que me hacía agazaparme ante la mano de mi padre durante años: está infundido en mi sangre como hierbas asfixiantes–. Quizás esto no es una buena idea. Creo que no estás listo.

–Bien –aparta la vista de mí–. Quizás no lo estamos.

–No soy yo el problema.

–Parecería que sí.

–Bueno, te equivocas y no lo soy –me pongo de pie, llego a la mitad de camino y luego comprendo que estoy haciendo una salida dramática de mi habitación. Mis pasos vacilan y considero continuar avanzando a toda velocidad porque ya estoy sumergido hasta el cuello en esto, así que lo mejor sería ahogarme por completo. Podría ir a su cuarto y darme una buena reprimenda mental, pero las sábanas olerían a él, sus prendas estarían en el suelo, el colchón tendría la forma de su cuerpo y de algún modo todo eso empeoraría mucho la situación.

Así que, en cambio, me detengo y le doy la espalda, literal y figurativamente.

–¿Podrías irte? ¿Por favor?

Y lo hace. Se retira despacio, sufriendo como un perrito pateado con el rabo entre las patas. No me toca o siquiera me mira y no se detiene en la puerta para ver hacia atrás. Se marcha. Y yo me recuesto en mi propia cama, solo y marinándome en la vergüenza; lo que debería haber sido nuestra primera noche durmiendo juntos se convierte en otra noche en la que duermo solo.

Cuando la tripulación regresa al apartamento para una última ronda en el patio, todavía estoy despierto. Están alborotados por la bebida, contando una historia sobre una sirena que no era sirena con tanta alegría inocente que me llena de envidia. Había pensado en bajar para limpiar los restos del naufragio de nuestra noche fallida, pero no tenía la fuerza para hacerlo. O Percy lo hizo por mí o todo aún permanece allí y la tripulación está demasiado ebria para comprenderlo. Felicity lo notará. Escucho sus pasos livianos subiendo la escalera y luego se detienen en mi puerta. Probablemente espera oír si hay sonidos de sodomía activa o al menos un par de ronquidos exhaustos después de una gran cantidad de actividad física. Permanece allí tanto tiempo que pienso que llamará a la puerta, lo cual sería literalmente lo único que podría empeorar esta noche. Pero, en cambio, escucho que parte, cierra la puerta de su cuarto muy despacio y todos dormimos solos.

CUANDO DESPIERTO LA MAÑANA SIGUIENTE, LO primero en lo que pienso es en cuánto deseo beber un dedo de whisky. Lo segundo es si puedo sobrevivir al día en esta casa diminuta en esta isla diminuta sin tener que ver a Percy.

Lo tercero en lo que pienso es en whisky de nuevo, pero más de un dedo. Y luego en whisky escocés. Y ginebra. Y literalmente en cualquier maldita cosa que pueda verter por mi garganta y me anestesie lo suficiente para centrarme en algo que no sea lo mucho que he arruinado todo entre nosotros. Pienso en despertar a Felicity para pedirle consejo, luego comprendo que ella no puede darme ninguno porque ya he hecho la estupidez. Ya he convertido todo en polvo. Quiero beber con desesperación y dado que he arruinado todo con Percy, ¿qué sentido tiene la sobriedad y ser un hombre nuevo? Me levanto, visto mis pantalones y bajo la escalera para buscar licor.

La casa está caliente y silenciosa, y después de una noche de juerga salvaje para algunas partes y de autodesprecio intenso para otras, no sé quién terminó durmiendo aquí o, más importante, quien podría estar despierto y merodeando. La cocina está afortunadamente vacía cuando llego y comienzo a hurgar en busca de algún líquido, cualquier variedad es bienvenida, preferentemente en grandes cantidades. Me conformaría incluso con la ginebra tóxica que sirven en los teatros de Covent Garden, capaz de derretir la suela de unos zapatos. Me duele la cabeza.

Abren una puerta en el piso superior y mi desesperación por beber es reemplazada por el miedo de que esa puerta pertenezca a la habitación de Percy. No sé que tengo menos ganas de hacer: desayunar incómodo con él como si nada hubiera pasado o tener una conversación real al respecto, así que no elijo ninguna de las dos opciones y, en cambio, huyo de la cocina con las manos vacías. Salgo por la puerta trasera, luego tomo el sendero detrás del apartamento que lleva a los acantilados donde a la tripulación le gusta zambullirse. El paisaje rocoso tiene vista al océano, que oscila entre el verde y el plateado cuando el sol ilumina las algas bajo la superficie y luego rompen las olas. Tomo asiento en una roca puntiaguda cerca del borde y hundo la punta de las sandalias en la arena suave. La mañana ya está demasiado calurosa, el agua es odiosamente bonita y no tengo idea cuánto tiempo puedo ocultarme aquí antes de enfrentar el hecho de que Percy quiere que las cosas comiencen y que yo no soy lo bastante estable para ello, que tal vez nunca lo seré. Aunque quizás el punto de empezar algo juntos es irrelevante porque anoche fui un desastre tan vergonzoso que él nunca querrá estar cerca de mí otra vez.

Mi escondite funciona por aproximadamente cinco minutos. Quizás menos. Principalmente porque descubro, al oír pasos crujientes en el sendero a mis espaldas, que este lugar en el acantilado es increíblemente visible desde la mayoría de las ventanas del apartamento.

—Ay, no —acerco las rodillas a mi pecho y entierro mi rostro entre los brazos cuando él toma asiento a mi lado, su aliento sale en un suspiro—. No me mires. Soy horrible.

Oigo que desliza los dedos por su cabello y luego suspira de nuevo con pesadez.

—Entonces. Anoche.

Mantengo la frente presionada sobre mis brazos.

—Por favor, no me hagas hablar al respecto. Odio hablar sobre mis sentimientos.

—Ah, por favor. Tienes sentimientos más expresivos que cualquier humano en esta tierra —golpea mi hombro con el suyo una vez, luego lo presiona allí hasta que accedo a mirarlo. Ha amarrado su cabello hacia atrás en un nudo desordenado y el sol matutino lo baña en oro líquido. Luce cansado. Estoy seguro de que yo también. No estuvimos juntos, pero al menos estuvimos desvelados juntos.

—Entonces, ¿qué pasa? —pregunta él—. Porque tal vez imaginé cosas, pero anoche parecías mucho menos interesado en mí de lo habitual. O menos que… siempre.

—Mentiras. Siempre estoy absolutamente interesado en ti.

—¿Tienes evidencia física de ello? —fantástico, entonces lo notó. Dejo caer la cabeza con un gemido—. ¿Podrías decirme qué hice mal, por favor?

—¡Nada! —alzo la cabeza—. Dios, no, no hiciste nada mal, no eres tú.

—Parecías pensar lo contrario anoche.

—Sí, bueno. No era la mejor versión de mí mismo anoche.

—Entonces, ¿qué ocurre? Porque si algo cambió y ya no quieres esto... dímelo ahora —oigo el nerviosismo en su voz, el tono áspero del pánico de que retire todo lo que prometí. Curiosamente, me tranquiliza saber que ambos tenemos algo que perder.

—No es eso.

—Entonces, ¿qué es?

—¿Podemos hablar sobre esto después?

—No.

—Estoy muy cansado.

—Yo también. Dime qué ocurre.

—¡No lo sé! —respondo tan fuerte que una gaviota alza vuelo desde el lugar donde estaba picoteando la hierba que crece entre las rocas—. No puedo aclarar mis pensamientos.

—¿Puedes decirme algo más que eso?

De verdad no quiero hablar al respecto. Pero es Percy. Deslizo las manos por mi cabello, ignorando el jalón de mis quemaduras.

—El amor y el sexo han sido cosas separadas para mí durante mucho tiempo porque así debía ser —respondo—. Prácticamente siempre estaba con alguien porque estaba aburrido y me odiaba, y era algo que hacer que no fuera pensar en ninguna de esas cosas. Nunca he estado con alguien que amara o con quien quisiera tener algo juntos. Así que esto nunca ha requerido un componente emocional y no sé qué hacer con eso.

—Pero hemos hecho todo el trabajo preliminar, ¿verdad? —cruza los brazos alrededor de sus rodillas—. Sabemos lo que sentimos por el otro.

—Sabemos lo que sentimos *ahora* —digo—. Pero, ¿qué ocurrirá cuando en pocos meses no tenga empleo, cuando haya arruinado mi sobriedad y sea vago, cruel y no salga de la cama y tú no puedas soportar estar a mi lado porque simplemente soy el idiota inútil que te sigue a todas partes y no te permite progresar?

Inclina la cabeza hacia atrás, el fantasma de una sonrisa atraviesa sus labios.

–Entonces, esto *es* sobre Londres.

–No –digo a la defensiva y luego añado–: ¿Qué pasa con Londres?

–La otra mañana, cuando comencé a hablar en el desayuno acerca de a dónde iríamos, tuve la sensación de que estabas entrando en pánico.

–Bueno, no lo estaba *en ese momento*.

–El pánico retroactivo cuenta.

Presiono las uñas sobre mi cuero cabelludo y hundo la base de mis manos sobre mis ojos.

–Quizás estaba entrando en pánico. Quizás estoy en pánico. Porque es cuestión de un año. O diez años. O de una vida. Porque pienso que no puedo hacerlo, Per. Creo que no soy suficiente para ti. Y no quiero que tengas este gran gesto, que me entregues esta gran parte de tu ser, solo para mirar hacia atrás un día y comprender que has cometido un error.

Permanecemos sentados en silencio un largo tiempo. Desde el pueblo detrás de nosotros, oigo una cerámica que se rompe contra los azulejos. Alguien grita. Un par de gaviotas sobre nosotros intercambian picotazos con un alarido. Luego, Percy pregunta:

–¿Quién fue tu primero?

–¿Qué?

Me lanza una mirada muy intencionada.

–Oh. Eso.

–No recuerdo que hayas tenido una primera vez. De pronto, solo te pavoneabas alardeando con confianza al respecto.

–Sí, bueno, me agrada mucho pavonearme.

Se niega a caer en la distracción y, en cambio, hunde el codo en el lateral de mi torso.

–¿Entonces?

Suspiro antes de responder.

—Amelia Wickham. ¿La recuerdas? Era mayor que nosotros; huyó a Gretna Green con Geoffrey Holland el año pasado. Tenía muchas pecas y siempre hablaba sobre cuánto las detestaba.

Él mueve la cabeza de lado a lado.

—Creo que nunca me contaste sobre ella.

—Ah, claro que no.

—¿Por qué no?

—Porque no se lo conté a nadie. Creo que ella tampoco. Fue absolutamente horrible. Ocurrió durante una partida de caza en el bosque, estaba mojado y tuve comezón durante días después de ello; ambos estábamos muy avergonzados y fuimos muy malos al hacerlo. Mi padre tenía a sus perros corriendo por ahí y me aterraba que uno de ellos fuera a vernos y comenzara a aullar.

—Oh, Dios —Percy abre los ojos de par en par—. Esos sabuesos eran monstruos.

—¡Gracias! Felicity los amaba.

—¿Por qué Amelia?

—Ella estaba allí —digo encogiéndome de hombros—. Y estaba dispuesta. Y odiaba sus pecas. Y porque mi padre me llamaba *perra* cada vez que erraba un disparo o que el culetazo me hacía caer. Dios, odiaba cazar. Odio las armas. Los hombres de mi tamaño no están hechos para disparar escopetas. Soy demasiado pequeño y delicado.

—Sí, sin duda esas son dos palabras que usaría para describirte —toma una roca del suelo y la lanza sobre el acantilado. Ambos esperamos que caiga al agua y luego él continúa—. Entonces, ¿cuál fue el primer muchacho?

—Ah —rasco mi nuca—. No querrás saberlo.

—Sí, quiero.

–No te agradará.

–Sé que no, pero dímelo de todos modos.

Podría mentir. Pero eso también es algo que intento hacer menos.

–Richard Peele.

Succiona sus mejillas, luego emite lo que creo que debería ser un suspiro pero que suena más bien a un gruñido.

–No.

–Lo siento.

–¡No!

–¡Lo siento mucho!

–Odio a Richard Peele.

–¡ODIAMOS A RICHARD PEELE! –grito hacia el mar. Él resopla y presiono mi frente contra su hombro.

Él coloca los labios sobre mi coronilla y luego dice:

–¿Me crees cuando digo que te amo?

–A veces –mantengo el rostro presionado sobre él–. La mayoría de las veces. Intento hacerlo.

–¿Confías en mí?

–¿Confías *tú* en *mí*? –respondo.

–No siempre –dice y la honestidad me sorprende con la guardia baja. Había esperado sacarle esa confesión por medio de bromas–. Y anoche no lo hice. No tanto como debería haberlo hecho. Pero trabajaré en ello si tú lo haces.

–Confío en ti, Per. En quien rara vez confío es en mí mismo.

–Bueno, tendremos que trabajar en eso también. ¿Crees que no sé todo esto sobre ti? –rodea mis mejillas con sus manos y acerca mi rostro al suyo–. ¿Crees que no vi cómo te desmoronabas cuando hablábamos con Scipio sobre Londres y sobre qué haremos ahora? ¿No crees que pensaba "maldición, Monty está sobreanalizándolo y se suponía que tendríamos sexo, y probablemente ahora eso esté arruinado"? ¿Que cada vez que decía cuánto significaba para mí que estuviéramos juntos me arrepentía de inmediato porque lucías tan aterrado que sabía que estaba colocando demasiada presión sobre ti, y que me decía "Dios santo, Percy ya no hables más", pero que no podía dejar de hacerlo? Porque solo podía pensar en eso anoche.

–Me engañaste.

Sus manos caen de mi rostro.

–Creo que estabas preocupado por ti.

–Lo siento.

–No lo digo como algo malo. Pero… te conozco. Y tú me conoces. Por eso estamos aquí. Y si aún no quieres hacer esto, está bien. Si no quieres hacerlo nunca, también está bien.

–Bueno, eso suena muy poco divertido.

–Pero hablo en serio –coloca una mano sobre mi rodilla–. Y quizás no logremos hacerlo funcionar. Pero quizás también somos obstinados y estúpidos y lo intentaremos de todos modos.

Miro su mano y río sin saber bien por qué.

–Mereces alguna clase de recompensa por lidiar conmigo.

–Tú eres mi recompensa.

–Soy una recompensa de mierda.

–¿Por qué piensas que todos necesitan una recompensa por estar cerca de ti? –dice, su voz es tan gentil que estoy a punto de llorar. Me rodea con un brazo, me presiona contra su pecho y siento el tacto suave de su mano en mi nuca, sus dedos acarician mi cabello–. No me debes sexo. No me debes nada. Estoy contigo porque quiero. Y si estamos *juntos*, será porque ambos queremos estarlo. E iremos a Londres juntos porque queremos. Y será un desastre. Pero está bien, porque nos tendremos el uno al otro. Seremos desastrosos juntos.

Apoyo la cabeza en su hombro, él hace lo mismo sobre la mía y miramos el océano. Ninguno de los dos habla por un rato. No sé cómo creer algo de todo lo que dijo. Cómo librarme de la rutina internalizada de pensar que nunca seré nada más que un último recurso.

Pero aquí está Percy. Aquí estamos.

Una de sus manos aún está sobre mi rodilla, así que cuando se pone de pie, siento la presión de sus dedos. Se quita el calzado y comienza a toquetear las mangas de su camisa.

–Ah, ¿lo intentaremos de nuevo ahora mismo? –pregunto.

–No es lo que tenía en mente –extiende una mano para que me incorpore–. Ven aquí.

No la acepto.

–Primero dime qué estás haciendo.

–Confías en mí, ¿recuerdas?

–Es una pregunta engañosa.

–Quizás. ¿Es una pregunta?

–Sin dudas es un truco.

–Vamos, levántate –mira sobre el borde del acantilado en el que estamos sentados y en ese momento comprendo qué está a punto de obligarme a hacer.

–Ah, no. Absolutamente no –sujeto el borde de la roca en la que estoy sentado, como si eso fuera a funcionar como ancla para evitar que me arrastre hasta el borde del acantilado y luego me lance inevitablemente de él–. No nadaré y sin dudas no saltaré. ¿Sabes qué hay allí abajo? –señalo la saliente donde está de pie–. Agua. *Agua*, Percy. También posiblemente rocas.

–Salto aquí con Ebrahim y Georgie todo el tiempo. No hay rocas.

–Igualmente, lo mejor que puedo esperar que haya es *agua*, lo que no tiene nada de mejor –mantiene su maldita mano extendida. Todavía no la acepto–. ¿De verdad me obligarás a saltar de un acantilado para demostrar que confío en ti? Es un abuso terrible de la conversación encantadora que acabamos de tener.

–No, hace calor, quiero nadar y me gusta ver como intentas escapar –sacude los dedos–. Es adorable.

Y luego sonríe. Aquella sonrisa amplia y brillante que le arruga apenas la nariz. Y ¿qué diablos se supone que debo hacer con eso?

Tomo su mano.

Él me ayuda a incorporarme, pero no avanzo más que eso, estamos lo bastante separados para que nuestros dedos apenas estén entrelazados.

–Tienes que acercarte un poco más al borde o al saltar golpearás las rocas en las que estamos de pie –dice.

Doy un paso al frente; todavía no estoy lo bastante cerca para dar un salto limpio hacia el océano, pero sí para ver por encima del borde. Y luego retrocedo en pánico.

–Hijo de perra, es una caída larga.

–No lo es –él se acerca más al borde del acantilado hasta que los dedos de sus pies están prácticamente colgando y luego jala de mi mano–. Quítate los zapatos.

–Si me los dejo puestos, no puedo saltar, ¿verdad? –tira más fuerte. Desafiando la gravedad por un instante, se inclina sobre el acantilado con mi cuerpo como contrapeso del suyo–. ¡De acuerdo! –accedo, antes de que pueda arrastrarme con él. Pateo a un lado mi calzado, luego doy dos pasos vacilantes para alinear mis pies con los suyos. Miro hacia abajo una vez más y reprimo la necesidad de retroceder. Mi corazón late mucho más rápido de lo que creo que es saludable y comienzo a sentir mareos–. No puedo hacerlo.

–Sí, puedes. Vamos –jala de mí hacia delante de nuevo y lo sigo tan despacio que parece que mi corazón estallará antes de que esté cerca de saltar–. ¿Soltarás mi mano? –pregunta él y noto que estoy estrangulando sus dedos.

–Por supuesto que no. ¿Te reirás de mí si me cubro la nariz?

–Solo un poco. ¿Listo?

–¿Podrías contar hasta…?

Percy salta y yo también o, mejor dicho, me obliga a hacerlo y resulta que lo único peor que golpear el agua es la eternidad dolorosa previa a hacerlo mientras mi cerebro grita: *ES DEMASIADO LEJOS PARA CAER Y SOBREVIVIR.*

Y luego caemos al agua y no, esto es mucho peor. Odio el agua. Odio nadar. Llena mis orejas (oreja) y mi nariz, y arde en la parte posterior de mi garganta. No sé dónde es arriba y dónde es abajo; todo es burbujas blancas generadas por nuestro impacto y no puedo abrir los ojos porque el océano es enorme y cruel, y me lastima.

Entonces siento a la mano de Percy, que aún estoy sujetando, jalándome hacia arriba. Noto la luz en mi rostro.

Mi cabeza sale a la superficie y tomo unas pocas bocanas de aire, jadeando agradecido mientras chapoteo, intentando nadar un instante antes de comprender que estoy a flote más que nada porque Percy me sostiene. También está riéndose de mí.

–Haz pie –dice.

Una ola golpea mi rostro y escupo sobre Percy. Él frunce el ceño con una sonrisa.

–Es demasiado profundo.

–No lo es, hay un banco de arena aquí. Haz pie.

Intento apoyar los pies y sumerjo la cabeza de nuevo. Percy me saca a la superficie de vuelta, riendo más fuerte.

–Está bien, eres demasiado bajo.

–Tú eres demasiado… ¡cruel!

Él hace pie, se balancea un poco con la corriente, pero me acerca a él y permite que envuelva su torso con mis piernas para mantener la cabeza sobre el agua. El salto ha desarmado el nudo de su cabello y ahora cae pesado sobre su rostro. Su piel húmeda resplandece donde el sol la ilumina. Entre las olas, veo la línea elegante de su clavícula bajo su garganta, como la curva de un violín. Hay una sola gota de agua sobre su nariz y cuando cae, rodando sobre sus labios, lo beso para atraparla entre nuestras bocas.

Es como si nunca antes hubiera besado a alguien, como si esta fuera la primera vez que siquiera me han tocado. Sus manos sobre mi piel bajo las olas se cierran sobre mí, hunde los dedos en mi columna. Envuelvo su cuello con los brazos, presionándonos juntos con tanta fuerza que me duele la espalda y, de pronto, me abruma cuánto lo deseo. Me inunda y me desborda. Siento que yo creé el océano.

–¿Sabes que me gustaría hacerte? –pregunto, mi boca aún está sobre la suya, así que su lengua roza mis dientes–. Ahora mismo.

–Espero que cosas que eres incapaz de pronunciar en mi presencia.

–Exactamente.

–¿Aquí?

–Claro que no. Sácame del agua, maldición –quiero ser lo único que lo toque. Quiero ser lo único que lo toque de ahora en más. Sentiré envidia de cada camisa que vista, de los puños de sus abrigos, de los pantalones suaves por el desgaste del uso cuando frotan sus muslos internos. Cada copo de nieve que cae sobre sus labios, cada trozo de pan en su lengua. Quiero respirarlo a él, sentir que llena mi pecho hasta que mis costillas duelan y me abra como una fruta madura bajo un cuchillo afilado. Quiero estar en carne viva. Quiero arder e incinerarme bajo el sol. Quiero enseñarle a mi cuerpo a que mi corazón crezca de nuevo cada vez que se lo entregue a él, una y otra y otra vez. Corazón tras corazón tras corazón: cada uno de ellos será suyo.

No podemos esperar a regresar al apartamento corriendo. Nos arrastramos fuera del océano como algas depositadas por la corriente en la orilla, nuestros pies descalzos dejan huellas latentes en la arena y no puedo dejar de observar el modo en que sus pantalones mojados se aferran a las líneas de sus piernas. Podría escribir una maldita ópera en honor a su trasero envuelto en algodón delgado y el océano.

Ambos dejamos el calzado en el acantilado (no hay tiempo de regresar en busca de algo tan simple y poco importante) y avanzamos trastabillando hasta el apartamento, tomados de la mano; luego mis brazos envuelven los suyos, y después su brazo rodea mi cuello y él mío su cintura y nos balanceamos riendo sin motivo mientras el deseo de regresar al apartamento y el de tocar al otro lo máximo posible luchan entre sí. Dejamos huellas arenosas y húmedas sobre el sendero de piedras en la ladera de la colina mientras cabalgamos en un viento exuberante que nos deja risueños y alborotados. Es como estar ebrio del vino más dulce de la Tierra.

—¿Hay alguien ahí? —susurra él cuando ingresamos al patio aún silencioso. El sol recién comienza a extender sus dedos sobre los muros, así que todo luce suave y brillante, una pintura fresca al óleo.

—¿HOLA? —exclamo y luego, sin esperar a que nadie responda, volteo hacia Percy—. No, no hay nadie.

—Cállate —coloca una mano sobre mi boca y por poco me voltea, pero también sujeta mi cintura y me alza del suelo. Emito un grito de sorpresa que se desarma en una risa. Y acabo de saltar de un maldito acantilado hacia el maldito océano, y somos obstinados y estúpidos juntos, y seremos obstinados y estúpidos juntos durante el resto de nuestras vidas. Volteo entre sus manos y presiono mi boca sobre la suya... y colisiona con quizás demasiados dientes para ser romántico;

pero luego Per coloca un brazo alrededor de mi cuello y me acerca hacia él. Debe haberse afeitado esta mañana porque la piel de su mandíbula está suave como un ciervo, aún húmeda y arenosa por el océano. Mis manos hallan su lugar en el hueco de su espalda y luego descienden más y presionan nuestras caderas juntas. Lo siento ceder en mis manos, su cabeza cae hacia atrás y, cuando me muevo contra él, sujeta mi hombro como si yo estuviera alzándolo.

—Deberíamos... —sus palabras tropiezan y se convierten en una inhalación abrupta cuando coloco mi rodilla entre sus piernas—. Adentro —jadea—. Deberíamos ir adentro.

Atravesamos la entrada a trompicones, incapaces de soltarnos por algo tan mundano y poco apasionado como caminar erguidos. Yo soy quien avanza hacia atrás y tropiezo con el escalón. Como el héroe que es, Percy no solo me atrapa, sino que de algún modo logra hacer una maniobra y aplastarme contra la pared. La sutileza con la que lo hace es como un maldito truco de magia. Mi camisa empapada emite un chirrido húmedo contra el yeso y comienzo a reír y él también ríe, y no recuerdo que la intimidad tuviera antes tantas risas felices. Me alza, rodeo su cintura con mis piernas para que mi cabeza quede por encima de la suya y obtengo el placer inusual de inclinarme hacia abajo para besarlo. Deslizo mis manos por su cabello, acerco su boca a la mía y succiono su lengua mientras mi camisa trepa sobre mis costillas.

De algún modo, subimos a la habitación. Golpeándonos contra todo. Magullamos nuestros codos contra cada centímetro de barandal y tropezamos por la escalera dejando huellas mojadas y chocándonos uno contra otro y contra los muros hasta que llegamos a mi habitación y la puerta golpea su marco detrás de nosotros.

Coloco las manos bajo su camisa empapada y la retiro como si quitara la cáscara de una fruta, nuestras bocas siguen juntas hasta que las obligamos a separarse para que pueda deslizar su camisa sobre su cabeza. Me quito la mía con dificultad y luego dejo caer ambas prendas en el suelo. Cuando nos reencontramos, su pecho desnudo está contra el mío, su piel cubierta de rocío y mi mano en su cintura, deslizándose por los botones de sus pantalones.

Percy tropieza, la parte posterior de sus pantorrillas choca contra la cama y toma asiento con tanto ímpetu que me arrastra con él. El respaldo de la cama golpea la pared con tanta fuerza que por un instante pienso que la hemos roto. Percy comienza a reír de nuevo, con un poco más de timidez ahora, y el sonido me hace sentir como la luz del sol.

Estamos enredados y luego, de pronto, él está recostado sobre su espalda y yo estoy encima, con las piernas alrededor de su cintura. Me enderezo, montándolo con las rodillas presionadas a los laterales de su cuerpo, nuestra piel está resbalosa y se pega en cada área de contacto. Todavía estoy mojado y ya estoy sudando tanto por el calor y la excitación que hay una buena posibilidad de que me caiga por accidente. Pero siento que cada centímetro de mí que no está en contacto con él es frío e incompleto.

Tomo sus manos con las mías. Entrelazamos los dedos y coloco sus manos sobre su cabeza en la cama antes de presionar mis labios contra su pecho. Me agrada sentir el modo en que él se mueve contra mi boca, la entrada y salida de su aliento, la manera en que sus músculos se tensan como respuesta a mi lengua. Él baja una de nuestras manos entrelazadas y las envuelve alrededor de mi nuca para presionarme contra él mientras succiono su piel y siento que empiezo a perder el control, así que hago una pausa, busco aire y pregunto:

–¿Seguro que quieres hacerlo?

–¿Por qué? –está sonrojado y juro que veo el latido de su pulso en su garganta–. ¿Tú no?

–No, solo intento… –respiro, lo que sale más bien como un suspiro dramático–. Tranquilizarme.

–No tienes que hacerlo.

–¿Sí? ¿De verdad? Es decir, ¿sí, de verdad, ahora?

Él lame sus labios, luego asiente. Toco los botones de mis pantalones pero él exclama:

–¡Espera! –y me detengo–. Solo… Despacio, ¿sí? Tal vez… todavía no juguemos de lleno al *backgammon*.

–Percy Newton –enderezo la espalda sobre él y cruzo los brazos–. ¿De qué panfleto erótico sacaste esa terminología?

–¡De ninguno! –tuerce la boca–. De algunos.

–¿Algunos?

–De algunos panfletos eróticos.

–¿Puedes decirme los títulos?

–Basta –apuñala con el dedo mi estómago–. Quería estar preparado.

–Bueno, tu vocabulario es espectacular –respondo–. Entonces no estás listo para jugar *backgammon* todavía. ¿Preferirías empezar tocando la gaita?

Espero que ría, pero en cambio sus mejillas se tiñen de rosado. Claramente hemos leído los mismos panfletos.

–Sí, por favor.

–De acuerdo –beso la punta de su nariz o más bien esa es mi intención, pero ambos estamos un poco temblorosos, así que en realidad golpeo su nariz con mis dientes y ambos fingimos que está bien.

No es técnicamente necesario que los dos estemos desnudos del todo para este dueto en particular, pero hay una vulnerabilidad que surge de ser el único completamente desvestido y no quiero que él la experimente. Y, aunque he perdido algo de peso y aún tengo parches de piel pelada por el sol de modo poco atractivo, quiero que él me vea. Quiero que nos veamos.

Intento quitarme los pantalones sin desmontar a Percy, pero cuando alzo una rodilla, mi pie queda trabado en la prenda y caigo de bruces sobre su pecho, colapsando sobre él con la mitad de los pantalones puestos. La respiración agitada de Percy se convierte en una risa. Siento que arquea la espalda debajo de mí y antes de que pueda recobrar la compostura, envuelve mi cuerpo con un brazo y lo mantiene sobre su pecho.

–Eres tan torpe, ¿sabes?

Hundo mi rostro en su cuello y permanecemos así un minuto, respirando juntos, con la piel áspera por la arena y pegajosa de sudor. Él se siente tan cálido en contacto conmigo y, de repente, el deseo latente se calma, luego se intensifica y con una inhalación siento que me acomodo en él como si yaciera sobre la tierra suave y dejara una marca con la forma de mi cuerpo.

–¿Terminarás de quitarte los pantalones?

–¿Por qué? –apoyo el mentón sobre su pecho, de pronto me siento lánguido y bromista. Tenemos tiempo. Tenemos toda la vida–. ¿Estás entusiasmado?

–Asumo que te pusiste tu mejor ropa interior para mí y tengo muchas ansias de verla.

–Pues, qué pena –respondo mientras me deslizo de su cuerpo–, porque no llevo nada puesto.

No intento desvestirme sobre él de nuevo: me aparto y quito mis pantalones. Él me observa, sus ojos recorren las líneas de mi pecho, mis hombros, mi estómago y luego bajan más. Desliza el pulgar sobre la comisura de su boca.

Todo prosigue mucho más parecido a lo que imaginé cuando subo sobre él otra vez y engancho mis dedos en la cintura de sus pantalones mientras se los quito y su cadera sigue mi ritmo. Y con cada centímetro de piel que aparece a la vista, solo puedo pensar: *Oh, Dios. Oh, Dios.*

Oh, Dios, esto realmente pasará. Oh, Dios. Cómo es posible que nunca he notado que los huesos de su cadera dibujan esa V. Oh, Dios, él me desea. Hay otra evidencia física de ello, pero la expresión en su rostro es suficiente.

Desearía poder viajar en el tiempo y decirle al Monty de hace dos años que yacía en el jardín de la casa de su padre con la caja torácica cubierta de magullones, notando que estaba enamorándose de la única persona que le daba motivos para vivir, que algún día llegaría aquí. Pasaría años bebiendo demasiado, conciliando el sueño mientras calculaba cuánto arsénico tendría que beber para garantizar su efecto, permitiendo que lo manosearan extraños en la sala trasera de unos bares.

Quizás viajaría un poco más atrás en el tiempo: con el Monty de doce años. A aquel maldito bastardito masturbador le habría servido tener apoyo, una promesa que llevar consigo que dijera que no siempre todo sería soledad, golpes y preocupaciones por contraer una enfermedad venérea a través de una chica que acababa de conocer. Algún día, pequeño diablillo, tendrás más que eso. El modo en que empezamos no tiene por qué ser el mismo en que terminamos.

Percy emite un gemido suave cuando toco el interior de su muslo, primero con la punta de los dedos y luego con una palma exploradora. Arquea la espalda mientras subo, los músculos se tensan debajo de mí. De pronto, tengo la boca seca y siento que mi corazón late tan fuerte que probablemente él lo sienta en mis rodillas. Enreda las piernas en mi cintura, hunde una mano en mi espalda mientras alza el cuerpo hacia mí y la otra mano estrangula las sábanas como si fuera una línea de atraque.

De pronto, recuerdo los preparativos que había hecho sin la ayuda de Felicity para la noche previa y me detengo mientras busco tientas en la gaveta de la mesita de noche.

–Espera.

–¿Por qué? –dice y lo hace de un modo un poco petulante y nervioso, y la combinación de ambos me marea.

–Tengo un ungüento.

Mientras me inclino sobre él, le da una palmada suave a mi estómago.

–Estás *muy* preparado.

–Bueno, sí. No sé si lo recuerdas, pero iba a ser una gran noche: había higos –tomo la botella de la gaveta, luego cubro mis manos con el líquido hasta que están resbaladizas y huelen fragantes. Tardo tres intentos en colocar la botella sobre la mesa de nuevo y cuando trepo sobre Percy otra vez, con las manos jabonosas, me detengo. Él me mira, solo me mira, tan hambriento, ansioso, sonriente y *mío*. ¿Qué clase de suerte milagrosa me trajo hasta aquí? ¿Me trajo hasta él?

Extiendo la mano antes de poder evitarlo y aparto su cabello detrás de sus orejas; luego me acerco para besarlo. Cuando nuestros labios se encuentran, siento que mis costillas duelen por cuánto me llena amarlo.

Pero cuando desciendo de nuevo, Percy se estremece y cubre con una mano el rostro.

–Espera un momento, tengo algo en el ojo.

–¿Qué?

–Hay algo en mi ojo.

–¿Cómo polvo?

–No… algo que arde. Creo que es lo que sea que tengas en las manos.

–Maldición, no debería…

–Está bien…

–Ven, déjame ver. No frotes más así puedo…

Aparta la mano de su ojo al mismo tiempo que yo me acerco y golpea con su codo el lateral de mi rostro con la fuerza suficiente para que me caiga de costado. Intento aferrarme a la cama, pero mis manos están tan resbaladizas que colapso y caigo al suelo y mi cabeza hace contacto doloroso con la punta de la gaveta que no cerré. La botella de aceite cae del borde, se hace añicos y forma un charco pegajoso y ambarino.

—Oh, Dios, ¡lo siento tanto! ¿Estás bien? —Percy tiene un ojo abierto, pero parpadea sin parar con la mano extendida intentando ayudarme.

—Estoy bien —toco la parte posterior de mi cabeza y veo una mancha roja y húmeda—. No, espera, estoy sangrando.

—¿Estás sangrando?

—¡No es nada grave!

—¡Claramente lo es si estás sangrando!

Siento como un líquido cae por mi nuca y coloco una mano sobre él, como si pudiera obligar a la sangre a permanecer en mi interior si presiono lo suficiente.

—Estoy bien —tengo la muñeca húmeda y miro justo cuando un hilo de sangre cae por mi brazo hasta el hueco del codo—. Dios, está sangrando mucho —mi cabeza da vueltas y cuando intento estabilizarme, coloco la mano directo sobre el charco de aceite y caigo otra vez de espaldas al suelo.

Percy intenta ayudarme, pero con un ojo cerrado, calcula mal donde colocar el pie y me pisa y yo grito, él se resbala y luego, de pronto, alguien llama a la puerta del cuarto y aparece Scipio, y yo grito, Percy grita, Scipio emite un balbuceo horrorizado y luego Felicity aparece detrás de él en la puerta, cubre sus propios ojos con las manos, intenta correr a ciegas y se resbala con uno de los charcos que dejamos en las escaleras. Cae al suelo, pero sus manos aún están valientemente sobre sus ojos.

Lo cual arruina todo.

POR SEGUNDA VEZ EN EL MES, FELICITY COSE MI cabeza.

Es remarcable cuánto más relajada estaba cuando mi vida corría peligro que ahora que debe enfrentar haber interrumpido por accidente mi intento de desvirgar a Percy. O quizás, solo es más entusiasta que antes con sus puntadas a modo de venganza por ser imprudente y obligarla a ver lo que –estoy más que seguro– fue más que un atisbo de mi espalda desnuda.

Cuando termina, me deposita en la escalera de entrada de la casa (una vez más emito mi excusa de estar débil y herido mientras todos los demás limpian el increíble desastre que hicimos) con indicaciones de mantener la cabeza entre las rodillas, colocar una compresa sobre los puntos y recostarme si comienzo otra vez a sentir mareos. Ella aún está roja como un betabel maduro cuando parte.

Después de un rato, Scipio viene y toma asiento a mi lado. Es mi turno de sonrojarme. No puedo siquiera mirarlo.

–Lo siento –espeto antes de que él diga algo.

–¿Por qué?

–Porque… tuviste que ver eso. Y porque estábamos… –intento mirarlo a los ojos pero pierdo la valentía a último momento y miro de nuevo mis pies–. En mi defensa, estábamos sin supervisión.

No sé qué espero de él, pero me sorprende cuando se encoge de hombros con naturalidad.

–Cuando pasas meses en el mar solo con hombres, la sodomía no es nada nuevo. Créeme. No me has traumatizado. Y tampoco me has sorprendido –mira mi rostro–. Si creías que no lo supe en cuanto los conocí a los tres, tal vez necesites evaluar de nuevo tu concepto de expresión de afecto física y apropiada entre amigos.

Me encojo de hombros, intentando fingir que está bien cuando en realidad pienso cuánto mejor sería solo convertirme en arena y dejar que la brisa me llevara. No quiero tener esta conversación. No sé a dónde va, pero mi instinto dice que huya. Siento nudos en los músculos de mis hombros.

—Conozco a muchos muchachos que son afectuosos de forma casta y pura.

—Pero es evidente que tú no eres como esos muchachos —no sé si él escucha el modo en que mi respiración se entrecorta, pero añade rápido—: Y está bien. ¿A quién le importa la castidad? —ríe de su propia broma, mirándome como si esperara que me uniera a él. No lo hago, pero de pronto me pregunto si así es como deben ser las cosas entre un padre, un hijo y un primer amor real. No imagino cómo habría sido esta conversación con mi padre biológico. O mejor dicho, puedo imaginarlo, porque hemos tenido variantes de ella, y me dan ganas de alzar las manos para protegerme. Pero las aprieto sobre las rodillas de mis pantalones y respiro antes de obligarme a relajarme. Permito que mis manos caigan. Confío en él.

Scipio carraspea sobre su puño antes de proseguir.

—No habría interrumpido, pero oí cosas rompiéndose y algo sobre sangre, además había charcos en toda la escalera.

—Fuimos a nadar. Estábamos mojados, pero no en el sentido de… Era agua, y luego corté mi cabeza porque… ya lo sabes, no importa.

Scipio se rasca la barba, luego extiende las piernas frente a él.

—Podrías habérmelo dicho. Sé que ha sido caótico, pero podríamos haberles dado a ambos tiempo a solas.

Río, un estallido breve y soso.

—¿Qué habría dicho? ¿Pueden vaciar el apartamento un rato para que Percy y yo podamos llevar a cabo actividades ilegales?

—No son ilegales.

–Lo son en el lugar de donde vengo –muevo la cabeza de lado a lado mirando mis pies–. He recibido demasiados golpes por enfrentarme a ello.

–Entonces quizás debería habértelo dicho antes: no necesitan esconderse con nosotros. Lamento si alguna vez has sentido lo contrario. Y lamento que el mundo te haga sentir que debes hacerlo –por fin logro mirarlo y él sonríe. Estoy a punto de comenzar a llorar. Quizás él lo percibe, porque coloca una mano sobre mi hombro con brusquedad y luego se pone de pie–. Acompañaré a la señorita Montague al barco para desayunar. Está bastante interesada en no estar aquí. Te aconsejo que lo tomes con calma un tiempo. La habitación está limpia si quieres regresar a la cama.

–Creo que me quedaré aquí un poco más.

–Como quieras.

Scipio parte y pocos minutos después oigo que abren y cierran la puerta principal. Cuando alguien toma asiento a mi lado, asumo que es Felicity quien ha venido a ver mi evolución antes de partir hasta que siento el tacto suave en mi espalda y Percy pregunta:

–¿Todavía sangra?

–No. ¿Ves de ambos ojos?

–Así es. Míranos, qué rápido nos curamos.

Alzo la cabeza para poder apoyar mi mejilla en su hombro y él deposita un beso en mi coronilla. Permanecemos así un momento, el patio está en silencio salvo por el murmullo de las olas alejadas y el viento que suspira entre los árboles. La isla está conversando consigo misma.

–Fue un desastre –susurro.

Espero que él lo niegue o que diga algo alegre para hacerme sentir mejor, pero en cambio dice:

–Sí. Fue un desastre.

Río brevemente por la sorpresa.

–Pero sin contar todos los elementos desastrosos –prosigue Percy–, la estaba pasando muy bien.

–¿De veras?

–Bueno, había higos.

Alzo la cabeza y él me mira.

–Te amo –digo en voz baja–. ¿Lo sabías?

–Y yo a ti, mi querido muchacho –acomoda su cabeza sobre la mía y respira hondo, luego pregunta–: ¿Scipio se fue?

–Eso creo.

–Felicity también se ha ido.

Alzo la cabeza.

–Percy Newton. ¿Estás sugiriendo lo que yo creo?

–Sugiero… –me mira, su sonrisa es un poco tímida y traviesa a la vez, y solo esa sonrisa es suficiente. Es mucho más que suficiente–… que nunca será perfecto.

La guía de la dama para las enaguas y la piratería

La guía del caballero para tener suerte